D1669967

Adem Dursun

Fuaye

ADEM DURSUN

1956 Balıkesir – Gönen / Sarıköy doğumlu. 1960'lı yılların ortalarında ailece „Taşı toprağı altın" sanılan İstanbul'a göç ettiler. İlk, orta ve liseyi İstanbul'un Zeytinburnu semtinde okudu. 1970'li yıllarda aşık olduğu İstanbul'un „Sahaflar Çarşısı"ndaki kitapların kokusuyla büyüdü. 1980 yılında Berlin'e giderek ikinci göçünü yaşadı. Berlin TU'da kimya okudu. Bu arada serbest gazeteciliğe başlayarak Sabah, Milliyet, CumhuriyetHAFTA, 8GÜN gazetelerinde politika, spor, eğitim, kültür ve sanat haberleri yazdı, söyleşiler yaptı. On yıl Berlin Merhaba dergisinde Haber Müdürü olarak çalıştı. Türkiye'den gelen tiyatro sanatçılarıyla söyleşiler yaptı. Bu söyleşilerini İstanbul'da da sürdürdü. 2010 yılında Yaşamlarını Tiyatroya Adayanlar adlı kitabı yayınlandı. Bu kitabıyla 2010 İstanbul TÜYAP Kitap Fuarı'na katıldı. Merhaba dergisinde kitap tanıtımları ve öykü yazmaya devam etmektedir.

Fuaye

ÂDEM DURSUN KUTSALA EMEK VERMİŞ

Avrupa Türk Gazeteciler Birliği (ATGB)'nin kurucu üyelerinden olan, gazeteci, tiyatro yazarı Âdem Dursun'un "Yaşamlarını Tiyatroya Adayanlar" başlıklı kitabı 2010 yılında Pia Yayınları-Tiyatro Dizisi'nden yayınlandığında Âdem Dursun ile kişisel olarak tanışmamıştık.

Bir süre sonra Berlin-İstanbul-Berlin hattında e-posta aracılığıyla tanıştık, kaynaştık.

Gel gelelim, Türkiye'deki tiyatro camiası olarak kendisinin kutsal çabasına çok önceden tanıktık.

Gazetecilik ve başka alandaki profesyonel iş yaşamının yanı sıra, Türkiye'deki ve Almanya'daki özellikle Türkçe tiyatroları yakından izliyor, gün be gün tiyatro üzerine yoğunlaşıyordu.

Âdem Dursun'u internet ortamında izledim ve bu gerçeği yakaladım.

"Yaşamlarını Tiyatroya Adayanlar" kitabını Türk tiyatrosuna hizmet etmiş ve hâlâ o kutsal "tahtaya" ter damlatan tiyatrocularla yaptığı söyleşilerden oluşturmuştu.

Çabasını, emeğini takdirle alkışladım.

BUGÜN ELİNİZDEKİ KİTABA GELİNCEEE...

Bugün elinizdeki "FUAYE" adlı kitabı ise, Âdem Dursun'un tiyatro ve tiyatrocu karşısındaki saygı duruşunun aralıksız sürdüğünün ve süreceğinin somut ifadesidir.

Bu "saygı duruşuna" saygı duymaksa (hiç kaygı duymadan söylüyorum), tiyatrocularının ve tiyatro tutkunlarının mutlak görevidir.

"FUAYE", tiyatroya emek vermiş, bu mesleği çok sevmiş, hatta öyle ki popüler bir mesleği olmasına rağmen (örnek: Tarik Pabuççuoğlu) tiyatro oyuncusu olmayı yeğlemiş ve diğer mesleğine veda etmiş olanlar dahil 42 tiyatrocu yer almakta.

ONLAR BİR BAŞKADIR

Diyeceğim o ki, bu 42 tiyatrocunun da ilk kitaptaki 39 tiyatrocu gibi gözlem yetenekleri fevkalade gelişmiştir.

Bu kitapta söyleşileri yer alanlar da çevrenizdeki insanların davranışlarını, mimiklerini olay karşısındaki hareketlerini sizden / benden çok farklı analiz yapabilir, gözlemleyebilir.

İnanın bana, hiçbirinin hareketi asla yapmacık değildir.

Hepsi doğal ve içtendir.

Ezber yetenekleri gelişmiş, heyecanlı, stresli ve sinirli kişilikler terk edilmiştir.

Onlar sakindir, yanı sıra fevkalade dikkatlidir.

Ustalarından aldıkları eğitimi içlerine mükemmelen sindirmişlerdir.

Hocalarından aldıkları örnekler sürekli tekrarlarla ve uygulamalarla onlarla özdeşleşmiştir.

Sahnedeki yaratıcılıkları öndedir, gençlere önderdir.

TİYATROCUNUN DÜNYA GÖRÜŞÜ

Âdem Dursun, elinizde tuttuğunuz bu ikinci kitabında Türk tiyatrosuna, operasına (örnek: Selman Ada), tiyatro müziği yaratıcısına (örnek: Timur Selçuk) emek vermiş toplam 42 sanatçının daha yaşamlarını deşmiş, ayrıca bilinmemiş yönlerini (örnek: Hikmet Karagöz) öne çekmiş, dünya görüşlerini irdelemiş, anılarını/anekdotlarını dinlemiş, sanatsal ve siyasal düşüncelerini eşelemiş.

Vefalı aydınların kitaplıklarına eşsiz bir armağan düzenlemiş.

Sözün özü: Çok iyi etmiş!

ÜSTÜN AKMEN
ULUSLARARASI TİYATRO
ELEŞTİRMENLERİ BİRLİĞİ
TÜRKİYE MERKEZİ BAŞKANI

Fuaye

"Yaşamını Tiyatroya Adayanlar"dan

ANİ İPEKKAYA...

Ani İpekkaya ile söyleşimizi Büyükada'da, "Deli Saraylı" dizisinin (maalesef kaldırıldı) çekildiği köşkte yapmayı planlamıştık. Aksilik olunca söyleşimizi kendi evinde yapabildik. Büyükada setinde ise Perran Kutman'la yapmıştım söyleşiyi. "İstanbul'un Altınları" dizisinde Haluk Bilginer'in annesi rolünde oynuyordu usta oyuncumuz Ani İpekkaya. İstanbul Bakırköy doğumlu. Doğum tarihini sorduğumda *"ölünce öğrensinler... "* diyor. Ortak dostumuz değerli oyuncu ve yönetmen Çetin İpekkaya onun eski eşi. Söyleşi esnasında Çetin Hoca'nın da kulağını çınlatıyoruz. Ailesinde tiyatro sanatıyla haşır neşir olmuş kimse yok kendisinden başka. İlk tiyatro tecrübesi konservatuarla olmuş. Çocukluğunda, okuma yazma öğrenmeden eline aldığı kitabı ters tutup, doğaçlama yaparak eğlendirirmiş evdekileri. İlkokul sıralarında ise güzel şiir okuyup herkesi ağlatmasıyla tanınmaya başlamış. O günleri kendisinden dinleyelim:

Okuma yazma bilmezken...

Benim ilk tiyatro sanatıyla tanışmam çok enteresan bir başlangıçla oldu. Ailemde tiyatro sanatıyla uzaktan yakından ilgilenen kimse yoktu. Ben İstanbul'un Bakırköy semtinde doğup büyüdüm. Mahallemizde, tabii o zamanlar mahalle diyorduk, karşı komşumuzda konservatuara giden bir Nuran ağabeyimiz vardı, ablası Saime de keman çalardı. Ben daha okuma yazma öğrenmeden, elime aldığım bir kitabı ters tutarak, improvizasyon (doğaçlama) konuşmalarımla bahçede herkese tiyatro yaparmışım. Komşumuz "bu kız ne zaman okuma öğrenmiş de, kitabı ters tutuyor..." demiş. Demek tiyatrocu ruhu daha o yaşlarda bende oluşmaya başlamış.

Şiir okuyarak herkesi ağlatırtım...

Konservatuar eğitimime kadar herhangi bir amatörce sahne tecrübem olmadı. Sadece ilkokulda Ermenice şiirler okurdum. Yaptığımız müsamereleri Türkçe ve Ermenice sergilerdik. Bu müsamerelerde beni seyredenler ve öğretmenlerim bende oyunculuk kabiliyeti olduğunu belirtiyorlardı. Bunu ben de hissediyordum. Ünlü bir Ermeni şair vardı, ..., (şairin adı ne yazıkki ses alma cihazında anlaşılmıyor. A. D.) onun şiirlerini okuduğumda herkes hüngür hüngür ağlardı. İlkokulda böyle bir kabiliyetim olduğunu anlamıştım. Öğretmenlerim de bu konuda çok yetenekli olduğumu devamlı söylüyorlardı. Tabi o yıllarda böyle bir kabiliyetin üstünde pek durulmazdı. Ailemde benim bu yeteneğim pek önemsenmiyordu zaten.

Ve konservatuar...

Konservatuara girişim ve bitirişim "üstün yetenekli" olarak gerçekleşti. İstanbul Belediyesi Konservatuarından 1961 yılında mezun oldum. 1962 yılında da Lale Oraloğlu Tiyatrosu'nda "Kötü Tohum" oyunuyla profesyonel oldum. Vedat Nedim Tör gibi, o dönemin tiyatro eleştirmenleri yazdıkları yazılarda "Bir yıldız doğuyor" diye benden bahsetmişlerdi. Çok zor bir roldü oynadığım. Genç ve tecrübesizdim. Oyunda oğlunu kaybeden alkolik bir anneyi oynuyordum. Küçük kızı da rahmetli Lale Oraloğlu'nun kızı Alev Oraloğlu oynuyordu. Kötülük tohumu dededen toruna geçiyor ve çocuk (Alev Oraloğlu) 7 yaşındayken benim oğlumu ve kapıcıyı öldürüyordu. Bu oyun biraz da Lale Oraloğlu'nun kızı Alev için seçilmiş bir oyundu.

Alkolün zararı...

Lale Oraloğlu Tiyatrosu'ndan sonra sırasıyla Gülriz Sururi-Engin Cezzar Tiyatrosu, Arena Tiyatrosu'nda oynadım. Arkasından eski eşim Çetin İpekkaya ile birlikte kurduğumuz Özel Kadıköy Tiyatrosu'nda -aramıza daha sonra rahmetli Yıldırım Önal'da katılmıştı- çok güzel oyunlar tasarladık, ancak iki oyun oynayabildik beraber. Yıldırım Önal'ın alkole olan düşkünlüğü tasarladığımız oyunları sergilememize engel oldu. Kurduğumuz Özel Kadıköy Tiyatrosu'nda Cahit Atay'ın "Ana Hanım Kız Hanım" oyunuyla başlamıştık. Çetin İpekkaya'nın rejisiydi. Olağanüstü güzel bir oyundu. Hatta şarkılarını da Ruhi Su bestelemişti. Bu oyundan sonra da "Baba Evinde Hayat ve Tahta Çanaklar" diye oyunu sergilemeye başlamıştık. Ancak Yıldırım Önal'ın içkiye olan bağımlılığından dolayı oyunun sonunu getiremedik.

Arena...

Arena Tiyatrosu'nda da Ergun Köknar, Çetin İpekkaya, Tuncer Necmioğlu, Tuncay Önder, Mehmet Güleryüz, Tolga Aşkıner, Atilla Tokatlı, Serpil Gence... gibi, Türk tiyatrosunun çok değerli oyuncularıyla beraber çalıştım. Dört oyun oynadık orada: Kayıp Mektup, Übü, Başkalarının Kellesi, Aslan Asker Şvayk... gibi. Übü oyununu Asaf Çiğiltepe sahnelemişti. Kayıp Mektup oyununda Çetin İpekkaya da oynamıştı. Başkalarının Kellesi oyununu Çetin sahneye koymuştu. O ara Asaf'ı kaybettik. Türk tiyatrosu için büyük kayıp olmuştu Asaf. Übü oyunu çok yankı yapmıştı Türkiye'de. Absürd bir oyundu. O döneme göre kapasitesi fazla bir oyundu. Sanat hareketi olarak çok önemliydi.

Galatasaray ve Genç Oyuncular... erken emeklilik...

Ahmet Kutsi Tecer, konservatuardan bizim hocamızdı. Kendisi beni çok severdi. Beni Galatasaray Erkek Lisesi'ne götüreceğini söyledi. Lisenin Tiyatro Kulübü'nün bayan oyuncuya ihtiyaçları varmış. Bana da "Orası erkek lisesi, ancak ben hepsine tembih edeceğim" dedi. Orada da çok güzel oyunlar oynadık. Sonra bu gruptan birçok değerli oyuncu arkadaşlarla "Genç Oyuncular" grubu kuruldu. Onlar da dönemin en ciddi amatör grubuydular. 1964-65 sezonunda İstanbul Şehir Tiyatroları'na girdim. Oradan da, çok sevdiğim tiyatromdan zamanı gelmeden emekli oldum. Çok üzülmüştüm emekli olmama. Emekliye ayrılmaması gereken kişilerin başında ben vardım. Emekli olduktan sonra tiyatroya devam etmedim. 43 yıl boyunca devamlı oynamıştım. Tiyatro tüm vaktimizi alıyordu. Sadece bir çocukla yetindik. Kızımın ise dört çocuğu var. Kızım Arzu'ya "tiyatrocu olmak istersen sana elimden gelen yardımı yaparım" dediğimde bana "Asla!.." diye cevap verdi.

Film ve tv çalışmalarım...

Film çalışmaları için teklif daha Lale Oraloğlu Tiyatrosu'nda çalışırken gelmeye başlamıştı. Burçin Oraloğlu o zaman Ertem Eğilmez gibi değerli yönetmenlerle film çalışmaları yapıyordu. Beni de bu çalışmalar esnasında görmüş ve beğenmişlerdi. Bana da teklif ettiklerinde Çetin izin vermemişti. Dolayısıyla film çalışmalarım çok geç başladı. Zaten fazla da film çalışmalarım olmadı. Örneğin Yusuf Kurçenli ile iki film çalışması yaptım. Televizyon dizi çailmalarım ise 1982'den itibaren başladı. Rahmetli Nezihe Araz'la birlikte TRT için "Hanımlar Sizin İçin" adlı 5 sene süren bir program yaptık. Bu program 11: 00'de başlayıp 13:00'de bitiyordu. Alev Sezer, Nedret Güvenç ve Mücap Ofluoğlu ile beraber eğitsel amaçlı yaptığımız bir diziydi. Çekimler Türkiye'nin her bölgesinde yapılıyordu; yörelerimizin örf ve adetlerini tanıtıyorduk. Örneğin Kütahya'da düğün yapıp, o yöreyi A'dan Z'ye her yönüyle tanıtıyorduk. Bir de TRT2'de "Memleketimden Kadın Manzaraları" diye, yine Nezihe Araz'ın yazmış olduğu, her hafta kadınlarla ilgili bir gazete haberini dramatize ederek oynuyorduk. Olmuş olayları Nezihe Araz bize dramatize eder, biz de oynardık.

Nedret Güvenç anlatıyor...

" *... 1984-95 yılları arasında TRT'nin tek kanalı vardı. Nezihe Araz'ın yazdığı ünlü "Hanımlar Sizin İçin" programına başlamıştım. Programımız çok sevildi, şöhretimiz bütün ülkeye hatta ülke dışına taştı. Unutulmayan başarılı ve zengin bir kadın programıydı...*" Nedret Güvenç-Kum Zambakları.

Tv ve film çalışmalarımdan bazıları...

İstanbul'un Altınları - 2011, Deli Saraylı - 2010, Gitmek - 2007, Yolculuk - 2005, Kasabanın İncisi -

2003, Karşılaşma - 2002, Bir Aşk Hikayesi - 2000, Üzgünüm Leyla - 2000, Delikanlı - 2000, Külyutmaz - 2000, Affet Bizi Hocam - 1998, Kış Çiçeği - 1996, Avrenos'un Müşterileri - 1995, Hanım - 1988, Keşanlı Ali Destanı - 1988, Merdoğlu Ömer Bey - 1986, Ve Recep Ve Zehra Ve Ayşe - 1983, Badi - 1983

Son tiyatro çalışmalarım...

6-7 yıldır tiyatro sahnesine çıkmadım. En son yine Çetin İpekkaya'nın yönettiği, Cem Davran'ın ve rahmetli Suna Pekuysal'ın da oynadığı Ahududu oyununda oynamıştım. 2 sene kapalı gişe oynamıştık. Yine böyle bir teklif oldu, ancak ben tercih etmiyorum. Çok oynadım. Gerek dram, gerek komedi; çok ciddi oyunlarda oynadım. Çok emek verdim Türk tiyatrosuna. Tiyatro hayatım dolu dolu geçti; bütün ömrümü verdim diyebilirim.

Çetin İpekkaya için kitaplar yazılmalı...

Bence Çetin İpekkaya için kitaplar yazılmalı. Bu kadar kendi değerini hiçe sayan bir insan. Olağanüstü tiyatro aşkıyla yanan çok özel bir rejisördür Çetin. Onun yapmış olduğu rejiler bence Türkiye'de kitap olarak yayınlanmalı. Bir Sabahattin Kudret Aksal'ın "Kahvede Şenlik Var" adlı oyununu sahneledi; şiir gibiydi!... olağanüstü bir rejiydi; Dram Tiyatrosu'nda oynamıştık. Sonra bütün tiyatrolarda oynadık. Çok güçlü bir fantezisi vardır. Ben onun değerinin farkındayım; onun rejilerini ben yaşadım, gördüm, oynadım. "Ana Hanım Kız Hanım", "Eşeğin Gölgesi"... gibi rejiler ve diğerleri hepsi birer şahaser rejilerdir. Tamamen kendine has bir rejisi vardır. Yani "bir yerden alayım da ona benzer bir şey olsun" gibi düşüncesi olmayan, kendine has ve kendine özel bir rejisi vardır Çetin İpekkaya'nın. Dağarcığından kaynaklanan bir üslubun rejileridir yaptıkları. "Yaşamın Üç Yüzü" diye bir de Fransızcadan bir çevirisi vardır. Gala'sı yapılmıştı. Bakan filan gelmişti. Fakat o, sanki hiçbir şey yapmamış gibi bir kenarda dururdu; çok alçakgönüllüdür...

Ödüllerim...

4. Afife Tiyatro Ödülleri - Nisa Serezli Aşkıner Özel Ödülü, 2000 yılı, Yaşamı Boyunca Tiyatro Dalında Başarılı Çizgisini Sürdürmüş Tiyatro Sanatçısı ödülü... gibi.

Çok yönlü bir sanatçımız:
tiyatro-sinema oyuncusu,
yönetmen-senarist-yazar-çizer

ARSLAN KACAR

Sanatçımız, 5/9/2012 'de geçirdiği bir kalp krizi sonucu vefat etti.

28 Ekim-9 Kasım 2010 tarihleri arasında yapmış olduğum "İstanbul Söyleşi Turu"mun ilk durağı Şehir Tiyatroları Fatih Reşat Nuri Sahnesi idi.

Fuayede ilk söyleşi yaptığım çok yönlü bir sanatçımız İSMAİL KACAR.

2009-20010 Tiyatro sezonunda oynadığı oyun YÜZLEŞME. Oyunun yazarı ise yine kendisi. Yöneten Ali Karagöz. Rol arkadaşları: Perihan Savaş ve Samet Hafızoğlu. Benim İstanbul'da olduğum süre içinde denk gelmediği için oyunu maalesef seyredemedim.

1954 Elazığ / Kacar doğumlu olan **İSMAİL KACAR**, çok yönlü bir sanatçımız.

Sanat'la ilgisi çok küçük yaşta başlamış; daha 11 yaşında YAKARIŞ adlı bir şiir kitabı basılmış. Daha sonra çeşitli gazete ve dergilerde resimli roman çizip, muhabirlik yapmış. 70'li yıllarda İstanbul Belediye Konservatuarı Tiyatro Bölümü'nde Oyunculuk okumuş. Kenterler Tiyatrosu'nda başlamış profesyonel oyunculuk yaşamı. Erol Keskin, Beklan Algan, Çetin İpekkaya gibi ustalarla çalışmış. Yine aynı yıllarda Yılmaz Güney'le tanışmış, Güney Film'de, oyuncu olarak çalışmalarını Zeki Ökten, Atıf Yılmaz, Memduh Ün, Osman Seden, Ömer Kavur,

Tunç Başaran ve Zülfü Livaneli gibi Türk sinemasının ustalarıyla sürdürmüş. Oyunlar yazmış, asistanlık, yönetmenlik yapmış, belgeseller hazırlamış. Son olarakta PEPO KUŞU adlı bir roman yazmış. Yüce Devletimiz onu da birkaç yıllığına bazı misafirhalerinde (!) misafir (!) edip; ağırlamış...

Yani kısaca sanatın her dalında söyleyecek çok şeyi olan çok yönlü bir insan **İSMAİL KACAR**...

Bize ait olan bir köyde doğmuşum...

1954 yılında Elazığ'ın Kacar köyünde doğmuşum. Bize, yani ailemize ait olan bir köyde dünyaya gelmişim. Babam ortaokul ikinci sınıftan ayrılmış. Daha sonra da zorlayıp ortaokul diploması aldırdık kendisine. Annemin ise okur yazarlığı yoktu. Okullarda yıl sonu müsamerelerinde çalışkan öğrenciler tercih edilir; verilen monologları veya şiirleri daha kolay ezberlerler diye. Ben de bu konularda hep istekliydim, çalışkan olduğum için her müsamerede vardım.

11 yaşında şiir kitabım basılmıştı...

Şiire meraklıydım. Yazar çizerdim. 11 yaşında iken, 1965 yılında, YAKARIŞ adlı bir şiir kitabım basılmıştı. Tabii yazdıklarım şiir mi, değil mi tartışılır. Kitap olarak 300 adet basılmıştı. O dönem Elazığ'da TURAN adlı bir gazetede şiirlerim çıkardı. Kitabım olsun istiyordum. Sanıyorum çocukça bir hevesti. 11 yaşında bir çocuğun yaşadıkları ne olur ki, onun tortularından şiirler çıksın ortaya. O yıllarda şiir yazmaya herkes meraklıydı. Ben de merak ve hevesten olacak ki yazmışım şiir denilen satırları.

Şiir'den sonra tiyatro merakım... Keşanlı Ali Destanı...

Babamın dayısı vardı. Her sene Elazığ'a ziyaretimize gelirdi. Onun gelişini hep heyecanla beklerdik. Çünkü o geldiğinde bize Köroğlu'ndan hikayeleri ve türküleri, hikayelerdeki karakterleri taklit ederek bizlere sabahlara kadar anlatır, büyülerdi bizleri. Sonra ortaokul döneminde Aydın'dan okulumuza atanan bir coğrafya hocamız vardı. O, 1964-1965 yıllarında İstanbul'da Keşanlı Ali Destanı'nı izlemiş. O oyunu okulumuzda yapmaya çalıştı. İşte ilk oynadığım oyun bu oldu. Bu oyundan önce bazı müsamerelerde şiirler ve monologlardan oluşan oyunlarda oynamıştım. Ancak bu Keşanlı Ali Destanı bambaşka bir oyundu. Birden Haldun Taner'in bir oyunuyla sahnede idik. Ki, o yıllarda Haldun Taner'in bu oyunu çok yankı yapan bir oyundu. Biz de coğrafya öğretmenimizin önderliğinde okulda bu oyunu sahnelemiştik

Çok heyecanlanmıştık. Yine İstanbul'dan Elazığ'a tayin olan bir öğretmen Halk Eğitim Merkezi'nde bir tiyatro grubu oluşturmak için ilan vermişti. Tufan Sonmaz ağabeyimiz bizi toparladı ve "Vatandaş" adlı bir oyunu oynamıştık. Bu oyun daha önce, 1950'li yıllarda, Çetin İpekkaya, Genco Erkal, Arif Erkin ve Ani İpekkaya gibi usta oyunculardan oluşan grup sahnelemiş.

Ustalarla tanışıyorum...

Bizler "Vatandaş" adlı oyunu oynadığımız sırada, Elazığ'a "Üç Maymun Kabare" adlı tiyatro grubu turneye gelmişlerdi. Oynayacakları salonu görmek için Halk Eğitim Merkezi'ne geldiler. Biz de o sırada oyunun provasını yapmaktaydık. Bu oyuncuların içinde Volkan

Saraçoğlu, Ercan Yazgan, Sinan Bengier, Selma Sonat... gibi ustalar vardı. Bu oyunculardan Volkan Saraçoğlu bana ilgi gösterdi. Bize tiyatroyu niçin yaptığımızı sordular. Devam etmek istediğimiz takdirde bize yardımcı olabileceklerini söylediler. Daha sonra liseyi bitirdiğimde yanlarına gitmiştim. 1970 yılında da onlara katılmıştım. O yıl "İki Kıza Bir Cımbız" adlı oyunu oynuyorlardı. Yılmaz Gruda oyunu yönetiyordu. Oyunda oynayanların arasında 17-18 yaşlarında genç bir oyuncu olan Müjde Ar vardı.

Evlatlıktan rededilişim...

Ailem tiyatro yapmama karşı çıkıyordu. Elazığ'a giden bir arkadaşımın benim bir tiyatroda çalıştığımı babama söyleyince, evlatlıktan rededilmeyle karşı karşıya kalmıştım. Tabii Anadolu'da tiyatro denilince akla pek iyi şeyler gelmiyordu. Ben de bu bakış açısının kurbanı olmuştum. Dolayısıyla tiyatroyu bırakmak zorunda kalmıştım. Çünkü onların bana verebilecekleri para 500 lira kadardı. Bu parayla kiralık ev bulma şansım bile yoktu. Apartmanları öğrencilere kiraya vermiyorlardı. 70'li yıllarda aile isen ancak ev kiralayabiliyordun. Yalnızsan bir de öğrenciysen kimse sana evini kiralamıyordu. Tiyatrodan vazgeçmek zorunda kaldım.

İlk hapisliğim... Konservatuar...

Tiyatro ve yazınla ilişkisi olmayan bir dört yılım geçti. Gözümü açtığımda Bayrampaşa Ceza Evi'ndeydim. Tamamen arkadaş ilişkilerinden kaynaklanan bir suçlamayla bir ay hapis yattım. O ara şimdi evli olduğum eşimle tanıştım. Onunla birgün Çemberlitaş'tan geçerken Belediye Konservatuarı'nı gördüm. Ki, ilk geldiğimde Milli Eğitim'e sormuştum: "Ankara'da konservatuar var, İstanbul'da da var mı?" diye. Bilgi verilmemişti o zaman. Okula gittim, sınava girdim ve kazandım. Her zaman minnetle andığım Melih Cevdet Anday, Sabahattin Kudret Aksal, Yıldız Kenter, Çetin İpekkaya gibi değerli hocalarım oldu.

İlk profesyonel oyunum...

1975 yılında Kenterler Tiyatrosu'nda "Kafesten Bir Kuş Uçtu" adlı oyun ilk profesyonel olduğum oyundur. Artık maaşlı bir profesyonel oyuncu olmuştum. Çetin Ağabey (İpekkaya) askerden geldiğinde beni Dram Tiyatrosu'nun marangozhanesine götürdü. Arkadaşlardan biri ona beniz çizimde becerikli olduğumu söylemiş. Akşamları da bu yerde tiyatro çalışmaları yapıyorduk. Daha sonra bu marangozhane Tepebaşı Deneme Sahnesi adını almıştı. Orada Beklan Algan sanat yönetmeniydi. Erol Keskin'de vardı. Yukarıda saydığım üç değerli hocaya üç hoca daha katılmış oldu. Çetin İpekkaya, bena tiyatro yolculuğunda ışık olmuş Beklan Algan ve kültür anlamında hiç çevremde benzerini görmediğim kültür adamı Erol Keskin.

Benim biyolojik baba diyebileceğim kendi babam var. Onun dışında baba diyebileceğim iki insan var:

Beklan Algan ve Osman Seden. Beklan Hoca ve eşi Ayla Algan, yurtdışında eğitim almışlardı. Bizim alıştığımız tiyatronun dışında, sahne yapısı, oynanış biçimi, yıllardır süren bir Stanislavski Methodu vardı, Epik Tiyatro ile yıkıldı. Epik Tiyatro'nun ne olduğunu kavramama öncü oldu Beklan Hoca. O bir tiyatro adamıydı; beyniyle ve oyunculuğuyla... Beklan Algan'ı maalesef kaybettik. Çok üzgünüm.

Ve 1402'lik oluşumuz...

1980 yılına kadar her şey güzel güzel gitti. Çok hoş oyunlar oynadık. 12 Eylül'de "Bahar Noktası"nı hazırlarken bizim oyundan dört arkadaşımız 1402 Maddesi gereğince atıldılar. Bu atılmalar devam etti. Biri ben diğeri Çetin İpekkaya oldu. Beklan Algan, Savaş Dinçel, Taner Barlas, Macit Koper, Oben Güney... gibi yaklaşık 60 kadar oyuncu.

Tiyatro Çalışmaları

2011 -Yüzleşme, Arslan Kacar - Ali Karagöz, 2007 - Düş ve Klarnet, Arslan Kacar - Arslan Kacar

2003 - "İstasyon", Arslan Kacar - Abdullah Şekeroğlu, Buket Çokar, Uğur Subaşı, 2003 - "Sultan Gelin" Cahit Atay - Mustafa Arslan, 2003 -Macbeth, W.Shakespeare - Ali Taygun, 2002-Memleketimden İnsan Manzaraları, Nazım Hikmet - Rutkay Aziz, 1997 -Ahududu, Joseph Kesselring - Çetin İpekkaya, 1996 -Kral Oidipus, Sofokles - Cüneyt Türel, 1994 - Aslolan Hayattır, Nazım Hikmet - Macit Koper, 1990 -Deli Eder İnsanı Bu Dünya, Erkan Akın - Macit Koper, 1985 - "Gözlerimi Kaparım Vazifemi Yaparım, Haldun Taner - Ergin Orbey, 1982 -Deli İbrahim, Turan Oflazoğlu - Engin Uludağ, 1981 -Bayrak Böyle Yükseldi, Fuat İşhan - Fuat İşhan, 1980 -Bahar Noktası, Can Yücel'in W. Shakespeare'den Uyarlaması - Başar Sabuncu, 1980 -Montserrat, Emenuel Robles - Erol Keskin, 1979 -Karar - 71Cengiz Gündoğdu - Burçin Oraloğlu, 1979 -Salozun Mavalı, Peter Weiss - Çetin İpekkaya, 1978 -Marat - Sade, Peter Weiss - Beklan Algan, 1977 -Kurtuluş Savaşından Belgeler, Ergin Orbey - Ergin Orbey, 1977 -Cesaret Ana Ve Çocukları, B.Brecht - Beklan Algan, 1975 -Kağıthane Sefası, Çetin

İpekkaya - Çetin İpekkaya, 1975 -Kafesten Bir Kuş Uçtu, D. Wasserman - Yıldız Kenter

Filmografisi

Filiz Hiç Üzülmesin - 2008 Rutkay Aziz, Cenneti Beklerken - 2005 Derviş Zaim, Çamur - 2002 Derviş Zaim, Sır Çocukları - 2002 Aydın Sayman / Ümit C. Güven, Melekler Evi - 2000 Ömer Kavur, Akrebin Yolculuğu - 1997 Ömer Kavur, Mum Kokulu Kadınlar - 1996 İrfan Tözüm, Yer Çekimli Aşklar- 1995 Ömer Kavur, Aşk Üzerine Söylenmemiş Her Şey - 1995 Memduh Ün, İz - 1994 Yeşim Ustaoğlu, Uzun İnce Bir Yol - 1991 Tunç Başaran, Ahmet Hamdi Bey Ailesi - 1991 Osman F. Seden

Afşar Şarkılarıyla Yunus (Tv. filmi) - 1990 Arslan Kacar, Gizli Yüz - 1990 Ömer Kavur, Ölü Bir Deniz - 1989 Atıf Yılmaz, İçimizden Biri: Yunus Emre - 1989 Arslan Kacar, Gönüller Sultanı Mevlana - 1989 Arslan Kacar, Sis - 1988 Zülfü Livaneli, Yeniden Doğmak (dizi) - 1987 Osman F. Seden, Utanç Yılları - 1987 Osman F. Seden, Gece Yolculuğu - 1987 Ömer Kavur, Anayurt Oteli - 1987 Ömer Kavur, Hacer Ana ve Oğulları - 1987 Osman F. Seden, Çalıkuşu (dizi) - 1986 Osman F. Seden, Körebe - 1985 Ömer Kavur, Tatlı Bülbül - 1985 Mehmet Aslan, Çıplak Vatandaş - 1985 Başar Sabuncu

Dolap Beygiri - 1982 Atıf yılmaz, Talihli Amele - 1979 Atıf Yılmaz, Düşman - 1979 Zeki Ökten

Bekleyiş - 1977 Yavuz Sezer

Sahnede topu hiç yere düşürmeden ustalarıyla paslaşan, genç bir oyuncu

AYÇA BİNGÖL...

Onu birkaç sene önce, Berlin'de "Tıpkı Sen Tıpkı Ben" adlı oyunda, rahmetli Hadi Çaman, Halit Akçatepe ve Suna Keskin gibi Türk tiyatrosuna yıllarını vermiş üç ustanın yanında seyrettim. Yaşar İlksavaş'ında belirttiği gibi; üç ustaya ayak uyduruyor, topu hiç yere düşürmeden onlarla paslaşarak oynuyordu.

Onunla Berlin'de söyleşi yaptım:

2003 yılında Berlin'de "Tıpkı Sen Tıpkı Ben" adlı oyunda beraberdiniz. Hadi Çaman üzerine neler söyleyebilirsiniz? Kaç oyunda beraberdiniz?

2001 yılında Dormen Tiyatrosu perdesini kapadıktan sonra eski bir Dormen'li olan Hadi Çaman'la çalışmaya başladım. Hadi abiyle ilk ve son kez Şakir Gürzümar'ın sahneye koyduğu Tıpkı Sen Tıpkı Ben adlı oyunda rol arkadaşı olduk. En büyük paylaşımlarımız da o süreçte olmuştur. Bol turneli bir sezon geçirdik, hem yurtiçi hem yurtdışı. Benim için tiyatro patronluğundan çok insan tarafı ön planda olmuştur her zaman. Eğlenceli, keyifli, kollayan, koruyan bir abi gibiydi. Tanıdığım ender yardımseverlerden biridir. Sevdikleri ve arkadaşları için her şeyi yapan bir adamdı. Kötü gün dostuydu daha çok. Bir anıyı anlatmaktansa, gözlerimin önünden hiç gitmeyecek bir resmi çizeyim size: Teşvikiye caddesinde, tiyatronun kapısının önünde, yanında canından çok sevdiği köpeği Candaş'la herkesi güleryüzle selamlayan bir adam… Mekanı cennet olsun…

"Tıpkı Sen Tıpkı Ben" adlı oyunu seyreden Yaşar İlksavaş (Hürriyet Gösteri), ne kadar güzel özetlemiş oyunun akışını ve sürükleyiciliğini:

"Sahnedeki üç usta oyuncu, Hadi Çaman, Halit Akçatepe ve Suna Keskin adeta topu yere düşürmeden paslaşıyorlar. Üç ustanın dışında dördüncü genç bir oyuncu da onlardan aşağı kalmayan bir oyun sergileyerek "topu hiç yere düşürmüyor". Bu genç oyuncu "Tıpkı Sen Tıpkı Ben"le Yeditepe Oyuncuları'na katılmış olan AYÇA BİNGÖL...

Siz, hep usta oyuncularla sahneyi paylaştınız; Haldun Dormen, Hadi Çaman, Suna Keskin, Halit Akçatepe... ve bu son oyun "ŞÖLEN"de yine Zuhal Olcay ve Payidar Tüfekçioğlu ile berabersiniz. Çok ödüllü olmanızda bu ustaların rolü?

Ben karşımdaki oyuncunun benden her zaman daha iyi, daha donanımlı, daha tecrübeli olmasını isterim. Öyle olması beni hep çok mutlu eder. Sahneyi paylaşmak, birlikte nefes alıp vermektir. Ve yanınızdaki nefes ne kadar güçlü olursa, sizin gücünüze daha bir güç katar. Şanslıyım bu isimlerle çalıştığım için, öğrenecek çok şey var birbirimizden. Zaten oyunculuk denen serüven hiç bitmeyen bir öğrenme süreci. Bu süreç içinde aldığım ödüllere sahne üzerindeki tüm oyuncu partnerlerimin katkısı büyüktür.

"Sahne Tozu"nu 11 yaşında iken yutmaya başla-

dınız. O yaşlarda da iyi bir tiyatro izleyicisi miydiniz? Nasıl başladı tiyatro sevgisi? Ailece mi giderdiniz? O yaşlarda seyrettiğiniz tiyatro oyunlarından ve oyunculardan hatırladığınız kareler var mı?

Bana tiyatro sevgisi aşılayan ilk kişi annemdir. Daha üç yaşımdayken elimden tutup beni çocuk oyunlarına götürürmüş. Çok net hatırlamıyorum tabii, oyunları ve oyuncuları. Bütün hafta sonlarım ya sinema ya da tiyatro etkinliğiyle geçerdi. Sanırım bu yüzden kendimi bildim bileli oyuncu olmak istedim. 11 yaşımda da sahneye çıkınca bir daha hiç kopamadım tiyatrodan.

Eniz Fosforoğlu ve Suna Keskin'le tanıştığınız gün 11 yaşında idiniz. Ve çocuk oyunuyla tiyatro camiasına ailenizin müsadesiyle başladığınız halde, konservatuara başlamak istediğiniz zaman, aileniz niçin karşı geldi de kimya öğreminize başladınız?

O yıllarda tiyatro oyunculuğu bugünkü kadar popüler bir iş değildi. Tabii ki televizyon dizileri yok denecek kadar azdı. Ekonomik yönden asla tatmin olmayacağımı düşünüyordu babam. Ben kolejde okuyordum ve başarılı bir fen öğrencisiydim. Başka bir mesleğin olsun, tiyatroyu hobi olarak yaparsın empozeleriyle üniversite sınavına girdim ve İTÜ Kimya Bölümünü kazandım. Fakat o kadar mutsuzdum ki devam edemezdim. Sonunda babam da ikna oldu ve okulu bırakıp konservatura gitmeme izin verdi. Sınavı kazanana kadar gizlemiştim ondan, kazandıktan sonra söyledim.

11 yaşında ilk oynadığınız "Bir Kadın, Bir Erkek, Bir Çocuk" adlı çocuk oyununda kimler vardı? Oynanan ilk oyunların hep ilginç anıları olmuştur; sizin de unutamadığınız anınız var mı?

Bir oyunda hastalıktan ötürü sesim kısılmıştı.İlk perde idare etmiştim fakat ikinci perde hiç sesim çıkmaz olmuştu. O kadar utanmıştım ki repliklerimi söyleyemedikçe, kaçıp gitmek istemiştim. Sonunda yapacak birşey kalmamıştı ve sahnede ağlamaya başladım. Sanıyorum Suna Keskin beni teselli etmişti bir yandan oyununu oynamaya çalışırken.

Konservatuar öncesi oynadığınız oyunlar ve oyuncular?

Bir Kadın, Bir Erkek, Bir Çocuk konservatuar öncesi oynadığım tek profesyonel oyundur. Daha sonra lise tiyatrosunda Sevgili Doktor ve Kulaktan Kulağa adlı oyunlarda rol almıştım. İTÜ de geçirdiğim bir yıl içinde de tiyatro klübüne girmiştim hemen. Orda da Lyssistrata 'yı çalışmıştık.

Konservatuardaki eğitmenler ve sınıf-dönem arkadaşlarınız?

Hepsi birbirinden değerli pek çok hocam oldu okulda. Yıldız Kenter, Haldun Dormen, Mehmet Birkiye, Güngör Dilmen, Engin Uludağ, Suat Özturna. Sınıf ve dönem arkadaşlarımdan bazıları, eşim Ali Altuğ, Ayçıl Yeltan, Fırat Tanış, Gürkan Uygun, Sanem Çelik, Mehmet Ali Alabora, Gökçer Genç, Serkan Ercan, Görkem Yeltan, Eda Özel.

Konservatuar öğrencisiyken, 1996'da Dormen Tiyatrosu'nda Haldun Dormen'in eşi rolü ile profesyonel oldunuz. Haldun Dormen anılarında o gününü ve sizi anlatmış. Sizin çok genç olduğunuzdan dolayı

eşi rolü için biraz tereddüt etmiş. Ancak seyircinin sizi çok beğendiğini anlatıyor. O günü bir de sizden dinlesek.

Dormen Tiyatrosu'na katılmam bu rolle olmuştur ve benim için tam bir maceradır. Ezberimi 3 günde turne otobüsünde Elazığ'a giderken yaptım. Sahnede prova yapma şansımız nerdeyse yoktu ve biz de otel lobilerinde çalışıyorduk. Oyunun yönetmeni bana bazı mizansenleri teks üzerinde çizerek anlatıyordu. Çok genç ve tecrübesizdim. Böyle bir şeye bugün cesaret edemeyebilirim. Sanırım çok iyi konsantre oldum o 3-4 gün ve hiçbir aksaklık olmadan iki oyun oynadım Elazığ'da. Benim için müthiş bir tecrübe ve güven takviyesidir o günler,

2001 yılında Dormen Tiyatrosu kapandığında siz de o grupta idiniz. Türk Tiyatrosu'na çok hizmet etmiş bir büyük tiyatronun kapanışı, genç bir oyuncu olarak sizin moralinizi bozdu mu?

Bozdu, hem de çok. Ben bir şekilde iş bulabilirim diyordum, fakat 46 yıllık bir tiyatronun kapanmasını hazmedemiyordum. O dönem gerçekten hüzünlüydü bütün ekip için. Göksel Kortay, Volkan Severcan, Suat Sungur, Gülen Karaman ve daha bir sürü arkadaş ne yapabiliriz diye çok düşünüp, konuşmuşuzdur. Haldun Dormen'den o günlerde çok önemli bir şey daha öğrendim. Yaşam arkaya dönüp bakamayacak kadar kısa. Bu sayfayı geçelim, yeni, temiz sayfaya gelelim.

Oynadığınız oyunlar içinde size en çok ödül getiren "Bana Bir Picasso Gerek" adlı oyun. Nedir bu oyunun özelliği? Oyun mu? Ekip mi? yoksa tamamıyla sizin oyun gücünüz mü?

Tam bir ekip işidir tiyatro. Yönetmen, oyuncular ve tüm tasarımcılarıyla. Oyunun yönetmeni Arif Akkaya, öncelikle bizi bu noktalara taşıyan metinle buluşturdu, beni Bayan Fischer rolüyle ve sonra da tüm ekibi birbirinle. Bir büyü yarattığımızı düşünüyorum. Her zaman gerçekleşmesi mümkün olmayan bir bütünlük... Yap-bozun tüm parçaları yerli yerine oturdu "Bana Bir Picasso Gerek" adlı oyunda. Tabii bu durumu iyi değerlendirdiğimi düşünüyorum. Sonuç hepimizi çok mutlu etti.

Bu kadar oyun, ödüller, film ve televizyon dizileri... bir de seslendirme ve reklam çalışmaları... Bu vakti ve enerjiyi nereden buluyorsunuz? Yorucu olmuyor mu? Nasıl ve ne zaman dinleniyorsunuz? Örneğin televizyon dizileri başlı başına oyuncular için bir sorun. Hangi oyuncumuzla söyleşi yaptıysam; hepsi de dizi çekimlerinden şikayetçi...

Yaşamımı iyi programladığımı düşünüyorum. Bu nedenle bir şekilde her yere yetişebiliyorum. Özellikle dizi setlerinde bazen elimizde olmayan aksaklıklar oluyor, hemen yeni duruma adapte olup günü yeniden organize ediyorum. Elbette tüm programlar belirlenmiş oyun saatleri ve günlerine göre yapılıyor. Yorucu oluyor ama ben oyunculuğu çok severek ve gönülden yaptığım için şikayet etmek aklıma bile gelmiyor. Üstelik para kazanıyorum. Daha ne isteyeyim? Vitamin haplarından içiyorum, düzgün beslenmeye çalışıyorum ve uykuma dikkat ediyorum.

Oynadığınız dizi ve filmler?

Melekler ve Kumarbazlar-2009, Sonsuz (film)-

2009, Küçük Kadınlar-2009, İki Aile-2008, Bıçak Sırtı-2008, Hayat Kavgam-2007, Tramvay (film)-2006, Taşların Sırrı-2006, Yadigar-2004, Anne Babamla Evlensene-2002, Gözlük-2000, Evdeki Yabancı-2000, Sır Dosyası-1999

Almış olduğunuz ödüller?

Yılın Kadın Oyuncusu-Bana Bir Picasso Gerek-Duru Tiyatro 2008, Afife Tiyatro Ödülleri-Yılın En Başarılı Kadın Oyuncusu-Bana Bir Picasso Gerek-Duru Tiyatro 2008, Sadri Alışık Tiyatro Ödülleri-Yılın En İyi Kadın Oyuncusu-Bana Bir Picasso Gerek-Duru Tiyatro 2008, 16. Çırağan Lions Ödülleri-Yılın En İyi Kadın Oyuncusu-Nehrin Solgun Yüzü-Tiyatro Stüdyosu 2009

Tiyatronun tiyatrosunu yapmayı arzulayan, bunu araştıran bir "anlatı tiyatrosu":

TİYATROTEM ve AYŞE SELEN

Geçtiğimiz tiyatro sezonunda, Beyoğlu KUMBARACI 50'de, değerli tiyatro, televizyon ve sinema sanatçımız Salih Kalyon'la beraber, Müesser Hanım'ın (AYŞE SELEN) ve Lütfi Bey'in (ŞEHSUVAR AKTAŞ) misafirleriydik. Tiyatrotem'in yeni oyunu Hakiki Gala, günümüzün rating yapan ve çok tartışılan televizyon programları, sağnak halinde yağan 3.sayfa haberleri, insanlardaki kendini tüm çıplaklığıyla toplumun zalim seyrine sunarak karizma oluşturma çabası üzerine kotarılmış bir komedi. Oyunun kahramanları Müesser Hanım ve Lûtfi Bey'e bir kereliğine de olsa sahneye çıkma ve kendilerini gösterme şansı verilmiştir; ancak ömürlerini onca zaman boyunca birbirlerinden habersiz geçirmiş Müesser ve Lûtfi için ortak bir sahne dili tutturmak, anlaşmak zorlu bir serüvenden geçmelerini gerektirecektir. Defalarca baştan almaları gerekir, defalarca tökezlerler; ama hayallerinden asla ve asla vazgeçmeyeceklerdir.

Yönetmenliğini Çetin Sarıkartal'ın yaptığı oyunun metni Ayşe Bayramoğlu'na, sahne tasarımı Zekiye Sarıkartal'a, görsel iletişim tasarımı ise Behiç Alp Aytekin'e ait; tek perdelik bir komedi olan oyunda Ayşe Selen ve Şehsuvar Aktaş oynuyorlar.

Oyundan önce her iki sanatçıyla da sohbet ettim. İşte AYŞE SELEN'le yapmış olduğum söyleşim:

12 Yaşından Küçükler Giremez!..

1955 Ankara doğumluyum. Annem öğretim görevlisi, babam gazeteciydi. Yakın akrabalarım arasında veya ailemde, hatta yakın çevremde dahi tiyatro sanatıyla uğraşan kimse yoktu. Fakat ben, nedense kendimi bildiğim bileli tiyatrocu olmak istiyordum. Başka bir meslek hiç aklıma gelmedi. Aklım ermeye başladığından itibaren sadece "tiyatrocu olmak istiyorum" dedim. Ankara'daki Ankara Devlet Tiyatrosu ve Ankara Sanat Tiyatrosu'nun hemen hemen tüm oyunlarına giderdik ailece. Tiyatroya alınmadığım yaşlarda da tiyatrocu olmak istiyordum. O bana yasaklı yılları düşündüğümde hep o kapıda asılı olan "12 Yaşından Küçükler Giremez!.." levhası gelir gözümün önüne. O levhaya sinir olurdum; "12 olsam da bu oyunları seyredebilsem..." diye sayıklardım.

Yine mi dul kaldım!..

Bu oyunları bana yasaklayan, beni kızdıran asılı levhanın dışında, AST'ın sergilediği bazı çocuk oyunlarından sahneleri hatırlarım. Bir de Nevra Serezli'nin oynadığı oyunun bir sahnesini hiç unutmadım: Işık kararıyor, silah sesi, ışık yanıyor ve sahneye bir oyuncu giriyor, "Ah, yine mi dul kaldım..." diye bağırıyor.

Dil Tarih oğrafya Tiyatro Bölümü..

1973 İstanbul Avusturya Kız Lisesi mezunlarındanım. 1982'de de Ankara Üniversitesi Dil ve Tarih Coğrafya Fakültesi Tiyatro Bölümü mezunuyum. Yüksek Lisans ve doktoramı da orada tamamladım. Dört yıl Ankara, iki yıl da Anadolu Üniversitesi Devlet Konservatuarı Tiyatro Bölümü'nde öğretim üyeliği yaptım. Hocalarım arasında Metin And, Sevda Şener, Nurhan Karadağ, Emre Kongar, Sevinç Sokullu, Turgut Özakman, Tahsin Konur ve Yücel Erten gibi değerli öğretim görevlileri vardı. Dönem arkadaşlarımın arasında da Altan erkekli, Metin Bulay, Füsun Akay ve Mehmet Akay gibi oyuncu arkadaşları sayabilirim.

Devekuşu Kabare...

1982'de mezun olduğum sene, "Devekuşu Kabare"de, "İnsanlığın Lüzumu Yok" adlı oyunla ilk profesyonel oyunculuğa adım attım. Metin Akpınar ve Zeki Alasya'yı, her ikisini de "ustam" addederim. Maalesef her ikisi de tiyatro sahnesinden uzaklaştılar. Ben Devekuşu Kabare'nin son iki senesine yetişebildim. Sıraselviler'deki o küçük salonda, daha Kabare Tiyatrosu olduğu dönemin son iki yılında katıldım aralarına. Çok şey öğrendim kendilerinden. Şu anda hala onlardan öğrendiklerimin izleri var üzerimde. Öncelikle disiplini öğrendim onlardan. Tiyatroya oyundan ne kadar önce gelinir, oyundan önce ne yapılır, nasıl oyun devamlı dinlenir. Bütün bunları Zeki-Metin ustalardan öğrendim. Aynı alışkanlıklarımı hala sürdürmekteyim. Onlarla beraber "İnsanlığın Lüzumu Yok", "Neşe-i Muhabbet", "Beyoğlu Beyoğlu", "Taşıtlar", "Büyük Kabare" ve "Yasaklar" oyunlarında oynadım.

Oynadığım oyunlardan örnekler...

Devekuşu Kabare'den sonra oynadığım oyunlar ve gruplar: Biri Erkek Biri Dişi / A.Ü.D.T.C.F, Muhteşem Serseri / Yeditepe Oyuncuları, Yer Demir Gök Bakır / AST, Sakıncalı Piyade / AST, Şuna Buna Dokunduk / Devekuşu Kabare Tiyatrosu, Neşe-i Muhabbet / Bostancı

Gösteri Merkezi, Direniyoruz / Tiyatrohane, Sevdaname / Tiyatrohane, Kırmızı Burunlu Dünya / Tiyatrohane, Adam Adamdır / Tiyatro Ti, Bir Avuç Hayvan Mayvan / Tiyatro Oyunevi, Gözlerimi Kaparım Vazifemi Yaparım / Bursa Devlet Tiyatrosu, Antigone / Tiyatro Oyunevi, Bir Avuç İnsan Minsan / İBŞT, Midasın Kulakları BKSV Tiy, İyi Hava Kötü Hava / Bilsak Tiyatro Atölyesi, Lahana Sarma / tiyatrotem, Yolcu /Bilsak Tiyatro Atölyesi, Böyle Devam edemeyiz / tiyatrotem, Neos Cosmos 5. Sokak Tiyatrosu, Alem Buysa Kral Übü / tiyatrotem, III. Riçırd Faiası / tiyatrotem, Tartüf Bey / tiyatrotem, Nasıl Anlatsak Şunu / tiyatrotem, Hakiki Gala / tiyatrotem ve Beraber Solo Şarkılar / tiyatrotem...

Tiyatrotem'i Şehsuvar'la kurduk...

Tiyatrotem 2000 yılında Şehsuvar Aktaş'la beraber kurduğumuz bir tiyatro. 1982'den 2000'e kadar ayrı ayrı tiyatrolarda beraber çalıştık. 2000 yılında da kendi tiyatromuzu kurmak istedik. Kolay taşınabilen, az kişili, herkese hitap eden bir oyunla açalım tiyatromuzu dedik. İlk oyunumuz bir gölge-kukla oyunu olan "Lahana Sarma" adlı oyundur. Ben yazdım. Şahsuvar Aktaş'la beraber oynadık. On yıl oldu tiyatromuzu açalı. Bu kadar süre sürdürebileceğimizi düşünmüyorduk, tahmin de etmemiştik. Yedi oyun sahneledik. 8. oyunumuzun, Beraber Solo Şarkılar'ın da provalarını yapmaktayız. Yönettiğim birkaç oyun olsa da kendimi yönetmen adlandıramam. Tiyatro çalışmalarımın dışında da bazı dizi ve filmlerde oynadım.

Oynadığım Tv dizilerinden bazılar...

Leyla İle Mecnun, Kapalıçarşı (2009), Aşk Yakar

(2008), Sessiz Fırtına (2007), Doktorlar (2007), Gülpare (2006), İstasyondaki Pastahane (1989), Kavak Yelleri (1988).

Sinema filmleri...

Cin Geçidi (2008), Usta (2008), Böcek (1995) ve Faize Hücum (1982).

Tiyatrotem'in ödülleri...

SANAT KURUMU 2006-2007 TİYATRO ÖDÜLLERİ

Seçici Kurul Özel Ödülü, Çocuk ve Gençlik Tiyatrosu alanında ulusal ve uluslararası arenada, geleneksel tiyatro ve kukla geleneğini, modern, özgün ve sürekliliği olan yapıtlarla sahneye getirmesi nedeniyle tiyatrotem'e verildi.

VIII. LIONS TİYATRO ÖDÜLLERİ 2007 - 2008 SEZONU Yenilikçi Tiyatro Ödülü Tartüf Bey oyunuyla tiyatrotem'e verildi.

2010 TİYATRO ÖDÜLLERİ Tiyatrotem'in Hakiki Gala adlı oyununu kaleme alan Ayşe Bayramoğlu Yılın Oyun Yazarı Ödülü'nü aldı.

Türk tiyatrosu üzerine...

Türk tiyatrosunu izlemeye çalışıyorum. İstanbul başlı başına bir ülke gibi oldu son senelerde; çok genişledi. Onun için sadece İstanbul'da olan tiyatro olaylarını izleme olanağı bulabiliyorum. İki yönlü tiyatro var: Birincisi ödenekli tiyatrolar. Yani Devlet Tiyatroları ve Şehir Tiyatroları. Onlar kendi çizgileri içersinde oyunlarını sürdürüyorlar. Hatta son zamanlarda kendi çizgilerinin dışın da çalışmalar yapıyorlar, ki bu sevindirici ve olumlu bir çalışma. İkincisi de özel tiyatrolar. Bir de yine özel tiyatro kapsamı altında pıtrak gibi çoğalan genç tiyatrolar var. Genç oyuncuların kurduğu özel tiyatrolar bunlar. Bunu çok önemsiyorum. Çünkü gençlik bir yandan "savrukluk" demek. Yani zaman zaman ne yapacağını kestirememek... Bu kadar gençken, biraraya gelip, program yapıp, provalar için biraraya gelebilmek bile çok önemli. Bir oyun çıkarıp, bunu bir yerlerde oynayabilmek, önemsenecek, takdir edilecek bir olay bence. Çeşitli yaklaşımlar ve türler var. Keşke daha da çeşitlense. Bu gençler birbirlerinin oyunlarına gidip seyrediyorlar. Bu çok önemli. Onlarla alışveriş halinde olmayı çok önemsiyorum. Gençlerin dışında klasik anlamda komediler yapan daha üst kuşak ta var. Bu da çok önemli. Bütün bunların var olması, tiyatro yapıyor olmaları, perdelerini açıyor olmaları Türk tiyatro açısından olumlu.

Ve Türk sineması...

Çok film çekiliyor. Ve iyi filmler yapılanlar. Tabiki Türk sineması için çok olumlu. Yurtdışında ödüller kazanılıyor. Birçok festivallere katılıyorlar. Sadece uzun metrajlı değil, kısa metrajlı belgesel film çalışmaları da yapılıyor. Sinema sektörümüz çok iyi bir ilerleme ve gelişme içersinde. Film sektöründe de çok gençler var. O gençler benim kuşağımı çok sağlıklı değerlendiriyorlar...

"Buster Keaton'dan Şarlo'ya uzanan çizgide"...
"Komik olmayan palyaço"...

BÜLENT EMİN YARAR...

Zeynep Oral Cumhuriyet'teki köşesinde yazdığı bir yazısında onu şöyle tarif etmiş:

"...kendini bir kez daha aşan 'köle-uşak' , Buster Keaton'dan Şarlo'ya uzanan çizgide Bülent Emin Yarar..."

Çok doğru bir saptama yapmış Zeynep Oral.

Bülent Emin Yarar'ı oynadığı **Oyun Sonu** adlı oyunda 2007'nin şubat ayında İstanbul'da seyretmiş ve kendisiyle söyleşi yapmıştım. Aynı oyunu Berlin'deki 12. Diyalog Tiyatro Festivali'nde de seyrettim.

Oyun Sonu, Dostlar Tiyatrosu'nun Uluslararası İstanbul Tiyatro Festivali için İstanbul Kültür Sanat Vakfı ve Paris Beckett 2006 Festivaliyle ortak yapım olarak hazırladığı bir oyun.

Yirminci yüzyılın yetiştirdiği en çarpıcı aydın kişiliklerden biri olan Samuel Beckett'in dili, en yalın -süslemelerden bütünüyle arındırılmış- bir dil. Beckett'in yakın dostu, oyuncusu, yönetmeni Pierre Chabert'in yönettiği oyunun sahne tasarımı gene Beckett'in yakın dostu ressam Avigdor Arikha imzasını taşıyor. Giysi: Barbara Hutt, ışık: Genevleve Soubirou. Oyunda **Genco Erkal, Bülent Emin Yarar, Meral Çetinkaya** ve **Hikmet Karagöz** oynuyor.

Komedi ile trajedinin zaman zaman buluştuğu,

zaman zaman da çatıştığı oyunda baş kişiler, kör ve kötürüm yaşlı efendi Hamm (Genco Erkal) ile dizlerindeki sakatlık nedeniyle oturamayan hizmetçisi Clov (Bülent Emin Yarar)'dır. Deniz kenarında küçük bir evde yaşarlar. İki karakter, birbirlerine bağımlı olsalar bile, yıllardır didişmektedirler ve oyun boyunca da bunu sürdürürler. Clov sürekli gitmek ister ancak bunu başaramaz.

Oyunda yan karakterler ise Hamm'in, bacakları olmayan anne Nell (Meral Çetinkaya) ve babası Nagg (Hikmet Karagöz)tir.. Bunlar sahnenin kenarındaki çöp varillerinde yaşarlar ve varilden dışarı yemek istemek ya da birbirleriyle budalaca kavga etmek için çıkarlar.

Oyunu Fransızca'dan Genco Erkal dilimize çevirmiş.

Bu güzel çeviri için Hakkı Devrim Radikal'de şunları yazmış:

"Metni Türkçe'ye Genco Erkal çevirmiş. Kolay iş değil Beckett metni. Tertemiz bir Türkçe dinliyorsunuz. Asıl önemlisi o Türkçe'yi söyleyenin de Genco Erkal olması. Çoktan beri iyi Türkçe dinlemediğimden mi nedir, Genco Erkal'ı içer gibi, koklar gibi, elimle okşar gibi dinledim..."

Güzel dilimizi ustalıkla kullanan usta oyuncu Genco Erkal'ın yanında, vücudunu Şarlo gibi kullanan Bülent Emin Yarar'ın oyunculuğu ile birleştiği bu güzel oyunu iki kez seyretmenin keyfine vardım.

Bülent Emin Yarar'ı 1993 senesinde oynadığı televizyon dizisi Süper Baba'dan beri tanıyorum. Son senelerde ise Kız Babası, Korkuyorum Anne, Beş Vakit, Zincirbozan ve yine şimdilerde oynadığı Arka Sıradakiler adlı dizideki öğretmen rolünde izledim.

Opera bölümünde 4 yıl opera eğitiminden sonra tiyatro eğitimine geçmiş bir sanatçı Bülent Emin Yarar. 12. Diyalog Tiyatro Festivali için geldikleri Berlin'de, oyundan bir gün önce yaptıkları sahne provalarında izledim Dostlar Tiyatrosu sanatçılarını. Prova esnasında devamlı şarkılar mırıldanarak sürdürdü provasını Bülent Emin Yarar.

Tiyatro ilc hiç ilgilenmemiştim

1961 Ankara doğumluyum. Ailede tiyatro sanatıyla uğraşan bir tek ben varım. Bale sanatıyla uğraşan birkaç kişi var. Ankara'da tiyatro seyredilir; hala da öyledir. Ankara memur kentidir, ancak herkesin bir şekilde tiyatro alışkanlığı vardır. Çocukluğumda da böyleydi. Ailece çok tiyatroya gittik; çok oyun seyrettik. Lise yıllarında da tiyatroyla hiç ilgim olmadı; seyirci olmamın dışında. Sadece müziğe çok meraklıydım. Babam müzikle ilgiliydi. Keman çalardı. Ancak onun da bu konuda profesyonel bir girişimi olmadı.

Lise eğitiminden sonra konservatuar..

Lise bittikten sonra İstanbul Devlet Konservatuarı Şan Bölümü'nü kazandım. Ancak yaşımın tuttuğu tek bölüm opera bölümüydü. Çünkü enstrüman çalmak istiyorsanız dokuz yaşında başlamanız gerekiyor. Opera okumaya başladım.

Figüran olarak tiyatro çalışmam...

Opera öğrenciliğim sırasında Devlet Tiyatrosu'nun oyunlarında figüran olarak sahneye çıktım. Figüran olarak oynadığım ilk oyun İstanbul Efendisi idi.

Kadroda Ahmet Uğurlu, Zekai Müftüoğlu, Meral Oğuz, Musa Uzunlar ve Ali Düşenkalkar gibi sanatçılardan oluşan geniş bir sanatçı topluluğu vardı. Bu oyunda hem dans ettim hem de şarkı söyledim.

Çocuk oyunları... ve tiyatro eğitimine geçiş...

İstanbul Efendisi oyunundan sonra yavaş yavaş figüranlığın dışına çıktım; "Siz Ne Dersiniz?" adlı bir müzikal çocuk oyununda başrol oynadım. O ara çevremden bana "operayı bırak tiyatroya geç" denmeye başlandı. Her ne kadar "operayı bırakamam" dediysem de olmadı; fazla üstüme gelinince bölüm değiştirip konservatuarın tiyatro bölümüne geçiş yaptım. Tabi ki hocalarım da değişti. Yıldız Kenter, Zeliha Berksoy, Haluk Kurtoğlu, Raik Alnıaçık, Oğuz Aral, Zekai Müftüoğlu, Cihan Ünal ve Semra Karlıbel gibi değerli hocalarım oldu. 1989'da Mimar Sinan Üniversitesi Devlet Konservatuarı Tiyatro Bölümü'nden mezun oldum.

Hemen aynı yıl Diyarbakır Devlet Tiyatrosu'na geçtim. Oyunculuk hayatımın büyük bir bölümü burada geçti. Yaklaşık 30 oyunda oynadım. Bunların arasında Rumuz Goncagül, Misafir, Cengiz Hanın Bisikleti, Macbeth ve Miletos Güzeli... gibi. 1994 / 95 sezonunda İstanbul Devlet Tiyatrosu'na girdim. İstanbul'da ise Tiyatro Ti, Tiyatro Stüdyosu, Oyun Atölyesi, Semaver Kumpanya, Dostlar Tiyatrosu, Tiyatro Rast gibi özel tiyatrolarda çalıştım. Ada ve Getto adlı oyunları yönettim. Semaver Kumpanya'da da bazı oyunları yönettim.

Unutamadığım oyunlardan bir tanesi de Cyrano de Bergerac'tı. Oyun çok zordu. 3 sezon oynadım. Yaklaşık 12 bin seyirci izledi.

Oynadığım bazı oyunlar...

Rumuz Goncagül (Diyarbakır Devlet Tiyatrosu), Mem ü Zin (Diyarbakır Devlet Tiyatrosu)

Misafir (Diyarbakır Devlet Tiyatrosu), Cengiz Hanın Bisikleti (Diyarbakır Devlet Tiyatrosu)

Macbeth (Diyarbakır Devlet Tiyatrosu), Miletos Güzeli (Diyarbakır Devlet Tiyatrosu)

Getto (Tiyatro Ti), eşil Papağan (Limited Mehmet Baydur), Kıyamet Sularında (İst. Devlet Tiyatrosu), Kadınlardan Konuşalım (İst. Devlet Tiyatrosu), Cyrano de Bergerac (İst. Devlet Tiyatrosu), Balkon (Tiyatro Stüdyosu), Ermişler ya da Günahkarlar (Oyun Atölyesi), Şapka (İst. Devlet Tiyatrosu), Efrasiyab'ın Hikayeleri (İst. Devlet Tiyatrosu), Dolu Düşün Boş Konuş (Oyun Atölyesi), Müfettiş (İst. Devlet Tiyatrosu), Çayhane (İst. Devlet tiyatrosu), Diktatör (Semaver Kumpanya), Oyun Sonu (Dostlar Tiyatrosu), Kuzey Işığı (Tiyatro Rast)

Yönettiğim bazı oyunlar...

Ada, Getto, Mem ü Zin

Oynadığım filmler ve diziler...

Arka Sıradakiler (2007), Zincirbozan (2007), Beş Vakit (2006), Korkuyorum Anne (2006), Kız Babası (TV 2006), Dişi Kuş (TV 2004), Çamur (2002), Kaç Para Kaç (1999), Süper Baba (TV 1996-1997), Hoşçakal (1989)

Aday gösterildiğim oyunlar ve film...

Balkon: 1998 Afife Tiyatro Ödülü, En İyi Yardımcı

Erkek Oyuncu, Oyun Sonu: 12. Sadri Alışık Ödülü, En İyi Erkek Oyuncu, Beş Vakit : SİYAD 39. Türk Sineması Ödülü, En İyi Yardımcı Erkek Oyuncu.

Ödüllerim...

Miletos Güzeli: 1994 Ankara Sanat Kurumu Ödülleri, Övgüye Değer Erkek Oyuncu

Cyrano de Bergerac: 2000 MSM Sanat Ödülü

Arturo Ui'nin Önlenebilir Tırmanışı, 2000-2001 Afife Tiyatro Ödülleri, En İyi Yardımcı erkek Oyuncu

Çayhane, 2005, Afife Tiyatro Ödülleri, yılın En Başarılı Erkek Oyuncusu ve 5. Lions Tiyatro Ödüllerinde En Başarılı Komedi Erkek Oyuncu, İsmail Dümbüllü Ödülü (Müjdat Gezen Sanat Merkezi).

Tiyatro, sinema ve dizi oyuncusu

CAN KOLUKISA...

Daha önceki "İstanbul Söyleşi Turu"mda **Tiyatro Pera'**da Nesrin Kazankaya'nın W. Shakespeare'den çevirdiği "Venedik Taciri"ni seyretmiş, oyunda oynayan bazı sanatçılarımızla (M. Ali Kaptanlar, Nesrin Kazankaya) da söyleşiler yapmıştım. Geçtiğimiz sezon (2010) ise, yine Nesrin Kazankaya'nın Türkçeye çevirdiği ve yönettiği, Anton Çehov'un yazmış olduğu "Vanya Dayı" adlı oyunu seyrettim. Oyundan önce de oyunda oynayan sanatçılarımızdan Levend Öktem, Linda Çandır, Aysan Sümercan ve senelerin usta oyuncusu Can Kolukısa ile sohbet ettim.

Tiyatro Pera, 2011 tiyatro sezonunda 10. yılını kutladı. Nesrin Kazankaya 2001 yılında Tiyatro Pera'yı kurmuş ve sanat yönetmenliğini üstlenmiş. Aynı çatı altında da "Pera Güzel Sanatlar Tiyatro Okulu"nu kurmuş. Ayrıca "Pera Tiyatro Lisesi"nin programını oluşturarak, Türkiye'de ilk kez bir tiyatro lisesi açılmasını sağlamış.

Severek izlediğim Vanya Dayı adlı oyunu 1896'da yazmış Çehov. 1897'de tiyatro oyunları derlemesi içinde basılmış ve taşrada sahnelenmiş. Çehov'un hiç beğenmediği oyunu taşra seyircisi tam aksine çok beğenmiş. 1899 yılında Moskova Sanat Tiyatrosu'nda prömiyeri yapılmış. Oyun, doktor Astrov rolünü oynayan Stanislavski tarafından sahnelenir. Çehov, Yalta'da korku içinde haber beklemektedir, sonunda telgraf gelir: Büyük bir başarı!..

1934 Eskişehir doğumlu olan **Can Kolukısa,** İstanbul'un Aksaray semtinde büyümüş. Yani Metin Akpınar, Müjdat Gezen, Kemal Sunal gibi birçok sanatçılarımızın büyüdüğü semtin çocuğu. Işık Lisesi'nde okumuş. İstanbul Üniversitesi İktisat Fakültesi'nde 1954-60 yılları arasında öğrenciymiş. Bu yıllarda edebiyatçılarımızdan Pınar Kür ile evlenmiş. Oğul Emrah Kolukısa da tiyatro oyunculuğunu seçmiş.

Ben, her zaman olduğu gibi aradan çekiliyor; sizleri usta oyuncumuz Can Kolukısa ile başbaşa bırakıyorum:

İstanbul'un Bostan tarlaları...

1934 Eskişehir doğumlu olmakla beraber ben İstanbul'un Aksaray semtinde büyüdüm. Arka mahalledeki komşumuz Şırat Demir (sesalma cihazımda bu ismi tam olarak çözemedim. A.D) eski tiyatro sanatçılarımızdandı. Bazı oyunlar için bizleri alır götürür, ufak roller vererek bizleri oynatırdı. Tiyatro sevgisini bana ilk aşılayan oydu diyebilirim. Bir de ortaokul ve lise öğretmenlerimiz sürekli bizleri toplu olarak tiyatroya götürürlerdi. O yıllarda okulumuza gelen Reşat Nuri Güntekin'le de tanışmıştım. İlkokul sıralarında ise pek önemli gibi olmayan, ancak tiyatro sanatına olan eğilimimin temeli olan merakın yavaş yavaş başlamasına yol açan karagöz hacıvat oynatmalarını yapardım. Aksaray'da büyük bostanlarımız vardı. Akşamları mahallenin çocuklarına karagöz hacıvat oynatırdım. Bu figürleri kendim yapar ve oynatırdım mahalle çocuklarına.

Aksaray semtinde çok sanatçı yetişti...

Aksaray semti çok sanatçı yetiştirmiştir. Zaten bakarsanız Metin Akpınar, Müjdat Gezen ve Kemal Sunal... gibi tiyatrocu arkadaşlarımızın gençlikleri Aksaray, Fatih ve Çarşamba semtlerinde geçmiştir. Benim dönemim, ki 50'li yıllar; Müslüman olan halk genellikle İstanbul'un Fatih, Çarşamba ve Aksaray semtlerinde otururlardı. Gayri Müslimler de çoğunlukla Şişli ve Pera'da otururlardı. O yıllarda zaten İstanbul'un toplam nüfusu 5-6 yüz bin idi.

Üniversite yılları... Gençlik Tiyatrosu...

Işık Lisesi'ni bitirdikten sonra 1953 yılında İst. Üniversitesi İktisat Fakültesi'ne başladım. 1953-60 yıllarında orada öğrenciyken İstanbul Üniversitesi'nin kültürel faaliyetleri olan Gençlik Tiyatrosu çalışmalarına başladım. Yani 1953 yılından bu yana tiyatro sanatıyla uğraşmaktayım. Avni Dilligil hocamızdı. Benim katıldığım sene Metin Serezli, Nisa Serezli, Erol Keskin, Senih Orkan, İlhan İskender, Avni Bey'in oğlu Erhan Dilligil... gibi arkadaşlar vardı. Onların dışında grupta tiyatro ile uğraşanlar olduysa da daha sonra tiyatro değil de, okudukları branşlarda kalmayı tercih edenler oldu. Bu saydığım arkadaşlar 50 küsur yıldır hala tiyatronun içindeler. Gençlik Tiyatrosu'ndan yazar da yetişmiştir. Bunlardan bir tanesi Vasıf Öngören'dir.

Bizden ayrı gençlerin tiyatro grupları...

Bizim dışımızda yine üniversite gençlerinin oluşturduğu tiyatro grupları da vardı. Örneğin Genç Oyuncular: Arif Erkin, Atilla Alpöge, Çetin İpekkaya, Genco

Erkal... gibi. Onlar daha çok tiyatro teorisi üzerinde, yani Türk tiyatrosunun geleneksel Türk tiyatrosundan modern bir Türk tiyatrosuna, ya da ulusal bir tiyatroya nasıl gidilir?in araştırmasını yaptılar. Bizler daha çok oyun ağırlıklı, uygulamalı, daha çok yerli yazarlara katkıda bulunabilecek oyunlar oynamaya çalıştık.

Uluslararası festivaller...

Grup olarak birçok yazarın da ilk olarak oyununu sergiledik. Güngör Dilmen'in "Midasın Kulakları" daha su yüzüne çıkmamıştı. Şehir Tiyatrolarında o zaman Max Meinecke vardı. "Kapıların Dışında" adlı antifaşist oyunu bizde oynatmıştı. Bir de başka bir fonksiyonu yerine getirdik: Uluslararası festivalleri başlattık Türkiye'de. 1954-55 Almanya Erlangen Üniversitesi Tiyatro Festivali'ne "Yarın Başka Olacaktır" adlı oyunla katıldık, üçüncü olduk. Ertesi yıl yine davet edildik. Necati Cumalı'nın "Boş Beşik" adlı eseriyle katıldık; birinci olduk. Metin Serezli, Erol Keskin ve Nisa Serezli gibi değerli oyuncular vardı grubumuzda. Büyük bir olay olmuştu; perde 22 defa filan açılmıştı. Ve bu Erlangen Festivali İstanbul Kültür Festivallerinin başlangıcı olmuştur. Yaklaşık 1964 yılına kadar sürdü bu festivaller.

Tiyatro eğitimim...

Konservatuara başvurduğumda oyuncuydum. Hocalardan birinin bana "... senin bizden alacağın bir şey yok; zaten yerimiz de yok..." demesi üzerine Parise gittim. Teori eksikliğimi gidermek istiyordum. O dönemde yazarlarımızdan Pınar Kür ile evlenmiştim. Onunla beraber gittik. O doktorasını ben de önce iki yıl (1964-66) Sorbonne Üniversitesi Tiyatro Enstitisü'nde tiyatro öğrenimi yaptım. 1966-68 yılları arasında da Unesco / Paris Tiyatro Üniversitesi'nde profesyonel oyunculuk kurslarına katıldım. Orada önemli yazar ve teorisyenlerle çalıştım.

Paris'ten dönüş...

Paris'ten dönünce sırasıyla Cep Tiyatrosu, Oda Tiyatrosu, Sahne 8, Sahne Z, Küçük Sahne ve Halk Oyuncuları'nda çalıştım. Örneğin, Oda Tiyatrosu'nda Mücap Ofluoğlu, Cahit Irgat ve Altan Karındaş gibi Türk tiyatrosunun değerli oyuncularıyla oynadım. Küçük Sahne'de ise Haldun Dormen'le çalıştım. Halk Oyuncuları'nda Devri Süleyman ve Pir Sultan Abdal, Yaşar Kemal'in Teneke adlı oyunlarda oynadım. M. Keskinoğlu, E. Fosforoğlu ve Kenterler'de de konuk oyuncu olarak çalıştım. Şimdi de Vanya Dayı oyunu için Tiyatro Pera'da konuk oyuncuyum.

Bir iki de oyun sahneledim; 1971'de Ankara'da Aziz Nesin'in "Yaşar Ne Yaşar Ne Yaşamaz" oyununu sahneye koydum.

Karanlığa gömülen tiyatromuz...ve sinema

Türkiye faşist bir döneme girince, tiyatromuz da bir karanlığa gömüldü. Uzun yıllar tiyatronun dışında başka işler yapmak zorunda kaldım. Sinema ve televizyon çalışmalarım başladı. İlk sinema filmim Zeki Alasya'nın ilk yönetmenliğini yaptığı filmdi. Destek olsun diye rahmetli Turgut Boralı filan oynamıştık. İlk önemli filmim Zeki Ökten'in yaptığı "Kapıcılar Kralı" idi. Rahmetli Kemal Sunal'la oynamıştım. Ondan sonra da en önemli filmim olan "Züğürt Ağa"dır. Bizleri tanıtan bir filmdir Züğürt Ağa. Bu film bana sinemayı sevdiren bir film olmuştur. Sonra da televizyon çalışmalarım başladı. Çok dizide oynadım. Benim için önemli olan "Yabancı Damat" ve "Hanımın Çiftliği" adlı uzun süren dizilerdi. Çoğu dizi de tutmadı diye kaldırıldılar.

Diziler ve devlet politikası...

Diziler çok çabuk tüketliyorlar. Ekonomik olarak güvencemiz yok!. 50 senedir bu böyle! Şimdi çok yönlü bir sendika girişimi var; sadece oyuncular için. Yasanın bu kalıplar içinde başarılı olacağını sanmıyorum. Çünkü iktidarlar istemiyorlar. Başbakan Erdoğan sokakta çelik çomak oynarken biz 50'ler de bu sanat yasalarını hazırlıyorduk.

Tiyatro çalışmaları içinde mutluyum. Film çalışmaları artık pek olacağını sanmıyorum. Yurtdışında genç yönetmenlerimiz var. Belki onların girişimleriyle yeni çalışmalar olabilir. Sinema yaratacak bir heyacan olması gerekli. Entellektüel düzeyde potensiyelimiz yok. Vardı bir zamanlar; onu da kaybettik. Daha doğrusu 40-50 yıl önce vardı bu potensiyel; bir durgunluğa girdi. Belki 30-40 yıl sonra bir savaş filan yaşarsak belki bir şeyler çıkabilir...

Ödüllerim...

1985 - ZÜĞÜRT AĞA - Basın Eleştirmenleri En İyi Yardımcı Erkek Oyuncu Ödülü,

1995 - Düş, Gerçek, Bir de Sinema – 8. Ankara Film Festivali En İyi Erkek Oyuncu Ödülü,

1997 – Ev Ona Yakıştı – Ankara Uluslararası Film Festivali En İyi Erkek Oyuncu Ödülü.

Filmlerimden örnekler...

Arabesk, Kapıcılar Kralı, Postacı, Züğürt Ağa, Kuruntu Ailesi, Asılacak Kadın, Selamsız Bandosu, Geçmiş Bahar Mimozaları, Aşk Filmlerinin Unutulmaz Yönetmeni, Kurt Kanunu, Tersine Dünya, İz, Kurtuluş, Yaban, İnsan Kurdu, Utanmaz Adam, Yaşar Kemal Belgeseli, Koltuk Sevdası, Asmalı Konak, Abdülhamit Düşerken, Memleket Hikayeleri, Eve Dönüş, Bıçak Sırtı, Kara Duvak, Düğün Şarkıcısı, Hanımın Çiftliği... gibi.

Tiyatro sanatına sevdalı
tiyatro ve sinema oyuncusu

CELİLE TOYON

Ekim 2010'da yapmış olduğum "İstanbul Söyleşi Turu"mun son durağı BBT Yunus Emre Kültür Merkezi Ataköy idi. Seyrettiğim oyun bir TİYATROKARE yapımı "**Leyla'nın Evi**"

Yazan Zülfü Livaneli. Oyunlaştıran Zeynep Avcı. Yöneten Nedim Saban.

Oynayanlar: Celile Toyon, Ayça Varlıer, Onur Bayraktar, Nuri Gökaşan, Volkan Severcan, Melda Gür, Bülent Seyran...

Bu oyunda oynayan sanatçımız Onur Bayraktar'ı maalesef yapmış olduğu bir kazada yitirdik.

Leyla'nın Evi, İstanbul'un talan edildiği, rantiyelere, çetelere peşkeş çekildiği, çocukluğumuzun sinemalarının, manolya bahçelerinin, tozlu sahaflarının kitapçılarının yok olduğu bir dönemde, Kültür Başkenti'nde sadece sahnede oynanan bir oyun değil, bizlere oynanan oyunları da simgeliyor.

"Söyleşi Turu"mun final oyunuydu Leyla'nın Evi. Öncelikle bu değerli romanı yazan Zülfü Livaneli'ye teşekkürler... kalemine sağlık. Livaneli hem severek dinlediğim, hem de severek okuduğum çok yönlü bir sanatçımız.

Bu güzel eseri sahneye taşıyan yönetmen ve oyuncu Nedim Saban'a da buradan sevgi ve saygılarımı gönderiyorum; teşekkürler.

Evet, gelelim oyunda oynayan usta oyuncumuz **CELİLE TOYON'a:**

Ben kendisini ilk defa seyrettim. Oyunculuğu sahnenin dışına taşan usta bir oyuncu. Kendisini seyretmeye doyamadım; oyun bitecek diye korktum. İlk fırsatta tekrar seyretmek istiyorum. Onun dışında, diğer oyuncular da adeta bu usta oyuncunun peşine takılmışlar, sergiledikleri performanslarıyla adeta birbirleriyle yarışır biçimde oynuyorlar. Örneğin Nuri Gökaşan ve Volkan Severcan yıllarını Türk tiyatrosuna vermiş usta oyuncularımızdan.

Babası,Opera ve bale sanatçılarımızdan Feyzi Gür'ün izinden giderek, tiyatro sanatını seçen başarılı Melda Gür, baba mesleğini seçmekle yanlış bir iş yapmadığını bu oyunda da ispatlıyor. Ayça Varlıer ve rahmetli Onur Bayraktar'ın şansı ise böyle usta sanatçılarla aynı sahneyi paylaşmaları ve ustalarının temposunu düşürmeyerek, oyunun çıtasını yüksek tutmalarında katkıları olduğunu gösteriyorlar.

Sinema için okuldan kaçmıştım...

1944 İstanbul doğumluyum. Ailemde tiyatro sanatıyla uğraşan yoktu. Kendimi çok okuyan bir ailede büyüdüğüm için hep şanslı saymışımdır. İlkokulda yıl sonu müsameresinde kelebek rolünde oynamıştım. Hatta oynarken kanadımı düşürmüştüm, unutamam. İstanbul Kız Lisesi'nde okurken sinemaya gitmek için okuldan kaçmıştım. Suzan Howard'ın "Yarın Ağlayacağım" diye Oscar aldığı bir filmdi. İşte bir kereliğine, bu filmi seyretmek için okuldan kaçtım. Bu filmi seyrederken de oyuncu olmaya karar verdim. Sebebi de şuydu: Ailemin sinemaya izin vermeyeceğini biliyordum. Konservatuara başladığımda babamın haberi yoktu. Ancak bir yıl sonra haberi oldu.

"Tiyatroya evet, sinemaya hayır!" diyorlardı. Sanki sinema da dört gözle beni bekliyordu!..

Kazandığımı arkadaşımdan öğrendim...

Konservatuar imtihanımı Beşiktaş'ta yapmıştım. İmtihanda Melih Cevdet Anday, Sabahattin Kudret Aksal, Seyit Mısırlı, Ahmet Kutsi Tecer ve Burhan Toprak vardı. İmtihanda yaptıklarımı hiç beğenmemiştim. Sonuçtan pek umutlu olmadığım için, sonucu öğrenmeye bile gitmemiştim. Okul arkadaşlarımdan biriyle yolda karşılaştım. Beni görünce "tebrik ederim!.." diye bana seslendi. Şaşırmıştım; beni niçin tebrik ediyor diye. "Niçin tebrik ediyorsun?" diye sorduğumda: "Haberin yok mu, konservatuar sınavını kazanmışsın, koş hemen kaydını yaptır, bugün son gün!" diyerek beni uyardı. Ondan sonrası hızlı çekilmiş bir film gibiydi.

Hocalar yönünden de şanslıydım...

O kadar iyi ve değerli hocalarla yetiştim ki, düşünüyorum da, bayağı şanslıymışım.

Yıldız Kenter hocamdı. Yukarıda saydığım imtihanda olan değerli hocalarımın dışında dünyaca ünlü Max Meinecke de vardı hocalarımın arasında. Yıldız Kenter başlı başına bu işin tanrısıydı. Onun bir dediği iki edilmezdi. Hala Yıldız Hanım'ın öğrettiği bilgiler bana önderlik etmektedir. O bilgilerin önderliğinde kendi kendime bulduğum yollarla mesleğimi sürdürmekteyim. Bugün ayakkabılarımı kalıba koyuyorsam, bugün oynadığım yerde tuvaleti kontrol ediyorsam, sahnenin gerçekten temiz mi, düzenli mi, ihmal edilen, gözden kaçan, unutulan bir şey var mı, yok mu diye bakıyorsam; tüm bunlar sahne üstünde öğrendiklerimle beraber bir bütün olarak tiyatro sanatına sevdalanmayı da hep ondan öğrenmişimdir. Ben bu mesleye sevdalıyım. Bu hiç bitmeyen, tükenmeyen, vazgeçilmeyen bir aşktır. Tiyatro olmasaydı ne yapardım... Tiyatrosuz, kitapsız kalmak benim kabusumdur. Müzik dinleyememek!.. ne korkunç bir şey... Düşünüyorum da, iyi ki bu mesleği seçmişim... bir daha dünyaya gelsem yine tiyatroyu seçerdim.

İlk oyunum, sınıf arkadaşlarım...

Konservatuar eğitimi sırasında ilk oynadığım oyun "Bizim Şehir" adlı bir oyundu. Sema Özcan, Güler Ökten, Uğur Say, Güven Şengil, Cenk Güner ve Mustafa Alabora... gibi değerli arkadaşlarımla paylaşmıştım sahneyi. Mustafa Alabora da sevdiğim bir arkadaşımdır. O direnenlerdendir. Tiyatro olsun da ne olursa olsun diyenlerden değildir !.. Kendini, emeğini, aklını daha akılcı kullananlardandır o. Çok farklı bir sanatçımızdır. Yorulmadan tiyatro yapmanın yolunu bulmuştur. Ali Poyrazoğlu, Müjdat Gezen, rahmetli Savaş Dinçel... öyle değillerdi. Bizler hep tiyatro yaptık. Dönem arkadaşlarımdan Sema Özcan evlenince tiyatroyu bırakmıştı. O aynı zamanda Türk sinemasının da starıydı.

"Şarkıcı Kız"...

İstanbul Konservatuarı Tiyatro Bölümü normalinde beş yıl sürer. Ben üstün başarılı bir öğrenciydim; dört yılda bitirdim. Ulvi Uraz Tiyatrosu'nda başladım çalışmaya. Ve ilk yerli, bayağı yenilikçi oyun olan "Şarkıcı Kız" oyunuyla başlamıştım. Deniz Türkali, Ali Poyrazoğlu, Mete İnsenel ... gibi değerli oyuncularımızla Eskişehir Tiyatrosu'nda oynamıştık. İzleyiciyi çok etkileyen bir oyundu. Sonradan "Meyhanenin Gülü" ismiyle de filme çekilmişti. Meyhanede baba dabruka çalarak küçük kızını oynatır; kızın bir ağaya satılışının öyküsünü anlatan bir oyundu. Eskişehir'den sonra Arena'da Fakir Baykurt'un "Yılanların Öcü"nü oynamıştık. Engin Orbey oyunlaştırmıştı. İlk zamanlar oyuncu olan Ali Özgentürk oynamıştı. Deniz Türkali ve Hikmet Karagöz de vardı oyunda.

Ulvi Uraz...

Yeri hiç doldurulamayacak usta bir oyuncumuzdu Ulvi Uraz. 1965 yılında Haldun Taner'in "Gözlerimi Kaparım Vazifemi Yaparım" oyununu Küçük Sahne'de oynadık. Sanıyorum 300 kez oynamıştık. Ulvi Uraz, Müfit Kiper, Alev Koral, Metin Akpınar, Tuncer Necmioğlu, Hikmet Karagöz gibi çok zengin bir kadromuz vardı. O zamanlar Brezilya Milli Takımı vardı çok ünlüydü, oynadıkları zaman yer yerinden oynardı. Bizim "Gözlerimi Kapatırım Vazifemi Yaparım" ekibini bu takıma benzetirlerdi.

AST... Asaf Çiğiltepe...

Sonra Recep Bilginer'in bir oyununda oynadım. Ve ben Ankara Sanat Tiyatrosu (AST)'na geçtim. Asaf Çiğiltepe ve Güner Sümer vardı. Fakat bir sene sonra beraber geçirdiğimiz bir kazada Asaf'ı kaybettik. Asaf'ın gidişi benim tiyatro hayatımda çok etkili oldu. Çünkü beraber düşündüğümüz, anahtarı onda olan oyunlar vardı. Konservatuarda alfebeyi öğretip bırakırlar. Ondan sonrası sana kalmıştır. Okumak araştırmak, kendini geliştirmek... tüm bunları AST'da öğrendim. Orada bilinçlendim. Çünkü herkes başka bir dil konuşuyordu. Evet oynuyordum onlarla birlikte, uyum da sağlıyordum. Ancak bu akademikti. Bir dünya görüşü edinmiş değildim. Ne mutlu ki bana AST gibi doğru bir tiyatroda öğrendim. Ankara Sanat Tiyatrosu, sanatçı olarak çok mutlu olduğum, hatta yorulduğumu bile hissetmediğim, durmadan çalıştığım bir bölümü kapsar. Hala da saygı ve sevgiyle hatırlarım AST'daki çalışma günlerimi ve çalışma arkadaşlarımı.

Gülriz Sururi...

AST'dan sonra İstanbul'a geldim. Gülriz Hanım beni aradı. AST'ı seyrederdi zaten. Bana da özel bir dikkati vardı sanıyorum. Beni davet etti ve bize ortaklık teklif etti. Şöyle bir ortaklık oldu: Turgut Boralı, rahmetli Suzan Ustan, Ali Poyrazoğlu, Aydemir Akbaş ve ben. Öte tarafta ise Gülriz Sururi ve Engin Cezzar. Böyle bir ortaklık kurduk hepimizi kapsayan. Nikah Kağıdı adlı oyunu oynadık. Oyun çok gişe yapmıştı. Bu çalışmalarda da çok şey öğrendim. Gülriz Hanım'ın, izleyicisini nasıl saygıyla kucakladığını ve her şeyi iğneden ipliğe düşünerek, işine nasıl sahip çıktığını gözlemledim.

Film çalışmalarım...

Bunlardan üç tanesi Atıf Yılmaz'la oldu: 1977 Güllüşah, 1979 Adak, 1982 Mine, 1982 Kaçak (Memduh Ün), 1984 Tutku (Feyzi Tuna), ve son filmim de 2011 Çınar Ağacı(Handan İpekçi)

1983 yılında da Üç İstanbul adlı televizyon dizisinde oynamıştım.

Film çalışmalarını pek sevemedim ben. Ancak yaklaşık 30 yıl sonra Handan İpekçi'nin, Atatürkçü emekli bir öğretmen ve ailesini anlatan Çınar Ağacı adlı film için yapmış olduğu teklife hayır diyemedim. Senaryosu çok hoşuma gitmişti. Kabul ettim. 67 yaşındayım 65 yaşında emekli oldum. Livaneli'nin Leyla'nın Evi adlı romanını okuduğumda çok beğendim. Nedim Saban'a konuyu açtım. Hatta Livaneli'nin başka eserlerinden de söz ettim, bunlardan da tiyatro olur diye. Leyla'nın Evi üstünde durdu Nedim Saban. Büyük bir inatla ve sabırla gerçekleştirdi.

Oynadığım oyunlar...

Leyla'nın Evi, İyi Geceler Anne, III. Rchard, Hadi Öldürsene Canikom, Oyun Nasıl Oynanmalı, Torun İstiyorum, Hepsi Oğlumdu, Oyunlarla Yaşayanlar, Bir Garip Oyun, Aile Şerefi, Çıkmaz Sokak, Alis Harikalar Diyarında, Gülerek Girin, Miras, Gözlerimi Kaparım Vazifemi Yaparım, Nikah Kağıdı, Parti Pehlivan, El Kapısı, Evler Evler, Victor Ya Da Çocukların İktidarı, Durand Bulvarı, Sarıpınar 1914, Müfettiş, Zenginin Maceraları, Küçük Burjuvalar, Alis Harikalar Diyarında, 72. Koğuş, Pazar Gezintisi ve Kuyruklu Yıldız.

Türk tiyatro ve sinema sanatçısı,
yönetmen ve eğitmen

CİHAN ÜNAL...

"İstanbul Söyleşi Turu"mda seyrettiğim oyunlardan bir diğeri de **"Altı Haftada Altı Dans Dersi"** idi. Richard Alfieri'nin yazmış olduğu oyunu Yücel Erten Türkçeye çevirmiş. Oyunun yönetmeni Cihan Ünal. Koreografi Mikel N. Vidhi, dekor Nilgün Gürkan, kostümler Faruk Saraç tarafından hazırlanmış, ışık ise Yakup Çartık. Oyunda oynayan sanatçılarımız: Nevra Serezli ve Cihan Ünal.

Her ikisiyle de oyun öncesi kuliste söyleşi yaptım.

Dünyada en çok izlenen oyunlar arasında sayılan bu güzel oyunu Türk seyircileriyle buluşturan **Tiyatro İstanbul.**

Tiyatro İstanbul, 1984-1994 yılları arasında İstanbul Büyük Şehir Belediyesi "Şehir Tiyatrolarında" Genel Sanat Yönetmenliği yapan Gencay Gürün tarafından 1995 yılında kurulmuştur. Şehir Tiyatrolarındaki yöneticiliği sırasında pek çok ilkin yanı sıra nitelikli, klasik ve çağdaş tiyatro eserlerini sahneleterek seyircisizlikten batma noktasına gelen 87 yıllık kuruma büyük ivme kazandıran Gürün, 1995 yılında kuruculuğunu ve genel sanat yönetmenliğini üstlendiği "Tiyatro İstanbul"da 6 yıl içinde Türkiye'nin en usta ve en ünlü oyuncularının rol aldığı, Refik Erduran'dan Neil Simon'a, Arbuzov'dan Oscar Wilde'e uzanan seviyeli bir yelpaze içinde 15 eserin sahnelenmesine öncülük etmiştir.

Tiyatro İstanbul'un geçmiş sezonlarda sahnelediği bazı oyunlar:

Nereye Kadar, Seneye Bugün, Çetin Ceviz, Eskimeyen Oyun, Yeni Baştan, Aktör Kean, Sanat, Seher Vakti, Acaba Hangisi, İdeal Bir Koca, Sylivia, Altın Göl, Zelda, Tuhaf Bir Çift, Çılgın Hafta Sonu, İhtiras, Bu Adreste Bulunamadı, Pembe Pırlantalar, Dönme Dolap, Kaçamak, Tepetaklak, Çıkmaz Sokak Çocukları, Aşkın Yaşı Yok, İkinin Biri, Gönül Hırsızı, Çılgın Ruh, Yaklaştıkça, Altı Haftada Altı Dans Dersi...

Altı Haftada Altı Dans Dersi...

Biri orta yaş üstü, hayattaki yalnızlığını dansla doldurmak için dans eğitimi almak isteyen bir kadın, diğeri de yaşamında sorunlar olan bir dans öğretmeni. Bir araya geldiklerinde, yalnızlıklarını ve hayatın onlara yaşattığı zorlukları birbirleriyle paylaşarak, korkularıyla, zorluklarla yüzleşmelerini yer yer komik yer yer duygusal bir biçimde anlatıyor.

Basından:

- "Bir Muhteşem Sanat Gösterisi" Hıncal Uluç.

- "Müthiş Bir Performans" Ruhat Mengü / Vatan

- "Türk tiyatrosunun bu iki ünlü ve usta sanatçısının olağanüstü oyunlarına ve danslarına gelince... İşte ona ancak şapka çıkartılabilir" Tufan Türenç / Hürriyet

- "Şiddetle Altı Haftada Altı Dans Dersi'ni görmenizi öneririm. Son sözüm Türk Tiyatrosunun "cesur yüreği" Gencay Gürün'e iyi ki varsınız ve bu güzellikleri bize yaşatıyorsunuz." Ali Atıf Bir / Bugün

"...Liverpoollu bir yazar olan Richard Alfieri (1952) ayrıca hem aktör, hem de yapımcı. Ne yalan söyleyeyim, anlattığı öyküyü sağlam temele dayamış. İçeriğinde, kıyısından köşesinden pekâlâ evrensel bir önerme de içeriyor. Kısacası, "Altı Haftada Altı Dans Dersi", söyleyecek sözü olan bir metin ve karakterleri gerçek. Sahneye uygulanabilir niteliğini de elbette göz ardı etmiyorum. Etmiyorum, ama sahneye uygulanabilir olma niteliği Cihan Ünal'a pek mi kolay, sıradan, falan geldi diye de meraklanmaktan kendimi alamıyorum. "Hem sahneye koyup, hem de oynamak neden," diye Cihan Ünal'a açıkça sormak istiyorum..." Üstün Akmen / tiyatronline

Söyleşimize **Cihan Ünal'**ın Türk tiyatrosu üzerine söylediklerinden başlamak istiyorum. Çünkü Üstün Akmen, yukarıdaki eleştirisinde, Cihan Ünal'ın niçin hem oyuncu hem de yönetmen olarak bu oyunda görev yaptığını anlayamadığını yazmış.

Mecburen bu oyunda oynadım...

Türk sinemasının başarı grafiği yükselirken, Türk tiyatrosu için aynı şeyi söyleyemem maalesef... Çünkü sinema ve televizyonun avantajları, özellikle de tiyatrodan yetişmiş aktörleri o tarafa kaydırmaya başladı. Bakın, ben bu oynadığım oyunu sadece yönetecektim, oynamayacaktım!.. Ancak üç ay aktör bulamadım. Bir kısmı sinemadan dolayı veya televizyon dizilerinden vakit bulamadıkları için kabul etmediler. Bir kısmı da rolün yapısını beğenmedikleri için kabul etmediler. Gay bir dans hocası rolü olduğu için kabul edilmedi. Sanki katil rolü oynandığında katil olunuyormuş gibi... Yarası olan gocunur.

Konservatuarlar çoğaldı...

Konservatuarlar çoğaldı; dolayısıyla çok öğrenci ve mezun olan var. Buna karşılık büyük oyunlar ya da müzikaller oynanabilecek büyük salonlar yok. Bir aktör 2000 kişilik bir sahnede sesini en arkada oturan seyirciye duyurabilecek vasıfları elde edebilmeli. Maalesef bu konularda düşüş var. Tiyatro oyunculuğunda eskilerle idare ediyoruz.

Halkevleri'nde yetiştim...

1946 Kastamonu doğumluyum. Babam Hüseyin Ünal öğretmendi. Liseyi fen kolunda okudum. Dersleri çok iyi olan çalışkan bir öğrenciydim. Devamlı iftiharla geçerdim sınıfları. Ablam Hepşen Akar, abim Mete Ünal, her ikisi de konservatuar mezunudurlar. Ablam Hepşen Akar Devlet Tiyatrosu sanatçısıydı; 2009'da kaybettik. Abim ise Opera Orkestrası'nda viola çalıyordu. Biz Tosya'da yaşıyorduk. İlkokulu Tosya ve Kırıkkale'de okudum. Orta ve liseyi Ankara'da okudum. Çocuk Saati ve Çocuk Kulübü'ndeki tiyatro çalışmalarına katılıyordum. 1962 yılında Halkevi'ndeki tiyatro kurslarına başlamıştım. Nüzhet Şenbay, Nurettin Sevin, Mahir Canova, Suat Taşer gibi değerli öğretmenlerimiz vardı burada. Fen derslerim iyi olduğu için, ailem, ablam ve abimden farklı olarak benim mühendis olmamı istiyorlardı. Ancak o Halkevleri'ndeki tiyatro çalışmalarım sırasında tiyatro mikrobu girmişti içime ve ben tiyatro okumak için sınavlara hazırlandım. Bu sınavlardan önce de, 1963-64 yıllarında, Devlet Tiyatrosu'nda küçük rollerde oynamıştım. 1964 yılında Ankara Devlet Konservatuarı Tiyatro Bölümü'ne girdim.

15 yıl ağır roller...

1964 yılında girdiğim Ankara Devlet Konservatuarı Tiyatro Yüksek Bölümü'nü 1969 yılında bitirdim. 1969'dan 83 yılına kadar, 15 yıl Devlet Tiyatrosu'nda ağır rolleri oynadım. Aynı dönemlerde 1971-72 yıllarında da Cüneyt Gökçer'e asistanlık yaptım. Sonra da asıl hoca olarak Ankara Devlet Konservatuarı'nda ders vermeye başladım. Diksiyon, mimik, rol ve sahne dersleri verdim.

İstifa ettim...

1982 yılında Britisch Counncil Bursu'yla tiyatro çalışmaları yapmak için Londra'ya gittim. Londra dönüşümde annem vefat etti. Bana o ara Don Carlos rolü verilmişti. Üzüntülü bir dönemimdi. "Beni mazur görün, üzüntülüyüm, ezber yapacak durumda değilim, başka bir oyun sahneleyin" dedim. Kabul edilmedi. Bana toleranslı davranılmadı. Tabi o dönem başka meseleler de vardı... istifa ettim. İstanbul'a yerleştim. 1999'da Yeditepe Üniversitesi'nde oyunculuk ve diksiyon dersleri verdim. 2000- 2001'de aynı yerde Tiyatro Ana Sanat Dalı Başkanı oldum.

Oynadığım oyunlardan bazıları...

-Devlet Tiyatroları'nda: Sevgili Doktor, Becket, Hastalık Hastası, Fatih, Romeo ve Juliet, Yunus Emre, Harold ve Maude, IV Murat, Kral Lear, Damdaki Kemancı ve Donkişot Müzikalleri...

İstanbul Şehir Tiyatroları'nda: Aktör Kean, Vanya Dayı, Evita, müzikalinde Che rolünde. Ayrıca Dormen Tiyatrosu'nda Günaydın Mr. Weil müzikali, Kurt Weil, İstanbul Devlet Opera ve Balesi'nde Şen Dul operetinde

Kont Danilo rollerini oynadım. 1995 yılında Çetin Ceviz oyunuyla Tiyatro İstanbul'a katıldım.

Tiyatro İstanbul...

Çetin Ceviz, Aktör Kean, Yeni Baştan, Sanat, Bu Adreste Bulunamadı, Dönme Dolap, Altı Haftada Altı Dans Dersi, Özel Hayatlar oyunlarını Tiyatro İstanbul'da oynadım.

Film çalışmalarım...

İlk film çalışmamı 1971 yılında yaptım. Damdaki Kemancı filminde Cüneyt Gökçer ve Ayten Gökçer'le oynadım. 1974 yılında da Metin Erksan'ın yönettiği Şeytan filminde Meral Kaygun'la oynamıştım. 1977'de Almanya'ya gittim. Berlin'de ZDF Televizyon yapımı olan Gül ve Bülbül filminde oynamıştım. Bu filmde Zülfü Livaneli'de oynamıştı. Alman ve Türk oyuncularından oluşmuş bir oyuncu kadrosuydu. 1980'li yıllarda film çalışmalarım devam etti. Atıf Yılmaz, Ömer Kavur, Halit Refiğ, Orhan Aksoy gibi çok değerli usta yönetmenlerle çalıştım.

Türk sineması...

Türk sineması son senelerde gençlerin eline geçti; iyi de oldu. Benim oynadığım dönemlerde, yirmiye yakın filmde oynadım, filmler sonradan dublaj yapılıyordu. Bu çalışmalarda bir soğukluk vardı. Sonradan yapılan dublajlarda oynarken aldığınız, hissettiğiniz duygu ve samimiyet verilemiyordu; diyaloglar çok soğuk oluyordu. Yeşilçam, o dönemin mantığıyla Türk sinemasının gelişimini durdurmuş bir sinemadır bence. O zaman

Türk sineması diye bir şey yoktu; Yeşilçam Sineması vardı. Şimdi ise kişilikli bir sinema olmaya başladı. Rol kesmenin yerine, daha doğal, sinemanın gerektirdiği gibi çalışılıyor.

Ödüller...

1972 – IV Murat ve Becket'teki rollerimle Ankara Sanat Sevenler Derneği En İyi Oyuncu Ödülü

1973 - Fatih rolüyle Gazeteciler Cemiyeti En İyi Oyuncu Ödülü

1991 - Aktör Kean rolüyle Avni Dilligil En İyi Aktör Ödülü

1985 – Altın Kelebek Sinemada En İyi Erkek Oyuncu Ödülü

1998 - Sanat'taki rolüyle Sadri Alışık En İyi erkek Oyuncu Ödülü

2000 - Türk Dil Kurumu Özel Ödülü

2003-2004 Akademik Yılı Hacettepe Üni. Sanat Ödülü.

Tiyatro camiasına küskün tiyatro emekçimiz

CİHAT TAMER'le sansürsüz bir söyleşi...

2008'de İstanbul'da yaptığım „SÖYLEŞİ TURU"mun son durağı olan Bakırköy semtinde, İstanbul Caddesi'ndeki Kültür ve Sanat Konağı'ndaki Bakırköylü Sanatçılar Derneği (BASAD)'ndeyim. BASAD Başkanı tiyatro, sinema, dizi ve film sanatçımız **CİHAT TAMER**'in konuğuyum.

BASAD Başkanı tiyatro oyuncumuz **CİHAT TAMER**'le, Türk tiyatrosuna ve sinemasına birçok değerli sanatçı yetiştiren bu tarihi binada çok keyifli uzun bir sohbetim oldu. Sohbetimiz esnasında zaman zaman beraber çalıştığı sanatçı dostlarına ve ustalarına kırgın ve küskün olduğunu belirtti. Söylediklerinin her satırını yazıp yazamayacağımı birkaç kez sorduğumda ise:

"Virgülüne ve ünlemlerine varıncaya kadar yazabilirsin!.. Sakın sansürleme!.."

diye tekrar tekrar belirtti.

Kukla ve Karagöz'le başlayan tiyatro maceram...

1943 İstanbul doğumluyum. Tiyatro konusunda ailem bana hiçbir zaman engel olmadı. Babam birkaç enstrüman çalardı. Annemin sesi çok güzeldi. Ben de bir iki enstrüman çalarım; kulağım iyidir. Tiyatrodan önce orkestrada çalıştım. Tiyatro aşkı bende çok küçük yaşlarda başladı. Mahallede arkadaşlarıma kukla ve Karagöz oynatırdım. Mimar Sinan Üniversitesi Güzel Sanatlar

Akademisi Tiyatro Bölümü'nden 1959'da mezun oldum.

Bakırköy Halkevi...

1958-59 yıllarında Türkiye'nin en çok sanatçı yetiştiren beldesi Bakırköy'deki Halkevi'nde tiyatroya başladım. 15-16 yaşlarında Bakırköy Halkevi'ndeki, şimdi bulunduğunuz bu binada tiyatro çalışmalarına başladım. Arkada bizim salonumuz vardı. Orada tiyatro çalışmalarımızı yapardık. Bu bina 1908'de Fransızlar tarafından yapılmış. Hatta bu yıl (2008) 100. yılı kutlanacak. Bakırköylü Sanatçılar Derneği'nin (BASAD) 15'inci yılını da kutlayacağız. Ben BASAD'ın başkanıyım. Ben burada yetiştim. Bugün tiyatro sanatıyla uğraşmakta olan Bakırkör Halkevi'nde yetişmiş sanatçılar arasında Rutkay Aziz, Üstün Asutay, Ayşen Gruda, Erdoğan Sıcak, Tarık Akan; ilk yıllara gidersek; 1940-1950'li yıllara, Suavi Tedü, Münir Özkul, Altan Erbulak, film sanatçılarından Belgin Doruk, Sırrı Gültekin... gibi birçok sanatçı var...

İlk amatör oyunculuğum...

1958-59 yılında burada, Bakırköy Halkevi'nde amatör oyunlarda oynamaya başladım. İlk oyunumuz "Kamp 17" idi. O yıllarda iki hocamız vardı. Bedii Özelginli adında tiyatro aşığı bir abimiz vardı. O çok yardım etti bizlere; oyunlarımızı yönetiyordu. Diğeri Hulki Tuna abimiz ve Kenan Pars. Kenan Pars şu anda çok hasta, 87 yaşında, kızının yanında kalıyor. 1960 yılında Bakırköy Halkevi'nde amatör olarak Gogol'ün "Müfettiş"ini oynarken "Münir Özkul gelecek, oyuncu seçecek" dediler. Münir Özkul geldi ve oyunumuzu seyretti. Oyunculardan sadece beni seçti.

Ve MÜNİR ÖZKUL...

1961-62 sezonunda, ben buradan, bizim kuşaktan, ilk profesyonel olan oyuncuyum. Münir Özkul ile "Generalin Aşkı" oyununda profesyonel oyuncu olarak sahneye çıktığımda 19 yaşında idim. Benimle beraber Suna Selen, Ayşen Gruda, Sezen Kızıltunç, Oğuz Oktay oynuyordu. 1963 yılında askere gittim. Çünkü Münir Özkul o aralar yine alkole düşmüştü ve iyice agresivleşmişti. Ben de onun o haline dayanamamış, askere gitmiştim. İkimiz de Bakırköy'de oturuyorduk. Fındıkzade'deki Münir Özkul Tiyatrosu'nda oynuyorduk. Ben onu hep tiyatroya götürüyor, oyun sonunda ise hep Bakırköy'e götürüyordum. Çünkü hep sarhoştu. O yüzden çok acı çektim. İlk eşi Şadan Hanım'la Bakırköy'de Hatboyu'nda otururdu. Sonra Suna Selen'le flört etti, evlendi. Şadan Hanım'dan ayrıldı. Suna Selen'den bir kızı var. Manken. CNN'de "afiş" programını sunuyordu. Şimdi devam ediyor mu? bilmiyorum.

Askerlik... Bulvar ve Üç Maymun...

1965 yılında askerliğim bitti. Askerlik görevim sırasında da boş durmadım; kütüphane açtım, tiyatro çalışmaları düzenledim, orkestra kurdum. Askerliğim bitip, terhis olacağım gün, komutan "nereye gidiyorsun, senden çok faydalandık, daha da istifade etmek istiyoruz" dedi. Ben de görüşürüz efendim dedim. 1965 yılında terhis olup İstanbul'a dönünce Kenan Büke ve Aziz Basmacı'nın olduğu Bulvar Tiyatrosu'na girdim. Aynı yıl evlendim. Bir iki sene Bulvar Tiyatrosu'nda oynadıktan sonra, Üç Maymun Kabare Tiyatrosu'nun kurucuları Ziya Meriç ve Ümit Akkartal bana geldiler. Tabi bu arada Devekuşu Kabare kurulmuştu. Haldun Taner başta olmak üzere Metin Akpınar ve Zeki Alasya, Ahmet Gülhan ortaklaşa kurmuşlardı Deve Kuşu Kabareyi. Evet, Üç Maymun Kabare'den teklif geldiğinde, Bulvar Tiyatrosu'nda "Deli Dolu Opereti"ni oynuyorduk. O arada Bulvar Tiyatrosu ile anlaşmazlığım vardı. Yeni ufuklara açılmak istiyordum Oynayacağım oyun kabare oyunuydu. Değişik bir tarzdı kabare türü. Kabare tarzını Haldun Taner Devekuşu Kabare ile getirmişti Türkiye'ye. İlk kabare 1800'ler de Fransa'da kurulmuş, sonra da Almanya'ya gelmişti. Almanya'ya gidip gelen Haldun Taner, kabareyi bize de getirmişti. Küçük masalarda oturulur, birer içki ile oyun seyredilirdi. Üç Maymun Kabare'nin teklifini kabul ettim.

Devekuşu Kabare'ye geçiş...

Üç Maymıun Kabare'de bir yıl çalıştım. Suavi Sualp'in "Aç Koynunu Ben Geldim" oyununu oynadığım sırada Haldun Taner oyunumuzu seyretmiş. Zaten Devekuşu Kabare ile tiyatrolarımız yanyanaydı. Sonradan Ahmet Gülhan bana söyledi: Haldun Taner "İlle bu çocuğu tiyatromuza alacaksınız" demiş. Yani beni... Ve böylece ben Devekuşu Kabare'ye transfer oldum; dört yıl çalıştım Devekuşu'nda. Ancak gençliğin vermiş olduğu kaprisler, duygusallık falan filan... onlar da; Ahmet, Metin ve Zeki patron sıfatında oldukları için anlaşmazlıklar başlamıştı. Çünkü sahne üstünde –benim tikim vardır- ellerimi yalardım. Bana, bu tikimle ilgili bazı hareketler de bulundular; çok kızıyordum. Ayrıca çok rol çalıyorlardı. Ben de ayrılıyorum dedim. Ancak son güne kadar çalıştım. Tabii benim yaptığım da kaprisdi. Fakat sanatçıların belli başlı huylarındandır kaprisli olması. Kendisinden iyi oynayan, seyirciden iyi alkış alanın tekerine çomak sokarlar. O yüzden 4. yılın sonunda ayrıldım Devekuşu Kabare'den. Devekuşu Kabare'de oynadığım oyunlar: Vatan Kurtaran Şaban, Astronot Niyazi, Bi Şehri İstanbul Ki, Ha Bu Diyar, Generallerin 5 Çayı gibi beş oyunda oynadım.

Gazino çalışmaları... ve ticaret

Devekuşu'ndan ayrılınca para kazanmak adına Halit Akçatepe ile gazinoda ikili şow yaptık. Hatta o ara Sadık Şendil bizi Zeki Müren'le tanıştırmıştı. Fakat patronumuz Fahrettin Aslan bize kazık atınca biz karamsarlığa düştük, ancak 1 buçuk, iki yıl çalıştık gazinoda. O ara Halit'e Üç Arkadaş filmi için teklif gelmişti. Ben de tekrar Kenan Büke ve Aziz Basmacı'nın tiyatrosuna döndüm. Bu arada ticaretle de uğraşmaya başlamıştım. Bakırköy'de eşimle beraber ufak bir dükkan açmıştım. Kazandım parayı tiyatrodan değil de ticaretten kazandım. 1974 yılından 1994 yılına kadar ticaretle uğraştım. O ara Devekuşu'ndan gelen teklifleri geri çevirdim. Devekuşu'nun üçüncü ortağı Kulüp 12'nin sahibi Bülent Evci dükkana gelip beni tekrar Devekuşu'na çağırıyordu. Kendilerine kırgın olduğum için kabul etmiyordum. 1972 yılında Dostlar Tiyatrosu'na girdim. İki sene onlarla çalıştım. Orada da Şilide Av, Azizname, Büyük Dümen ve Alpagut Olayı gibi oyunlarda oynadım.

Taptığım MÜNİR ÖZKUL'u hiç sevmem!..

Zeki ile Metin'in dışında, bir de Münir Özkul çok çektirdi bana!..

Herkes onu sever; ben hiç sevmem!..

Ona çok tapardım. "Allahım, beni profesyonel yapacaksan Münir Özkul'un Tiyatrosu'nda profesyonel yap" derdim. O kadar çok kendisini severdim, sayardım.

Fakat içkili olduğu zaman aşırı agresivti. Çok hakaret eder, tükürür, yumruk atar, vururdu. Eşi Suna Selen'e neler yaptı. Ankara'ya çağırmışlardı Münir Özkul'u. O ara "Generalin Aşkı"nı oynuyor. Düşünün, Devlet Tiyatrosu'nda birçok oyuncu varken Münir Özkul'u çağırıyorlar. Çünkü öyle bir elektriği, öyle bir oyuncuydu ki; müthiş bir şeydi. Tabii ben bunları sonradan öğrendim.

Üsküdar Oyuncuları, Ferhan Şensoy...

Dostlar'dan sonra Üsküdar Oyuncuları'nda Suna Pekuysal ve Ergun Köknar'la çalıştım. Bir ara da Ferhan Şensoy'da oynadım. Zeliha Berksoy'la beraber Brecht'in bir oyununda; "Anna'nın Yedi Günü"nde oynadım. Yarı İngilizce yarı Türkçe bir oyundu. Ferhan o ara askerlik görevini yapıyordu. İzin alıp geliyordu. Yukarıda da anlttığım gibi, Bülent Evci arada bir dükkana gelip benim Devekuşu'na tekrar geri dönmem için ısrar edip duruyordu. 1982'de tekrar geldiğinde "Nerde şimdi onlar, ne yapıyorlar?" diye sordum. "Ankara'da Büyük Kabare'yi yapıyorlar. Al şu uçak biletini de onlara git, provalara başla" dedi.

Ve tekrar Devekuşu Kabare...

Evet, Bülent Evci'nin verdiği uçak biletini aldım ve Ankara'ya gittim. Devekuşu ekibi Bulvar Palas'da kalıyorlardı. Hemen provalara başladık. Sonra İstanbul'a döndük. Lalezar'da provalara devam ettik. Konak Sineması'nda meşhur "Beyoğlu Beyoğlu" ile başladık. İkinci senesi "Yasaklar"ı oynadık. O ara ben İzmir'de büyük bir trafik kazası geçirdim. Bana "geçmiş olsun" bile demediler. Ve sahne üstünde Zeki ile Metin yine bir takım numaralar yaptılar ki, o ara İzmir'de "Aşk Olsun"un provalarına başlamıştık. Ben, "siz büyüdükçe küçüldünüz; adam olamadınız!" dedim ve " "Aşk Olsun"da oynamayacağım; hesabımı kesin!.." diyerek, ertesi günü ilk uçakla İstanbul'a döndüm. Bu arada Metin Akpınar için de birkaç cümle söylemek isterim:

Metin Akpınar...

Metin Akpınar'la Zeki Alasya'nın karşısında herkes oynayamaz. Metin Akpınar bana göre insan değildir!.. Çocuk ve hayvan sevmez; kendinden başkasını sevmez! Tanıdığım en büyük megolamandır Metin. Her konuda çok bilgilidir. Başta Münir Özkul olmak üzere, söylediklerimi harfi harfine yazabilirsiniz!.. Benim gocunacak hiçbir şeyim yok. Onlar kendilerini zaten biliyorlar.

Perihan Abla... Bizimkiler...

Bu arada ben televizyon dizisi olan "Perihan Abla"da başlamıştım oynamaya. Bu diziden sonra da "Bizimkiler" dizisi başladı. Bu dizide üç yıl oynadım, ayrıldım. O dizide oynayanlardan bazıları da yine içki yüzünden sefalet içinde yüzüyorlar. Ercan Yazgan gibi örneğin. Bu dizinin gerçek yapımcısı Umur Bugay, 15 sene bunlara yaz kış ekmek verdi. Her Allahın günü bunlar çalıştı, para kazandılar. Bir de "Yazlıkçılar"1 dizisini koydu; yazın da para aldılar. Bir de reklam çektirdi, oradan da para verdi onlara. Bunların cebinde para yok şimdi!.. Neden?.. içkiden!.. Ercan da verem!.. İçkiden ve sigaradan verem oldu. Ama bunların içtikleri içki öyle böyle değil; sabah başlarlardı içki içmeye...

Mahallenin Muhtarları...

"Bizimkiler" dizisinden sonra da "Mahallenin Muhtarları" dizisine girdim. On sene sürdü bu dizi. Zaten en uzun süren dizilerden ikisi, Bizimkiler ve Mahallenin Muhtarları'dır. Film çalışmalarım azdır. Bir ara 1991 yılında Ercan Yazgan'la tiyatro kurduk. En son sahneye bu kurduğumuz tiyatronun oyunlarında çıktım. Ben ve Ercan ortaktık. İki sene sürdü bu ortaklık. Çok iyi para kazandık. Hiç kimsenin sahip olmadığı ses düzenine sahiptik. Yaka mikrofonu kullanırdık. Kapalı gişe oynardık. Aziz Nesin'den derlediğim "İnsan Suretleri" ve Gani Müjde'den benim derlediğim skeçlerden oluşan "Burası Turkey" diye sergilediğimiz oyundu. Bu tiyatrodan sonra televizyon çalışmaları ve dernek faaliyetlerim oldu. BASAD'ın ilk kurucularındanım. Üç yıldır başkanlığını yapıyorum. Son olarak 2007'de "Zoraki Koca" diye bir dizi çekmiştik. Bir de Mahsun Kırmızıgül'ün yönettiği Beyaz Melek filminde oynadım.

Oynadığım filmlerden bazıları...

Zoraki Koca, Beyaz Melek, Aşk Her Yaşta, Sen misin Değil misin?, Zor Adam, Paydos, Şans Kapıyı Kırınca, Fişgittin Bey, Koltuk Sevdası, Eşref Saati, Yasemince, Oğlum Adam Olacak, Şenlik Var, Düğüm, Kavuşma, Üçüzler, Herkesin Hayali, Mahallenin Muhtarları, Kırmızı Kart, Bizimkiler, Hayallerim Aşkım Ve Sen, Yoksul, Perihan Abla, Değirmen, Patron Duymasın, Bir Yudum Sevgi ve Bir Varmış Bir Yokmuş... gibi.

Tiyatro, sinema, film ve dizi oyuncusu,
oyun yazarı,
"Kalemli Oyuncu"

CİVAN CANOVA...

30 Ekim 2010'da İstanbul Devlet Tiyatrosu'nun Şişli Cevahir Sahnesi 1'de seyrettim "**ÖLÜLERİ GÖMÜN**" adlı oyunu. Yazan Irwin Shaw. Türkçeye çeviren Coşkun Büktel. Oyunu yöneten ise Şakir Gürzumar. Oynayanlardan bazıları: Musa Uzunlar, Civan Canova, Salih Dündar Müftüoğlu, Ömer Hüsnü Turat, Ali Fuat Çimen, Cengiz Daner, Ali Ersin Yenar, Erdal Bilingen... gibi.

Oyun, dünyada devamlı sürüp giden savaşların birindeki bir cephe görüntüsü ve gürültüsüyle başlıyor. Cephede ölen 6 asker arkadaşları tarafından gömülürler. Rahip mezarların başında dua okur. Ancak ölü askerler bir anda mezarlarından çıkarlar ve gömülmeyi reddederler. Araya generaller girer; yine de ikna olmaz askerler. Çare olarak ölen askerlerin ailelerinden yardım istenir. Gelen anne-baba, kardeş, eş ve sevgililer de ölen askerleri gömülmeleri konusunda başarılı olamazlar. Çünkü 6 asker de hayallerini gerçekleştiremeden savaşa zorlanmışlardır. Tekrar gömülmeye razı değildirler. Konusuyla, sergilenişiyle ve oyuncularının başarılı yorumlarıyla güzel bir oyundu. Böyle savaş karşıtı oyunlar sık sık gündeme gelmeli.

İşte sizlere yine tiyatro camiasının içinde doğan, çocukluğu ünlü tiyatro sanatçılarının arasında geçen, küçükken onlara abi veya abla demiş, ancak daha sonra abileri ve ablaları onun hocaları olmuş, Türk tiyatrosuna senelerce hizmet etmiş **MAHİR CANOVA**'nın oğlu **Cİ-VAN CANOVA** ile sohbetim:

Doğar doğmaz "sahne tozu"nu teneffüs ettim...

1955 yılında Ankara'da, tiyatro camiasının içinde doğdum. Küçüklüğümden ilk hatırladığım kare, Ankara Küçük Tiyatro salonunun bana o zamanlar devasa gelen kubbeli tavanıdır. Daha sonra Ankara Çocuk Saati programları ve Ankara Konservatuarı öğrencilerinin, ki çoğuna abi veya abla derdim, ve ustalarının, yani konservatuar hocalarının beraber hazırladıkları oyunlardan sahneler. Babam, Mahir Canova'da konservatuarda hoca olduğundan, öğrencileri sık sık evimize gelirlerdi. İşte ben bu çevrenin içinde, bu tiyatro atmosferinde doğdum ve bu sanat kokusunu teneffüs ettim doğar doğmaz.

24 saat hep tiyatronun içindeyim...

Hiçbir zaman tiyatronun dışında kalmadım; kalamadım. 24 saat tiyatronun içinde yaşamayı seviyorum. Kendime öyle bir dünya yarattım ki, tiyatrodan ayrılmama imkan yok. Evimi bile tiyatronun girişi gibi döşedim; kırmızı halılarla yukarıya çıkılıyor. Duvarlara tiyatro afişleri ve babamın döneminden resimleri astım. Çalışma odamın girişine de ışıklı "prova var" levhası koydum; rahatsız edilmemek için. Benim, burada, tiyatro sahnesinde rolümü oynadıktan sonra, "tiyatro bitti kendi hayatıma dönüyorum" diye bir şey yok. Çünkü yaşadığım evim de tam bir tiyatro görünümü içinde; hep tiyatronun içindeyim.

Babam MAHİR CANOVA...

Babam Mahir Canova, 1936 Ankara Devlet Konservatuarı ilk öğrencilerindendir. 1941 yılında da Salih Canar, Muazzez Kurtoğlu, Ertuğrul İlgin, Nermin Sarova, Cüneyt Gökçer ve Nüzhet Şenbay gibi değerli tiyatro oyuncularıyla birlikte ilk mezun olanlardandır. Tabii benim şansım doğduğumdan itibaren hep bu insanlarla beraber olmam, onların çevresinde büyümem. Konuşmaya başladıktan sonra da hepsi benim ablam ve abilerim oldular. Her meslekte olduğu gibi tiyatro dünyasında da çatışmalar, çekememezlikler gibi bazı olaylar oluyordu. Fakat beni hep bu tartışmaların dışında tutuyorlardı. Babamla aynı sahneyi paylaşmadık. Zaten çok az oyunculuk yaptı. O, yönetmenlik ve hocalık yaptı. Benim de konservatuar da hocamdı. Ankara Devlet Konservatuarı'ndan 1979'da mezun olduktan sonra İstanbul'a geldim. Babam Ankarada'ydı. Meslek hayatıma başladıktan sonra da babamla yollarımız kesişmedi. Zaten o da emekli olmuştu. Daha sonra da 1993 yılında vefat etti.

Sahne ve kulis....

Babam beni hiçbir zaman tiyatronun sahne kısmından ayrı tutmak istemedi. Ancak kulisten ve sahne gerisinden uzak tutmaya çalıştı. Çünkü tiyatronun arka planı; mutfağı didişmelerle ve çatışmalarla geçerdi. Orda mutlu bir hava olmazdı genellikle. Oyuncu sahnede mutlu olur. Sahne arkasıdır oyuncuları yıpratan, canını acıtan. Oradan beni sakınmak istedi diye düşünüyorum. Onun kafasında ve hayalinde bir evlat ideali vardı; Siyasal Bilgileri bitirip diplomat olacak... gibi. Ben onun isteği doğrultusunda bir hayat çizmek istemedim kendime. Ben de bu düşünceyi bir paradoks olarak görüyordum. Sen çocuğunu hem tiyatro dünyası içine sunuyorsun, hem de bu sunduğun dünyadan sakınmaya çalışacaksın. Ben bu dünyada mutluyum; arkası ve önüyle...

Önce İktisat sonra konservatuvar...

Ankara'da TED Ankara Koleji'ni bitirdikten sonra babamın isteği doğrultusunda birkaç ay Ticari İlimler Akademis'nde zoraki okudum. Ancak olmadı; yapamadım; aklım hep tiyatrodaydı. Konservatuar imtihanlarına gireceğim diye kaydımı sildirdim. Babama söylediğimde kıyamet kopmuştu.

Yılmaz Güney... ARKADAŞ...

Konservatuar imtihanlarına Kumburgaz'daki yazlıkta hazırlanıyordum. Sene 1974 idi. O ara Yılmaz Güney'de "Arkadaş" filmi için mekan araştırmasını Kumburgaz'da yapmaktaydı. Bizim bulunduğumuz siteye de geldi. Orada dolaşırken ben gözüne çarpmışım. Sanıyorum yazlık sinemada konservatuar imtihanlarında oynayacağım tirat'ı çalışırken görmüş beni. Ben de rahatsız olmuş; "niye bakıyor bana" diye düşünmüştüm. Kendisini tanıyordum. Hatta sitemizdeki Melike'nin (Demirağ) filmde oynayacağı haberi siteye yayılmış, biz de kendisine gıpta etmiş, sevinmiştik. Yılmaz Güney, restoranda otururken beni görüp, "gel koçum bakim" diyerek yanına çağırdı. Kim olduğumu sorduktan sonra ne içeceğimi sormuştu. "Kaç yaşındasın, kimin nesisin, filmde oynar mısın?" diye sorular sormuştu bana. "Babama sormam lazım, bilemiyorum..." diye cevap vermiştim kendisine. Çok heyecanlanmıştım; yüreğim taşacak sandım. "Git eve haber ver, görüşelim" dedi Yılmaz Güney. Bir solukta eve gidip anneme haber verdim. "Anne, Yılmaz Güney'in filminde oynamak istiyorum; babam izin verir mi acaba?" diye heyecanlı bir şekilde sordum anneme. Annem: "Tabi izin verir, oyna, işte ne güzel. Bu fırsat bir daha geçmez eline" diye beni rahatlattı. Ve oynadım ARKADAŞ filminde. Rahmetli Kerim Afşar'da vardı. Melike Demirağ ve Semra Özdamar... gibi değerli sanatçılarla aynı film setini paylaşmıştım. Tabi ben o zamanlar daha çok gençtim. 19 yaşında idim; 36 yıl önce. Filmde uzun saçlıydım. Arabaların lastiklerini patlatan bir genci oynamıştım.

Ankara Devlet Konservatuarı...

Benim konservatuardan önce sahne deneyimim olmadı. Sadece bir kez Ankara Koleji'ndeyken bir oyunda oynamıştım. 12-13 yaşlarındayken babamın grubuyla Antalya'ya "İstanbul Efendisi" adlı oyunun turnesine gitmiştim. Başka bir oyuncunun çocuğuyla beraber kulislerde dolaşırdım. O zaman çok istemiştim oyunda figuran olarak ta olsa oynamayı. Babamı bir türlü razı edememiştim. TED Kolejini bitirdikten sonra babamın hatırına kısa bir süre iktisat okumuştum. Bu süre içinde de babamı konservatuar eğitimine rıza göstersin diye uğraşmıştım. Sağ olsun ablam da bana destek olmuştu. 1974 yılında Ankara Devlet Konservatuarı Oyunculuk Bölümü'ne başladım. 1979 yılında da bitirdim. Babam için için benimle iftihar etmeye başlamıştı. Çünkü öğrencilerine sürekli; "Bu dünyada en iyi yapabileceğiniz işlerden birine sahipsiniz; bunun kıymetini bilin!.." derdi. Bana da "aman sen konservatuara gelme, başka yerde oku!.." derdi. Özdemir Nutku, Cüneyt Gökçer, Semih Sergen, babam Mahir Canova, Yücel Erten, Bozkurt Kuruç, Raik Alnıaçık... gibi çok değerli hocalarım oldu. Biz biraz karışık bir dönemde, tam anarşinin kol gezdiği, her gün 8-10 kişinin öldürüldüğü bir dönemde okuduk.

Okulumuzun beş senede beş konservatuar müdürü olmuştu. Beraber okuduğum sınıf arkadaşlarım arasında Cem Kurtoğlu, Yavuz Köken, İlyas Salman, Ahmet Uğurlu ve Turgay Tanülkü... gibi oyuncular vardı.

Ankara'dan İstanbul'a...

1974 yılında girdiğim Ankara Devlet Konservatuarı Tiyatro Bölümü'nü 1979'da bitirdim. Çok büyük şans eseri bitiren dört arkadaştan üçümüz İstanbul'a tayin edildik. Genel müdürümüz Ergin abi (Orbey) idi. Seçici Kurul Başkanı Cevat Çapan'dı. İstanbul kadrosu yeni kuruluyordu. Ergin Abi –abi diyorum, çünkü çocukluğumdan beri tanıyordum kendisini. Zaten ben çoğuna abi diyordum. Sonradan bir çoğu hocam oldular konservatuarda. Tabi, konservatuarda abi diye hitap etmezdim. Ergin Orbey sordu bize "nereye gitmek istersiniz?" diye. Benim annem ve kardeşlerim İstanbul'da oldukları için İstanbul'u tercih etmiştim. İstanbul'da ilk oyun Antigone'ydi. 1979'da profesyonel olarak ilk oynadığım oyun Antigone oldu. Antigone'yi Arsen Gürzap oynamıştı. Haluk Kurdoğlu, Deniz Gökçer ve Tülin Oral gibi usta oyuncularla oynamıştım.

Oyun yazarlığım...

İlk oyunum Kıyamet Suları'nı 1993 yılında yazdım. 1996 yılında Edebi Kurul'dan geçmiş ve oynamıştı. Kenan Işık sahneye koymuştu. Bu oyunla İsmet Küntay En İyi Yazar Ödülü'nü almıştım. Bu oyunda oynayan Tülin Oral "En İyi Kadın Oyuncu Ödülü"nü aldı. Kenan Işık ise "En İyi Yönetmen Ödülü"nü aldı. Erkekler Tuvaleti, Kızıl Ötesi, Ful Yaprakları gibi oyunları yazdım. Ful Yaprakları 5 sene kapalı gişe oynadı. Şimdi de (2010)

Bakırköy Belediye Tiyatrosu'nda "Sokağa Çıkma Yasağı" oynanıyor. Enver Eren sahneye koyuyor. Yazarlık ta işin başka bir odası...

Ödüllerim :

15. "Yılın En Başarılı Yardımcı Erkek Oyuncusu"

-

**Türkiye'nin "DÖNDÜ"sü,
tiyatro, sinema ve dizi oyuncusu**

DEFNE YALNIZ...

Atv'de yeni bir dizi başladı; İstanbul'un Altınları...

Severek izledim. Dizide sevdiğim beş tiyatro sanatçımız var. Haluk Bilginer, Demet Akbağ, Ani İpekkaya, Salih Kalyon ve Defne Yalnız. Dizinin belkemiğini oluşturan bu Türk tiyatrosunun başarılı sanatçılarını aynı dizide görmek beni sevindirdi. Ayrıca, Demet Akbağ hariç, diğerleriyle söyleşi yapmış olmanın ayrı bir de sevincini yaşadım diziyi seyrederken. İşte sizlere bu söyleşilerden Defne Yalnız'la yapmış olduğum söyleşimi sunuyorum:

" ... 1974 yılında Türkiye'nin ilk yerli dizisi **KAYNANALAR,** TRT 1'de siyah beyaz olarak yayınlanmaya başlanmıştı. Anadolu'dan İstanbul'a göç eden Nuri Kantar ve Ailesi'ni anlatan efsane dizi **KAYNANALAR...**

Yaklaşık 40 yıl önce başlamıştı bu efsane dizi.

Benim lise yıllarına rastlıyor o yıllar.

Diziyi, konu komşu hep bir arada, birkaç aile seyrederdik. Çünkü televizyon tam anlamıyla yayılmamıştı; her eve girmemişti daha. Ya toplu olarak kahvelerde, ya da mahallede hangi evde televizyon varsa orada toplanırdı mahalle sakinleri. Tabii renkli de değildi TRT yayınları; siyah beyaz idi.

Hani "Uzay Yolu", "Komiser Kolombo" ve "Kaçak" dizisinin olduğu yıllar.

Dizinin kahramanlarından Nuri Kantar ve Nuriye Kantar ve hizmetçileri Döndü, halk tarafından çok sevilmiştiler. Çünkü onlar da halkın konuştuğu gibi konuşuyorlardı. 90'lı yıllarda ise bu diziler videoya çekilmeye başlandı ve böylece Almanya'da çalışan işçilerimizin evlerine misafir olmaya başlamışlardı.

İşte, 70'li yıllarda, İstanbul'daki evimize misafir olan Nuri Kantar'a 2010 yılında, yani yaklaşık 40 yıl sonra ben misafir oldum.

70'li yıllarda Devlet Tiyatro sanatçısı iken, KAYNANALAR dizisiyle birden ünlenen **TEKİN AKMANSOY'**un Beşiktaş'taki evindeyim. Bir gün önce de dizinin kahramanlarından "Döndü" karakterini oynayan Defne Yalnız'ın misafiri idim.

40 yıl önce de ben onu evimde ağırlarken, o beni Küçükçekmece Devlet Tiyatro Sahnesi'nin fuayesinde ağırladı. Keyifli sohbetimizden sonra da Tuncer Cücenoğlu'nun yazdığı, Serpil Tamur'un yönettiği "Kadın Sığınağı" adlı oyunda seyrettim seneler öncesinin "Döndü"sü Defne Yalnız'ı..."

Yukarıdaki satırları Tekin Akmansoy'la yapmış olduğum söyleşimin giriş bölümünden aldım.

Kaynanalar'ın "Döndü"sü **DEFNE YALNIZ'**la yapmış olduğum söyleşime geçmeden önce, seyretmiş olduğum **"Kadın Sığınağı"** adlı oyundan biraz bahsetmek istiyorum:

Farklı nedenlerden, bir kadın sığınma evine toplanmış olan kadınların yaşamlarından bir günün anlatıldığı **KADIN SIĞINAĞI'**nda, gazetelerin arka sayfalarında okuduğumuz yaşamlar gözler önüne seriliyor ve kadına yönelik şiddet ve sömürü sorgulanıyor.

Oyunun yazarı, oyunları dünyanın birçok ülkesinde sahnelenmekte olan ve bu sezon oyun yazarlığında 40'ıncı yılını kutlayan **Tuncer Cücenoğlu.**

KADIN SIĞINAĞI'nı Devlet Tiyatrosu rejisörlerinden **Serpil Tamur** yönetiyor.

Giysi tasarımı ve çevre düzeni Şirin Dağtekin Yenen, Işık tasarımı Ayhan Güldağları,

Dans düzeni Yeşim Alıç tarafından gerçekleştirilen KADIN SIĞINAĞI'nın onbir kadın oyuncudan oluşan kadrosu da şöyle: Defne Yalnız, Ayla Baki, Fatma Öney, Gamze Yapar Şendil, Melek Gökçer, Müge Arıcılar, Şule Gezgöç, Öykü Başar, Hayat Olcay, Tuğçe Şartekin ve Şenay Kösem.

Okuma yazmayı öğrenmeden sahneye...

1948 Denizli doğumluyum. 1953 senesinde Muhsin Ertuğrul, Ankara Devlet Tiyatrosu'nda açtığı Çocuk Tiyatrosu Bölümü için imtihanla öğrenci alıyordu. Annem bu konulara ilgisi olan bir kadın olarak, ablamları bu imtihana sokuyor. 1954 senesinde de "Mavi Kuş" adlı oyunu sergilemek istiyorlar. Bu oyun için de küçük yaşta oyunculara ihtiyaç duyuluyor. Ben de o yıl altı yaşındaydım. Beni götürdüler, tanıştırdılar. Daha henüz okula başlamamıştım. Yani okuma yazma bile bilmiyordum. Rolümü annem okumuş, ben de ezberlemiştim. Liseye kadar hem okulu hem de çocuk tiyatrosunda oynadım. Ablam konservatuar imtihanlarını kazanmış ancak bir sene sonra bırakmıştı. Küçük yaşlarda bile sıradan bir iş yapmak niyatinde değildim. Kültürsüz bir sanatçı olmaz düşüncesiyle liseden sonra konservatuar imtihanlarına girdim kazandım ve 1969 yılında da mezun oldum.

57 yıldır gösteri sanatlarıyla meşgulüm...

Altı yaşında iken, yani 1954 yılında, okuma yazma öğrenmeden çıktım sahneye. Yani o zamandan bu zamana tam 57 yıldır gösteri sanatlarıyla uğraşıyorum. Konservatuar imtihanımda Mahir Canova, Cüneyt Gökçer gibi değerli hocalarım vardı. Sevgili Alper Özalp hazırlamıştı beni imtihana. Sophokles'in Elektra'sını ve "Otelci Kadın"ı oynamıştım imtihanda. O zaman bir komedi bir de dram oynamak zorundaydık imtihanda. "Aman ne yetenekli!" diye almışlardı beni konservatuara. Sınıfımda Füsun Demirel, Sema Çeyrekbaşı, Yavuz İnsel, Ayşegül Atik, Aysun Orhon ... gibi değerli oyuncular vardı.

Profesyonelliğe geçiş...

Benim profesyonelliğe geçişim hep tesadüfle oldu. Birincisinde İzmir turnesinde Gülgün Kutlu hastalanmış, onun yerine oynamıştım. Arkasından Bursa turnesinde hamile olan ve doğum yapacak olan Perihan Çelenk'in yerine oynamıştım. Gerçek anlamda profesyonelliğe geçişim, başından beri oynadığım Cevat Fehmi Başkut'un yazdığı "Küçük Şehir" adlı oyundur. Tekin Akmansoy'la karşılıklı oynamıştım. Daha sonra Devlet Tiyatrosu'nda rejisini Tekin Akmansoy'un yaptığı "Sersem Kocanın Kurnaz Karısı"nda oynadım.

Ve televizyon...

1968 yılında televizyon kurulduğunda televizyona çıktım. İlk çıkışımda 10 Kasım'da şiir okumuştum. Televizyon ve tiyatro çalışmalarını bir arada yürüttüm. Tekin Akmansoy televizyon için yapacağı program için beni de yanında istemişti. 1974 yılında ilk yerli televizyon dizisi

"Kaynalar"da yıllarca beraber çalıştık.

Devlet Tiyatrosu'nda atıldım...

1976 yılında İzmir Fuarı'nda sahneye çıktım diye, ki izin istemek için başvuruda bulunduğum halde, ancak izin verdiklerini belirten izin kağıdımı gidip almadığım için, Devlet Tiyatrosu'ndan attılar beni. Ben Devlet Tiyatrosu ilk televizyon kadın şöhretlerindenim. Hatta ilkiyim. O sıra Devlet Tiyatrosu'nda " Yedi Kocalı Hürmüz" sergilenecekti. Cüneyt Gökçer ve Ayten Gökçer oynuyordu. Bana da izin verirler diye düşünmüştüm. Fakat izin vermediler. Fuarda Kaynanalar olarak skeç yapıyorduk. O zamanlar televizyon şöhretlerini sahneye çıkarmak modaydı.

Kaynanalar...

1974 yılında Kaynanalar dizisi televizyonda başlamıştı. Daha sonra iki de film olarak çekilmişti. Ancak o zamanlar Kaynanalar dizisi bize pek para kazandırmamıştı. Şimdi tam aksine; birkaç dizi oyuncuya araba ve yalı alacak kadar para kazandırıyor. Oysa biz bedavaya yakın oynadık senelerce Kaynanalar'ı. Zaten o yıllarda TRT tek kanaldı, rakibi yoktu. Dolayısıyla şimdiki gibi daha fazla para teklifi alacak kanallar yoktu. Çok komik ücretler alıyorduk. Saygı ve uzun nefesli şöhret kazandık bizler Kaynanalar dizisiyle; para kazanmadık!.. Ben .ekibin içinde en genç yaşta şöhret olanlardanım.

Halkın "DÖNDÜ"sü...

Kaynanalar dizisinde aldığım "DÖNDÜ" damgasını, sizin de söylediğiniz gibi, sırtımdan atmak çok zamanımı aldı. Kemal Sunal'ın "Şaban" olayı daha farklıydı. Çünkü o "Şaban" kalıbına isteyerek girdi. O sinema olayıydı; para kazanma amaçlı yapılmış çalışmaydı. O tür filmlerde sanatsal bir kaygı güdülmez. Kemal'in filmlerine güler geçersiniz, konusunu hatırlamazsınız. Tiyatro öyle değil. Sokakta yürürken beni gören elma satıcısına artık "Döndü" değilde Defne Yalnız demesini öğrettim. Farklı çalışmalar yaptığınızda, o çalışmalar doğruysa, sizi Defne Yalnız olarak ta kabul ediyor. Halk tabiki "Döndü"yü unutmuyor.

Cüneyt Gökçer'in kötülüğü...

Ben yirmi yıl Devlet Tiyatrosu'ndan uzak kaldım. Cüneyt Gökçer'in bana yaptığı en büyük kötülüktür bu. Oynadığım oyunları saymaya kalksam en az yirmi oyun eksik söylemem lazım. Devlet Tiyatrosu'ndan uzak kaldığım süre içinde tek başıma gazinolarda şov yaptım. Çünkü evimdeki tencere kaynaması gerekiyordu. Bu yaptığım gösterilerde sesimle oyunculuk yeteneğimi birleştiriyordum. Kolay bir iş değildi bu yaptığım.

Türk tiyatrosunun altın çağları...

Tiyatroya başladığım1960'lı yıllar, Türk tiyatrosu altın çağını yaşıyordu. İlk başladığım 50'li yıllarda çocuktum. !960'lı yıllarda yavaş yavaş bilinçlenmeye başlamıştım. Büyüklerin seyredebildiği oyunlara biz küçükleri almazlardı. Ancak ben çocuk tiyatrosunda oyuncu olduğum için bu kural bana geçerli değildi. Dolayısıyla ben istediğim her oyuna girer seyrederdim. O, 60'lı yıllarda oynanan oyunlar ve seyirciler farklıydılar; toplum farklıydı. Bunu sadece tiyatroya indirgemiyorum.Televizyonun mutlaka etkisi oldu tiyatroya. Bu dünyada da oldu, sadece bizde değil. İş çok ucuzlatıldı. Buna hepsi dahil. Sadece özel tiyatroları suçlamıyorum. Çok fazla, fuzili yere konservatuar açıldı Türkiye'de. Kendini konservatuar okuyup, "büyük sanatçı oldum" zanneden bir sürü diplomalı tecrübesiz genç sardı her tarafı. Haldun Taner'in meşhur "Sersem Kocanın Kurnaz Karısı"na Fasulyacıyan'ın dedirttiği gibi "İki Kalas Bir Heves" oldu iş.

Belden aşağıya vuran tiyatrocular...

Tiyatro sanatında kalite gitti, seyircinin beğenisi değişti. Anadolu seyircisini tamamen kaybettik. Çünkü, bir yerde dikiş tutturamayan iki kişi bir otobüse binip, iki de afiş bastırıp tiyatro adı altında her çirkinliği oynadılar. Gerektiğinde müstehçenliğe başvurup belden aşağıya vurdular. Ne oldu, aile seyircisini kaybettiler. Benim Devlet Tiyatrosu olmak üzere herkesi suçluyorum.

Okullarda tiyatro...

Okul çocuklarını tiyatroya çekmemiz lazım. Oyuncularımızın okullara gitmesine karşıyım ben. Çocuklar tiyatroya gelecek!.. Tiyatro nedir, nasıl gelinir, nasıl sessiz durulur? Bunu tiyatro salonunda görüp öğrenecek!.. Okulda yaptığınız zaman inandıramazsınız. Yine o bedava takımı, okullara gidip, çocuk oyunu adı altında iğrençlikler sergiliyorlar. "Tiyatro bu muymuş" diyen çocuk bir tiyatro seyircisi olmuyor!.. Devlet ve Şehir Tiyatroları yeteri kadar çocuk oyunları yapmıyor. Aşağıdan, gençlikten, çocukluğundan alışmış olan tiyatro seyircisi gelmiyor...

Televizyon dizileri...

Diziler bambaşka bir sektör oldular. Hepsi birer sinema fimi uzunluğunda oldular!..

Dizilerde tiyatrocuları konuşturup ve oynatıp kurtarıyorlar işi. Zira önemli rolleri tiyatro sanatçılarına oynatıp, öbürleri de güzellikleriyle arada kaynıyorlar. Olayı da kurtaran tiyatrocular oluyor. Ama malı o arada kaynayan güzellller götürüyor. Bunu bir sitem anlamında söylemiyorum. Dünyada da belki bu böyle. Onları suçlamıyorum. Elbette yapacaklar. Çok ta güzelleri var aralarında. Fakat işi yapan yapımcılar çok yetersizler, çok bilgisizler, çok cahil ve dar görüşlüler.

Rol aldığım bazı televizyon dizileri ve filmler:

İstanbul'un Altınları (TV Dizisi) 2011, Ah Kalbim (TV Dizisi) 2009, Aşkım Aşkım (TV Dizisi) 2008, Eyvah Halam (TV Dizisi) 2008, Sev Kardeşim (TV Dizisi) 2006, Bana Babamı Anlat (TV Dizisi) 2000, Baskül Ailesi (TV Dizisi) 1997, Pamuk Hemşire 1990, Alman Avrat 40 Bin Mark 1988, Hızır - Acil Servis (TV Dizisi) 1988, Kaynanalar (TV Dizisi) 1988, Kıratlı Süleyman 1986, Herşeyim Sensin 1985, Olmaz Olsun 1981, Şabancık 1981, Akıllı Deliler 1980, İnek Şaban 1978, Kaynanalar 1975, Nöri Gantar Ailesi 1975, Kaynanalar (TV Dizisi) 1974.

SAHNE TOZU'na hasretlik çeken başarılı bir sanatçımız

ERKAN CAN...

Türk halkı, onu daha çok televizyon dizilerinden ve son yıllarda oynadığı filmlerden tanıyor. Genellikle de 1992 yılında Kandemir Konduk'un "Mahallenin Muhtarları" dizisindeki "Kahveci Temel" rolüyle tanındı. Bu dizi 12 yıl sürdü.

1998'de oynadığı "Gemide" adlı filmi ona 35. Antalya Film Festivali'nde"Altın Portakal Ödülü"nü kazandırdı. "Gemi" filmini "Dar Alanda Kısa Paslaşmalar" filmi takip etti. 2000'de "Vizontele"de rol aldı. 2003 yılında oynadığı "Yazı Tura" filmindeki rolüyle SİYAD tarafından "En İyi Yardımcı Erkek Oyuncu" seçildi.

Ve yine iki televizyon dizisi: "Büyükannenin Konağı" ve "Kapıları Açmak".

2004 yılında "Anlat İstanbul", 2005 yılında ise "O Şimdi Mahkum"da oynadı.

Aynı yıl "Pamuk Prenses" adlı kısa filmde mafya babasını canlandırdı.

Ve... 2006'da yine "Yeni Sinemacılar" yapımı olan, yönetmenliğini Özer Kızıltan'ın yaptığı TAKVA adlı filmde, Muharrem adlı bir tarikat mensubunu canlandırdı.

TAKVA, hem konu yönünden hem de Erkan Can'ın oyunculuğu ile yankı yaptı ve uluslararası ödüller kazandı.

Takva'nın yanısıra, 2007'de "Bıçak Sırtı", 2008'de "Düğün Şarkıcısı" adlı televizyon dizilerinde oynadı.

12 yıl süren "Mahallenin Muhtarları"nda Karadenizli kahveci Temel rolü ile tanınan Erkan Can, tip olarak ta tıpkı bir Karadenizli; hatta konuşurken de hemen hemen bir Karadenizli gibi konuşuyor. Oysa o, Bursa doğumlu. Bursa'daki çocuklugu Karadenizlilerin arasında geçtiği için onların şivelerini kapmış. 15 yaşındayken mahallesindeki "ağabeyim" dediği bir mahalle büyüğünün tavsiyesi ile Bursa Devlet Tiyatrosu'nun tiyatro kurslarına başlar ve tiyatro sanatıyla tanışır. Kurs hocaları arasında Kenan Işık ve Yalın Tolga da vardır. Okulla arası hiç te iyi olmayan Erkan Can, sınıfları hep çift dikiş geçer. Tiyatro kursuna gidebilmek için Akşam Sanat Okulu'na başlar.

Erkan Can ile sohbetimiz üç bölümden oluştu:

Birinci bölümünü Harem'den Eminönü'ne kadar Harem vapurunda, ikinci bölümünü vapurdan inince bindiğimiz takside, Beyoğlu'na kadar süren taksi yolculuğumuzda, üçüncü bölümünü ise Yeni Sinemacılar'ın Beyoğlu'ndaki bürosunda yapabildik.

Taksideki sohbetimizde ortak bir dostumuz olduğu ortaya çıktı: Almanya'da yaşayan karikatürist ve kabare sanatçımız Muhsin Omurca. Bursa'da aynı semtte büyümüşler. Yeşil Çay Bahçesi'nde sohbet ederlermiş. Arkadaşlıkları hala da devam ediyor.

Beyoğlu'nun bazı caddeleri (hangi caddeler değil ki!..İstanbul'un her yeri kazılıyor, kapanıyor, tekrar kazılıyor!..) kazıldığı için, Yeni Sinemacılar'ın bürosuna gidebilmek için taksiden inip, yürüyoruz.

Yolda yürüyüşü dikkatimi çekti: sanki gençliği Beyoğlu'nda geçmiş bir Karadeniz kabadayısı gibiydi; sevecen, samimi ve alçakgönüllü... Herkes ona, o da herkese selam veriyor...

Karadenizli değil, Bursa doğumluyum...

1958 Bursa doğumluyum. Ancak 12 yıl süren "Mahallenin Muhtarları" dizisindeki Karadenizli Temel rolümden dolayı beni hep Karadenizli sanıyorlar. Tabii şivemi de benzetiyorlar. Benim Bursa'daki çocukluğum hep Karadenizliler arasında geçti. Çünkü mahallemizde çok Karadenizli arkadaşım vardı.

Hiç aksamayan tiyatro çalışmalarım...

Oldum olası okulu sevmedim. Tek isteyerek gittiğim tiyatro idi. Tiyatro kurslarına gidebilmem için kasıtlı olarak Akşam Sanat Okulu'na yazılmıştım. Ortaokulu hep çift dikiş yaparak yedi yılda bitirebildim. Mahallemizdeki bir büyüğümün tavsiyesiyle 1975 yılında Bursa Devlet Tiyatrosu'nun açmış olduğu tiyatro kurslarına başlamıştım. Bu kurslarda tiyatro sanatıyla tanıştım. Tam 34 yıl oldu tiyatroya başlayalı. Fakat yaklaşık 10 - 15 yıldır sahneden uzağım; tiyatro tozuna hasretim.

Belli bir kurs döneminden sonra akşamları yavaş yavaş küçük rollerle sahneye çıkmaya başlamıştım. Tabii oyunlar genellikle gece olduğu için okulu da ihmal etmeye başlamıştım. Yıllarca Bursa'da oynadım. Hem kurslara gidiyordum hem de figuranlık yapıyordum. İlk sahneye çıktığım oyun "Parkta Bir Sonbahar Günü" adlı oyundu. Coşkun Orhon ve İsmet Orhon oynuyorlardı. İki kişilik bir oyundu. Ben ve arkadaşım Cemal, arkadaki bankta oturan talebe rolünde idik. Sıramız gelince konuşuyorduk.

İlk replikli oyunum...

"Marius" adlı oyun ilk replikli oyunumdu. Kenan Işık'ın oynadığı oyunda, onun çırak'ı rolünü oynuyordum. Kenan Işık yelkenci ustası rolünde idi. Birkaç cümlelik repliğim vardı bu oyunda. Daha sonra çocuk oyunlarında oynadım. "Elmadaki Barış", "Keloğlan", "Paydos", "Kahvede Şenlik Var"... gibi yaklaşık 40-50 oyunda Bursa Devlet Tiyatrosu'da oynadım. Bu tiyatro kurslarının yanı sıra da Akşam Sanat Okulu'na gidiyordum. Fakat akşamları oyun oynadığım için devamsızlıktan kalmıştım. Okulu aksatıyordum, fakat tiyatro çalışmalarımı hiç aksatmadım. Okul beni çok sıkıyordu; okuldan hep kaçardım.

İstanbul'da konservatuvar eğitimi...

Askere kadar Bursa Devlet Tiyatrosu'nda oynadım. Askerden sonra sınavlara hazırlanıp, 1985 yılında İstanbul Belediye Konservatuvarı Tiyatro Bölümü'nü kazandım. 1990 yılında da mezun oldum. Konservatuvar eğitimi sırasında dönem arkadaşlarım arasında Oktay Kaynarca, Fikret Kuşkan, Demet Akbağ, Bennur Yıldırımlar, Kemal Kocatürk, Yıldıray Şahinler, Julide Kural ve Yasemin Yalçın... gibi değerli oyuncular vardı.

Eğitmenlerimizden bazıları ise: Yıldız Kenter, Haldun Dormen, Müjdat Gezen, Mehmet Birkiye, Suat Özturna, Lütfi Oğuzcan, Ahmet Leventoğlu, Cüneyt Türel...

Bakırköy Şehir Tiyatroları'nın kuruluşu... gerçekleşemeyen hayaller...

1991-1992 yılında da Zeliha Berksoy'un yönetiminde Bakırköy Şehir Tiyatroları'nı kurduk. Fakat Zeliha Berksoy'un hayalleri gerçekleşemedi. Tiyatro ile belediye işleri karıştı. Zeliha Hoca, orayı Berliner Ensamble gibi bir tiyatro yapmayı düşünüyordu. Belli bir kadrosu olacak, o kadronun dışına çıkılmayacaktı. Sınavla kadro oluşturacaktı. Biz oranın sınavlarına girdik ve kazandık; ilk kadroyu oluşturduk. Fakat işe siyaset karışınca olmadı. 4-5 sene maaş almadan oynamak zorunda kaldık. Adnan Kahveci, rahmetli olmadan önce herşeyi ayarlamıştı; bütçemizi filan imzalamıştı. Onun sayesinde bazı sorunlarımız halledilmişti. 7 sene orada çalıştım. Sonra istifa ettim. Zeliha Hanım'da zaten istifasını vermişti. Onun istediği gibi olsaydı, çok güzel olacaktı. İkinci bir Berliner Ensamble olacaktı. Fakat bir türlü gerçekleştiremedi Zeliha Hoca. Belki de Berliner Ensamble'nin İstanbul'da bir şubesi olacaktı. Güzel çalışmalar yapıp, güzel oyunlar sergileyecektik!.. Umarım bundan sonra olur. Zeliha Hoca bu çalışmalarını yine sürdürüyor... Bazen hayaller kolay gerçekleşmiyor; yolumuz zor!.. Türkiye'de sanat'la uğraşmak zor, çok zor ve zahmetli!..

Mahallenin Muhtarları dizisi...

Bakırköy Şehir Tiyatroları çalışmalarıma paralel olarak, 1992 yılında, televizyon dizisi olan Mahallenin Muhtarları'nda oynamaya başlamıştım. Bu dizi çok sevildi ve tuttu. 12 sene sürdü. Bu diziye başlamamla beraber yavaş yavaş tiyatro sahnesinden uzaklaşmaya başlamıştım. Bakırköy Şehir Tiyatroları'ndan da istifa edince iyice sahne tozundan uzaklaşmış oldum. En son oynadığım oyun 1998'de idi. Bakırköy Belediye Tiyatroları'nda oynamıştım. Bakırköy Şehir Tiyatroları'nda 5-6 oyunda oynadım. Antigone, İvan İvanoviç Varmıydı Yokmuydu, Bir Geçmiş Zaman, Ayyar Hamza, Demokrasi Gemisi, Barış... gibi.

Oynadığım diğer televizyon dizileri ve film çalışmaları...

1992'de başladığım "Mahallenin Muhtarları"adlı 12 yıl süren televizyon çalışmasını diğer televizyon ve film çalışmaları takip etti. Başlıcaları özet olarak şunlar: 2008 Düğün Şarkıcısı, 2007 Bıçak Sırtı, 2006 Takva, 2006 Fırtına, 2005 Pamuk Prenses, Kapıları Açmak, O Şimdi Mahkum, Anlat İstanbul, Yazı Tura, Azad, Vizontele, Dar Alanda Kısa Paslaşmalar, Gemide, Sokaktaki Adam, Yalancı, Mahallenin Muhtarları ve Davacı... gibi.

Ödüller...

2007 - 12. Nürnberg Türkiye/Almanya Film Festivali En İyi Erkek Oyuncu "TAKVA"

2007 - 26. İstanbul Film Festivali En İyi Erkek Oyuncu "TAKVA"

2006 - 28. SİYAD Türk Sinema Ödülleri En İyi Erkek Oyuncu "TAKVA"

2006 - 43. Antalya Altın Portakal Film Festivali En İyi Erkek Oyuncu "TAKVA"

2004 - SİYAD Türk Sinema Ödülleri En İyi Yardımcı Erkek Oyuncu "Yazı - Tura"

1999 - 11. Ankara Film Festivali En İyi Erkek Oyuncu "Gemide"

1999 - 10. Orhon Arıburnu Ödülleri En İyi Erkek Oyuncu "Gemide"

1998 - 35. Antalya Altın Portakal Film Festivali En İyi Erkek Oyuncu "Gemide"

Tekrar "Sahne Tozu" yutmaya hazırlanıyorum...

2010 yılında İstanbul Dünya Kültür Başkenti olacak. Şimdiden bunun çalışmalarına başlandı. Her tarafta tiyatro binası inşa ediliyor. Bunlar 2010 yılına yetişecek. 2010 yılı için isteyen sanatçı projesini verecek. Biz de bir proje verdik. Yani 2010 yılında sahnede tekrar sahne tozu yutacağım. Ali Sürmeli ile Kenan Işık'ın yöneteceği bir oyun olacak. Sahneden çok uzak kaldım.

Sahne korkum...

Tekrar sahnede olmayı sabırsızlıkla beklerken, korkuyorum da sahneden... Fakat bu korkuyu yenmek için de tekrar sahneye çıkmak zorundayım. Nihayetinde ben bir tiyatro oyuncusuyum. Neredeyse unuttum tiyatroyu. Ancak provalar başlayınca yine aynı havaya girerim. Bu heyecan verici bir durum. Yavaş yavaş kendimi hazırlıyorum; sanki ilk oyunu oynayacakmış heyecanı var içimde. Bu bambaşka bir duygu; yaşayan bilir!..

Televizyon dizilerindeki sorunlar...

Diziler çok çoğaldı; tadı tuzu da kalmadı; kalite düştü!.. 90 dakika çekilmeye başlandı; tıpkı bir sinema filmi gibi. Bunu 45-50 dakikaya indirmeleri gerekiyor. Kalite için bu şart!.. Ya set işçileri, onlar bizden daha fazla yoruluyorlar. İnsanüstü bir çalışma yapıyorlar. Sabaha karşı saat 4 paydos, 8 de yine işbaşı. Ne zaman uyuyorlar; hayret!.. Çok yoruluyorlar. Bir çözüm bulumalı!

Benim gönlümde yatan...

Diziler bizleri çok yoruyor. Benim gönlümde yatan tiyatro ve sinema. Dizi mümkünse yapmamak!.. Fakat diziler de tiyatro sanatçılarına maddi yönden destek sağlıyorlar. Ancak 2010 yılında tiyatro grupları çogalacak, tiyatro da bir canlanma yaşanacak. Tiyatrodan güzel para kazanan tiyatro oyuncusu zaten dizilere vakit ayıramayacak. İnşallah bunlar gerçekleşir ve tiyatro sanatçısı sadece tiyatro sahnesinde kalır. Veya dizi çalışmalarında daha seçici olur. O zaman da kaliteli diziler çıkar ortaya.

Türk Tiyatrosu'nun „KALEMLİ KAVUKLU"su

FERHAN ŞENSOY...

2009'de yaptığım "İstanbul Söyleşi Turu"nda "Ferhangi Şeyler"i seyretmiş, kendisiyle kısa bir sohbetim olmuştu. Söyleşiyi de en kısa zamanda yapabileceğimizin sözünü almıştım kendisinden.

2010'un Kasım'ında yapmış olduğum "İstanbul Söyleşi Turu"nu planlamadan önce kendisini Berlin'den aramış ve 6 Kasım günü için son oyunu "İşsizler Cennete Gider" oyunundan önce, saat 17:00 de söyleşi yapmak için sözleşmiştik. Aynı gün, 12:30 da, "Yaşamlarını Tiyatroya Adayanlar" adlı kitabımla katıldığım 29. İstanbul Kitap Fuarı' (TÜYAP)nda iki saat kalıp, okurlarımla sohbet ettikten sonra, Beyoğlu'na, tarihi "Ses Tiyatrosu"-na gitmek için TÜYAP'ın ziyaretçileri için tahsis ettiği otobüse bindim. Trafik yoğun, yolumuz uzak, gözüm devamlı saate takılıyor; ya yetişemezsem!.. Güç bela, nefes nefese yetiştim. Ses Tiyatrosu'nun fuayesindeyim. Duvardaki fotoğrafları seyrediyorum. O kadar çok gitmişim ki, hangi fotoğrafın nerede asılı olduğunu ezberlemişim. Oyunlardan kareler, Kel Hasan Efendi, İsmail Dümbüllü, Münir Özkul ve Ferhan Şensoy... Ortak yanları: hepsinde meşhur "KAVUK". Fotoğrafın bir tanesinde Münir Özkul "KAVUK"u Ferhan Şensoy'a devir ederken alnından öpüyor.

Derken, **FERHAN ŞENSOY** gözüküyor. Selamlaşıyoruz. Çaylarımız geliyor. Kendisine kitabımı takdim ediyorum.

Her zamanki gibi sesalma cihazımın kırmızı düğmesine basıyorum:

Samsun-Çarşamba'dan İstanbul'a...

1951 Samsun'un Çarşamba ilçesinde doğmuşum. Annem ilkokul öğretmeni, babam ise ticaretle uğraşırdı. Çarşamba'nın da Belediye Başkanlığını yapmıştı. İlkokuldan sonra, 1961 yılında İstanbul'a, Galatasaray Lisesi'ne okumaya gelmiştim. Yazarlığım tiyatrodan önce başladı. İlk yazı ve şiirlerim 1969'da "Yeni Ufuklar" ve "Soyut" dergilerinde yayımlandı. 1970 yılından itibaren de yazdığım skeçler "Devekuşu Kabare"de oynanmaya başlandı.

Galatasaray Lisesi...

1961 yılında, Çarşamba'dan İstanbul'a gelerek, girdiğim imtihanı kazanıp, Galatasaray Lisesi'ne yatılı olarak başladım. Hukuk Fakültesi dekanı olan amcamın evinde kalıyordum. Bazen, hafta sonları yengemle tiyatroya giderdik. İlk kez Fatih Şehir Tiyatrosu'nda tiyatro seyrediyorum. Fuat İşhan ve sinemadan tanıdığım "Cilalı İbo"yu, Feridun Karakaya'yı seyrediyorum. Sık sık tiyatroya gidiyoruz. Vahi Öz, Bedia Muvahhit, Vasfi Rıza gibi değerli oyuncuları seyrederken adeta büyüleniyorum tiyatro sanatına. Ortaokulu bitirme hediyesi babam bana bir daktilo hediye etmişti. Yazdığım şiirleri daktiloyla yazmaya başlamıştım. Edebiyat dersine Tahir Alangu geliyordu. Ders kitapları yerine bizlere Sait Faik'ten hikayeler okutuyordu. Çehov filan okumaya başlamıştık. Bir gün, sınıfta birkaç öğrenciyi göstererek " Sizler yazar olacaksınız; çok okuyun!" dedi. Bu öğrenciler arasında Engin Ardıç, Nedim Gürsel, Selim İleri ve ben vardım.

Okuldaki turneler...

Devamlı şiir ve öyküler yazıyordum. Çeşitli öğretmenlerin ve kişilerin taklitlerini yapmaya başlamıştım lise sıralarında. Diğer sınıflardan çağırıyorlardı beni seyretmek için. Bir yıl sonu eğlencesinde, ki ŞAMATA GECELERİ diye adlandırıyorduk, yaptığım taklitlerle okulda iyice tanındım. Tiyatro koluna girmiştim. Okulumuzun yüzüncü yıl kutlamalarında, eski Galatasaraylı profesyonel oyuncuların oynayacağı "Bir Kavuk Devrildi" oyununa çağrılmıştım oynamak için. Provaları da Dram Tiyatrosu'nda yapıyorduk. Usta oyunculardan Bilge Zobu, Ergun Köknar, Nejdet Mahfi Ayral gibi oyuncular var. Ben de onların arasındayım.

Haldun Taner...

Benim en büyük şansım Galatasaray Lisesi'nde okuduğum yıl Haldun Taner'i tanımam olmuştur. Yıl sonu gecesinde yapmış olduğum taklitleri izledikten sonra bana "sen kabarecisin!" dedi. Onyedi yaşında idim ve kabare nedir bilmiyordum. İlk defa duyuyordum. "Beni tanıyor musun?" diye sorunca, "evet, siz Haldun Taner'siniz" dedim. Bana "Devekuşu Kabare"nin adresini verdi. "Perşembe günleri ben orda oluyorum. Oraya gel" dedi. Benden oynadığım bu skeçleri yazmamı istedi. Devekuşu Kabare'yi seyretmeye başladım. Kendimi lunaparkta bulmuş bir çocuk gibi hissediyordum. Zeki Alasya, Metin Akpınar, Kemal Sunal gibi oyuncuları tanıdım orada. Her hafta sonu bir tiyatroya gidiyorum. Kenter'ler, Dostlar Tiyatrosu, Dormen Tiyatrosu, Ulvi Uraz ve Devekuşu Kabare. Bütün oyunlara gidiyorum.

Devamlı da okuyorum. Ancak iki sene üstüste kalınca tekrar Çarşamba Lisesi'ne geri dönüyorum. 1970 yılında da burada liseyi bitiriyorum. Aynı yıl Devlet Güzel Sanatlar Akademisi'nde mimarlık okumaya başlıyorum.

Grup Oyuncuları...

Mimarlık okulunda idim. Fakat okula gitmeyip daha çok tiyatro ile uğraşıyordum. "Grup Oyuncuları"-na girmiştim. 1971 yılında Karaca Tiyatro'da "Müfettiş"i oynuyoruz. Aileden kimsenin haberi yok. Bu grupta Ayla Algan, Beklan Algan var. Başrolleri biz gençlere verdiler. Ustalar ise küçük rollerde oynuyorlardı. Daha sonra Kenterler'de Yıldız Hanım'ın disiplinine dayanamayıp okuma provasından sonra geri dönmüyorum. Ayfer Feray'da başlıyorum oynamaya. Yazmaya devam ediyorum. Lisede yazdığım "Güle Güle Godot" ve "Je M'en Fous Bilader" oyunlarından sonra üçüncü oyunum "Haneler"i yazıyorum.

ve Fransa...

Güzel Sanatlar'da mimarlık okurken, gördüğüm bir ilan üzerine; Ortak Pazar ve Türkiye konusunda komposizyon yarışmasına katıldım. Kazanan Fransa'ya bir seminere gönderilecekti. Komposizyon konusu hoşuma gittiğinden değil de sadece Fransa'ya gitmek için katıldım. "Ortak Pazar'a hayır!" başlığı altında Fransızca yazı yazdım. Yarışmayı kazandım ve Fransa'ya 15 günlüğüne gittim. Arkadaşla bir konservatuarın önünden geçerken bir ilan gördüm. Sınavla konservatuara öğrenci alınacak diye. Arkadaşla bahse giriyorum. Strasbourg Devlet Tiyatrosu sınavına giriyorum. Sınavda okulda yaptığım Degaulle taklidini oynuyorum. Jüridekiler gülüyorlar ve ben imtihanı kazanıyorum. Burada Ecole Superieure d'Art Dramatiquet'i bitirdikten sonra Magie Circus'da yönetmen yardımcılığı yaptım.

ve Türkiye...

1975 yılında Türkiye'ye döndüm. Haldun Taner'e bir çadır tiyatrosu kurmak istediğimi söyleyince bana biraz tiyatrolarda çalışmamı öğütledi. Ali Poyrazoğlu Tiyatrosu'nda "Dur Konuşma Sus Söyleme"adlı oyunda oynadım. Bu arada televizyon için skeçler yazdım. Ali Poyrazoğlu ile beraber ilk defa televizyona çıktım. Nisa Serezli-Tolga Aşkıner Tiyatrosu'nda oynadım. TRT ve Devekuşu Kabare Tiyatrosu için skeçler yazdım. 1977'de ilk kitabım "Kazancı Yokuşu" yayınlandı. Temel Gürsu'nun yaptığı Kızını Dövmeyen Dizini Döver filmiyle ilk film çalışmam başladı. 1978 yılında Mete İnselel ile Anyamanya Kumpanya Tiyatrosu'nu kurdum ve kendi yazdığım "İdi Amin Avantadan Lavanta" oyununu yönettim ve oynadım. 1978'de yazdığım "Bizim Sınıf" adlı televizyon dizisi TRT'de yasaklandı. Daha sonra ise bu oyun Ali Poyrazoğlu Tiyatrosu'nda sahnelendi. 1979 yılında Ayfer Feray Tiyatrosu'nda kendi yazdığım ve yönettiğim "Hayrola Karyola" oyununda oynadım. Stardust Gece Kulübü'nde "Dedikodu Şov" isimli kabare gösterisini Adile Naşit, Perran Kutman ve Pakize Suda gibi sanatçılarla İstanbul Gelişim Orkestrası'yla sahneledim. Yine aynı kulüpte Kukla ve Kuklacı Kabare gösterilerinde oynadım.

Ortaoyuncular...

1979 yılında "Şahları da Vururlar"ı yazdım. Haldun Taner'e gösterdim. Beğendi. Bu oyunu kendi kuracağım bir tiyatroda oynamak istediğimi söyledim. "Kur" dedi, bana cesaret verdi. 1980'de de "ORTAOYUNCULAR"ı kurdum. İlk olarak 14 Mart 1980'de Harbiye'de, Yapı Endüstri Merkezi Salonu'da oynadı. Daha sonra da Ortaoyuncular'ın bünyesinde "Nöbetçi Tiyatro" adlı bir gençlik grubu kurarak yeni oyuncular yetiştirdim. 1980 sonunda da Küçük Sahne'ye geçtik. Sırasıyla "Şahları da Vururlar", "Kahraman Bakkal Süpermarkete Karşı", "Kiralık Oyun", "Anna'nın Yedi Ana Günahı", "İçinden Tramvay Geçen Şarkı", "Ferhangi Şeyler", "İstanbul'u Satıyorum", "Soyut Padişah" gibi kendi yazdığım oyunları sahneledim ve oynadım. 1989 yılında da "Ses Tiyatrosu"na, yani şu anda bulunduğumuz yere taşındık. 1994 yılında kiraladığım bir gemiyi "İçinden Dalga Geçen Tiyatro" adını vererek yüzen bir tiyatroya çevirdim.

Kavuk meselesi...

Kel Hasan Efendi, emekli olurken, sahip olduğu KAVUK'u İsmail Dümbüllü'ye verip *"Artık bundan sonra bu işi sen yapacaksın!.."* demiş. Dümbüllü de emekli olurken Kavuk'u Münir Özkul'a devretmiş. Münir Özkul son oyunlarını Ortaoyuncular'da oynadı. 12 yıl kadar beraber çalışmamız oldu. Münir Abi de *"Benden sonra Kavuklu sensin!.."* diyerek Kavuk'u bana devretti. Bu bir gelenek haline geldi. Ben de Kavuk'u birine devretmeliyim ki, bu gelenek yaşasın. Şu anda düşünmüyorum. Çünkü emekliliği düşünmüyorum. Şimdiye kadar Kavuk'a sahip olanlar işi bırakırken devretmişler Kavuk'u. Ben daha bir fiil, haftanın yedi günü oynadığıma göre, böyle bir devir sözkonusu değil.

Filmler...

Aşk Dediğin Laf Değildir (1976), Kızını Dövmeyen Dizini Döver (1977), Köşedönücü (1985), Parasız Yaşamak Pahalı (1986), Bir Bilen (1986), Büyük Yalnızlık (1989), Şans Kapıyı Kırınca (2004), Pardon (2004), Son Ders: Aşk ve Üniversite (2008)..

TV Dizileri...

Caniko (1976), Bizim Sınıf (1978), Giyim Kuşam Dünyası (1978), Evdekiler (1978), Sizin Dersane (1979), Köşedönücü (1984), Şey Bey (1986), Varsayalım İsmail (1991), Boşgezen ve Kalfası (1995) ve TV filmi Aktör Eskisi (2004).

Oyunlarımdan örnekler...

İşsizler Cennete Gider, Ruhundan Tramvay Geçen Adam, Fername, Kötü Çocuk, Aşkımızın Son Durağı, Kiralık Oyun, Uzun Donlu Kişot, Beni Ben mi Delirttim?, Biri Bizi Dikizliyor, Kahraman Osman, Fişne Pahçesu, Parasız Yaşamak Pahalı, Çok Tuhaf Soruşturma, Haldun Taner Kabare, Felek Bir Gün Salakken, Üç Kuruşluk Opera, Şu Gogol Delisi, Kırkambar, Köhne Bizans Operası, Güle Güle Godot, Kahraman Bakkal Süpermarkete Karşı, Soyut Padişah, Ferhangi Şeyler, Keşanlı Ali Destanı, İçinden Tramvay Geçen Şarkı, Eşek Arıları, Eski Moda Komedya, İstanbul'u Satıyorum, Şahları da Vururlar, Dedikodu Şov, Kukla, Kuklacı, Dur Konuşma Sus Söyleme, Ce Fou De Gogol, Harem Qui Rit... gibi.

Kitaplarım...

Seçme Sapan Şeyler, Şahları da Vururlar, Afitap'ın Kocası İstanbul, Gündeste, Kazancı Yokuşu, Ayna Merdiven, Düşbükü, Kahraman Bakkal Süpermarkete Karşı, Güle Güle Godot, İngilizce Bilmede Hepinizi I Love You, Denememeler, Oteller Kitabı, Falınızda Ronesans Var, Kalemimin Sapını Gülle Donattım, FerhAntoloji, Rum Memet, Eşeğin Fikri, Hacı Kominist, Elveda SSK, Karagöz ile Boşverin Beni...

ve ödüller...

1975-Montreal'de Ce Fou De Gogol adlı oyunla 1975'te En İyi Yabancı Yazar Ödülü,

1980-Şahları Da Vururlar-Avni Dilligil Jüri Özel Ödülü ve Dergi-13'ün En Başarılı Oyun Ödülü,

1981-Eski Moda Komedya- Tiyatro-81'in En İyi Erkek Oyuncu Ödülü,

Varsayalım İsmail TV Dizisi için Nokta'nın Doruktakiler Ödülü,

1988-İstanbul'u Satıyorum-Ulvi Uraz Ödülü ve Sanat Kurumu Ödülü,

1993-Sırasıyla Avni Dilligil Ödülü, İsmail Dümbüllü Ödülü, Nasrettin Hoca Mizah Ödülü, Kültür Bakanlığı Jüri Özel Ödülü, Heygirl Dergisi Yılın Oskarları Ödülü.. gibi

1993-Şu Gogol Delisi-Avni Dilligil En Özgün Oyun Ödülü,

1993-Ferhangi Şeyler-Altın Objektif Ödülü,

İçinden Dalga Geçen Tiyatro adlı yüzen tiyatro

projesi için İsmail Dümbüllü Ödülü,

Aptallara Güzel Gelen Televizyon Dizileri-Altın Frekans Ödülü,

Boşgezen ve Kalfası- Kültür Bakanlığı En İyi Topluluk Ödülü,

1997-Haldun Taner Kabere-En Başarılı İletişimciler Ödülü ve En İyi Deneme Yazarı Ödülü,

1999-Şu An Mutfaktayım-Ayın İletişimcisi Ödülü,

2000-Felek Birgün Salakken- Avni Dilligi En İyi Yönetmen Ödülü,

2001-Sahibinden Satılık Birinci El Ortaoyunu-Avni Dilligil En İyi Yazar Ödülü,

2001-Ferhangi Şeyler oyununun 1447. gösterisi için Unima Geleneksel Türk Tiyatrosu'na Hizmet Ödülü,

2002-Biri Bizi Dikizliyor-Sanat Kurumu En İyi Yazar Ödülü ve Afife Jale-Muhsin Ertuğrul Ödülü,

2005-Kiralık Oyun- Nasrettin Hoca Altın Eşek Gülmece Ödülü,

2006 Pardon flmiyle Mizah Üretenler Derneği'nin En İyi Senaryo Ödülü,

2007-Fername-İsmet Küntay En İyi Oyun Yazarı Ödülü,

2009- "2019" oyunu için Yılın En İyi Yapım, En İyi Yönetmen, En İyi Erkek Oyuncu dallarında 34. İsmet Küntay Tiyatro Ödülleri...

Televizyon dizilerinin "BABA"sı,
tiyatro ve sinema oyuncusu

HALİL ERGÜN'den

"Gizli örgüt kurmaktan hüküm giyen"

ANKARA BİRLİĞİ SAHNESİ'nin hikayesi...

ZULÜM ve İŞKENCE...

Beyoğlu İstiklal Caddesi'ndeki (197) Mephisto Kitabevi'nin üstkatındaki kafe'deyim.

2006'dan bu yana, 5 yıl süren "Yaprak Dökümü" dizisinin otoriter emekli kaymakamı Ali Rıza Tekin rolünü oynayan **Halil Ergün**'ü bekliyorum. Bu arada Mephisto Kitabevi çalışanlarına da buradan sevgi ve saygılarımı yolluyorum. Bana Mustafa Alabora, Halil Ergün ve Salih Kalyon ile yapmış olduğum söyleşilerimi gürültüsüz ve rahat bir ortamda yapmamı sağladılar.

Ve son birkaç dizidir konuşamayan, derdini mimikleriyle anlatmaya çalışan Ali Rıza Bey, yani HALİL ERGÜN merdivenlerde gözüküyor. Kendisiyle söyleşi yapacağımı öğrenen yakınlarımın selamlarını kendisine iletiyorum. Ve "eh artık konuşsun Ali Rıza Bey, düşüncelerini söylesin de biraz hadlerini bildirsin onlara! Ne zaman konuşacak, kendisine bir soruver..." dilek ve sorularını kendisine aktararıyorum. Ve onlara "Ali Rıza Bey, dizide konuşmadan önce benimle konuşup sohbet edecek" dediğimi söylüyorum; gülüşüyoruz...

Bu arada masada duran "Yaşamlarını Tiyatroya

Adayanlar" adlı kitabıma bir göz atıyor, alıp sayfaları karıştırıyor.

"Türk Tiyatrosu'na yaptığınız bu değerli çalışmanız için sizi kutlarım Adem Bey" diyor.

Ben taşra cocuğuyum...

1946 yılında Bursa'nın İznik ilçesinde doğmuşum. İlkokul ve ortaokulu İznik'te, liseyi ise gurbette, İstanbul'da okudum. Çocukluğum taşrada geçti; yani ben bir taşra çocuğuyum. Ailemde sanata özel bir ilgi duyan yoktu. Annem çok hassas bir kadındı. Şarkı söyleyenlere bayılırdı. Ud çalmayı çok istemiş. Babasından ud almasını istemiş. Ancak kadının ud çalmasını kabullenemeyen taassup baba, annemin isteğini pek dikkate almamış. Benim sanata olan ilgim kasabaya panayırlarda gelen ibiş veya çadırlarda yapılan gösteriler dolayısıyla başladı. Türk sineması ile de tanışmam yine kasabaya gelen siyah beyaz Türk filimleriyle oldu. Edebiyatla da yine ortaokulda tanıştım. Okumaya çok erken başladım. Ezberimde olan şarkılar hala çocukluğumda radyoda dinlediğim şarkılardır. Şarkı söylemesini çok seviyorum. Setlerde sık sık söylerim.

Tiyatro sanatı ile tanışmam...

Tiyatro ile de ortaokulda iken sınıfla beraber Bursa Devlet Tiyatrosu'na gittiğimizde tanıştım. Sanıyorum Turgut Özakman'ın "Ve Değirmen Dönerdi" adlı oyundu ilk seyrettiğim oyun. Çetin Köroğlu, Tijen Par ve Ali Cengiz Çelenk gibi usta oyuncuları hatırlıyorum. Bir de "Göç" oyunu. Semih Sergen"i de seyrettiğim başka bir oyundan hatırlıyorum. Fakat ailemden tiyatroyu seç diye bir istek hiç olmamıştı. Tam tersine, sanatın karın doyurduğuna inanmıyorlardı. Onlar için devlet dairesinde memur olmak en güzel meslek sayılıyordu. Liseyi ise gurbette, İstanbul'da okudum. Haydarpaşa ve Pertevniyal Lisesi'inde okudum. Ancak ikinci sene yine Bursa'ya kaçtım. Bursa'da yıl sonu müsamerelerinde yapılan bir oyunda oynamıştım. Bursa Halk Eğitim'de rahmetli arkadaşım Nevzat Şenol vardı. Oradan çağırmışlardı. Ben de gittim ve oradaki çalışmalara katıldım. Yarı profesyonel Oda Tiyatrosu vardı. "Yağmurcular", "Karaların Memedleri" gibi oyunlarda oynadım. Aramızda Alpay İzer gibi usta oyuncu da vardı.

Türkiye'nin altın yılları...

O 1960'lı yıllar, gerek tiyatro, gerek şiir ve roman da Türkiye altın yıllarını yaşıyordu. Türkiye'de toplumsal tartışmaların başladığı yıllardı o yıllar. Sanatın da çok işlevsel olduğu, tartışıldığı yıllardı. Kafka okunuyordu, Nazım Hikmet gündemimize girmişti. Siyasetin gençler arasında yayıldığı, konuşulduğu ve tartışıldığı yıllardı 60'lı yıllar. Taşrada büyüdüğüm için çok sorular vardı kafamda. Merak ettiğim, kendimi çözmeye çalıştığım, akılvari olma sürecine girdiğim yıllardı o yıllar. Konservatuar imtihanına girdim kazanamadım. İmtihanda Melih Cevdet ve Yıldız Kenter vardı...

Kendimi Ankara Üniversitesi Siyasal Bilimler'de buluverdim. 6-7 sene okudum, ancak bitirmedim.

Ankara'da Ankara Deneme Sahnesi vardı. Orada ilk "Kuyruklu Yıldız Altında İzdivaç" adlı oyunu seyretmiştim. Daha sonra ise "Yer Demir Gök Bakır"dan uyarlanan "Uzun Dere" oyununda oynadım. Toplumcu tiyatro, halk tiyatrosu, devrimci tiyatro, ulusal tiyatro gibi tiyatro kavramlarının tartışıldığı dönemdi o yıllar. Ankara Siyasal'da özel tiyatro grubu vardı. Orada da oynadım. Sanıyorum o gruptan oyuncu olarak devam eden bir ben varım. Arkadaşların hepsi başka işlerle uğraştılar. Beckett'ten "Oyun Sonu", Brecht'ten "Kuraldışı Kural"ı oynamıştım. O ara kurulan Halk Oyuncuları'nda Teneke adlı oyunda oynadım. Para kazanma yönünden bu benim ilk profesyonel olduğum oyundur.

Anadolu'daki tiyatro grupları...

Anadolu'dan çok tiyatro grupları gelirdi. Çok önemli tiyatro şenlikleri yapılırdı. Örneğin Tarsus'tan Haşmet Zeybek ve grubu. Onlarla çok ilgilenmiştik. Yılmaz Onay'la beraber onları oynattık sahnemizde. Muhsin Ertuğrul gelip seyretmişti Haşmet Zeybek ve grubunu. Ancak onların gelmelerini arzu etmemiştik. Profesyonellik onları çözer, bozar diye. Seyirlik oyunlarının Tarsus'ta daha da gelişmesini çok istemiştik. Fakat geldiler. O grup orada kalıp daha da gelişebilirdi. Bunlar çok önemli tiyatro hareketleridir. Her yeri dolaşırlardı.

...ve ANKARA BİRLİĞİ SAHNESİ...

Brecht'i az çok tanıyordum; şairliğini, koministliğini... fakat tiyatrosu konusunda sistematik anlamda fazla bilgim yoktu. Vasıf Öngören Berlin'de tiyatro eğitimi görürken, Brecht'in tiyatrosunu da incelemişti. Onun ilk oyunu GÖÇ TMTF Gençlik Tiyatrosu tarafından İstanbul Gençlik Festivali'nde sergilenmişti. İkinci oyunu "Asiye Nasıl Kurtulur"u Halk Oyuncuları Topluluğu'nda sahneleme denemesi yapmış fakat sonra kaldırılmıştı. O da zaten bu gruptan ayrılmıştı. Ben, Vasıf Öngören, Mustafa Alabora ve Erdoğan Akduman 1969 yılında

Ankara Birliği Sahnesi'ni kurduk. O günlerde çok seyirci hareketi vardı. Günde üç defa oyun oynanırdı; 3-6 ve 9 oyunları. Ve hepsi de dolardı. İnsanlar akın akın gelirdi. Fakat o ara bazı sapmalar dikkatimi çekmeye başlamıştı. Çok keskin devrimci olmuştum. TİP üyesi idim. Politik tiyatro yapılıyordu. TENEKE oyunu durdurulup gösteriler yapılıyordu. Aramızda Umur Bugay, Tuncer Necmioğlu, Erdoğan Akduman gibi arkadaşlar vardı. Hep beraber bir tiyatro kurmaya karar verdik. Para da yoktu. Ben ve Mustafa ailelerimizden para aldık. Akrabam Cengiz Çandar'ın babası bankada Yürütme Kurulu Üyesi idi. Onun vasıtasıyla kredi de aldık tiyatro açarken. Geri de ödeyemedik. Ankara Birliği Sahnesi'ni kurduk ve büyük bir inançla "Asiye Nasıl Kurtulur"u sergiledik. Zeliha Berksoy'da o ara Berlin'den dönmüştü. Ve birdenbire Ankara Birliği Sahnesi'nin ilk oyunu olan "Asiye Nasıl Kurtulur" olay oldu. Bütün Anadolu'da, radyolarda ve basında yer aldı. Kapalı gişe oynuyorduk.

Tiyatro dergisi de çıkarmıştım. Yaşım da 19 idi. Reklamlar yapmıştık. Beş kuruş almadan arkadaşlarla gece gündüz çalışıyorduk. Zaman zaman Mustafa Alabora ile kuru ekmek yediğimiz bile oldu. Büroda yatıp kalkıyorduk. Oyun çok tutmuştu. Tabi bunda Vasıf'ın çok emeği oldu. Ondan çok şey öğreniyorduk.

Ödül alınca suçlandık..

O sene Ankara Sanat Severler Derneği bize "En İyi Yazar ve En İyi Yönetmen Ödülü"nü verdi. Cüneyt Gökçer ve Zeliha Berksoy'un da ödül aldığı bir kurumdu. Burjuva bir kurumdan ödül verilince bize saldırılar başladı; suçlu duruma düşürüldük. Bizler slogan atarak sinema ve tiyatro yapılmasına karşıydık. Kuralların dışına çıkmıştık.

Başarıdan sonra dağılmalar...

Üç kişi bir araya gelir, başarı elde eder, ancak bu başarıyı sürekli hale getirecek kurumsallaşmayı yapamıyoruz Türkiye'de. Birbirlerine düşerler ve ayrılırlar. Bu garip bir kaderdir Türkiye'de. Fakat bu sadece Türkiye'de değil, bütün entelektüel dünyada bu alışkanlık vardır. Söylemek zorundayım; şahsi girişimler vardı, Genco Erkal gibi... O senelerdir tek başına götürüyor. Fakat bu şahsi bir kavgadır. Bizim grubumuzda da aynısı oldu. Biraz kabarmaya başlayan kendi tiyatrosunu kurdu.

12 Mart dönemi...

12 Mart bizleri darmadağın etti. Bizler tutuklandık. Suçumuz da "Tiyatroda gizli örgüt kurmak"tı... O zamanki savcı Naci Gür bana; "Her altı yapmışsın. Tiyatro davasından hüküm giyeceksin! Hiç kendini paralama!" dedi. Sonuçta hepimiz 8'er yıl ceza aldık. Dolayısıyla Ankara Birliği Sahnesi gizli örgüt kurmaktan mahkum oldu. Örneğin, Brecht'in "Adam Adamdır" oyununun çalışmalarını yaparken, Vasıf birtakım çalışmalar programlamıştı. Birçok oyuncumuz vardı. Çalışmalar sırasında konferanslar veriliyordu. Mesela Amerikan emperyalizmi anlatılıyordu. Veya Vietnam konusu işleniyordu. Oyuncular bilinçlendiriliyordu. O günlerde bütün tiyatrolar fuayelerinde kitap satarlardı. Bizim de fuayemizde kitap ve dergiler satılıyordu; Aydınlık dergisi gibi... Onlarla maddi dayanışma içindeydik.

İmzalanan kağıt... ZULÜM ve İŞKENCE...

Bir de ellerinde oyuncuların imzaladığı bir kağıt vardı. Bu imzalı kağıdın da hikayesi: "Adam Adamdır"ın galasından sonra hep beraber toplanmış sohbet ediyorduk. Vasıf çok çay içerdi. Yanında da kanyak içerdi. Belki de onun bu alışkanlığı onu erken kaybetmemize sebep oldu. O gala akşamı büroda yeni şeyler önerdi. "Para kazanıldı; bu bize uymuyor." dedi. Bir kağıda daktilo ile bir şeyler yazdı. "Biz bu tiyatroyu ileride kurulacak Marksist-Leninist bir partiye devretmeye..." gibi bir cümle vardı yazının içinde. Çocuksu ve romantik bir tavırla yazılmış bir yazıydı. İmzalayanlar oldu. Ben imzaladım mı, tam olarak bilemiyorum. Ancak imzalayabilirdim de... Çünkü insan bir imza ile ne kominist ne de devrimci olur. Bu kağıdın varlığını hepimiz unutmuştuk. Bunlar delil olarak değerlendirildi ve Ankara Birliği Sahnesi "gizli örgüt kurmak"tan hüküm giydi. 12 Mart'ta zulüm gördük, işkencelerden geçtik...

Asıl acı olan...

Bunu söylemek zorundayım; belge kalsın! Asıl acı olan şuydu: O günlerde "Tiyatro 70" dergisinde Umur Bugay ve Ayberk Çölok, dışarıda kalanlar, bizlerin ayrılmasını, yani Ankara Birliği Sahnesi'nin bölünmesi üzerine bir yazı yazmışlar: "Bir kısmı ilkeleri aldı, bir kısmı da işin cilasını kullanıyor". Geçenlerde Umur Bugay'a söylediğimde "Hatırlamıyorum" dedi. "İşin aslını bana sordunuz mu?" diye sordum. Ben Mustafa'ya kapatalım dedim. Benim tiyatroyu devam ettirecek bilgi birikimim, Brecht konusunda da derin bilgim yoktu. Ben fakülteyi bitireyim, bir taraftan da tiyatro olayının ne olduğunu kavrayayım dedim. Onlar devam etmek istediler. Haklıydılar da. Sonra Can Yücel ve Mehmet Ulusoy geldiler tiyatroya. Mehmet Ulusoy'un bir projesi vardı. Peter Weiss'tan bir oyun sergiledik. Daha önce sergilediğimiz "Yaşar Ne Yaşar Ne Yaşamaz"ı tekrar sergiledik. O ara

Levent Kırca'da aramıza katılmıştı. "Yarın Cumartesi" adlı oyunda oynadı. Bina sahibi bizi dışarı atınca sokakta kalıverdik; salonsuz kaldık. "Üç Derste Aşk" diye Dinçer Sümer'in bir oyununu büyük bir cesaretle ilk ve son kez sahneye koydum. Hiç te fena olmamıştı bence. Kenan Işık ve Macit Flordun oynamışlardı. Adalet Ağaoğlu ve Erkan Yücel oyunu seyrettikten sonra çok beğendiklerini söylemişlerdi. Bu benim için çok önemliydi.

Tiyatroya kırgınlığım... ve sinema...

Hapise girişim, tiyatronun dağılması ve askere alınmam... sonra da İznik'e dönüşüm... Tiyatro yapmak istemiyordum artık. Tiyatro insanlarına kızgın ve kırgındım. O ara hapiste olan Yılmaz Güney'den senaryosunu yazdığı "İZİN" filminde oynamam için teklif geldi. Ve 1974 yılında İZİN filmiyle sinemaya başlamış oldum.

İZİN, on günlük hapis iznine çıkan bir mahkumun hikayesidir. Bu film, "YOL" filminin ilk versiyonudur. YOL filmi de yine hapisten izinli çıkan 5 mahkumun hikayesidir. Teklifi hemen kabul etmiştim. Bir görev bilmiştimYılmaz Güney'in filminde oynamayı. 70'li yıllardan bu yana tiyatro oynamadım. Bir ara Adalet Ağaoğlu'nun bir projesi vardı. Denedim olmadı. Bir de geçenlerde Vasıf Öngören'in kızı Aslı Öngören, Vasıf'ın "Asiye Nasıl Kurtulur" ve "Bu Oyun Nasıl Oynanmalı" oyunlarından kolaj yapmış. Onda bir sahnede oynadım. Bir ay provaya gittim. Çok heyecanlandım. Tiyatro teklifi her sene geliyor. Ben Türkiye'de birçok iyi projede oynamış bir aktörüm. 70'e varan filmde oynadım. Bir de on senedir hep birinci gelen televizyon dizilerinin aktörü oldum. Tiyatro söz konusu olunca heyecanlanıyorum. Hem dizi, hem tiyatro aynı zamanda yürümez. Tiyatro yapmak bambaşka bir şey. Uykularım kaçıyor, ellerim terliyor. Ancak çok yapmak istiyorum.

Yaprak Dökümü...

"Yaprak Dökümü"nün son bölümlerinde konuşmamak benim iki misli yorulmama sebep oldu. Bu konuda biraz kapris yaptım. Hikayenin omurgası değişmedi. Daha başka olaylar eklendi. Ancak eklenen olaylar başka bir çatı oluşturmadı. Konunun dışına çıkılmadı. Çok ta tuttu, başarılı olduk. Başlangıçta 24 dizi hesaplanmıştı. Fakat kanal kabul etmedi. Para yatıramayız dediler. Dizi yapmak apayrı bir olay. Niye bu kadar fenomen oldu? Bundan önce "Baba Evi"nde oynamıştım.Dört sene sürmüştü. Fakat Yaprak Dökümü kadar fenomenal olmamıştı. Asmalı Konak dizisi de fenomenal olmuştu. Ancak en uzun süren Yaprak Dökümü oldu. Burada bir çekememezlik var. Hiç kusuruma bakmasınlar... eleştireceklerine, kendilerine "Neden bu dizi beş sene sürdü?" sorusunu sorsunlar. Bunu araştırsınlar. Sadece bir kesimin değil, zenginin, fakirin, yaşlısı, genci, anası danası hepsinin seyrettiği bir dizi Yaprak Dökümü!.. Entelektüeller her ne kadar seyretmiyoruz deseler de; seyrediyorlar. Varoşlar da, Kürtler de, Aleviler de, sosyete de, örtülüler de, modern kadınlar da, hepsi seyrediyorlar. Büyük başarı bu!..

Çok teklif var. Ancak biraz kendime dönmek istiyorum, dinlenmek istiyorum, çok kilo aldım. Sıhhatim için bir şeyler yapmam lazım. Eskimek te istemiyorum. Başka bir baba rolünü oynamak istiyorum...

Oynadığı filmler ve diziler...

Mülteci (2007), Yaprak Dökümü (2006), Kameranın Ardındaki Kadın: Bilge Olgaç (2005), Yolda / Rüzgar Geri Getirirse (2005), Kalbin Zamanı (2004), Büyük Yalan (2004), Pembe Patikler (2002), Abdülhamit Düşerken (2002), Şöhret Sandalı (2001), Gökten Düşen Hazine (2000), Yara (1998), Hamam (1997), Baba Evi (1997), Hollywood Kaçakları (1996), Ali / Sakın Arkana Bakma (1996), Hoşçakal İstanbul (1996), Mum Kokulu Kadınlar (1996), Özlem...Düne, Bugüne, Yarına (1995), Böcek (1995), Bir Yanımız Bahar Bahçe (1994), Yolcu (1994), Mavi Sürgün (1993), Yorgun Savaşçı (1993), Balkan Balkan (1993), Cazibe Hanımın Gündüz Düşleri (1992), Kurşun Adres Sormaz (1992), Seni Seviyorum Rosa (1992), Mem-ü Zin (1991), Zombıe Ja Kummitusjuna (1991), Yıldızlar Gece Büyür (1991), Uzlaşma (1991), Suyun Öte Yanı (1991), Düğün (1990), Gün Ortasında Karanlık (1990), Boynu Bükük Küheylan (1990), Kiraz Çiçek Açıyor (1990), Film Bitti (1989), Çaylar Şirketten (1989), Sahibini Arayan Madalya (1989), Hüzün Çemberi (1988), Kızın Adı Fatma (1988), Yaşarken Ölmek (1988), Kadın Dul Kalınca (1988), 72. Koğuş (1987), Bir Günah Gibi (1987), Zincir (1987), Deniz Kızı (1987), Katırcılar (1987), Bütün Kuşlar Vefasız (1987), Sis (1987), Unutamadığım (1987), Yasemin (1987), Bekçi (1986), Güneşe Köprü (1986), Nisan Bitti (1986), Kırlangıç Fırtınası (1985), Gülüşan (1985), Bugünün Saraylısı (1985), Güneş Doğarken (1984), Kaşık Düşmanı (1984), Şalvar Davası (1983), Küçük Ağa (1983), Kırık Bir Aşk Hikayesi (1981), Yol (1981), Annem Annem (1980), Yolcular (1979), Kuma (1979), Maden (1978), Merhaba (1976), Yarış (1975), İzin (1975)

Ödülleri...

- 1990- **Ankara Uluslararası Film Festivali,**

En İyi Yardımcı Erkek Oyuncu Ödülü, **Film Bitti,** En İyi Erkek Oyuncu Ödülü, **Böcek, 1995 - Antalya Altın Portakal Film Festivali**, En İyi Erkek Oyuncu Ödülü, Böcek, **1996 - Sinema Yazarları Derneği** Türk Sineması Ödülleri, En İyi Erkek Oyuncu Ödülü, Böcek, **1997 - Çağdaş Sinema Oyuncuları Derneği** En İyi Oyuncu Ödülleri, En İyi Erkek Oyuncu Ödülü, **Mum Kokulu Kadınlar,** 1997 - **Orhon Murat Arıburnu Ödülleri**, En İyi Erkek Oyuncu Ödülü, Mum Kokulu Kadınlar, **2007 - Antalya Altın Portakal Film Festivali**, Yaşam Boyu Onur Ödülü.

TİYATRO,
televizyon ve sinema oyuncusu,
SHAKESPEARE TUTKUNU

HALUK BİLGİNER...

2010 İstanbul Söyleşi Turu'mun duraklarından sadece bir tanesi olan, Haluk Bilginer'in Moda'daki **„oyun atölyesi"**ndeyim.

Salon yine dolu, yine kapalı gişe!..

2008 tiyatro sezonunda yine buradaydım. Vahide Gördüm ve Haluk Bilginer'in beraber oynadıkları "Ufak Tefek Cinayetler"i seyretmiştim; ve yine kapalı gişe oynamıştı.

Bu defa **"7" şekspir müzikali** sahneleniyor.

Bende geçen seferkinden daha farklı bir heyecan var.

Çünkü oyundan sonra Haluk Bilginer'le söyleşi yapacağım.

Her zaman olduğu gibi yine önkoltukta oyunu seyredeceğim.

Yani "sahne tozu"nu yutmaya hazırım.

Oyunun başlamasına yakın, kafamı arkaya çevirip salona bakıyorum: salon dolu, boş koltuk yok!..

Demek ki, iyi oyun oldu mu seyirci geliyor...

Ve oyun başlıyor...

Oyun, insan'ın (Haluk Bilginer) dünyaya gelişi,

yani doğumuyla başlıyor ve yaşamı yedi bölümde sergiliyor: bebeklik, okul çağı, gençlik, askerlik, orta yaş, yaşlılık ve ölüm...

Soykarıları oynayan Evrim Alasya, Zeynep Alkaya, Selen Öztürk ve Tuğçe Karaoğlan'ın sergiledikleri performanslarıyla adeta usta oyuncu Haluk Bilginer'le yarış edercesine, güzel bir uyum içinde başarılı bir oyun sergiliyorlar. W. Shakespeare'nin sözlerinden ve dizelerinden kolajının Kemal Aydoğan'ın yaptığı ve yönettiği bu başarılı oyunda, müziklerini yapan Tolga Çebi'yi ve orkestra elemanlarını da tebrik etmeden geçemiyeceğim.

Oyun bittiğinde, dakikalarca ayağa kalkan seyirci tarafından alkışlanıyorlar...

Ve ben fuayede Haluk Bilginer'le söyleşi yapmak için heyecanla bekliyorum.

Söyleşiye başlamadan önce yeni çıkan "Yaşamlarını Tiyatroya Adayanlar" adını verdiğim kitabımı kendisine veriyorum. O kitabı incelerken benim de heyecanım azalıyor; yavaş yavaş söyleşinin havasına giriyor ve sesalma cihazımı açıyorum:

Tiyatro yapmasaydım ruh hastası olurdum!..

1954 İzmir doğumluyum. Lise ikinci sınıfta Tiyatro Kolu'nda idim. Orada başlamıştım oyunlar oynamaya. O zaman sahnede mutlu olduğumu hissettim ve oyunculuğu profesyonel yapmaya karar verdim. Çok sevmiştim sahnede olmayı. Ve şunu sormuştum kendi kendime: Başka herhangi bir şey yaparsam bu derece mutlu olabilecek miyim? Cevap: hayır!.. dı. Cevap "hayır" olunca; oyuncu olmak zorundasınız zaten. Daha henüz 16 yaşında idim. Liselerarası Tiyatro Yarışması'nda "En İyi Erkek Oyuncu" seçilmiştim. Jüri Başkanı rahmetli Ragıp Aykır, o zaman İzmir Devlet Tiyatroları Müdürü idi. Beni 1971-72 sezonunda misafir oyuncu olarak İzmir Devlet Tiyatrosu'na davet etti. Ailemizde sanatla uğraşan yoktu. Babam sigortacı, ennem ev kadını idi. Ancak babam gençliğinde oyuncu olmak istemiş. Bendeki bu hevesi ve kararlılığı görünce çok sevindi ve " Ben ceketimi satar, yine okuturum seni!.." dedi. Sanıyorum kendisinin yapamadığını oğlunda görmek onu mutlu etmişti. Genellikle ailede oyuncu olmak isteyen varsa karşı çıkılır, engellenir. O zaman da gizlilik içinde oyuncu olmaya çalışılır. Üniversiteye gidiyorum der, oysa konservatuarın oyunculuk bölümünde okur. Ben de ise böyle bir şey olmadı. Beni ailem hep destekledi. Çok şanslıydım. Hala zaman zaman düşünürüm; başka bir mesleği seçmiş olsaydım, eşit derecede mutlu olur muydum? Tiyatro yapmasaydım herhalde ruh hastası olurdum!..

Konservatuar eğitimim...

Beni Liselerarası Tiyatro Yarışması'ndan tanıyan jürideki İzmir Devlet Tiyatroları Müdürü Ragıp Kıran, 1971-72 sezonu için misafir oyuncu olarak çağırmıştı. Ben İzmir Devlet Tiyatrosu'nda Başar Sabuncu'nun 'Şerefiye ve İki Kova Su' (çocuk oyunu) ve Margret Meier'ın 'Çocuğum' adlı oyunlarında oynamıştım. Bu oyunlar ilk profesyonel olduğum oyunlardır.

1972 yılında da Ankara Devlet Konservatuarı Tiyatro Bölümü imtihanlarına girdim, kazandım. Eğitimim sırasında Mahir Canova, Ahmet Levendoğlu... Cihan Ünal, Cüneyt Gökçer... gibi değerli hocalarım oldu. O zaman üniversiteye bağlı değildi konservatuar. Yani ortaokul mezunları da girebiliyorlardı. Ben lise mezunu olduktan sonra girmiştim. Sınavda da yine Mahir Canova, Muammer Çıpa, Can Gürzap, Yücel erten, Ahmet Levendoğlu gibi değerli hocalar vardı. Ben Gogol'dan ve Jul Sezar'dan oynamış, bir şiir ve şarkı söyletmişlerdi.

Konservatuar eğitiminden sonra İngiltere...

1972'de başladığım konservatuar eğitimim beş yıl sürdü. 1977'nin Haziran'ında Ankara Devlet Konservatuarı Tiyatro Bölümü'nden mezun oldum. Ağustos ayında yurtdışında da tiyatro sanatını görmek için İngiltere'ye gittim. Hep yurtdışında tiyatronun nasıl yapıldığını düşlüyordum. Çünkü İngiltere tiyatronun beşiği.

Londra Müzik ve Drama Sanatları Akademisi...

Konservatuarı bitirir bitirmez, akabinde hiç vakit kaybetmeden İngiltere'ye gittim. Londra Müzik ve Drama Sanatları Akademisi'nde (LAMDA) Yüksek Lisans eğitimi yaptım. Daha önce tiyatro eğitimi yapmış olanların gittiği bir akademidir. Çoğunun Amerikalı olduğu bir bölüm idi. Anadili İngilizce olmayan bir ben, bir Kolimbiyalı bir de Avusturyalı öğrenci vardı. Burada birinci yıl bittikten sonra çoğu ülkesine geri dönerken, bana kalmam için teklif geldi. Oyunculuk bölümünün oyuncularıyla Hollanda ve Belçika'da yapılan turneye katıldım. İngiltere'ye dönünce de bana iş teklifinde bulundular. 1980-91 yılları arasında İngiltere'nin çeşitli tiyatrolarında oyunlarda ve müzikallerde oynadım. May Fair Lady, Kafkas Tepeşir Dairesi, Macbeth, Pal Joey, Belami, Phantom of the Opera... oynadığım oyunlardan bazıları. Arada bir tatillerde Türkiye'ye geliyordum. İngiltere'de tiyatronun dışında televizyon ve sinema çalışmalarım da oldu:

Televizyon dizileri:

Eastenders, Glory Boys, Murder of a Moderate Man, Bergerac, Memories of Midnight, The Bill.

Filmler:

Half Moon Street, Childrens Crusade, Ishtar, Buffalo Soldier, Spooks, She's Gone, The International.

Türkiye'ye dönüş...

İngiltere'de hep İngilizce oynadığımdan, Türkiye'ye dönüp, kendi dilimde, Türkçe oynamak benim için bir güzellik, bir yenilikti. İngiltere ile bağlarımı koparmadım. Arada bir giderim. Orada evim de var. Ancak orada artık tiyatro yapamıyorum. Çünkü tiyatro çok zamanını alıyor insanın. Bir de bebeğim Nazlı var. Ondan fazla uzak kalamıyorum. 1987'de TRT'ye Gecenin Öteki Yüzü adlı televizyon dizisi için rahmetli Okan Uysaler'in daveti üzerine gelmiştim Türkiye'ye. Benim ilk televizyon dizisidir oynadığım Gecenin Öteki Yüzü. Zaten bu diziden sonra Türkiye'ye sık sık gelmeye başlamıştım. Bu dizide de ilk eşim Zuhal Olcay'la tanışmış, evlenmiştik.

1989'da eşim Zuhal Olcay, ben ve Ahmet Levendoğlu ile beraber **Tiyatro Stüdyosu'**nu kurduk. Aldatma (Herold Pinter), Kan Karedeşleri (Willy Russel), Derin Soluk Al (Ben Eltun), Çöplük (Turgay Nar), Histeri (Terry Johnson) ve Balkon (Jean Genet) oyunlarını beraber oynadık. 1999'da ise yine eski eşim Zuhal Olcay'la **Oyun Atölyesi'**ni kurduk. Burada da sırasıyla Dolu Düşün Boş Konuş (Steven Berkoff 1999), Ayrılış (Tem Kempinsky 2000), Ermişler ya da Günahkarlar (Antony Horowitz 2002), Cimri (Moliere 2004, Jeanne d'Arc'ın Öteki Ölümü, Ufak Tefek Cinayetler ve Atinalı Timon oyunlarını sergiledik. Oyun Atölyesi'nin 11. yılını kutluyoruz. 1989'da Tiyatro Stüdyo'yu kurdum. 1999'da Oyun Atölyesi. Yani 1989'dan bu yana toplam 21 yıldır Türkiye'de tiyatro yapıyorum.

Daha öğrenecek çok şeyim var...

Bahçeşehir Üniversitesi 'nde 2 yıl, Akademi İstanbul'da 2 yıl öğretmenlik yaptım. Öğretmenliği çok severek yaptım. Ben hep kendimi de öğrenci olarak gördüm. Daha öğrenecek çok şeyim var. Öğretmenliği çok ciddiye aldığımdan, diğer işlere vaktim kalmıyordu. Öğretmenlik yaptığım dört yıl boyunca hiç kaçırdığım dersim olmadı. Dolayısıyla tiyatro yapmama öğretmenlik engel oluyordu. Ancak ben yine sergilediğim oyunlarda birçok genç arkadaşlarla çalışıyorum. Onlarla da bilgi alışverişinde bulunuyoruz.

Kamera ve sahne oyunculuğu...

Tiyatro oyunculuğun er meydanıdır. Kamera oyunculuğunu da seviyorum. Ancak kamera önünde oyunculuk öğrenmek mümkün değil. Benim anladığım anlamda oyunculuğu kastediyorum. Çünkü oyunculuğun, sahne oyunculuğunun farklı güçlüğü var. Bu iki saat içinde siz seyirciyle bir şey paylaşıyorsunuz. Tiyatro oyunculuğu yaşam gibi. Yaşamda da böyle; ben pişman oldum, bir daha yaparım diye geriye dönüş yok. Oysa kamera önünde bambaşka; bir sahne olmadıysa, bir daha, bir daha, hatta defalarca çekme şansına sahipsiniz. Kamera önünde oynamak için oyuncu olmanız gerekmiyor. Oyuncu olmayanlar da oynuyor; gördüğünüz gibi... Çok ta iyi sonuçlar çıkıyor zaman zaman. Çünkü, kamera, daha doğrusu sinema yönetir insanı. Yönetmen yoksa sinema da yoktur. Ancak tiyatro oyuncunun sanatıdır. Oyuncu yoksa tiyatro da yoktur. Oyuncusuz tiyatro yapabilmeniz mümkün değil. Oysa oyuncusuz sinema yapabilirsiniz. Çok ta güzel örnekleri var. Hatta ayılarla bir film çektiler. Hiç oyuncu yoktu filmde. Gayet güzel oldu. Çünkü yönetmenin kafasında bir hikaye var. Bir şey anlatmak istiyor. Nasıl ve nereden gireceğini biliyor, masalı nasıl anlatacağını biliyor. Siz oyuncu olarak yönetmenin hayalini gerçekleştirmesine yardımcı oluyorsunuz. Ve tabii ki, oyunculuğunuzu kullanarak yapıyorsunuz bunu. Ama yönetmen öyle bir masal anlatmak ister ki, insana bile gerek yoktur; insansız , sadece ayılarla çekilen film örneğinde olduğu gibi.

Oyunculuk deneye deneye öğrenilir...

Oyunculuk dediğimiz zaman, mutlaka ve mutlaka sahnenin tedrisatından geçmesi gerekiyor. Oyunculuğu kendinize öğretebildiğiniz tek yer tiyatro sahnesidir. Çünkü oyunculuk, kendinize öğretebildiğiniz bir şey; deneye deneye, bir bisiklete binmeyi öğrenmek gibi bir şey. Ya da ıslık çalmayı ben size tarif ederim. Dudağınızı ve dilinizi şöyle yapacaksınız derim. Siz dudağınızı ve dilinizi çeşitli hallere sokarak, deneye deneye yaparak kendiniz ıslık çalmayı öğrenirsiniz. Ben tiyatro oyuncusu olmasaydım ruh hastası olurdum!.. Çünkü tiyatro ruhumu sağaltan bir şey. Ben sahnede kendimi çok mutlu hissediyorum. Kendimi ifade etmemin aracıdır tiyatro. Tiyatro aracılığıyla insanı anlamaya çalışıyorum. Ve dolayısıyla ben anlamaya çalışırken, beni seyreden diğer insanlar insanı anlamaya çalışıyorlar. Birlikte bir şeyler yapmaya çalışıyoruz. Ne ben onlardan, ne de onlar benden üstün. Sadece ben kendimi bu işi yapmak üzere yetiştirdim. Bir başkası da kendini, örneğin marangoz olarak yetiştirdi. Sen kendini kimya mühendisliği için yetiştirdin. Eşitiz. Evet biliyorum ömrümüz yetmeyecek, ama deneyelim; insanı beraber anlamaya çalışalım. Oynadığınız her rolde başka başka bir karakteri anlamaya çalışıyorsunuz. Kısaca insanı anlamanın yollarından biri, belki de en güzeli tiyatro sanatı!..

Türk Sineması...

Son yıllarda Türk Sineması'nda gerçekten bir gelişme, bir enerji, bir hareketlilik var. Fakat bu her çalışmanın çok iyi olduğu anlamına gelmez. Sinema sektörü para kazanmaya başlayınca doğal olarak daha fazla filmler çekildi, daha kaliteli filmler yapılmaya başlandı. Eskiden seyirci gitmediği için kimse sinemaya yatırım yapmak istemiyordu. Şimdi bakıyorsunuz filmler 10 milyon Dolar gibi bütçeyle çekiliyor. Mahsun bu son filmi için minimum on milyon Dolar harcadı sanıyorum. Gençler daha çok film çekiyor. Yeni ve yetenekli gençler çoğalıyor. Yeni ufuklar, yeni bakış açıları çoğalmakta. Yani Türk Sineması bence artık 80'ler de yaşadığı üzerine ölü toprağı serpilmiş halinden çoktan sıyrıldı. Taze kan geldi. Yılda 90 film çekiliyor. 20 yıl önce düşlenemezdi. En fazla 5-6 film çekilirdi yılda. Seyirci sinemaya küsmüştü. Seyirci tekrar sinemayla barıştırıldı. İnsanlar sinemaya para yatırıyorlarsa, demek ki kazanıyorlar. Bu iyi bir haber Türk Sineması için. Türk Sineması'nın dünyada da dünya seyircisinin beğeni kazanacağına inanıyorum. Basit bir örnek: New York'ta 5 Minare 90 ülkede vizyona girdi. Özellikle Almanya, İngiltere, Belçika, Avusturya ve Amerika...

Türk Tiyatrosu da hareketlendi...

Tiyatro yapmak isteyen, tiyatro tutkusu olan gençler kendi tiyatrolarını kurmaya ve bununla mücadele etmeye başladılar. Tiyatro kurmak gerçekten çok zor bir iş. Yönetmek, sahibi olmak, sorumluluğunu almanın çok zor olduğunu ben iyi biliyorum. Bu gençlerin çabalarını, mücadelelerini gördükçe çok gururlanıyorum, mutlu oluyorum. Bir sürü yeni tiyatro kurulmaya başlandı. Kendilerini değişik ifade etme biçimlerini arıyorlar. Tabi ki hemen bulacaklar diye bir şey olamaz. Tiyatro yapa yapa öğrenilen bir sanat. Bu hareketlilik tiyatro seyircisinin 250-300 bin olduğu bir ülkeden bahsediyoruz. Yıllık üç milyon bilet satılmış olabilir. Ancak bir kişi 4-5 oyun seyretmiştir. Nüfusumuz 70 küsur milyondur. İngiltere'de tiyatro seyircisi futbol seyircisinden fazladır. Sebebi de, insanlar beş yaşından itibaren tiyatro seyircisidirler. Tiyatro yaşamlarının bir parçasıdır. Tiyatro lüks değildir orada. Londra'nın bir mahallesinde Türkiye'nin tamamından daha fazla perde açılır.

Filmlerim...

Kara Sevdalı Bulut, Ölürayak, İki Kadın, 80. Adım, İstanbul Kanatlarımın Altında, Nihavent Mucize, Masumiyet, Usta Beni Öldürsene, Harem - Suare, Fasulye, Güle Güle, Filler ve Çimen, Neredesin Firuze, Hırsız Var, Kısık Ateşte 15 Dakika , Hacivat Karagöz Neden Öldürüldü, Devrim Arabaları, Güneşin Oğlu, Suluboya, Yedi Kocalı Hürmüz, Polis ve New York'ta 5 Minare

Aldığım Ödüller...

34. Antalya Film Şenliği, 1997, Masumiyet, en iyi

yardımcı erkek oyuncu

10. Ankara Film Festivali, 1998, Masumiyet, en iyi erkek oyuncu

9. Sadri Alışık Ödülleri, 2004, Neredesin Firuze, en iyi erkek oyuncu

18. Ankara Uluslararası Film Festivali, Ulusal Uzun Film Yarışması, "En İyi Erkek Oyuncu" Ödülü (Polis)

**Ressam - tiyatro - sinema ve dizi oyuncusu...
çok yönlü bir sanatçımız:**

HİKMET KARAGÖZ

HİKMET KARAGÖZ'ü daha çok televizyon dizilerinden ve sinema filmlerinden tanıyorum. Oysa o, sanata ilk adımını tiyatro ile atmış. 1962 yılında İstanbul Eminönü Halkevi'nde başlamış tiyatroya. Profesyonelliğe ise 1964'te Küçük Sahne Ulvi Uraz Tiyatrosu'nda geçmiş. Diğer pek bilinmiyen tarafı ise ressam oluşu

1983'den bu yana profesyonel olarak resim yapan **HİKMET KARAGÖZ,** 1946 Samsun-Vezirköprü doğumlu.

1990'lı yıllarından hatırladığım kadarıyla "Yazlıkçılar" adlı televizyon dizisinde bir ressam rolünde idi. Oysa oynadığı rol değil de kendisiymiş meğer... Ancak o zamanlar herkes gibi ben de bilmiyordum ressam olduğunu. Geçtiğimiz hafta (nisan ayının son haftası) severek izlediğim tv dizilerinden "Bıçaksırtı"nda çıkıverdi aniden karşımıza.

Sinemaya geçişi "Faize Hücum" ile olmuş.

"Çıplak Vatandaş", "Su da Yanar", "Karartma Geceleri", "Gönderilmemiş Mektuplar" "Gönül Yarası" adlı filmler severek seyrettiğim sinema filmlerinden bazıları.

"*...Vefa Lisesi'nde öğrenciyken okulda oynanan oyunları seyrederdim. Fakat aklımda oyuncu olmak gibi düşüncem olmamıştı. Fakat daha derine gidersek; sanıyorum bu ailevi baskılar, çevrenin baskısı, yasaklar, gele-*

nekler beni fazla boğdu; çıkış yolu aradım kendime. Bunu da tiyatroda buldum..."

diyerek tiyatro sanatını niçin seçtiğini belirten **Hikmet Karagöz**'ün son oynadığı oyundan bahsetmek istiyorum:

HİKMET KARAGÖZ'ün de oynadığı "**Oyun Sonu"** adlı oyunu, 2007'nin şubat ayında İstanbul'da Muammer Karaca Sahnesi'nde seyretmiş ve kendisiyle söyleşi yapmıştım. Aynı oyunu Berlin'deki 12. Diyalog Tiyatro Festivali'nde de seyrettim.

Oyun Sonu, Dostlar Tiyatrosu'nun Uluslararası İstanbul Tiyatro Festivali için İstanbul Kültür Sanat Vakfı ve Paris Beckett 2006 Festivaliyle ortak yapım olarak hazırladığı bir oyun.

Yirminci yüzyılın yetiştirdiği en çarpıcı aydın kişiliklerden biri olan Samuel Beckett'in dili, en yalın -süslemelerden bütünüyle arındırılmış- bir dil. Beckett'in yakın dostu, oyuncusu, yönetmeni Pierre Chabert'in yönettiği oyunun sahne tasarımı gene Beckett'in yakın dostu ressam Avigdor Arikha imzasını taşıyor. Giysi: Barbara Hutt, ışık: Genevleve Soubirou. Oyunda **Genco Erkal, Bülent Emin Yarar, Meral Çetinkaya** ve **Hikmet Karagöz** oynuyor.

Komedi ile trajedinin zaman zaman buluştuğu, zaman zaman da çatıştığı oyunda baş kişiler, kör ve kötürüm yaşlı efendi Hamm (Genco Erkal) ile dizlerindeki sakatlık nedeniyle oturamayan hizmetçisi Clov (Bülent Emin Yarar)'dır. Deniz kenarında küçük bir evde yaşarlar. İki karakter, birbirlerine bağımlı olsalar bile, yıllardır didişmektedirler ve oyun boyunca da bunu sürdürürler. Clov sürekli gitmek ister ancak bunu başaramaz.

Oyunda yan karakterler ise Hamm'in, bacakları

olmayan anne Nell (Meral Çetinkaya) ve babası Nagg (Hikmet Karagöz)tir.. Bunlar sahnenin kenarındaki çöp varillerinde yaşarlar ve varilden dışarı yemek istemek ya da birbirleriyle budalaca kavga etmek için çıkarlar.

Oyun boyunca varilden çıkmayan **Hikmet Karagöz,** oyun bitince seyirciye selam esnasında "tam boyut" olarak görünüyor. Nagg rolünü abartısız olarak başarılıyla sergiliyor Hikmet Karagöz.

Kendisiyle yaptığım söyleşim ilk önce Vefa Lisesi ile başlıyor. Çünkü rahmetli **Kemal Sunal** ile aynı sınıfta okumuşlar.

VEFA LİSESİ günlerim...

Evet, az önce de söylediğim gibi, okulda oynanan oyunları seyrederdim. Değişik bir şey yapayım, kendimi ifade edeyim, biraz da havam olsun diye okuldaki Tiyatro Kolun'a girdim. Vefa Lisesi'nin Tiyatro Kolu'nun hazırladığı iki oyunda oynadım. Vefa Lisesi'nde okuduğum dönemde, bizden büyük olanlardan Uğur Dündar ve Müjdat Gezen vardı. Onlar bizden iki sınıf üstte idiler. Fakat ben rahmetli Kemal Sunal ile aynı sınıfı paylaştım. 5 Edebiyat A'yı beraber okuduk. Ancak ben kalınca o bir üst sınıfa geçmişti. Ben aynı sınıfta bir daha kalınca da mezun olamadan Vefa Lisesi'nden ayrıldım.

Kemal Sunal...

Rahmetli Kemal Sunal, özel hayatında çok girgin, çok popüler bir arkadaşımızdı. Vefa Lisesi'nin medarı iftiharı, gözbebeği ve belalısı idi. Her türlü eğlenceye, oyuna ve kavgaya girerdi. Sporun her dalında önde giderdi, bayrak tutardı. Çok girgin bir insandı. Ben tiyatroya başlayıp ta, Vefa'dan ayrılınca, iki sene sonra o da bir gruba girdi, oradan da Kenterler'e geçti. Daha sonra da Devekuşu'na geçti. Çok yetenekli idi, farklı bir fiziği vardı. Bunları çok güzel değerlendirdi. Onunla beraber iki filmde oynadım: "En Büyük Şaban"... gibi.

Tiyatroya başlamam...

Vefa Lisesi Tiyatro Kolu'nun hazırladığı iki oyunda oynamıştım. Bu oyunlardan bir tanesi "Kulaktan Kulağa" adlı oyun idi. Vefa Lisesi'nden mezun olamadan ayrıldıktan sonra, Eminönü Halk Evi'nin tiyatro grubuna geçtim. İki yıl da burada amatör olarak oynadıktan sonra 1964 yılında Küçük Sahne Ulvi Uraz Tiyatrosu'na geçerek profesyonel tiyatro hayatım başladı. Buradaki ilk profesyonel oyunumda Ulvi Uraz, Müfit Kiper, Tuncer Necmioğlu, Metin Akpınar ve Alev Koral gibi değerli oyuncularla beraber oynadım.

Eminönü Halk Evi ve Metin Akpınar...

Vefa Lisesi'nden sonra geçtiğim Eminönü Halk Evi'nde hep amatör oyuncular vardı. Çoğu üniversiteyi bitirmiş ağabeylerimizdi. Onlardan biri de Metin Akpınar'dı. Çok saygı duyduğum, sevdiğim, ailemden sonra bir aile direği kadar yakın hissettiğim bir sanatçıdır Metin Akpınar...

Hayatı çok iyi bilen, dolu dolu yaşayan bir sanatçımızdır Metin Akpınar.

Sahne Annem Celile Toyon...

Grubumuzda Celile Toyon da vardı. O benim

"sahne annem"dir. Amatörlükte hep onun gösterdiği bilgiler ışığında geliştirdim kendimi. Bana hem hocalık hem de annelik etmiştir. Ona hep abla derim. Ara sıra "bana artık abla deme!.." diyor. Aramızda 3-4 yaş farkı olmasına rağmen, ona olan saygımı hala yitirmedim.

Oynadığım tiyatro grupları...

Ulvi Uraz'dan sonra Lale Oraloğlu Tiyatrosu'na geçtim. Daha sonra Türk Öğretmenler Sendikası'nın kurduğu tiyatro grubuyla Anadolu'yu gezdik, Sermet Çağan'ın "Ayak Bacak Fabrikası"nı oynadık. Askerlikten sonra ise "Devekuşu Kabare"ye, arkasından Altan Erbulak-Metin Serezli grubu olan Çevre Tiyatrosu'nda 5-6 yıl oynadım. Bir ara Levent Kırca ile de çalıştım. 1980-82'de Ferhan Şensoy'da çalıştım. 1986'da ise tiyatroya ara verdim. 20 yıl hiç tiyatroda oynamadım. Ancak tiyatrodan uzak kalamadım. Oyunculuğuma ara verdiğim bu yirmi yıl süresince lise ve üniversite öğrencileriyle amatör tiyatro çalışmaları yaptım; oyunlar sahneye koydum.

Televizyon çalışmalarım...

Televizyon kanalları çoğalınca, tiyatro seyircisi azaldı, tiyatronun ödeme gücü zayıfladı. Dolayısıyla oyuncu maddi yönden tatmin olamayınca televizyon çalışmalarına yönelmek zorunda kaldı. Para kazanmak zorunda idik. Ancak şimdi dizilerden para kazandığımız için, bu dizilerin yanı sıra tiyatro çalışmalarımızı da rahatlıkla zevk alarak; hiç para problemi düşünmeden yapabiliyoruz; her ne kadar biz oyunculara maddi yönden pek katkısı olmuyor olsa bile...

Televizyon dizilerinden en çok tutulan "Bizimkiler"e 1989 yılında başladık. Uzun soluklu bir dizi olmuştu. 1994 yılında ise "Yazlıkçılar"da oynadım. Ancak bunlardan önce, 1979-80 yıllarında, televizyonun ilk siyah-beyaz döneminde TRT 1'de de oynadım. Ferhan Şensoy ve Tuncay Özinel'le beraber yaptığımız diziler vardı.

Film çalışmalarım...

Biz, tiyatrocular, ilk önceleri film çalışmalarına pek sıcak bakmazdık. Daha sonra bazı yönetmenlerimiz daha nitelikli film yapma çabasına girdiler ve oyuncularını daha çok tiyatrodan seçmeye başladılar. Ben de o seçilenler arasında idim. 1982'de ilk çalıştığım yönetmen Zeki Ökten idi. Genco Erkal ile beraber "Faize Hücum" filminde oynadım. Ankara'da ödül aldı. Arkasından 1983 yılında Kemal Sunal ile "En Büyük Şaban"da oynadım. Bu filmleri "Çıplak Vatandaş", "Su da Yanar", "Karartma Geceleri"... son yıllarda da "Gönderilmemiş Mektuplar", "Bir Aşk Hikayesi" ve "Gönül Yarası" gibi filmler takip etti. Toplam 30-35 filmde oynadım.

Tiyatroda tek sorun ekonomiktir...

Seyirci yok, salon yok. Televizyon seyirciyi kapmış durumda. Özel tiyatrolar her oyunu sergileyemiyorlar. Bilhassa kalabalık oyuncu kadrosunu gerektiren oyunlar yapılamıyor. Tiyatronun tek sorunu para sorunudur. Eskiden maaş alınırdı. Şimdi oyun başına ücret alınıyor. Fakat bütün bu sorunlara karşı tiyatro sanatı gözbebeğimizdir. Ben maaşlı oyuncu olmak istemem. Bir kere denedim, pişman oldum. 1979-80 yılları arasında bir yıl Şehir Tiyatroları'nda çalıştım ancak hemen ayrıldım.

Ben bir sokak ressamıyım...

1983 yıllarından bu yana resim yapıyorum. Bir sokak ressamıyım. Yaptığım resimleri meydanlarda, parklarda sergileyip satıyorum.

İ.B.B.Şehir Tiyatroları'nın "DULLAR"ından yönetmen ve oyuncu

HÜLYA KARAKAŞ..

İstanbul Büyükşehir Belediyesi Şehir Tiyatroları'nın **DULLAR**'ıyla söyleşi yapmak için, Kadıköy Sabiha Gökçen Havaalanı'ndan Fatih'e, Fatih Reşat Nuri Sahnesi'ne geldim.

2010 İstanbul Söyleşi Turu'mun ilk durağı Fatih Reşat Nuri Sahnesi idi.

Tiyatro müdürünün sıcak karşılaması ve çaylar eşliğinde tiyatro üzerine sohbetimiz, üç saat süren Berlin-İstanbul uçak yolcuğundan sonra, yaklaşık iki saat süren Kadıköy–Taksim ve Taksim-Fatih yolcuğunun yorgunluğunu üstümden attı. Bu arada yanımıza gelen bir görevli **DULLAR**'dan **HÜLYA KARAKAŞ**'ın geldiğini bildirdi.

Evet, gelelim **DULLAR**'a:

DULLAR...

"DULLAR", tüm hüznü ve neşesiyle, dulluk durumunu ele alan, farklı yaşlarda dul kalan kadınlar hakkında komik ve groteks, ama aynı zamanda trajik sahnelerle dolu bir revü. Alman yazar Fitzgerald Kusz'un 2004 yılında kaleme aldığı oyun, yüzyıllardır dramatik biçimde ele alınan dulluk durumunu, farklı bir açıdan, mizahi bir bakışla sahneye taşıyor. Gencinden yaşlısına, kocasını yitiren kadınların yeni bir hayat kurma mücadelesindeki farklı tutumlarını hüzünlü ve komik biçimde sunuyor.

Oyunu yöneten **Hülya Karakaş.** Oyunun DULLAR'ı ise: Güzin Özyağcılar, Hale Akınlı, Süeda Çil, Neslihan Ayşe Öztürk ve Hülya Karakaş. Oyunu Almancadan Türkçeye çeviren **Sibel Arslan Yeşilçay.**

Hayal dünyası geniş olan bir kuşak...

1963 Artvin doğumluyum. Anadolu kökenli biriyim. Ama taşralı (Bir ülkenin başkenti veya en önemli şehirleri dışındaki yerlerin hepsi. Şehirli olmayan, şehir dışından gelen. A.D.) olduğum söylenemez. Tırnak içinde taşralı olduğum söylenebilir. Okuma yazması olan, okumanın yazmanın değerli olduğu, değer verildiği, gazete ve kitap okunan bir ailede büyüdüm. Benim kuşağım, hayal dünyası geniş olan bir kuşaktı. Yapacak başka bir şeyimiz yoktu, internetimiz yoktu. İletişim araçlarımız şimdiki gibi değildi. Sadece okuyarak ve ailelerimizin, öğretmenlerimizin -çok iyi ve sağlam öğretmenlerimiz vardı- yönlendirmesiyle hayat yolumuzu buluyor, mesleklerimizi seçiyorduk. Ben hep şu espriyi yaparım: Bizim kuşağı Kemalettin Tuğcu hikayeleri ve radyo tiyatroları mahvetti. Radyo tiyatroları dinleyerek tiyatro yapmayı hayal ederdim. Oradaki (radyodaki) insanları nasıl gerçekleştirdiklerinin hayalini kurardım. Bir de çok özel öğretmenim vardı: Enver Karagöz. Çok değerli biriydi. Maalesef 1980 sonrası yaşadığı koşullar nedeniyle kanserden vefat etti. Bendeki tiyatro cevherini keşfeden insandı o. Benim tiyatrocu olmam konusunda beni motive etti. Bunu kafama soktuktan sonra tiyatrocu olmaya karar vermiştim.

Niçin tiyatro?..

Lise çağlarında janjanlı bir şeyler yapmak istiyordum. Tiyatro yaparsam, bütün erkekler benimle arkadaşlık yapmak isteyecek, daha popüler olacaktım. Çok içine kapanıktım. Edebiyat öğretmenimin yönlendirmesiyle oyunda oynadım. Şiirler okurdum. Edebiyatla bağımı hiç koparmadım. Sürekli yazardım. Piyesler yazıp, mahallede ve okulda oynardık. Asosyalliğimi sosyal gözükerek yenmeye çalışırdım. Tiyatro böyle girdi benim hayatıma.

Orman Mühendisliği...

Tiyatrocu olmak istiyordum. Ancak yolumu nasıl seçeceğimi bilmiyordum. Ailem de pek onaylamıyordu bu durumu. Hatta hiç onaylamamışlardı. Onlar, benim bir mesleğimin olmasını, bunun yanısıra da tiyatroyu da hobi olarak yapmamı istiyorlardı. Ben bambaşka bir eğitim alıp –İstanbul Üniversitesi Orman Fakültesi Yüksek Bölümü- tiyatroya hiç ara vermeden, amatör tiyatrolarla başlayıp, üniversite tiyatrolarında sürdürdüm tiyatro çalışmalarımı.

Daha sonra ise Norveç'e gittim. Orada, Norveç – Oslo Üniversitesi'nin oyunculuk ve yönetmenlik kurslarına katıldım. Ancak tiyatro eğitimi almadım. Türkiye'ye dönünce de tiyatro çalışmalarıma devam ettim.

Oyunculuk ve yönetmenlik...

Ben, her seferinde müthiş heyecanla sahneye çıktım; tiyatro çalışmaları beni hep heyecanladırıyordu. Ancak benim daha fazlasını isteyen bir kişiliğim var. Oyunculuk, evet yaptım. Ancak tat vermemeye başlamıştı. Asıl dünyamın oyunculukta olduğunu görmemeye başladım. Oyunculuktan hala zevk alıyorum. Sahneye çıkmak benim için ibadet gibidir; çok değer veririm yaptığım işe. Yaratıcılığımın orada değil, yönetmenlikte olduğunu düşünmeye başladım. Bir şeyi yapıyorsam, o benim elimden çıkmalı diyenlerdenim ben. Bir dünya oluşturmak her zaman daha kıymetli bir şey. 'O dünyayı ben oluşturmalıyım' diyerek kafamı oraya yormaya başladım. Zaten hayallerimin çatısını kuran bir çocukluktan sonra buraya geldim.

Türk tiyatrosunda kadın yönetmen...

Türk tiyatrosuna baktığımda, pek fazla kadın yönetmen olmadığını gördüm. Yönetmenliği seçmem de daha çok buna bir tepkiydi. Oyunculuğu bilinçsiz olarak seçtim. Yönetmenliği ise bilinçli olarak seçtim. O bir iktidar alanıydı. O iktidar alanına tırnaklarımı geçirmem gerekiyordu. Hatta geçirmek üzere olduğumu hissedenlerin, nasıl birdenbire beni alaşağı etmek istediklerini gördüm. Bunlar da bilinçli değil aslında, alışılmış bir şey. Çünkü Türk tiyatrosu bunun üzerine kurulmuş. Dünyada da böyle. Erkek egemenliğine karşı çıkmak için yönetmenlik alanına geçtim. Niye iktidar alanı olarak görülüyor; o bir sanat alanı.

Kadın oyuncularımız daha fazla...

Türk tiyatrosunu ayakta tutan kadın oyuncularımızdır. Çünkü kadın oyuncularımız daha fazladır. Türk tiyatrosunun seyircisi de kadınlardan oluşuyor. Aslında televizyon seyircisi de kadınlardan oluşmakta. Kadınlar sanatı ve kültürü ayakta tutan en önemli ögelerdir. Kadınlar sanata daha başka bakabilirler. Oyunun okunmasını bir kadın oyuncu daha farklı okuyabilir. Bir metne kadın daha farklı yaklaşabilir. Onun beyni, algılaması daha farklı çalışıyor.

Yönetmenlik mi oyunculuk mu?

Bir dünya oluşturmanın ne kadar olağanüstü bir şey olduğunu gördüm. Şimdi geldiğim bu noktada, yönetmenlik mi oyunculuk mu? dedikleri zaman, kuşkusuz yönetmenlik... Ancak oyunculuğu hiç bırakmadan yönetmenlik yapıyorum. Çünkü oyunculuk ta beni ruhsal açıdan tatmin eden bir şey. Ben bu mesleği vitrinde olmak için seçtim. Vitrinden çekilmeği hiç düşünmüyorum. Gücüm yettiğince, sağlığım elverdiğince, kendi istediğim projelerde sahnede kalmayı tercih ediyorum.

Yazmak...

Yazmaktan da keyif alıyorum. Edebiyatla hiç bağlarımı koparmadım. Oyunlar yazıyorum. Yazdığım radyo oyunları yayınlandılar, canlandırıldılar. Çocukken hayal ettiklerimi hep gerçekleştirdim. Benim yazdığım karakterleri, benim gözümde ilah olan usta oyuncular oynadılar. Olağanüstü bir şey bu benim için. Hala da yazıyorum. İlk defa bu sene Nezihe Meriç hikayelerini oyunlaştırdım. Tabi ki Nezihe Meriç'in güzel kaleminden çıktı. Fakat ben kurdum o dünyayı oyunlaştırırken. Yazaraktan da tiyatro sahnesinde var olduğumu hissediyorum.

Cesurluk ve cahil cesareti...

Yönetmenliğe başladığımda otuz yaşlarındaydım. Çok az kadın yönetmen vardı. Burnum epeyce sürtünmüştü başlangıçta. Tecrübesiz ve deneyimsizdim. Buna rağmen ilgi görmüştü yönettiğim oyunlar. Çünkü farklı oyunlardı yaptıklarım. Cesurdum, cahil cesareti vardı bende. Farklı mekanlar, farklı işler; bu güne kadar yapılan işlere benzemiyorlardı. Onları kimler yapıyor dünyada, özellikle kadınlardan yola çıkarak, takip ederek, onların işlerini görerek, bazen yanılarak, bazen çok severek. Tabii kadın erkek ayırmadan, sadece sanatçı gözüyle bakarak inceliyorum yapılan işleri. Vizyonu olan, başaran herkesi takip ediyorum. Yurtdışında isem, her seferinde üzgün dönüyorum Türkiye'ye. Ama daha bilenmiş olarak dönüyorum. Hani daha iyisi de yapılabilir diye düşünüyorum. Onlar yapıyor; bizim hiçbir eksiğimiz yok, biz de yapabiliriz.

Kadın yönetmenler üzerine... ilkelerim...

Ben, Türkiye'de yönetmenlik yapan bütün kadın meslektaşlarımı çok seviyorum. Kendi deneyimlerime dayanarak, çok zor bir şeyi hallettiklerini bildiğim için, onlar benim gözümde ulaşılmaz. Dünyada da bu böyle. Erkeklerin iktidar alanına el attıkları için benim gözümde saygıyı hak ediyorlar. Kadınların, klişe bir tabirle, daha detaycı,daha irdeleyen, daha akıl yürüten, ama duygusallığa aklı da katabilen; bir metne bundan daha iyi nasıl yaklaşırsın diye düşünüyorum. Kadınlar tiyatro alanında hep ikinci planda kalmışlar, kadın rolleri uzun bir süre yazılmamış, yazılan roller, fettan, şeytan kötü kadın; hala dizilerde aynı durum devam etmekte... Hiç düzgün karakter oluşturabilecek kadın rolleri yok. Olanlar da çok az. Shakespeare bile kadınları ikinci derecede yazmıştır. Onları da erkekler oynamıştır. Kadınlar uzun bir süre mücadele vermişler tiyatro dalında. Kadının aşağılandığı ve küçümsendiği hiçbir teksde oynamam.

Hiç kimse beni o teksde oynatamaz. Bana teklif geldiğinde, kadının nasıl göründüğünü, nasıl bakıldığını incelerim. Birçok teklifi geri çevirdiğim oldu. Bu yüzden birçok dizide de oynamadım. Çünkü akılcı yazılmıyor o roller. Bir süzgeçten geçirilmiyor. Yıllardır geleneksel olarak devam eden anlayışın devamı gibi.

Diziler ve tiyatro...

Diziler, o dizilerde oynayan tiyatro sanatçıları için iyi oluyor. Dizilerden kazandıklarını tiyatro sanatına yatırıyorlar. Örneğin Haluk Bilginer. Meslektaş olarak saygıyı hak eden bir sanatçımız. Oradan kazandığını çok uygar ve medeni koşullarda meslektaşlarına tiyatro yapabilecek bir mekan yarattı. Ben, o tiyatroya her gittiğimde, oyunları büyük bir keyifle seyrediyorum ve içimden teşekkür edip çıkıyorum. O da tiyatro yapıyor, aynı zamanda da televizyon dizilerinde oynuyor. Şimdi onu "tu kaka" mı yapalım. Hayır!.. Oradan kazandıklarını çok değerli bir şekilde kendi tiyatrosunda değerlendiriyor.. Keşke hep böyle sanatçılarımız milyarlar kazansalar da yine yatırımlarını sanat için kullansalar. Ancak tiyatro yapmıyorsa o onun sorunudur diye bakarım. Tiyatro güzel bir sanat. Her gün canlı biri olmak zorundasın, kendine iyi bakmak zorundasın, sesin iyi çıkmak zorunda; zor işler bunlar! Herkesin kolayca yapabileceği işler değil. Tiyatro santçıları senelerce dizilerde çalışıp ta, tiyatro sahnesine dönmüyorlarsa, o onların sorunudur. Ama yapanlarında bu mesleği edebiyle yapmalarını beklerim!..

Birazcık özen, birazcık edep!..

Rol aldığım bazı oyunlar...

Dullar, Bu Da Benim Ailem, Geçmişten Gelen Kadın, Yağmur Sıkıntısı, Çın Sabahta ve Şen Makas...gibi

Yönettiğim oyunlar...

Dullar, Vasati Dört Kişi ve Kozalar...gibi

Filmler...

Yara, Tiyatro Belgeseli, Yara, Ağır Roman, Mum Kokulu Kadınlar, Türk Tutkusu, Babam Askerde, Çıplak, Zeynep Öğretmen, Şehnaz Tango, Baharın Bittiği Yer ve Bir Tren Yolculuğu...

Sanat yönetmenliği yaptığım filmler...

Halk Düşmanı, Ölümsüz Aşk...

Suya sabuna dokunan' bir sanatçımız:

İLYAS SALMAN...

Yönetmenliğini **Deniz Sözbir**'in yaptığı, yapımcılığını **Semra Güzel Kader**'in üstlendiği, Berlin Wüttenberg Film Akademisi, Groteks Film ve Domar Film ortaklığı ile çekilen, **İlyas Salman**'ın başrolünü oynadığı ve Berlinli sanatçımız **Serpil Şimşek Bierschwale**'nin de oynadığı **HASAN'IN SON TANGOSU** / HASANS LETZTER TANGO adlı orta metrajlı (40-60 dakikalık film) filmin çekimi tamamlandı.

Yıllarca Berlin'de küçük bir market işleten Hasan (İlyas Salman), vatanına kesin dönüş kararı vermiş, marketini satmıştır. Bir ömrünü verdiği Berlin'i terk etmek kolay değildir Hasan için. Sıkıntılı günler geçirmektedir; huzursuzdur, uyku uyuyamaz geceleri. İşte bu uykusuz gecelerden birinde kendini bir gece kulübünde bulur. İlk kez gittiği gece kulübünde dansçı kızla tanışmasıyla Hasan'ın dünyası değişir; yeni bir maceraya sürüklenir.

1970'li yılların sonlarından, yaklaşık kırk yıldır, gerek tiyatrodan gerekse sinema filmlerinden tanıdığım İlyas Salman'ı, Berlin'de çekilen "Hasan'ın Son Tangosu" adlı filmin setinde ziyaret ederek, *"Kolay gelsin"* dedim. Orada çekimler arası, ayak üstü başlayan sohbetimize dergimiz ***Merhaba***'da devam ettik.

İlyas Salman, senelerdir **"Suya sabuna dokunan"** bir sanatçımız oldu. Bu yüzden de başı hiç dertten kurtulmadı. Sohbetimiz sırasında kendisine sunduğum "Yaşamlarını Tiyatroya Adayanlar" adlı kitabımın ilk sayfasına yazdığım *"Suya sabuna dokunan İlyas Salman'a sevgilerimle"* yazısını okuyunca; ***"Suya sabuna dokunmayan sanatçı kirli kalır. Suya sabuna dokunmak bir sanatçının görevidir!.."*** diyerek, bir sanatçı olarak nerede olduğunu belirtti.

1948 yılında doğduğu Malatya'nın Arguvan ilçesinin gecekondu mahallesinden, Ankara'ya gelip, konservatuvar imtihanlarına girerek, oyunculuk eğitimi alıp, kendi deyişiyle *"Halk'a MAL" olmayıp, "Halk'a MÄL olmuş"* olan İlyas Salman'ın hikayesidir bu söyleşi.

Her söyleşimde olduğu gibi, ben aradan çekilerek sizleri onunla başbaşa bırakıyorum:

Okulumuz 10-12 km uzaktaydı...

Köyümüzde ilkokul yoktu. 10-12 km uzaktaki okula giderdik. Öğretmen babama *"Bu çocuğa dikkat edin, bu çocukta iş var, okutun"* demiş. Bir gün babam bana *"Oğlum Ellas,"* bana öyle derdi, *"büyüyünce ne olacaksın?*, ben de ona "Adam olacağım Vahap", babama ismiyle hitap ederdim, dedim. Oldum mu olamadım mı; bu tartışılır. Sabahları dörtte kalkıp, fırından simit alıp mahallelerde satardım. Eve gelip okul torbamı alıp okula giderdim. Bir de bir şişe benzin alır, benzinli çakmakları olanların çakmaklarını doldurup para kazanırdım. Önceleri yırtık lastik ayakkabılar (!) vardı ayağımda. Daha sonra ise nasılsa çarık alınmıştı bana; çok sevinmiştim.

Öksüz Mehmet rolüyle sahneye...

İlkokul beşinci sınıfta, Tansel öğretmenimiz "Öksüz Mehmet" isimli bir oyun yazmış. Oyunda rol alacak öğrencileri seçmek için sınıfları dolaşıyordu. O zamanlar bizler bina da değil de, Amerika'nın verdiği yeşil barakalarda okuyorduk. Tansel öğretmen aradığı oyuncu tipi için bizim sınıfa da geldi. Hepimiz önünden geçtik. Sıra bana gelince, ben ince kuru ve çirkin, bana rolü verdi. Yani beşinci sınıfta tiyatro ve sahneyle tanıştım. O sahne mikrobu denen tozu yuttum ve de iflah olmadım. Önce kendi okulumuzda, daha sonra ise Malatya'nın çeşitli ilk, orta ve liselerinde oynayarak ilk tiyatro turnesine çıktık. Ve ben, seyircilerde alkışı, gülmeyi ve gözyaşını gördüm. İşte o sırada oyunculuğun okuluna gitmeyi kafama koydum.

Ya polis ya da öğretmen...

O zamanlar devlet memurluğunun bir ağırlığı vardı. Babam ya polis ya da öğretmen olmamı istiyordu. Oysa ben kararımı vermiştim: Ankara'ya gidip konservatuvarda okuyup oyuncu olacaktım. Malatya Turan Emeksiz Lisesi'ni (şimdi maalesef Malatya Lisesi) bitirip, otobüsle Malatya'ya gittim. Tahtakurularıyla dolu bir otelde geceleyip, imtihanlara girdim. Mahir Canova ve Cüneyt Gökçer sınav hocasıydılar. İmtihanda Nazım Hikmet'in "Bir Küvet Hikayesi" adlı parçasından hem aldatılan hem de aldatan koca rolünü oynadım. Dört binin üzerinde öğrenci sınava katılmıştı. Alınacak sayı ise sadece altı öğrenciydi. Kazananlar listesinde ikinci sıradaydım; yani kazanmıştım.

Tiyatro ve sinema...

Oyunculuğa İst. Belediyesi Şehir Tiyatrosu'nda başladım. Sırasıyla Üsküdar Tiyatrosu ve 1997'den 2000 yılına kadar Ankara Birlik Tiyatrosunda sahneye çıktım. 1977'de Avni Dilligil En İyi Tiyatro Oyuncusu seçildim.

Sinemaya geçişim Şener Şen'in beni Atıf Yılmaz'a tavsiye etmesiyle Cüneyt Arkın'la Baskın filminde 1977 yılında oldu. Arkasından Çöpçüler filmi geldi. Yıl yine 1977 idi. Günümüze kadar 60'ın üstünde filmde oynadım. En son oynadıklarım: Mısır Adası (2014), Lala Gece (2012)... Hasretim Sansürlüdür adlı şiir kitabım, Türksolu dergisindeki makalelerimden oluşan Kırmızı Beyaz isimli kitabım ve de müzik-şiir albümlerim vardır. Lal Gece filmindeki rolüm için de Altın Koza Film Festivali En İyi Erkek Oyuncu Ödülü verildi.

15 yaşında et yedim...

Babam, Malatya Buğday Pazarı'nda hamallık yaptığı sırada, bir gün eve yarım kilo ciğer getirdi. Ciğer ortaya konduğunda, hepimiz elinde kaşıkla bekliyorduk. Annem ve babam sofradaki ciğerden pay almak istemediler. Ben de en büyükleri olduğum için, elim ciğerlere gitmedi bir türlü; kardeşlerim yesinler diye. Onlar yediler bitirdiler. Şu anda 67 yaşındayım, hala o yiyemediğim ciğerin kokusu burnumdadır!..

Aktörlüğün hor görüldüğü dönemler...

1978 yılıydı. Kibar Feyzo filmini çekiyoruz. Suriye sınırına yakın Hatay/Reyhanlı'dayız. Yönetmen Atıf Yılmaz. Ben, Kemal Sunal, Şener Şen ve Adile Naşit. Filmin çekimlerini yaptığımız arazinin sahibi köyün ağası bizlerle tanışmak istemiş. Gitsen bir türlü, gitmesen... Gitmesek izin vermez çekmemize; gittik. Beyaz takım elbiseler içinde ağa geldi, bizleri bir süzdü. Adile Naşit'e bakarak *"Kız, sen nasıl artiz oldun?*. Adile anamız *"Babam çok iyi bir oyuncuydu. Onu hep izleyerek öğrendim, oyuncu oldum..."* dedi. Sıra bana gelmişti: bana baktı

baktı...bir şeye benzetemedi; *"Ula, hıyar, sen nasıl artiz oldun?.."* İşte böyle, aktörlüğün hor görüldüğü bir dönemde büyüdük bizler.

Küskünlük...

Ben, hep suya sabuna dokunan bir sanatçı oldum. Suya sabuna dokunmayan sanatçı kirli olur!.. Suya sabuna dokunmak, hep evet dememek, hayır demek bir sanatçının görevi olmalıdır!..Ben zengin bir adam değildim; onların parası benden hep fazla oldu. *"Bu aykırı adama iş vermeyelim; aç kalsın!.."* diye düşündüler. Oysa benim aç kalmayacağımı birazcık düşünmüş olsalardı; bilirlerdi. Türkiye'de üç kapıyı çalsan, iki kapı açılır bir tas çorba veren olur insana. Ben, midesiyle değil de, beyniyle yaşayan bir insanım. Bunlar bunun farkında değillerdi. Yıllarca bana iş vermediler. Hiç umurumda değil. Ben ahırda da yattım, dünyanın en lüks otellerinde de yattım. Bana hangisi rahattı diye sorsalar, seçemem. Niye biliyor musun: İnsan uyuduktan sonra duvarları göremiyor. Nerede yattığın değil, kiminle yattığın önemli olan!..

Dalkavuk ve soytarı...

Oğlum Temmuz Ali, Bilgi Üni. Sinema Bölümü'nü bitirip diplomasını aldığı gün ona *"Oğlum,sen de benim gibi bu işi okulunda okudun. Ne yapmak istiyorsun?"*diye sorduğumda: *"Baba, ben senin gibi soytarı olmak istemiyorum; yönetmenlik yapacağım"* dedi. Ben de ona dedim ki: ***"Saraya dalkavuk olacağına halka soytarı ol!.. oğlum.*** " dedim.

Ne kızım Devrim, ne de oğlum Temmuz, her ikisi de, hiçbir yerde *"Biz, İlyas Salman'ın çocuklarıyız"* dememişlerdir. Her ikisi de benim gölgemde yaşamamışlardır. Gün gelip, iyi işlere imza attıklarında: *"İlyas Salman'ın oğlu ve kızı"* dediklerinde ben mutlu olurum...

Türkiye'de PANDOMİM sanatının ilklerinden, tiyatro, sinema, televizyon sanatçısı

KAYA GÜREL

Sanatçımız, 21 Kasım 2010'da İstanbul'da vefat etti.

Birlik Sanat ve Bağcılar Belediyesi tarafından 2007'nin Şubat ayından beri sürdürülen BBTO'nun (Bağcılar Belediyesi Tiyatro Okulu) ilk dönem sonu kutlaması 2 Temmuz günü Bağcılar Belediyesi Kültür Merkezi'nde yapıldı. İstanbul'da bulunduğum şubat ayında bu çalışmaları bir pazar günü ben de kısa da olsa izledim. Drama'dan Şiir Tiyatrosu'na, beden ve ses çalışmalarından, uygulamalı sinema derslerine kadar gösteri sanatlarının çeşitli dallarında verilen bu çalışmalara gençlerin hevesle ve heyecanla katıldıklarını gözlemledim; sevindim.

Bağcılar Belediyesi Tiyatro Okulu Genel Sanat Yönetmeni ve TODER (Tiyatro Oyuncuları Derneği) Genel Sekreteri Ulvi Alacakaptan'ın da Sahne ve Reji üzerine eğitim verdiği bu kurslarda, Pandomim/Sözsüz Oyun eğitimini Kaya Gürel veriyordu.

Kaya Gürel, 1980'li yıllarda Berlin'de Türk işçileri arasında tiyatro çalışmalarını ilk başlatanlardan biri. 75 yaşında. Kendisine Berlin'deki tiyatro sanatçılarımızın selamlarını ilettiğimde:

"Oh, ne iyi ettin de geldin. Berlin'in kokusu doldu buraya. Az mı uğraştık Berlin'de tiyatro ile!.." dedi. Kendisine Berlin'de son yıllarda yapılan tiyatro çalışmalarını

özetledim. Zaman geldi ben anlattım, zaman geldi o anlattı.

Ne acı ki, bu söyleşiyi hazırladığım günlerde (Ağustos 2007) dünyanın en tanınmış pandomim sanatçısı; yıllarca canlandırdığı komik ve trajik karakterlerle dünyanın her yerinde sanatseverlerin beğenisini kazanan sessiz sanatın üstadı Fransız **Marcel Marceau** 84 yaşında vefat etti.

1958 yılında, Üniversite Gençlik Tiyatrosu'nda Oğuz Aral ile tanışan Kaya Gürel, onunla pandomim çalışmalarına başlamış. Tiyatro sanatıyla ise seyirci olarak ilkokul dördüncü sınıfta tanışmış. İlk sahne tozunu burada; Tepebaşı Dram Tiyatrosu'nda yutmuş. 1932 doğumlu olan Kaya Gürel ile, çocukluğu, tiyatro ile tanışması, Türkiye'deki ve Berlin'deki tiyatro, sinema, televizyon çalışmaları üzerine sohbet ettik.

Tiyatro ile tanışmam...

İlkokul dördüncü sınıfta idim, okulla beraber İstanbul Şehir Tiyatroları'na gittik. Tepebaşı Dram Tiyatrosu'nda "Ben Çalmadım" adlı oyunu seyrettik. Sanıyorum ilk sahne tozunu orada yuttum. 1932 Manisa doğumluyum. Babam Girit'li idi. 1924 yılında halam ve babam Manisa'ya yerleşmişler. Babamı ilkokula başladığım yıllarda, annemi de 11 yaşında iken verem hastalığından kaybettim. Yani dedemin evinde üç kardeş büyüdük. İstanbul'da Sultanahmet Sanat Okulu'nda üç yıl okuduktan sonra yarım bırakmak zorunda kaldım. Çünkü dedemin durumu iyi değildi. Yol parası ve kitap parası yetişmediği için fazla okuyamadım.

Sağda solda çalışmaya başladım. Saydım; oyunculuğumun dışında, 24 değişik iş kolunda çalışmışım.

Bunların içinde börek satıcılığı, terzi ve bakkal çıraklığını sayabilirim, su bile sattım. Bu arada bu kadar işin arasında vakit buldukça sinemaya da kaçardım. Bu yüzden de dedemden çok dayak yemişimdir.

Tiyatroya gönül vermeye başlayışım...

Sinemaya tutkunluğumun yanı sıra, ilk önce Koca Mustafa Paşa Halk Evi'ne, daha sonra da Aksaray Halk Evi'ne gitmeye ve tiyatroya gönlümü kaptırmaya başladım. Nereden ve nasıl bulaştım bilmiyorum. Bu arada Cağaloğlu'ndaki Yeşilay'ın altındaki Yeşil Sahne'yi keşfettim. Cüneyt Türel, Şener Şen gibi değerli oyuncularla çalışmaya başladım. İlk oyunumuz Şener Şen ile oldu. 1960 yıllarında Cüneyt Türel ile "Die Zeit" diye bir oyun sahneye koyduk. Gemide geçen bir oyundu.

Pandomim çalışmalarım...

1958 yılında Oğuz Aral ile beraber Üniversite Gençlik Tiyatrosu'na girmiştik. Onunla pandomim çalışmalarına o tarihte başladık. Pandomim, sessiz olarak, vücut ve yüz hareketleriyle yapılan bir tiyatro şeklidir. Oğuz akademide iken bir Fransız hocadan pandomim sanatını öğrenmişti. Sonra Oğuz ile bir grup kurmuştuk. 1960'lı yıllarında Yeşil Sahne'ye geçtik. Oğuz'la beraber kurduğumuz Pandomim Gençlik Grubu ile Türkiye'yi dolaştık. Onunla beraber 25-30 oyun hazırlamıştık; çünkü pandomim de yazılmış oyun yoktur.

Oyunda oynatacak bayan bulamıyorduk...

O yıllarda tiyatromuzdaki oyunlarda oynayacak bayan bulamıyorduk; çünkü tiyatro "tu kaka" idi. Ve bir iki genç arkadaş dedi ki: *"bizler, genciz, yakışıklıyız; kız tavlayalım, tiyatroya getirelim"*... Hatta ben tavlayıp, tiyatroya getirdiğim kızla evlendim, ancak sonra ayrıldık. Birkaç kez pandomimi denediyse de oyuncu olamadı.

Vahi Öz ve İsmail Dümbüllü ile çalışmalarım...

İlk zamanlar tiyatronun dışında sinemada da ufak tefek rollerde oynadım. Ancak para kazanamadım. Heves edip kabul ediyordum. 1964 yılında Vahi Öz ve Dümbüllü ile turnelere çıkıyorduk. Bu her iki usta ile aynı sahneyi paylaşmaktan gurur duyuyorum. Bir oyunda İsmail Dümbüllü'nün babası olmuştum. Ben o zaman 25 yaşında idim.

Şarlo filmleri oynatırdık...

Tiyatrodan fazla para kazanamıyorduk. Bir yerde depo memurluğu da yapıyordum. Film makinam vardı. Şarlo filmleri biriktiriyordum. Aykut Oray'la birlikte Şarlo filmleri oynatırdık. Kapıya "giriş serbest" diye yazardık. Bir filmden sonra da para toplamaya başlardık. "Giriş serbest, ancak film seyretmek para ile!.." derdik.

Ve Berlin'e geliş... tiyatro sevdası...

Eşim ilk önce kardeşinin yanına Berlin'e gitmiş, bir sene sonra da, 1968 yılında beni yanına aldırmıştı. Sağ gözüm az gördüğü halde kablo fabrikası onayladı ve ben Berlin'de bir kablo fabrikasında işe başladım. Sanat okulunda Fransızca ve İngilizce okuduğum için, Almancayı bir sene de öğrendim, bu yüzden de fabrika da usta olmuştum. O arada Hüseyin İşlek adında bir tiyatro meraklısı ile tanışmıştım. Onunla bir gazetede yeni kurulacak bir tiyatroya oyuncu aradıklarını okuduk. İlandaki adrese gittiğimizde, tiyatro ile hiç alakası olmayan bir kişi ile karşılaştık. Bize sorular sordu; birbirimize bakıştık... Ve kendimiz bir tiyatro kurmaya karar verdik. İstanbul'dan Berlin'e gelirken yanımda birkaç tuluat teksti getirmiştim. Adamlar toplayarak bir oyun sahneledim. Fakat grup yürümedi. Daha sonra Meray Ülgen'le beraber 1974-75 yıllarında Volkshochschule'de, şimdiki Tiyatrom'un çekirdeğini oluşturan tiyatro grubunu oluşturduk. Ben burada doçent olarak pandomim dersleri veriyordum.

Berlin'deki televizyon ve film çalışmaları...

Berlin'deki bu tiyatro çalışmalarının yanı sıra, film ve televizyon çalışmalarına da bulaştım. 1989 yılında ZDF televizyonu için Yasemin filminde Şener Şen, Toto Karaca ve Sevgi Özdamar ile beraber oynadım. Bu film 1989 yılında Alman Filmband Altın Ödülü aldı. Yine 1988 yılında Polizei filminde Kemal Sunal ile oynadım. Alman televizyonunda Tatort adlı dizide Yekta Arman, Meray Ülgen ve Engin Akçelik ile beraber oynadık. "Liebling - Kreuzberg" tv dizisinde de oynadım. Toplam 40 Alman filminde ve 5 tv dizisinde rol aldım.

Peter Stein ile çalışmalar...

Berlin'de 1980'li yıllarda Peter Stein yönetiminde Schaubühne'de "Giden Tez Geri Dönmez" müzikalini sergiledik. Toplam 4 oyun sergiledik. O zaman Türkiye'den Şener Şen, Ayla Algan, Kerim Afşar, Toron Karacaoğlu gibi değerli sanatçılar da vardı. Ben bu arada fabrikada çalışmaya devam ediyordum. 1978 yılında ilk eşimden ayrılmıştım. Çünkü bir taraftan fabrikadaki işim, diğer taraftan iş sonrası tiyatro, televizyon ve film çalışmaları derken evde huzursuzluk başlamıştı. Çocuğumuz da olmamıştı. Eşimde tiyatro çalışmalarının dışında kalıyordu. Haklı olarak mızmızlanmaya başlamıştı. Ve ayrıldık. İki sene sonra tekrar evlendim. O'nu tiyatro camiasına sokabildim. Schaubühne'ye kostümcü olarak girmişti. Bir de oğlumuz olmuştu. Oğlum Seren Gürel, şu an asker. Meslek olarak ta Kanal D'nin spor servisinde editörlük yapmakta. Bir taraftan da iletişim okuyor.

Ve tekrar Türkiye...

Oğlum Seren okul çağına gelmişti. O'nun Türkiye'de okumasını istiyorduk. Eşim bu yüzden Türkiye'ye gitmişti. Ben de arkasından Türkiye'ye döndüm. 20 sene sonra Türkiye'ye geldiğimde herkesin beni unuttuğunu gördüm. Bazı arkadaşlar Kemal Sunal'ın filmlerinde bana rol verdiler. Oğuz Aral o ara Mimar Sinan Üniversitesi'nde pandomim dersleri veriyordu. Müjdat Gezen açtığı okula Oğuz Aral'ı çağırdı. Oğuz, benim de aynı okula gelmemi arzu etti. 8 sene Müjdat Gezen'in okulunda sahne hareketi ve pandomim dersleri verdim.

TV dizileriyle tanınır hale geldim...

Son yıllarda bir çok tv dizilerinde oynadım. Zerda, Doktorlar, Köprü... şimdi de VOX tv'de 26 bölümlük "Hırçın Kız"da oynuyorum. 5-6 yıldır tiyatro, sinema ve televizyon dizileriyle haşır neşirim. Geriye baktığımda oğluma bir araba almışım. Kendim kullanmıyorum. Çekim yapılan yerlere otobüs ve trenle giderim. Beni dizilerden çok tanıyan oluyor; hayranlarım var. Daha çok Kanal 7 ve Samanyolu dizilerinde oynadım. O dizilerden dolayı çok tanındım. Maddi olarak ta iyi para veriyorlar; geçinip gidiyorum.

Oynadığım filmler, diziler ve oyunlardan bazıları...

Hırçın Kız (2007), Son Osmanlı Yandım Ali (2006), Tertemiz (2006), Zerda (2002), Vay Anam Vay (2001), Bizim Aile (2001), Dedelerimi Evlendirirken (2000), Herkes Kendi Evinde (2000), Yılan Hikayesi (1999), Çatısız Kadınlar (1999), Cumhuriyet (1998), Böyle mi Olacaktı (1997), Yasemince (1997), Gurbetçiler (1996), Köşe Kapmaca (1996), Çiçek Taksi (1995), Türk Tutkusu (1994), Cümbüş Sokak (1993), Varyemez (1991), Aşk Filmlerinin Unutulmaz Yönetmeni (1990), Talih kuşu (1989), Polizei (1988), Yasemin (1988), Uyanık Gazeteci (1988), Gizli Dünyalar, Soytarı (Yön: T.Karacaoğlu-1997), Yolda (Erden Kral'ın Yılmaz Güney'in Yol öyküsü), Tatort (Alman Televizyonu), Liebling Kreuzberg (1986 Alman Televizyonu),... gibi.

Türkiye'de artistlik...

Türkiye'de öyle kişiler oyunculuk yapıyor ki, artist kelimesi hakaret olarak kullanılmaya başlandı. "Artistlik yapma lan!", "Artiste bak", "Artist misin sen?"... gibi. Yani artist kelimesi Türkiye'de aşağılanmak için kullanılır oldu. Ancak, çok gariptir ki, herkes te artist olmak istiyor. Geliyor "Beni artist yapsana" diyor adam. Hele iki şarkı ezberleyip söyleyen güzel kadın, çıkıp başrol oynuyor. Ve tonlarca da para kazanıyor. Yeni nesil de bunu sanatçı olarak görüyor. Yabancı ülkelerde de şarkıcılar filmlerde rol alıyorlar, sahneye çıkıyorlar. Ancak oralardaki projelerin 2-3 sene önceden hazırlığı başlıyor.

Projede oynatacakları kadın veya erkek şarkıcıya 6 - 8 ay gibi bir zaman içinde oyunculuk dersi almasını mecbur tutuyorlar. Türkiye'de bu maalesef yapılmıyor. O kadın sanatçıyı tavlamak için şirket kuran adamlar var. İnanılacak gibi değil!.. Ancak bu bir gerçek!.. Avrupa'da artistliğin bir saygınlığı varken, bizde hakaret olarak kullanılıyor. İstanbul böyle gençlerle dolu. Ancak bu gençler Anadolu'dan yatağını yorganını alıp İstanbul'a gelen ailelerin çocukları. Onlara bu eğitim şeklini anlatamazsınız. Alacakları 2-3 aylık gibi kısa kurslarla sanatçı olma hayalindeler. Bakın bir de yeni bir dümen tutturmuş bazı şirketler; gençleri figuran olarak kullanıyor, 2-3 filmde oynattıktan sonra parasını vereceğiz diyorlar. Ancak o süre içinde de şirket kaybolup yer değiştiriyor. Hep aynı dümen senelerdir sürüp gidiyor.

Tiyatro-sinema ve dizi oyuncusu

eğitmen

LEVENT ÖKTEM...

2010 tiyatro sezonunda İstanbul'da yaptığım "Söyleşi Turu"mda, Tiyatro Pera'da Nesrin Kazankaya'nın Türkçeye çevirdiği ve yönettiği, Anton Çehov'un yazmış olduğu "Vanya Dayı" adlı oyunu izlemiştim.

"*...Tiyatro Pera'da izlediğim "Vanya Dayı", Nesrin Kazankaya'nın çevirisi, yönetimi ve* **Şafak Eruyar**'ın dramaturjisiyle *"farklı" diyebileceğim, ama her zerresine* **Çehov** sıcaklığı, Çehov hüznü, Çehov gülümsemesi sinmiş, üzerinde titizlikle çalışılmış, çok özenli bir *prodüksiyondu. Selçuk Yöntem (Astrov), Nesrin Kazankaya (Yelena), Aycan Sümercan, Can Kolukısa'nın oyunculuklarıyla taçlanan; Levent Öktem'in (Vanya) alışılmışın dışındaki yorumuyla beni şaşırtan bir prodüksiyon... Nitelikli bir Çehov oyunu izlemek isteyenler kaçırmasın...*" Zeynep Oral /Cumhuriyet 12.11.2010

Tiyatro Pera, 2011 tiyatro sezonunda 10. yılını kutladı. Nesrin Kazankaya 2001 yılında Tiyatro Pera'yı kurmuş ve sanat yönetmenliğini üstlenmiş. Aynı çatı altında da "Pera Güzel Sanatlar Tiyatro Okulu"nu kurmuş. Ayrıca "Pera Tiyatro Lisesi"nin programını oluşturarak, Türkiye'de ilk kez bir tiyatro lisesi açılmasını sağlamış.

"*...Onuncu yılını kutlayan Tiyatro Pera şimdiye kadar sergilediği oyunlarla İstanbul'un yerleşik tiyatrosu olma yolunda önemli yol kat etti. Bir dünya klasiği olan Vanya Dayı Tiyatro Pera'nın doğru repertuar, ciddi ya-*

pım, nitelikli gösterim, sorumluğu olan bir sanat anlayışı ve duyarlı bir grup olmanın son örneği olarak tiyatro tarihine yazılmayı hak ediyor..." Tiyatro Dünyası / Metin Boran

Ben de Tiyatro Pera'ya, Türk tiyatrosuna şimdiye kadar yapmış olduğu katkılarına ve bundan sonra da aynı sorumluluk ve ciddiyetle yapacağı katkılarından dolayı teşekkür ediyor nice on yıllar diliyorum.

Evet, şimdi gelelim söyleşi yaptığım sanatçılarımızdan **LEVENT ÖKTEM'**e:

Tiyatro sevgisiyle dolu olan baba Kaya Öktem ve anne Melehat Öktem çiftinin oğlu olarak 1955 yılında İzmir'de doğmuş LEVENT ÖKTEM.

Babamı dedem engellemiş...

Babam, Kaya Öktem, tiyatro sanatına Manisa Lisesi'nde dadanmış. Daha öncesinden de Halkevleri'nden tiyatro ile tanışıklığı varmış. Fakat dedem öğretmen olmasına rağmen engellemiş babamı; pek tiyatro ile uğraşmasından yana değilmiş. Babam çok yetenekli olmasına rağmen, hatta okulda temsilde gösterdiği başarılı bir rolü nedeniyle İstanbul'daki bir film şirketinden teklif bile almış. Ancak dedem izin vermemiş.

İlle de tiyatro!..

Dedemin tüm bu engellemelerine karşı babam "ille de tiyatro!.." demiş; İzmir Şehir Tiyatroları ile Devlet Tiyatrosu arasında bir ara tiyatro var, Avni Dilligil'in görev yaptığı bir tiyatro, babam da orada görev yapmış. Kadın oyuncu aramışlar, babam annemi, Kadriye Hanım'ı bulmuş. Böylece İzmir Devlet Tiyatrosu'nda tanışmışlar.

Yani iki tiyatro aşığı iki insanın çocuğu olarak dünyaya 1955 yılında İzmir'de dünyaya gelmişim. Annem, Kadriye Öktem, profesyonel olduğunda bana hamile kalınca babam onu tiyatrodan almış. Babam da daha sonra daha paralı bir iş bulunca Diyarbakır'a göçmüşüz.

Beni heyecanlandıran ilk oyunlar...

İlk izlediğim oyundan çok etkilenmişim. İlkokul sıralarında, 7-8 yaşlarındaydım, Ankara'da Büyük ve Küçük Tiyatro'da seyrettiğim oyunlar ve operalar beni çok etkisinde bırakmış, o küçük yaşlarda "ben bu hayatın içinde olmak istiyorum" diye düşünmeye başlamıştım. Hep sahnede olmayı hayal ederdim. Diyarbakır'da iken turneye gelen tiyatro ustalarından Muzaffer Hepgüler'i hatırlıyorum. Ankara'da ise Cüneyt Gökçer, Kerim Avşar....gibi usta sanatçılarla büyüdüm, onları örnek aldım.

Mahallede çocuk tiyatrosu kurdum...

Liseden önce de mahallemizde çocuk tiyatrosu kurmuştum. Sınıf arkadaşlarımdan biriyle Çocuk Saati'ne gitmiştim. O arkadaşımın teşvikiyle de Çocuk Saati'nin sınavlarına girip, 1968'de, 13 yaşında, Ankara Radyosu Çocuk Saati'ne girdim. Orada da çok değerli hocalarım oldu. Ergin Orbey, Ejder Akışık, Rüştü Asyalı, Atilla Olgaç, Mehpare Çelik... gibi değerli hocalarım oldu. Burada aldığım ilk dersler benim hep ana kaynağımı oluşturdu. Kitap okumayı orada öğrendim ve olgunlaştım. Küçük yaşlarda çok renkli bir pencereden bakma imkanına sahip oldum.

Ankara Devlet Konsevatuarı...

Liseyi bitirdikten sonra konservatuara girmek istiyordum. Fakat lise 1'de kalınca, babam "artık gir, çünkü senin tiyatro çalışmaların lise eğitimini aksatıyor" dedi. Lise 1'den sonra Ankara Devlet Konservatuarı'na girdim. İyiki de girmişim. Çünkü konservatuar son demlerini yaşıyormuş. 1980'den sonra YÖK'e bağlandı; benim görüşüme göre de hiç iyi olmadı! Birçok şey olumsuz anlamda değişti. Selçuk Yöntem, Zuhal Olcay, Derya Baykal... gibi çok değerli sınıf arkadaşlarım oldu. Hocalar yönünden de şanslıydık; Mahir Canova, Bölüm Şefimizdi. O beni oyunculuk konusunda kafamı açan, oyunculuğumu oluşturan en büyük hocamdı. Can Gürzap, Ahmet Leventoğlu, Muammer Çıpa, Cüneyt Gökçer... gibi hem genç hem de yaşlı usta hocalarımız oldu.

İlk profesyonel oyunum...

Konsevatuar eğitimim sırasında Cevat Fehmi Başkut'un "Küçük Şehir" adlı oyununda küçük bir rolüm vardı. O ara oyunda oynayan Tayfur Orhan abimiz askere alınınca, Bozkurt Kuruç genç yaşıma rağmen bana güvenip onun rolünü bana verdi. Bir günde hazırlanıp sahneye çıkmıştım. İlk çıktığımda hatalarım oldu. Fakat tiyatro o zamanlar bir aile gibiydi; beni o kadar güzel hazırladılar ki yara almadan çıktım işin içinden. Dayanışma ve şefkat vardı oyuncular arasında. Okul sırasında başka oyunlarda da oynadım. 1975 yılında Ankara Devlet Konservatuarı Tiyatro Bölümü'nden mezun oldum. Mezun olunca hemen Devlet Tiyatrosu'na başladım. İlk oyunum Fazıl Hayati Çorbacıoğlu'nun "Koca Sinan" adlı oyunuydu. Rahmetli Haluk Kurtoğlu, Baykal Saran... gibi ustalarla birlikteydim. Sarhoş İbrahim'i oynamıştım.19 yaşında filandım. 60 yaşında bir kişiyi oynamıştım. Bu rolümle çok etkilemiştim hocalarımı; başta Cüneyt Gökçer olmak üzere. Daha sonra Köroğlu oyununda yine sarhoş rolüm oldu.

Eğitmenlik...

Dört sene Ankara Devlet Tiyatrosu'nda çalıştıktan sonra, İstanbul Üniversitesi Devlet Konservatuarı kurulurken (1980), hocam Can Gürzap "seni de orada görmek istiyorum" dedi. Ancak korkuyordum İstanbul'dan. Ailem de "İstanbul seni yutar" diyorlardı. Pek göndermek istemiyorlardı beni İstanbul'a. İstanbul'a gelmekle iyi yapmışım. Çünkü yaşamı İstanbul'da tanıdım diyebilirim. O zenginliğin içine girmek beni daha da zenginleştirdi diye düşünüyorum. 1980 sonrası Türkiye'deki olağanüstü durumlar bizim hocalığımıza da göz dikti. Bizlere teşekkür mektubu geldi; hocalığımızda kesintiye uğramış oldu. Ve görevimize son verildi.

Theater an der Ruhr'da oyunculuk...

Macbeth'in Cadıları'nı oynarken Theater an der Ruhr Sanat Yönetmeni Roberto Ciulli ve ekibi bizim oyunu seyredip bizimle bir dostluk başlattılar. Uzun yıllar Türk - Alman tiyatroları arasında bir köprü kurmak için çabaladılar. Almanya'da bir oyun oynandı. Ben ve Nihat İleri, İspanyol, Avusturyalı, Kolombiyalı ve Alman tiyatro sanatçılarından oluşan topluluk Brecht'in "Şehrin Vahşi Çalılıkları" adlı oyunuyla turneye çıktık. Herkes kendi dilinde oynuyordu. Bir figur da tercüme ediyordu. İki yıl bütün Almanya'yı dolaştık. İtalya, İsveç ve Kolombiya'da turneler yaptık. Bu turnelerle ilgili dış basın dosyamızı Türkiye'ye yollamıştık; nedense kayboldu... Türkiye iznimizi uzatmadığı için geri dönmek zorunda kalmıştık.

Diğer eğitmenlikler...

İst. Ün. Devlet Konservatuarı'ndaki eğitmenliğimin dışında, 1992-94 yılları arasında Bilsak Tiyatro'da eğitmenlik yaptım. Parasal sorunlarımız vardı. Pek uzun ömürlü olmadı. Daha sonra Tiyatro Pera'da Güzel Sanatlar Tiyatro Bölümü'nde eğitmenlik yaptım. O ara Mimar Sinan Üniversitesi'nde de eğitmenlik görevini kabul etmiştim. Can Gürzap'ın Tiyatro Diyalog Okulu'nda özel drama dersleri vermekteyim. Bir de 2006-2007 sezonunda Laçin Ceylan ben ve Nihat İleri ile birlikte Bi Tiyatro'yu kurduk. Fakat yürütmekte zorluk çektik. Özel tiyatrolara maalesef destek yok ülkemizde. Tiyatrodan ürkülüyor, ya da tiyatro kültürümüze çok yerleşmiş bir sanat dalı değil. Aslında tiyatro toplumun okuludur. Bu bakımdan pek umutlu olduğumu söyleyemem.

Rol aldığım bazı oyunlar...

Çehov Makinası, Ateşli Sabır,Vanya Dayı, Rahat Yaşamaya Övgü, Dobrinja'da Düğün, Seyir Defteri, Kral Lear, Küçük Bir İş İçin Yaşlı Bir Palyaço Aranıyor, Küçük Adam Ne Oldu Sana, Ferhat İle Şirin, Fırtına ve Macbeth'in Cadıları...gibi.

Film ve Tv çalışmaları...

Tiyatro çalışmalarımın yoğunluğundan televizyon ve film çalışmalarına yeteri kadar vakit ayıramıyorum. Fırsat buldukça oluyor. Çok ilgi duyuyorum aslında, oyuncu olarak oralarda da bir şeyler yapmalıyım diye düşünüyorum. Oyunculuğumun en güzel zamanlarını yaşamaya başladım. Biz de işler şarap gibidir. Ben artık değerlendirilecek bir şarap olarak görüyorum kendimi.

Bazı örnekler:

Canımın İçi, Son Osmanlı Yandım Ali, Gen, Tılsım Adası, Akümütörlü Radyo, Sessiz Gece, Havada Bulut, Şahin, Yarın Artık Bugündür, Preveze **Öncesi...gibi**.

Yönetmenlik...

Çok genç yaşlarda iki denemem olmuştu. Araya eğitmenlik girdi. Daha sonra da bu birikimlerimle yönetmenliğe tekrar soyunabilirim diye düşündüm. Teklif gelince de kabul ettim. Bir kaç senedir yine yönetmenlikle aram iyi, daha sıcak bakmaya başladım. Geçen yıl (2009) Tiyatro Kutu'da Antigone'yi yönettim. Şimdi Can Gürzap'la "Evliliğe Gelince" diye bir oyun yaptım. Bu yıl yine Can Gürzap "Kim Bu Adam?" oyununu yönetmemi istedi kabul ettim. Gölge Ustası, Hayaletler Sonatı ve bir de Üstat Harpagona Saygı ve Destek Gecesi oyunlarını yönettim.

Ödüller...

13. Afife Tiyatro Ödülleri: Rahat Yaşamaya Övgü (Brecht Kabare)-Tiyatro Pera

9. Afife Tiyatro Ödülleri: Dobrinja'da Düğün-Tiyatro Pera...

Sadri Alışık Tiyatro Ödülleri: Rahat Yaşamaya Övgü.

Türk Tiyatrosunun KAPTANLARI"ndan usta oyuncu

MEHMET ALİ KAPTANLAR…

İstanbul kazan ben kepçe; gezerken yoruluyor, söyleşi yaparken ve oyun seyrederken dinleniyorum.

Nedim Saban'la yaptığım söyleşiden sonra, İstiklal Caddesi'ndeki Simit Sarayı'nda suböreği ile çay içiyoruz ve Tiyatro Pera'daki oyunu, Shakespeare'in başyapıtlarından „Venedik Taciri"ni seyretmek için yola koyuluyoruz. Tiyatro Pera'da bizi dramaturg Şafak Eruyar karşılıyor. Oyunda kendisini hayranlıkla seyrettiğim usta oyuncu Mehmet Ali Kaptanlar ve oyunu yöneten, aynı zamanda da oynayan Nesrin Kazankaya ile oyundan önce söyleşi yapıyorum. Bu arada oyunda oynayanlardan Can Başak ile merhabalaşıyoruz. Kendisiyle 2007'de „Titanik Orkestrası" adlı oyunun provasında söyleşi yapmıştım.

"Venedik Taciri" adlı oyun, İtalya'nın önemli bir ticaret merkezi olan Venedik kentinde geçiyor. Venedik taciri Antonio (Can Başak), arkadaşı Bassanio (Kayhan Teker) için, tefeci Yahudi Shylock'tan (Mehmet Ali Kaptanlar) borç para alır. Shylock mesleği ve etnik kökeni yüzünden kendisini aşağılayan Antonio'ya, faiz yerine ilginç bir koşul öne sürer: Vadesi geçerse, borcuna karşılık, vücudundan yarım kilo et kesilecektir. Oyunda Hıristiyan ve Musevilerin iş dünyasındaki gerilimli ilişkilerinde, para, güç, aşk, ticaret ve adalet kavramları sorgulanır. Baştan sona, dekorundan müziğine ve oyuncuların performansına kadar sürükleyici, keyifle izlediğim bir oyundu Venedik Taciri. Tefeci Yahudi Shylock rolündeki Mehmet Ali Kaptanlar'ın oyun gücüne hayran kaldım.

Oyunda oynayan diğer başarılı sanatçılar: Can Başak, Muammer Uzuner, Başak Meşe, Kayhan Teker, Mehmet Aslan, Aytunç Şabanlı, Zeynep Özden, Erdinç Anaz, Okan Kayabaş ve İlker Yiğen.

Venedik Taciri"ni gidin, izleyin, bana hak vereceksiniz. Mehmet Ali Kaptanlar, Shylock'u deyim yerindeyse, nitelik olarak psiko-fiziksel hale getiriyor. Resmetmek istediği Shylock'u, inanın bana izleyenlere duyumsatmakla kalmıyor, yanlarına oturtuyor, dost kılıyor."_ ÜSTÜN AKMEN

"Mehmet Ali Kaptanlar'ın oyun kalitesi, gücü ve de yorumu diğerlerinin yanında çok farklı, üstün duruyor. Ama Kaptanlar'ın mükemmel oyunculuğu (Bence yılın oyuncusu adaylarından. Kaptanlar'ın mesleğine saygısı ayakta alkışlanmalı.) oyunun, oyunculuk notunu düşürüyor. İster istemez diğer oyuncuları onunla karşılaştırıyorsunuz ve hatalar ortaya çıkıyor." - MELİH ANIK

"Senden oyuncu olmaz!.."

1959 Antalya doğumluyum. Ailemin bütün fertleri halen Antalya'da yaşıyorlar. Ben, burada, İstanbul'da, sanat yaşamımı sürdürüyorum. Arada, fırsat buldukça, ailemin yanına gidiyorum. İlk-orta ve lise dönemlerim Antalya'da geçti. 1979 yılında, liseyi bitirdiğim yıllarda, Antalya'da bölge tiyatroları başlamıştı. Engin Orbey dönemiydi. Antalya bölgesi pilot bölge olarak seçilmişti. Antalya bölgesinden konservatuara öğrenciler alınacak, dört yıl boyunca eğitilecek ve çekirdek kadro oluşturulacak, kendi bölgelerinde kendi tiyatrolarını yaratacaklardı. Bence, bizim gibi geniş coğrafyaya sahip bir ülkede yapılması gereken doğru bir hareketti. İşte ben de o projenin içinde, İstanbul Mimar Sinan Üniversitesi Devlet Konservatuarı Tiyatro Bölümü'nde okudum. İlk-orta ve lise yıllarında sahne denemem olmadı. Ancak ben çok faal bir öğrenciydim. Lise yıllarında okulda yapılan organizelerde hep görevim olurdu. Sunuculuk filan yapardım. Ortaokulda düzenlenen bir oyuna katılıp oynamak istemiştim. Oyun tekstini okuduğumda, Türkçe öğretmenim bana *„sen bu işi beceremiyeceksin, senden oyuncu olmaz!..“* demişti. Ben nedense hiç üzülmemiştim. Ben de zaten sporcu olmak istiyordum. Türkçe öğretmenimin bana söylediği „senden oyuncu olmaz!“ cümlesi beni psikolojik yönde olumsuz etkileseydi, sanıyorum şu anda bu oyunu oynamıyor olurdum... Tiyatroyu seçmiş olmam da zaten bu olumsuzluktan etkilenmediğimin ispatı...

Halkevlerinde yetişen sanatçılarımız...

İlk defa tiyatro ile tanışmam ilkokul dönemime rastlar. Bir çocuk oyunuydu seyrettiğim. O zaman halkevleri vardı. Antalya Belediyesi'nin olduğu binada bir tiyatro salonu vardı. O halkevlerinde birçok usta tiyatro sanatçıları yetişti. Lise dönemimde ise Devlet Tiyatrosu'nun yapmış olduğu Antalya turnesinde "Söz Veriyorum" adlı oyun beni çok etkilemişti. Rahmetli Alev Sezer, Işık Yenersu ve Engin Cenkan oynuyordu oyunda. O yıllarda yüzme, atletizm ve veleybol ile çok ilgileniyordum. Spor Akademisi'ne girip sporcu olmaktı düşüncem. Fakat tiyatro ağır bastı ve oyunculuğu seçtim. Yukarıda da anlattığım gibi, Antalya pilot bölge seçilmiş ve İstanbul M. S. Ü. Devlet Konservatuarı Tiyatro Bölümü'ne alınan öğrenciler arasında ben de vardım. 1979'da girdim, 1983'te de mezun oldum.

Konservatuar hocalarım ve arkadaşlarım...

İstanbul Devlet Konservatuarı 1978 yılında kuruldu. Ben de 1979'da başladım. Bizden başka bir de ikinci sınıf vardı. Ahmet Levendoğlu, Can Gürzap, Arsen Gürzap ve Zeliha Berksoy gibi değerli hocalarım oldu. Sınıfımda çok iyi öğrenciler vardı. Örneğin: Ayla İpekçioğlu, Musa Uzunlar, Mustafa Avkıran, Ülkü Duru , Metin Beğen, Orhan Kurtuldu, Özgür Erkekli, Esen Özman, Cengiz Baykal, Mehmet Gürkan... gibi.

İlk oyunum..

Benim ilk sahneye çıkışım, konservatuarda okurken üçüncü sınıfta oldu. Deniz Gökçer'in sahneye koyduğu "Sevgili Doktor" adlı oyundu. Tüm sınıf bu oyunda oynamıştık. Seyirciyle karşı karşıya geldiğim ilk oyunumdu bu. Oyun çok başarılı oldu. Devlet Tiyatrosu'na girdikten sonra bir yıl stajyer oyuncu olarak görev yapıyorsunuz. Bir yılın sonunda komisyonun önünde sahneler oynuyorsunuz, komisyon bu oyunları değerlendirip, sizin devlet kadrosunda kalıp kalmayacağınıza karar veriyor. Biz ekip olarak üçüncü sınıftaki bu oyunu jüriye göstermiştik. Ve bu oyun daha sonra İstanbul Devlet Tiyatrosu'nun repertuvarına alınmıştı. Biz, "Ah Şu Gençler" le birlikte bu oyunu da sergilemiştik. O oyun ve "Ah Şu Gençler" oyunuyla ekip olarak "Avni Dilligil Ödülü"-ne layık görülmüşdük.

İstanbul Devlet Tiyatrosu...

1983 yılında mezun olduktan sonra İstanbul Devlet Tiyatrosu'na girdim ve burada on yıl görev yaptım. Bu süre içinde birçok oyunda oynadım. İstanbul Devlet Tiyatrosu'nda ilk oynadığım oyun benim için çok önemlidir. Mehmet Baydur'un yazmış olduğu "Limon" adlı oyundu. Müşfik Kenter sahneye koymuştu. Şimdi aramızda olmayan Haluk Kurdoğlu, Zekai Müftüoğlu, Ülkü Duru, Şerif Sezer, Sevtap Tokay ve ben oynamıştım. Bu oyunla profesyonel olarak İstanbul Devlet Tiyatrosu'nda göreve başladım. Bundan sonra oyunlar peşpeşe geldi. Julius Ceasar, Küçük Nasrettin, Macbeth, Budala, Jan Dark, Oresteia, Kadı, Hamlet, Getto, Akçalı Kel Mehmet, Kral Lear, Efrasiyab'ın Hikayeleri, İvan İvanoviç Var mıydı Yok muydu?... gibi oyunlar şu anda hatırlayabildiklerim.

Antalya'ya dönüş...

1993 yılında Antalya Devlet Tiyatrosu açıldığında, ben Antalya'dan geldiğim için, geçici görevli olarak oraya gittim. Bizlerin de açılacak bu yeni devlet tiyatrosunda emeğimiz olması için ben, Mustafa Avkıran, Payidar ve Musa Uzunlar Antalya Devlet Tiyatrosu'na atandık. Oradaki ilk oyunumuz "Kadı" idi. Engin Cezzar ve Ülkü Tamer yönetmişlerdi. Bu oyun çok başarılı sergilendi; iyi övgüler aldı. İnanılmaz bir seyirci topladı. Oyunu dört beş kez seyretmeye gelenler olmuştu. 30 binin üzerinde seyirci izlemişti. Hatta hala "Kadı" oyunundan bahsedenler vardır Antalya'da. Antalya Devlet Tiyatrosu'nda 1993-95 yılları arasında oynadım. Daha sonra yine İstanbul Devlet Tiyatrosu'na geri döndüm.

Tiyatro benim yaşam biçimim...

Tiyatro yaşamımın tamamını kapsayan bir uğraşım; benim yaşam biçimim. Bu oyun oynanacak dendiğinde, oyuncu için süreç başlamıştır. Bir yıl önceden de olsa, oyuncu artık o oyunu düşünmeye başlar; provalar başlamadan önce de, oyuncu o oyunun havasına girmiştir bile... Oyuncunun yaşam biçimidir oyun oynamak; sürekli oynanacak oyunla yatar yine o oyunla kalkar. Kafanızda hep o oyun vardır. Bu süreç hiç bitmez; bitene kadar sürer. O oyun bittikten sonra, yani seyircisini tüketti, amacına ulaştı ve oyunu oynayan hedefine ulaştı mı, artık o süreç bitmiştir. Bundan sonra yeni oyunu düşünme noktasına gelir oyuncu.

Tiyatronun toplumdaki işlevi...

Sanat bir toplumun var olması veya ilerlemesi, insanlığın daha ilerlere gidebilmesi, gelişimini sürdürebilmesi için gereklidir. Bir toplumun olmazsa olmazıdır!.. İnsanların açlık duygularını veya başka ihtiyaçlarını giderebilirsiniz. Ancak, sanat olmazsa toplumun bir şeyleri hep eksik kalır. Ve ne kadar teknik ve bilimde ilerleme olursa olsun, sanat'a önem verilmeyen toplumda gelişme olmaz. Tiyatro sanatı da böyledir. Bir toplumun önünde gider. Atatürk'ün dediği gibi "Alnında ışığı ilk hisseden insandır sanatçı!". Sanatçı aklı farklı çalışan insandır. Sanatçı toplumun önünde olmak zorundadır. Tabi ki ben burada gerçek sanatçıyı kastediyorum. Bunun da son yıllarda kıstası değişti. Şimdi herkes sanatçı... Hala ülkemizde özel tiyatrolara ödenek yok. Hükümeti ilgilendirmeyen bir konu. Bu insanlar nereden para bulacaklar. Tiyatro pahalı bir iş. Şu anda dünyanın çeşitli yerlerinde savaş var. Tüm bunları engelleyecek bir olgudur sanat!.. Topluma en çabuk ulaşan bir sanat dalıdır tiyatro. Bu yüzden de iktidarlar tiyatrodan hep çekinmişlerdir. Sanat baş kaldırır. Direkt olarak insanları etkilediği için tiyatro sanat dallarının en önemlisidir...

Ülkemizde tiyatro...

Dediğim gibi, hükümeti hiç ilgilendirmeyen bir konudur tiyatro. Özel tiyatrolara ödenek bile çıkarmamıştır hükümet. Sanat'a, sanatçıya ve tiyatroya verilen değerler çok çok gerilerdedir. Avrupa Birliği'ne girmeye çalışılıyor. Hangi duruşumuzla orada olacağız? Bütün bunların hesaplanması gerek. Ve sanat'a her zaman çok değer verilmesi gerekiyor. Çünkü insanı disipline eden bir olgudur sanat. Sanat'ın kendi içinde bir disiplini vardır. Tiyatro da aynı disiplin içindedir. Güneşin her zaman doğması bir sanat değildir. Doğa bir sanat değildir; güzeldir. O güneşin doğuşunu alıp tuvalinize hapsettiğiniz zaman sanat olur.

Kimse beni tanımıyor...

Ülkemizin sinema yönetmenlerinin oyuncu araştırmak gibi bir gayeleri yok sanıyorum. Sinema yönetmenlerinin çekecekleri filmde oynayacak oyuncuyu seçmek için tiyatro oyunlarını seyrettiklerini hiç sanmıyorum. Belki de ben görmüyorum; haksızlık etmek istemiyorum onlara. Ben sinema filmi yapmak istiyorum. Fakat kimse beni tanımıyor...

Televizyonda veya sinemada birini belliyorlar, bütün herşey onların çevresinde dönüyor. Bu sektör aklımın almadığı bir bölüm. Benim alanım tiyatro, bu alanda söz sahibiyim. Sanıyorum film çekimlerine oyuncu seçerken işin kolayına gidiyorlar, pek araştırmaya yönelmiyorlar...

Oynadığım bazı tiyatro oyunları

Venedik Taciri, Tartüf, Teyzem Ve Ben, Çift Yönlü Ayna, Müfettiş, Kral Lear, Efrasiyab'ın Hikayeleri, Sonsuz Döngü, Dünyanın Başkenti (speer), Bağla Şu İşi, Ölüler Konuşmak İster, Arturo Ui'nin Önlenebilir Tırmanışı, Akçalı Kel Mehmet, İvan İvanoviç Varmıydı Yokmuydu, Getto, Macbeth, Fırtına, Hamlet, Kadı, Budala, Limon, Budala, Jan Dark, Oresteia, İstanbul Efendisi, Kızılderililer...

Oynadığım bazı dizi filmler...

Kurtlar Vadisi Pusu 2007, Cemile 2006, Sensiz Olmuyor 2005

Ödüllerim...

Afife Tiyatro Ödülleri-Yılın En Başarılı Erkek Oyuncusu:Sonsuz Dönğü-2003

Tiyatro... Tiyatro...Ödülleri-En İyi Erkek Oyuncu:Sonsuz Döngü-2003

Avni Dilliğil Tiyatro Ödülü-En Başarılı Erkek Oyuncu:Sonsuz Döngü-2003

Sadri Alışık Tiyatro Ödülü-En İyi Erkek Oyuncu:-Dünyanın Başkenti(Speer)-2001

Avni Dilliğil Tiyatro Ödülleri-En Başarılı Erkek Oyuncu:Bağla Şu İşi-1999

30 yıldır Türk tiyatro ve sinemasına hizmet eden "Kavuksuz Meddah"

MEHMET ESEN

Kavuk meselesiyle ilgili ilk haberim 30 Ocak 1998'deki Cumhuriyet HAFTA'da da yer almıştı. **"Kavuksuz Meddah Mehmet Esen"** başlığını taşıyan bu haberimden 6 yıl sonra, yine Berlin'de, 2004'ün Kasım'ında **Mehmet Esen**'le uzun bir söyleşi yaptım. 1998'de çok kısa değindiğim bu kavuk meselesine yine değindik. Sanki bizlere malum olmuş gibi; bir kaç haftadan beri tiyatro çevresini meşgul eden **"Kavuk tartışmaları"** başladı; televizyonları ve basını meşgul etti; kavukla yattık, kavukla kalktık. Ben bu arada bu söyleşinin bantını çözmüş, yazıyı hazırlamayı düşünüyordum. **Mehmet Esen**'le yapmış olduğum söyleşinin kavukla ilgili bölümünü banttan tekrar tekrar dinledim. İlk önce bu bölümü çıkarmayı düşündüm. Fakat bu bölüm bir kaç haftadır yapılan tartışmaları çürütüyordu. 20 yıldır gazeteciyim. Şimdiye değin hiç yaptığım söyleşileri sansürlemedim. Ben, ses alma cihazımın kırmızı düğmesine basarım, sorularımı sorarım, aldığım cevapları yazı diline çevirerek önümdeki beyaz kağıda dökerim. Paparazi veya magazin söyleşileri de yapmadığıma göre, bana söylenenleri aktarmak görevim değil mi?.. Bir de söyleşi yaptığım kişi, Türk tiyatrosuna yıllarca hizmet etmiş, Türk tiyatrosunun Erkan Yücel, Münir Özkul, Genco Erkal gibi ustaları ile çalışmış bir sanatçı ise; onun söylediklerini sizlere olduğu gibi aktarmak vazifem olduğunu düşünüyorum; bu açıklamalar bazı sanatçılarımızı huzursuz etse de!..

"Kavuklu söyleşime" geçmeden önce, isterseniz hep beraber kamuoyunu meşgul eden kavuk tartışmalarının bir özetini yapalım:

Tartışma, Komik-i Şehir Hasan Efendi'den İsmail Dümbüllü'ye, ondan ise Münir Özkul'a ve en son da Ferhan Şensoy'a geçen kavuğun kime verileceği ile başladı. Ferhan Şensoy, Münir Özkul'dan kendisine geçen Türk tiyatrosunun simgelerinden olan kavuğu şu anda kimseye vermeği düşünmediğini,

"*hak edecek kimsenin bulunmadığını*"

söyledi. Bunun üzerine, Hamdi Alkan

"*Ben olsam kavuğu hiç düşünmeden Cem Yılmaz'a verirdim* "

dedi ve tartışmayı iyice kızıştırdı. Rasim Öztekin ise

"*Cem Yılmaz aktör ama tiyatrocu değil. Ferhan'ın gönlünde yatan, kavuğu kendisi gibi tiyatro ile yatıp kalkan birine vermek* "

diyerek tartışmaya katıldı. Ferhan Şensoy ise daha önce kendisiyle yapılan bir söyleşide şöyle demişti:

" ... Bu kavuğu teslim etmem için emekli olmam gerekiyor. Hasan Efendi işi bırakırken, Dümbüllü'ye o da işi bırakırken Münir Abiye vermiş. Zaten o da bana devretti bir süre sonra da çekildi. Bende tiyatroyu bırakırken birine veririm. Her akşam çıkıp oynuyorsan neden başkasına vereceksin ki?.. "

Ya Ferhan Şensoy'un ayrıldığı eşi Derya Baykal'ın tv8'de dediklerine ne demeli!..

" Ferhan Şensoy, kavuğu kimseye veremez. Kavuk benim evimde dolabımda, ona ben bakıyorum. Biz ay-

rılırken Ferhan'a "yıllardır sana emek verdim, emeklerimi sana devrettim sende bana kavuğu devret" dedim, o da bana kavuğu devretti. Kavuğa ben bakıyorum. Kavuğu kimse benden alamaz, anahtarı bendedir"

Bir de bir ortaoyunu oyuncusu Üsküdar Karagöz Tiyatrosu'ndan **Alpay Ekler**'in **"Kavuk mu takke mi?"** tartışmasına çok net bir açıklama getiren yazısından bir kaç satırı okuyalım; ki Mehmet Esen'in söylediklerini de destekler nitelikte:

"... Gazeteci sayın Yalman'ın röportaj ve belgelerden oluşan 1974 tarihli kitabında, 1968 yılında Münir Özkul'un "Kanlı Nigar" oyununa davet edilen İsmail Dümbüllü'nün kavuğu sayın Özkul'a layık görmediği, ama sahneye davet edilince çıraklıktan kalfalığa geçerken verilen takke niyetine bizzat o an yanında bulunan namaz takkesini verdiği, kavuğa layık kimseyi görmediğinden, kavuğu ile birlikte gömülmek gibi bir vasiyeti olduğundan bahsediliyor. Ölümünden sonra da bu vasiyetin din adamlarınca İslami usüllere uymamaklığı nedeni ile yerine getirilemez oluşu vurgulanıyor..."

Ah rahmetli **Aziz Nesin** ah, neredesin?.. tam senlik bir olay!..

Sanıyorum AB'ye girmek istiyorsak ivedilikle çözmemiz gereken meselelerimizden biri bu

"Kavuk Meselesi"!..

Evet, bu özetten sonra **Mehmet Esen**'in anlattıklarına geçebiliriz:

Dümbüllü'nün kavuğu...

İsmail Dümbüllü kavuğunu iki kişiye veriyor. Erkan Yücel ve Münir Özkul. Her ikisi de benim ustam.

Erkan Yücel kavuğunu bana verdi. Münir Özkul'da bir açıklama yaparak "Benim kavuğum Mehmet Esen'indir" demiş. Ancak Ferhan Şensoy Münir Özkul'la çalıştığı bir dönem ona bir minnet borcu olarak vermiş kavuğu. Ben, "kavuk bende" demiyorum. Bana bunu söylemek düşmez; bunu bilen biliyor. Duyduğuma göre de, Dümbüllü'nün orjinal kavuğu Mehmet Akan tarafından Bitpazarı'nda bulunmuş; bizdekiler takke aslında...

Meddahlık üzerine...

Meddahlık, çok saygı duyduğum bir sanat dalı. Yanlışa hayır diyen, kendi ışığını sakınmadan harcayan bir sanatçıdır meddah. Ben de yanlışa hayır diyorum. Meddah'ın kelime anlamı methetmekten gelir. Padişah, telefonu ve faksı olmadığı için meddahları Anadolu'nun köylerine gönderirmiş; dileklerini halka iletsinler diye. Ancak bir süre sonra bu başkaldırıya dönüşüyor. Padişah karşısında sandalyeye oturma yetkisine sahip tek kişidir meddah. Fazla da ileri gidince, kellesi giden kişidir de meddah. Birçok meddahın Osmanlı döneminde kellesi gitmiştir.

İlk oynadığım oyun tek kişilikti...

1958 İstanbul doğumluyum. İlk tiyatro tecrübem Cihangir İlkokulu'nda oldu. Öğretmenimiz gruplar halinde tiyatro metinleri oynamamızı isterdi. Ancak ben tek kişilik oyunu istemiş ve onu oynamıştım. Yani ilk oynadığım oyunum tek kişilikti. Tiyatro ile tanışmam okul öncesi 6 yaşındayken oldu. Minur Özkul'u Haldun Taner'in yazdığı "Sersem Kocanın Kurnaz Karısı" oyununda seyretmiş, büyülenmiştim. Münir Özkul güneş gibi parlıyordu sahnede. Bu beni çok etkilemişti; onun gibi olmayı düşlemiştim. Sanıyorum tek kişilik oyunu seçmemde de onun etkisi olmuştu. Eve geldiğimde babaanneme "ben tiyatrocu olacağım" dediğimde terliği kafama yedim. Babaannem "sefir olacaksın!" dedikçe ben "sefil olacağım" dedim ve deyiş o deyiş; dediğimi de yaptım; her sanatçı gibi ben de sefil oldum ve olmaktayım. Osmanlı kökenli olan ailem tiyatrocu olmama hep karşı çıktı. Onlar benim hep ciddi işler yapmamı istiyorlardı. Ortaokul birinci sınftan sonra Ankara'ya amcamlara kaçtım. Ankara Atatürk Lisesi'ne yatılı olarak başladım. Sık sık tiyatrolara oyun izlemeye gidiyordum.

Ankara Deneme Sahnesi'ne başladım...

O dönemin en önemli tiyatrosu olan Ankara Sanat Tiyatrosu'na giderdim. Lise ikinci sınıfta Ankara Deneme Sahnesi'ne Altan Erkekli ile beraber tiyatro kurslarına başladım. Lise bittikten sonra Ankara Deneme Sahnesi'nde oyun oynamaya başladım. Kurs hocalarımdan Nurhan Karadağ, Gülşen Karakadıoğlu vardı. Nurhan Karadağ'ın ünlü geleneksel köy seyirlik oyunu olan "Bozkır Dirliği"nde oynadım. Oyunda Altan Erkekli ile en genç oyuncu idik. Hayalimiz Ankara Sanat Tiyatrosu'na geçmekti. Kabul edildik. Daha sonra İstanbul'da Erkan Yücel'le tanıştım. Devrimci Ankara Sanat Tiyatrosu'na katıldım. AST'ın çizgisini Erkan Yücel beğenmiyordu. DAST'ın çizgisi daha politikti.

Her oynadığımız şehirde tutuklanıyorduk...

Erkan Yücel'i Yılmaz Güney'in "Endişe" filminde seyretmiş çok beğenmiştim. Erkan Yücel çok değerli bir usta idi. İlk önceleri İstanbul Küçük Sahne'de idik. Bir ay oynadıktan sonra turneye çıktık. Adana turnesinde tutuklandık. Oynadığımız politik oyunlar yüzünden gittiğimiz her şehirde tutuklanıyorduk. "Deprem ve Zulüm", "Halkın Gücü", "Toprak" gibi oyunlar Erkan Yücel ve ekibinin yazmış olduğu oyunlardı. Bu zor şartlarda Anadolu turnemiz üç buçuk yıl sürdü. Turneden sonra Ankara'da yerleşik bir salona karar verildi. Çünkü oyunlarımız Anadolu'nun her şehrinde yasaklanmıştı. Bir depo kiralandı. Fakat depoyu tiyatroya dönüştürecek paramız yoktu. Tüm ekip İstanbul'daki Alman Hastanesi'nin inşaatında çalıştık, işçilik yapıp, kazandığımız parayla da Ankara'daki tiyatroyu tamamladık ve adını da "Halk Tiyatrosu" koyduk. İlk oyunumuz Haldun Taner'in "Eşeğin Gölgesi" idi.

Haldun Taner'le tanışmam ve Münir Özkul... 12 Eylül...

"Eşeğin Gölgesi"nde dört karakter oynadım. Oyunu seyreden Haldun Taner, benim tiplemelerimden çok etkilendiğini söyledi ve bana "sen niye meddahlığı denemiyorsun? İstanbul'a gel seni Münir Özkul ile tanıştırayım" dedi. Erkan Yücel'in de teşvikiyle 1980 yılında İstanbul'a geldim ve tek kişilik oyunumu Erol Toy'un "Düş ve Gerçek"i oynadım. Münir Özkul ile çalıştım. O rejiyi yaptı. Bu oyun çok ilgi gördü. Ancak 12 Eylül Darbesi oldu. Kısa bir süre sonra da ben tutuklandım. Selimiye'de bir yıla yakın yattım. Bir yığın insan gibi mahkemeye çıkarılmadan hapis yattım. Daha sonra ise özür bile dilemeden salıverildim.

Film çalışmaları ve Yılmaz Güney...

Hapisten salıverildikten sonra, Yılmaz Güney'in "Yol" filmi "Bayram" ve "Arife" diye iki bölümde çekilecekti. Yılmaz Güney 11 mahkumdan birini oynamamı istemişti. Sonradan 5 mahkuma indi. Erden Kral çekiyordu. Ayvalık Cunda'da çekiliyordu. İlk filmim odur. Ancak bir süre sonra Yılmaz Güney filmi durdurdu. Erden Kral'dan aldı, Şerif Gören'e verdi. Bu arada tiyatro çalışmalarım başladığı için bu çalışmalara katılamadım. Başladığım fakat olmayan filmim oldu. Bundan sonra Ömer Kavur'un "Kırık Bir Aşk Hikayesi", Atıf Yılmaz'ın "Mine", yine Ömer Kavur'la "Göl", Kartal Tibet'in yönettiği Şener Şen'le oynadığım "Şalvar Davası", Yusuf Kurçenli ile "ve Recep ve Zehra ve Ayşe", Şerif Gören'le "Katırcılar" gibi yirmiye yakın filmde oynadım.

Aldığım ödüller...

1983 yılında Ahmet Önel'in yazmış olduğu "Kaşif-i Eyvah Nadir Efendi" oyununda 33 tiplemeyi Uluslararası İstanbul Festivali'nde oynadım. Burada beni seyreden Genco Erkal'dan teklif aldım. Dostlar Tiyatrosu'nda Genco Erkal ile "Galileo Galile"de oynadım. Dostlar Tiyatrosu bünyesinde tek kişilik oyunum olan "Kaşif-i Eyvah Nadir Efendi"yi oynadım. Bu oyunla 1984 yılında Ankara Sanat Kurumu ve Avni Dilligil Oyunculuk Ödülleri'ni aldım. Arkasından Orta Doğu Teknik Üniversitesi "Yılın Oyuncusu" ödülüne layık görüldüm.

Erkan Yücel'in ölmesi beni çok etkiledi...

1985 yılında Erkan Yücel'in ölmesi beni çok etkiledi. Ve tiyatro yapmamaya karar verdim. Kamera arkasına geçtim. TRT için "Bir Kadının Günlüğü" diye bir dizi yönettim. Işık Yenersu ve Şerif Sezer oynamışlardı. Sinan Çetin'le ortak çalışmalarımız oldu. Ona senaryolar yazdım. Sinema filmi olarak "Prenses" ve "Berlin Berlin"i çektik.

Sol bizi aforozladı...

Bu film çalışmalarından sonra sol bizi aforozladı. "Bu filmleri yakmalı" diye eleştirdiler. Çünkü solun tutuculuğunu ve bağnazlığını anlatmıştık. O filmlerde hayatın herşeyden önce önemli olduğunu anlatmaya çalışmıştık. Bir anda Sinan Çetin'le işsiz kaldık. O dönem Almanya'da video filmleri dönemi başlamıştı. Almanya'dan bir teklif geldi. Sinan'la beraber "Bay Başkan Bayan Başkan" filmini çektik. Müjdat Gezen ve Perran Kutman oynamışlardı. Ancak çok kötüydü filmler. Daha sonra yaptıklarımıza değişik isimler kullandık.

Tekrar tiyatro...

1989 yılında Erkan Yücel'i anmak için "Düş ve Gerçek"i Erkan Yücel'in ses bantlarıyla Beyoğlu Küçük Sahne'de polis kordonu altında oynadım. Böylece tekrar tiyatroya döndüm.

Ve Berlin...

1989 yılında pasaport yasağım kalkınca Berlin'e geldim. Kültür Senatörlüğü'ne bir proje sundum. Niyazi Turgay yardımcı olmuştu. Tiyatrom'a girdim. İlk olarak Kerim Afşar'ın rejisiyle "Suçlular ve Suçsuzlar"da oynadım. "Çivi" ve "Palyaçolar Okulu" adlı çocuk oyunlarında oynadım. Fakat o dönemde bazı anlaşmazlıklar oldu; çelmeler takılmaya başlandı. Tiyatrom'dan istifa ettim. Benim tek kişilik yaptığım turneleri çekemeyen oyuncular imza toplamışlardı.

Bir tiyatrocunun Berlin'deki zorlukları...

Seyirciyle bir bağ, bir iletişim kurulamıyor Berlin'de. 200 bine yakın Türkiyeli insan Berlin'de yaşıyor. Seyircimiz az!.. Burada çok değerli tiyatrocularımız var. Çok iyi şeyler yapılmak isteniyor. Ancak oyunlar hep komedi türü yapılıyor. Çünkü zaten az olan seyirci tarafından komedi oyunlar seyrediliyor. Oysa, bir dramatik oyun yapılabilir. Fakat bu sadece burası için geçerli olmayıp; Türkiye içinde geçerli; seyircimiz düşünmek istemiyor!!!

Almanların desteklediği oyun türleri...

Aydın Engin'in "Düğün Dernek Kreuzberg" oyununu okuduğumda beğenmedim. Çünkü bizleri aşağılıyorlardı. Oyuna salak Türkler, cici Almanlar imajı hakimdi. Almanlar bu tür projeleri çok destekliyorlardı. "40 Metre Kare Almanya", "Yanlış Cennete Elveda" gibi... "Düğün Dernek Kreuzberg"te oynamak istemediğim için istifaya zorlandım. Diyalog'tan bir teklif geldi. Orada "Nadirin Hikayesi"ni oynadım. "Keloğlan"oyununda oynadım ve "Gutenmorgen Berlin"i yazdım ve Ballhaus'ta oynadık. Bu arada İstanbul Leman Kültür'de tek kişilik oyunum "Kuşkulı Bir Gösteri"yi oynadım. 97 yılında tekrar Berlin'e geldim ve "Kuşkulı Bir Gösteri"-yi Tiyatrom'da oynadım. Oyunu seyreden Meray Ülgen bana "Maskeliler"i önerdi. Arkasından "Ayak Bacak Fabrikası" ve "İstanbul Müzikali"nde oynadım.

Yine İstanbul ve Levent Kırca...

Ancak yine dellendim ve Türkiye'ye döndüm. Yine Leman Kültür'de "Türk Olmak Kolay Değil"i sergiledim. Beni seyretmiş olan Levent Kırca'dan teklif geldi. Bir yıl Levent Kırca ile beraber oynadım. Bu arada "Olacak O Kadar"da da oynadım. "Sefiller Müzikali", "Küçük Nasrettin" çocuk oyununu yaptık beraber. Levent Kırca Tiyatrosu'ndan sonra 2002 yılında Orhan Oğuz'un çektiği "Karakentin Çocukları" adlı sinema filminde ve "Pencereden Kar Geliyor" filminde İpek Tuzcuoğlu ve Mustafa Avkıran ile beraber televizyon filminde oynadım. TRT için "Aziz Nesin Hikayeleri"nin bir tanesi olan "Damatlık Şapka"da başrolü oynadım. En son ise kendi yazdığım ve yönettiğim "Karıncanın Göz Yaşı" adlı oyunu İstanbul'da oynadım ve turneye çıktım.

Sanat'ın "tu kaka" sayıldığı,
Sanat'ın "acube"ye benzetildiği,
Sanatçının balıkçılık yaparak geçimini sağladığı bir ülkenin sanatçısı:

MUSTAFA ALABORA...

Sanatçılardan oluşan bir aile içinde büyüğenlere hep gıpta etmişimdir. Ve bunu da zaman zaman yazdığım yazılarda hep belirtmişimdir. Geçtiğimiz yıl Berlin'de düzenlenen 14. Diyalog Tiyatro Festivali'nde Memet Ali Alabora ile söyleşi yapmıştım. Bu genç sanatçımızda şanslılardan. Sanatçı bir aile içinde doğmuş, etrafı sanatçılardan oluşan bir çevre içinde büyümüş... ve o da "Armut dalının dibine düşer" misali, ailesinde ve etrafından gördüklerini yapmak istemiş; tiyatroyu, yani oyunculuğu seçmiş. Onunla yaptığım söyleşiden bir kesit:

"Baba MUSTAFA ALABORA,

Anne BETÜL ARIM,

Halası DERYA ALABORA...

Değerli bestekarlarımızdan SELAHATTİN PINAR babasının dayısı,

Yine değerli ressamlarımızdan ressam İBRAHİM ÇALLI uzaktan akrabası...

Hepsi benim amcalarım, teyzelerimdiler..."

Şimdi sizlere aktarmak istediğim söyleşim ise; Memet Ali Alabaora'nın babası ile yaptığım söyleşi...

Yani **MUSTAFA ALABORA...**

O da bir 1402'lik...

Son zamanlarda (!) sanat'ın "tu kaka" sayıldığı, sanat'ın "acube"ye benzetildiği, aslında son zamanlarda değil de; ülkemizde oldum olası sanat'ın "öcü" sayıldığı, zaman zaman yapılan askeri darbelerle sanatçılarımızın hapislere atıldığı, hapisten çıkınca da iş bulamadığı için balıkçılık yaparak ailesini geçindirmek zorunda bırakıldığı bir ülkenin sanatçısı **MUSTAFA ALABORA!..**

Kendisiyle Beyoğlu İstiklal Caddesi'deki (197) Mephisto Kitabevi'nin kafe'sinde buluştuk.

İstanbul'un Şişli semtinde 1946 yılında dünyaya gelmiş. Babası Sabahattin Alabora hukukçu; operaya meraklıymış. Annesi Nur Hayat Fatma Pınar, evlenmeden önce Raşit Rıza Samako'nın tiyatrosunda beş yıl oyunculuk yapmış. Sanatçı bir ailede ve çevrede doğup büyüğen Mustafa Alabora, Talatpaşa Ortaokulu'nda okuduktan sonra İstanbul Belediye Konservatuarı'na girmiş.

Doğduğu aileyi ve çevresini şöyle anlatıyor Mustafa Alabora:

Tenor sesli babam, oyuncu annem...

Klasik Türk Sanat Müziği bestecisi, udi ve tamburi Selahattin Pınar benim dayımdır. Onun ilk karısı da Türk Tiyatrosunun ilk kadın sanatçısı Afife Jale'dir. Yani yengem... Teyzem Melahat İçli ise, Şehir Tiyatrosunun önemli sanatçılarındandı. Aynı zamanda filmlerde de oynadı. Annem, Raşit Rıza'nın tiyatrosunda beş yıl oyunculuk yapmış. Babam Sabahattin Pınar'la evlendikten sonra tiyatroyu bırakmış. Babam hukuk mezunu. Operacı olmak istemiş. Fakat o yıllarda Türkiye'de konservatuar henüz olmadığından hukuk okumuş, opera olma hevesi kursağında kalmış. Her sabah uyandığında, o güzel tenor sesiyle bizleri uyandırırdı.

5 yaşında klasik muzik... ve tiyatro...

Dayım Selahattin Pınar, Türk sanat müziğini bana öğretmeye başladığında beş yaşındaymışım. Yine aynı yaşlarda, dört beş yaşlarında iken, annem bana kravat takar, Tepebaşı'ndaki dram ve komedi tiyatrolarına götürürdü. Bana "Cüce Simon" derlerdi. O zamanlar İstanbul'da "Cüce Simon" diye bir adam vardı. Milli Piyango bileti satardı. O küçük yaşımda annemin beni götürdüğü tiyatro oyunlarını hiç ses çıkarmadan ve kıpırdamadan seyrederdim.

47 yıldır tiyatro...

İstanbul Belediyesi Konservatuarı eğitimine kadar hiç oynamadım. Konservatuarda okurken, 1963 yılında bir amatör grup olarak Brecht'i oynamıştık. Türkiye'de Brecht'i ilk oynayanlardandık. Hatta Aziz Nesin bizimle ilgili Akşam gazetesinde uzun bir yazı yazmıştı. 1964 yılında da Münir Özkul'la yaz tatilinde bir turneye katılmıştım. Daha sonra Yıldız Kenter bir operada oynamamı istemişti. Yani, 1963' ü başlangıç sayarsak; 47 yıldır tiyatro ile uğraşıyorum.

Halk Oyuncuları...

Halk Oyuncuları 1968 yılında kuruldu. Ben o ara Kenterler'de oynuyordum. Tİ-SEN (Türkiye Tiyatrocular Sendikası) diye bir tiyatro oyuncularının sendikası vardı. Kurucuları arasında Erol Keskin de vardı. Ben de orada görevliydim. Sevgili Hocam Yıldız Hanım, çok kızmıştı benim sendika temsilcisi olmama. Ve tiyatrodan atmıştı beni. Yıldız Kenter'in beni tiyatrodan atması üzerine, kurulalı iki ay olan "Halk Oyuncuları"na girdim. Orada da Müjdat Gezen, Haydar Çölok, Tuncer Necmioğlu, Tuncel Kurtiz, Aydın Engin, Umur Bugay... gibi oyuncular vardı. Devri Süleyman oynuyorduk. Tiyatromuzu yaktılar. Ankara Halk Oyuncuları ve İstanbul Halk Oyuncuları olmak üzere iki tiyatro grubu vardı.

Ankara Birliği Sahnesi...

O ara Halil Ergün ve Vasıf Öngören'le tanıştım. Vasıf bir oyun okutmuştu bana; "Asiye Nasıl Kurtulur?".. Oyuna aşık olmuştum. 1969 yılında, ben, Halil, Vasıf ve Erdoğan Akduman olmak üzere dört kişi "Ankara Birliği Sahnesi"ni kurduk. Akabinde "Asiye Nasıl Kurtulur?"u sahneledik. Oyun çok tuttu; uzun süre kapalı gişe oynadık. Çok olay olmuştu. Arkasından Brecht'in "Adam Adamdır"ı çalışmaya başladık. Maalesef tutmadı. Yollarımızı ayırdık. Tiyatroyu Halil Ergün'e devrettik. Halil Ergün'ün idaresinde bir sene daha oynadım. Ondan sonra da İstanbul'a geldim. 1972 yılında hapishane maceram başladı. 2 buçuk yıl yattım cezaevinde. Suçumuz Kominist Partisi'ne yardım etmek (!) ve tiyatroyu Kominist Partisi'ne devretmek gibi bir amacımız olduğuna dair bir suçlama yapılmıştı bizlere. 8 yıl 6 ay ceza verilmişti. Onaylanmıştı. Fakat "iyi hal durumu" gibi hafifletici sebeplerden dolayı 6 yıl 8 ay'a düşürdüler. 1974 yılında af olmasaydı herhalde 80'li yıllarda filan çıkacaktım hapisten.

Ağrı Dağı Efsanesi...

1974 yılında, hapisten çıktıktan sonra Şehir Tiyatrosu'na girdim. O zamanlar Muhsin Ertuğrul vardı. O ara "Ağrı Dağı Efsanesi" sahneye konacaktı. Yıllar önce de, 1966 da sanıyorun, Yaşar Kemal ile tanışmış, "Ölüm Tarlası"nda oynamıştım. Yaşar Kemal, benim de bu oyunda oynamamı arzu etmiş. Dolayısıyla hapisten çıkınca bu oyunda "Memo" rolüyle Şehir Tiyatrosu'na girdim.

Ben de 1402 kurbanıyım...

1980 yılının 12 Eylül'ünde askeri darbe olunca Şehir Tiyatrosu'ndan kovulduk. 1402 diye bir madde gereğince... Yani ben de 1402'liklerdenim!.. 1989 yılına kadar da Şehir Tiyatrosu'na giremedim. Bir ara geçimimi sağlayabilmem için balıkçılık yapmak zorunda kaldım. Çünkü ben oyuncuyum. Radyoda dublaj yaparım, ya da televizyonda oynarım. O yıllarda tek kanal vardı Türkiye'de. O da devletindi. Devlet 1402 gereğince kovduğu oyuncuyu televizyonuna ve radyoya alır mı?.. Dolayısıyla yapacak işim kalmamıştı. Rumeli Hisarı'nda daha önce oyunlar oynamıştık. Bu oyunları oynadığımız günlerde semtin balıkçılarıyla tanışıp arkadaş olmuştum. Onlara gittim, balık tutup satmak istediğimi söyledim. Orada 2 buçuk sene balıkçılık yapıp geçimimi sağladım. Bazen balıkçı teknesinde yatardım. Çok soğuklarda ise eve gelirdim.

Ve affediliyoruz... tekrar tiyatro...

Ben balıkçılık yaparak geçimimi sağladığım günlerde, sağolsun Müjdat Gezen beni aradı. Bir tiyatroda oynamamı sağladı. Sonra Kenterler'de bir oyunda oynadım. Daha sonra Gülriz Sururi-Engin Cezzar Tiyatrosu ve Dormen'de oyunlarda oynadım. Nihayet biz 1402'liklerin, 7 Aralık 1989'da Danıştay Genel Kurulu, 1402'liklerin eski görevlerine dönmelerine karar verdi. Şehir Tiyatrosu'na tekrar geri alındım. Radyoda da dublaj yapmaya başladım.

Sinema çalışmalarım...

İlk sinema filmim 1960 yılında, daha 14-15 yaşında, "Yumurcak" adlı filmde oynamıştım. Bu benim ilk tecrübemdir; tiyatrodan da öncedir. Sadri Alışık ve Münir Özkul'un oynadığı, Hulki Saner'in yönettiği bir sinema filmiydi. Daha sonra 1966 yılında, konservaturda okuduğum sırada, "Ölüm Tarlası" adlı filmde de oynamıştım. Her ikisi de siyah-beyazdı. Televizyon çalışmam ise 1978'de başladı. TRT'nin ilk siyah-bayaz çektiği "Hayatın Romanları"dır.

Yılmaz Güney...

Yılmaz Güney'le de beraber çalışmalarım oldu. "Balatlı Arif" ve "Umutsuzlar"da oynadım.

Yılmaz Güney bana göre Türkiye'nin çok önemli mihenk taşlarından bir tanesidir. Aradan bunca yıl geçtikten sonra Yılmaz Güney'in gerçekten iyi bir sinemacı olduğunu daha iyi anlıyorum. O, her şeyi biriktirirdi kafasında. İnanılmaz bir sinema gözlemcisiydi. Hayatı film çekiyormuş gibi yaşardı. Yazık oldu, çok genç yaşta öldü. Çok daha önemli eserler verebilirdi Yılmaz Güney. Mesela "Boynu Bükük Öldüler" romanı da onun edebiyatta da çok başarılı olduğunun kanıtıdır. O romanın tekrar değerlendirilmesi gerekiyor bence.

Yönettiğim oyunlar...

Tiyatroda beş oyun yönettim: Yaşar Ne Yaşar Ne Yaşamaz, Beş Para Etmez Oyun, Salon Mutfak, Perihan Abla, Maviydi Bisikletim.

Oynadığım bazı oyunlar...

Altı Derece Uzak, Asiye Nasıl Kurtulur, Devri Süleyman, Hırçın Kız, Üç Kuruşluk Opera, Bir Garip Oyun, Kral Lear ve Aslolan Hayattır. En son sahneye çıktığım oyunda Nazım Hikmet'in hayatını oynamıştım. 1998 yılındaydı. "Aslolan Hayattır" adlı oyundu. Macit Koper'in yazdığı bir oyundur. O oyunda Nazım'ı oynamaktan çok mutluluk duymuştum. Bu oyundan sonra da sahneye çıkmadım. Ben mesleğimi ciddiye alan bir insanım. Her gece 21'de perde açılır, sabahları 10'da provaya gidilir. Son zamanlarda özgürlüğüme alıştım; özgür yaşamak çok hoşuma gitti. Boş zamanlarımı resim yaparak geçiriyorum. Yaman Tüzcet, Savaş Dinçel, Müjdat Gezen ve ben, yaptığımız resimlerden oluşan bir sergi açmıştık. Serginin ismi de "4 Ressam Aktör Rolünde"idi. Kişisel sergim olmadı. O sergiyi de Savaş Dinçel'i anmak için düzenlenmişti. Bursa, Antalya, İzmir, Ankara'da da sergilemiştik. Teklif gelirse dizilerde oynuyorum.. Arada reklam seslendirmeleri yapıyorum. Bol bol okuyorum, yüzüyorum. MSM'de hocalık yapıyorum.

Televizyon dizileri...

Uğurlugiller, Kurtuluş, Kara Melek, Kasırga İnsanları, Yanık Koza, Karınca Yuvası, Savcı, Sensiz Yaşayamam...gibi.

Türk sineması...

Son yıllarda Türk sinemasında, birkaç filmin dışında, belki haksızlık ta yapıyor olabilirim, çok başarılı işler yapılıyor. Ancak yapılan filmlerin halkla buluşmadığını görüyorum. Film, sonuç olarak çok seyredilsin diye yapılır. Benim hiç hoşuma gitmeyen bir laf kullanılır sinemada: "Sanat filmi". Ne demek sanat filmi? "Sanat heykeli" diye bir terim var mı? Yok. Sanat heykeli veya sanat resmi diyor muyuz? Sinema da "sanat filmi" deniliyor. Orada bir tutarsızlık var. Film, film'dir! Sinemaya "yedinci sanat" diyorlar. "Öbür 6'sını say" dediğin zaman kimse sayamıyor. Bizim bu ön yargılarımızı yeniden gözden geçirip tartışmamız gerekiyor.

Oğlum Memet Ali...

Oğlum Memet Ali, bana 15 yaşında "Baba, ben oyuncu olmak istiyorum" dediğinde ona; "oğlum, zorluk çekersin, parasız kalırsın, senin bildiğin ve gördüğün gibi değil bu işler" dedim. Başarılı bir oyuncu olması beni mutlu ediyor. Onunla beraber bir daha imtihan ve mezun olma heyecanını yaşadım. Memet Ali sayesinde hayatımı bir daha yaşadım. Beni çok mutlu etti Memet Ali.

Çok sesli,
Çok renkli,
Çok kültürlü,
Çağdaş gösteri sanatlarının yeni adresi
garajistanbul

ve MUSTAFA AVKIRAN...

9 - 30 Nisan 2010 tarihleri arasında, Berlin Kreuzberg Ballhaus Naunystrasse'de, Mürtüz Yolcu tarafından düzenlenen 14. Diyalog Tiyatro Festivali'ne Türkiye'den katılan **garajistanbul,** kurgu ve yönetmenliğini Övül Avkıran - Mustafa Avkıran çifinin yaptığı, Memet Ali Alabora'nın oynadığı **MUHABİR** adlı oyunla katılmıştı.

Mustafa Avkıran'la 2002 yılında Berlin'de yapılan 7. Diyalog Tiyatro Festivali'nde sergiledikleri Nazım Hikmet'in "Bu Bir Rüyadır" operetinde tanışmıştım. 92 yaşında olmasına rağmen Tosca'yı yorumlamak için sahneye çıkan **Semiha Berksoy'**la elele çıkmıştı Mustafa Avkıran.

15 Ağustos 2004 tarihinde yitirdiğimiz çok yönlü sanatçımız **Semiha Berksoy'**u anmak için söyleşinin o bölümünden başlamak istiyorum:

Semiha Berksoy...

Semiha Berksoy'un kızı Zeliha Berksoy ve Dikmen Gürün onunla ilgili hazırlayacakları bir kitap için benden yazı yazmamı istemişlerdi. Üç gün denedim, yazıyı bir türlü yazamadım. Onun için çok özel bir yazı yazmam gerekiyordu. Sanat tarihçileri onunla ilgili her şeyi yazmışlardı. Değil ben, babam dünyada yokken, Semiha Berksoy bir primadonna imiş!.. Onunla çalışmak benim için bir rüya idi. Berlin'de "Bu Bir Rüyadır"da kuliste olsun, kaldığı otelde olsun, Robert Wilson'un doğum günü partisinde hep elele kolkola, iki aşık gibi dolaştık. Bu benim için bir rüya idi. Sahneye çıkmak istemedi. "Beni bu sahneye kimse çıkaramaz!" demişti. "Peki ne yapacağız?" diye sorduğumda; "Tek şartım var; sen de benimle beraber çıkarsan olur..." diye cevaplamıştı. "Benim oyunda rolüm yok, nasıl olacak..." dediysem de razı edemedim. "Sensiz çıkmam!.." diye diretince, çaresiz onunla beraber elele çıktık sahneye. Şu ara Engin Cezzar'da rahatsız. Onunla da çalıştım. Engin Cezzar'ın da arkasında Türk Tiyatro Tarihi var. Gerek onunla gerekse de Semiha Berksoy'la çalışmış olmaktan gurur duyuyorum ve kendimi şanslı sayıyorum. Her ikisiyle de çalışmış olmaktan mutluluk duyuyorum.

Bir direkte asılı olan ilan...

1963 Gaziantep doğumluyum. 1978 – 1979 yılında Antalya'da bir caddedeki direkte asılı bir ilan benim hayat akışımı değiştirdi. İlanda "Devlet Konservatuarı'na oyuncu alınacak" diye yazıyordu. Daha önceden de tiyatro oyuncusu olmak gibi bir düşüncem vardı zaten. O sırada üniversite giriş sınavlarına hazırlanıyordum. İlk tercihim doktor olmaktı. Ankara Üniversitesi Tarih Coğrafya Fakültesi de tercihlerim arasındaydı. Üniversite ve konservatuvar sınavlarına parelel olarak girdim. Her ikisini de kazandım. Ailemde tiyatro ile ilgili kimse yoktu. Babam askerdi. Devamlı gezerdik. Kardeşlerimin hepsi ayrı ayrı şehirlerde doğdular. Onlar da benden sonra tiyatroyu seçtiler. Ahmet Avkıran Zürih'te tiyatro üzerine master yapıyor. Nalan Avkıran Antalya Devlet Tiyatrosu'nda, Gökhan Avkıran ise Antalya Şehir Tiyatrosu'nda.

Konservatuvar eğitmenlerim...

1983 yılında Mimar Sinan Üniversitesi Devlet Konservatuvarı'ndan mezun oldum. O zamanlar daha çok yeniydi okulumuz. Ben ikinci mezunlarındanım. Eğitim kadromuz çok iyi idi. Can Gürzap, Arsen Gürzap, Zeliha Berksoy... gibi. Sınıfımız ise çok tuhaf bir sınıftı. Şimdi hepsi ünlendi. Ülkü Duru, Payidar Tüfekçioğlu, Mehmet Ali Kaptanlar, Ayda Aksel, İskender Büyük, Nisan Şirinyan, Ali Düşenkalkar, Seray Gözler... gibi. 17 kişiydik. İlk profesyonel oyunculuğum "İstanbul Efendisi" adlı oyunla oldu. Ahmet Uğurlu, Tuncer Necmioğlu, Ali Düşenkalkar ... ve sınıfımdan diğer arkadaşlar da vardı oynayanların arasında. 1983 yılında mezun olduktan sonra İstanbul Devlet Tiyatrosu'na geçtim. 1993 yılına kadar burada oyuncu olarak kaldım. 1990 yılında Viyana'ya gittim. Almanca öğrendim. Viyana'da 1 buçuk yıl Workshop ve reji çalışmaları yaptım, oyun oynadım. Türkiye'ye döndüm ve ilk yönetmenliğimi yaptım.

Antalya Devlet Tiyatrosu...

1993 yılında Antalya Devlet Tiyatrosu'nu kurmakla görevlendirildim. Kurdum, müdürlük yaptım. 1993-95 yılları arasında 90 kişilik kadro ile başarılı oyunlar sergiledik; ödüller aldık. Ancak Bozkurt Kuruç başa geldiğinde bana müdahale edilmeye başlanmıştı; 1995 yılında istifa ettim. Antalya'da eşim Övül Avkıran'la beraber bir garaj'ı tiyatroya dönüştürdük. 5. Sokak Tiyatrosu ismiyle iki yıl çalıştık. 1997'de de İstanbul'a geri geldik.

İlk uluslararası hikayemiz olan temelini aslında Antalya'da attığımız Mezopotamya Üçlemesi'nin üçüncü versiyonu olan Geyikler-Lanetliler'i 1999 yılında Berlin Schau Bühne'de sergilendi. 2005 yılında da Beyoğlu'nda Galata Kulesi'nin karşı sokağında bir garajı kiralayarak çağdaş performans sanatları merkezi olan **garajistanbul'**u kurduk.

Garajistanbul ve Muhabir...

Bu proje Övül Avkıran'la Memet Ali arasında cerayan eden bir çalışmadır. Ben zaman zaman dışarıdan müdahale ettim. Genel olarak Övül Avkıran'ın tasarladığı ve yönetmen olarak onu meydana getirdiği bir çalışmadır. Birlikte yönettik. Fakat Övül ön planda oldu. Zorluğuna gelince; itiraf etmeliyim ki, çok sıradan bir tiyatro süreci değildi Muhabir oyunu. Çünkü bu sefer konumuz bir kişinin hayatından yola çıkarak Türkiye'nin son otuz yılına bakmaktı. Karşınıza çıkan şeyler yüzde doksan hep karamsar şeylerdi. İstemediğimiz şeyleri çok kolay unutuyoruz; görmezden geliyoruz. Memet Ali onları hatırlıyordu. Fakat bu hatırlama sadece bir bilgi düzeyinde idi. Emosyonel bir ilişki kurma, bir geçişme, bir empati yoktu. Övül de bu meselenin üstüne gitmeye başladığında bir zorluk olarak karşımıza şu çıktı: Memet Ali'yi daha ne kadar deşebiliriz, daha ne kadar yorabiliriz, Memet Ali'nin içindekini daha ne kadar çıkarabiliriz gibi bir zorluk çıktı. Fakat Memet Ali kendini açtı. İyi bir oyun oynamak ve iyi oyuncu olmak istiyordu. Çok iyi bir çalışma süreci yaşadılar. Sonunda Muhabir ortaya çıktı. 56. oyununu Berlin'de oynadı. 5-6 ülkede, 35 şehirde sergiledik. Geçen hafta Portekiz'de idik. Oradan İstanbul'a geçtik. Üç gün oynadık ve Berlin'e geldik.

İstanbul 2010 Projesi...

İstanbul 2010 Avrupa Kültür Başkenti Ajansı'nın desteğiyle, garajistanbul tarafından çalışmaları yapılan "İstanpoli", çağdaş gösteri sanatları alanında dünyaca ünlü 5 tasarımcı İstanbul için 5 farklı oyun hazırladı. Oyunlarda, oyuncular profesyonel olmayıp, İstanbullular oldu. Bu beş sanatçı sırasıyla Türkiye'den ben ve eşim Övül Avkıran, ABD'den Claude Wampler, Belçika'dan Michael Laub, Amerikalı Meg Stuart ve Almanya'dan Rimini Protokoll'ün hazırladıkları oyunlar 2010 yılı boyunca önce garajistanbul'da, daha sonra ise dünyanın çeşitli ülkelerinde sergilenecek.

İlk oyun KASSAS...

Kassas'ta sahnede İstanbul'un sokak satıcıları olacak. Kassas Eski Türkçe'de "abuk subuk hikayeler anlatan kişi" anlamına geliyor. Kassas projesinde oyuncunun, yaşadığı kent ile, kentin sokakları ile, sokak satıcısı ile ilişki kurması hedeflendi. Satıcının oyuncu, oyuncunun satıcı olduğu bir süreci yaşadıktan sonra, kendi rollerine geri dönen insanların bu deneyimle kazanacakları yeni dünyayı anlamaya çalışmak bu projenin ana eksenini oluşturdu.

TV dizileri üzerine...

Birçok televizyon dizilerinde oynadım. Son üç tanesi çok popüler oldu. Kınalı Kar, Ezo Gelin ve son olarak ta Yaprak Dökümü...

Fakat yapılan diziler artık maalesef dizi olmaktan çıktılar; film boyutunda yapılıyorlar. 90 dakika çekiliyor ki, bu normal uzun metrajlı film uzunluğunda. Ben, çekilen dizide oynayan bir oyuncuyum. Benim bir ya da iki gün çekimim oluyor. Ancak o dizi sektöründe, özellikle teknik ekipte çalışanlar, reji kadrosu, başrol oyuncular; onların hayatı tahammül edilmez bir durum. Ne gecesi, ne gündüzü, ne yemesi, ne içmesi var. Beşeri ilişkiler sıfır! Onların işleri hakikaten çok zor. Rüzgar oldu, yağmur yağdı, üşüdüm; bunları kimse dinlemiyor: dizi çekilmeye devam ediliyor. Zaman zaman tiyatroda çalışanlara "sizi bir hafta sete göndereyim de çalışmanın ne demek olduğunu görün" diye takılıyorum. Çok zor şartlar altında çalışılıyor...

Kaos'tan da çıkabilecek olumluluklar...

Bugün Türkiye'de yaşanan her şeyin bir kaos olduğunu düşünüyorum. Fakat bu kaos'un da pozitif olduğunu düşünüyorum. Bu kaos'tan bu karmaşadan da çok pozitif bir şeyin çıkacağını sanıyorum.

Türkiye, bugün bir demokratikleşme adı altında, özgürlüğe ve hakiki demokrasiye ihtiyaç duyuyor. Fakat sırtında o kadar yük var ki. Bu yük eğrisiyle doğrusuyla Osmanlı'dan kalan bir yük. Bir yandan Atatürk'ün çağdaş ve modern Türkiye tanımı içinde tanımladığı bir sorumluluk, diğer yandan değişen dünyaya ayak uydurmaya çalışan daha liberal ve daha çağdaş olmaya çaılşan bir Türkiye var. Bir yandan da manipüle edilen, özellikle iktidarı kontrol etmeye çalışan ordu tarafından sürekli manipüle edilen bir demokrasi var. Şimdi bu 85 yılın biriktirdiği hastalıklar; hani yaşlanma belirtileri, romatizmalar... filan... Ben, bunların içinden çok pozitif şeylerin çıkacağını düşünüyorum. Çok kavgalar edeceğiz, görünüyor, ediyoruz da zaten. Ama içinden öyle bir şey çıkacak ki, bence Batı'yı çok şaşırtacak. Karamsar değilim. Bu kavgalardan, gözaltılardan çok olumlu şeyler çıkacak...

Son projeler...

Devlet Tiyatrosu devam ediyor. Şu anda Ankara Devlet Tiyatrosu'nda Ex-Press diye bir oyun yönetiyorum. Televizyon dizileri devam ediyor. Yeni bir film çalışması var. Yavuz Turgul 'Av Mevsimi' diye bir film çakiyor. Şener Şen, Okan Yalabık, Cem Yılmaz ve ben varım. Bunların dışında da, yukarıda da bahsettiğim İstanbul 2010 Projesi kapsamında İstanpoli adlı proje var. Şimdiye değin İstanbul'da yapılmış en kapsamlı büyük bir proje. Bütçesi itibariyle de büyük bir çalışma. Onunla meşgulüz...

Sanat Yönetmeni, Oyuncu, Rejisör, Yazar, Çevirmen ve Tiyatro Eğitmeni;

NESRİN KAZANKAYA...

O, tiyatro sanatının her dalında aktif ve başarılı bir sanatçı... Söyleşiye nereden başlayacağımı bilemedim...

Sohbetimizde "... vaktimi en çok alan oyunculuk ve eğitmenlik. Eğitmenlik yapmaktan çok mutluluk duyuyorum.." diyor. Ancak o yönetmenlikte de başarılı. İşte 2009 tiyatro sezonunda yönettiği, Bertolt Brecht'in "Schweyk İkinci Dünya Savaşı'nda", "Arturo Ui'nin Önlenebilir Tırmanışı" ve "Üç Kuruşluk Opera" oyunlarından ve "Faşizm Üzerine Yazılar"ından uyarlayıp yönettiği "Rahat Yaşamaya Övgü" adlı müzikli oyunun aldığı ödüller:

Lions Tiyatro Ödülleri En İyi Rejisör: Nesrin Kazankaya

Sadri Alışık Ödülleri Müzikal ya da Tiyatro Dalında Yılın En Başarılı Yapımının Yönetmeni: Nesrin Kazankaya

Müzikal ya da Tiyatro Dalında En İyi Erkek Oyuncu: Levent Öktem

Müzikal ya da Tiyatro Dalında Yardımcı Rolde En İyi Erkek Oyuncu: Erdinç Anaz

Müzikal ya da Tiyatro Dalında Yardımcı Rolde En İyi Kadın Oyuncu: Başak Meşe Afife Jale Tiyatro Ödülleri

En İyi Reji: Nesrin Kazankaya

En İyi Işık: Yüksel Aymaz

Müzikal ya da Tiyatro Dalında En İyi Erkek Oyuncu: Levent Öktem.

"Rahat Yaşamaya Övgü" oyunu, kapitalist sömürü düzenini, paylaşım savaşlarını, faşizmin yükselişini ve bunun karşısında küçük burjuvazinin vurdumduymaz tavrını ve genelde ahlak anlayışını konu alır. Sıradan insanın kendi sonunu hazırlayan olaylar karşısındaki aymazlığı, komik ve ironik bir yaklaşımla sorgulanır. Brecht'in dediği gibi: "Kapitalizm çarkı zorbalığa başvurulmazsa dönememektedir. Koşullar ne denli kötüleşirse, akıl da o denli azalır."

2001 yılında "Tiyatro Pera"yı kurmuş ve sanat yönetmenliğini üstlenmiş. Aynı çatı altında da "Pera Güzel Sanatlar Tiyatro Okulu"nu kurmuş. Ayrıca "Pera Tiyatro Lisesi"nin programını oluşturarak, Türkiye'de ilk kez bir tiyatro lisesi açılmasını sağlamış. Her iki bölümde de eğitmenlik yapmakta.

2008 tiyatro sezonunda Tiyatro Pera'da Nesrin Kazankaya'nın W. Shakespeare'den çevirdiği, yönettiği ve oynadığı "Venedik Taciri"ni seyrettim. Oyun, İtalya'nın önemli bir ticaret merkezi olan Venedik kentinde geçiyor. Venedik taciri Antonio (Can Başak), arkadaşı Bassanio (Kayhan Teker) için, tefeci Yahudi Shylock'tan (Mehmet Ali Kaptanlar) borç para alır. Shylock mesleği ve etnik kökeni yüzünden kendisini aşağılatan Antonio'ya faiz yerine ilginç bir koşul öne sürer: Vadesi geçerse, borcuna karşılık, vücudundan yarım kilo et kesilecektir. Bassanio, alınan borç para ile, Belmont'taki zengin Portia (Nesrin Kazankaya) ile evlenir. Gemileri kaza geçiren Antonio tüm servetini yitirir ve vadesi geldiğinde borcunu ödeyemez. Shylock mahkeme önünde talebinde ısrareder. Oyunda Hıristiyan ve Musevilerin iş dünyasındaki gerilimli ilişkilerinde, para, güç, aşk, ticaret ve adalet kavramları sorgulanır. Baştan sona, dekorundan müziğine ve oyuncuların performansına kadar sürükleyici; keyifle izledim.

Tiyatro Pera...

Tiyatro Pera, 2000-2001 sezonunda yedi yıllık bir 'Tiyatro Okulu' ön hazırlığıyla, başta oyunculuk olmak üzere, bir tiyatro oluşumu alt yapı çalışmaları yapılarak Nesrin Kazankaya tarafından kurulmuş; Türkiye'deki sayılı (bu bağlamda belki de ilk) tiyatrolardan biridir. Yedi yılın sonunda, Taksim-Sıraselviler'de, tiyatro oyunlarının değişik sahneleme biçemlerine olanak sağlayan, (İtalyan, Hacim ve Çevre Sahne düzenine dönüşebilen) yüzyirmi seyirci kapasiteli bir tiyatro salonunu kendi olanaklarıyla oluşturmuştur. "Pera Tiyatro Okulu"ndan mezun olup, en az iki yıl okul oyunlarında profesyonel donanım kazanmış oyuncuların yanısıra, Devlet Tiyatrosundan konuk oyuncularla zenginleştirilmiş profesyonel oyuncu ve yönetmen kadrosuna sahiptir. "Tiyatro Pera" 18.Ocak.2002 tarihinde Ariel Dorfman'ın yazdığı "Ölüm ve Kız" adlı oyunun prömiyerini gerçekleştirerek, profesyonel bir tiyatro olarak açılmıştır.

Hep tiyatronun içinde oldum...

İlkokul son sınıftan bu yana hep tiyatronun içinde oldum. İlkokul beşinci sınıfta yılsonu müsameresinde sahneye çıktım. Ailemde benim dışımda sanatla uğraşan yoktu. Mühendis olmamı istiyorlardı. İlkokuldan bu yana tiyatro ile haşırneşirim. Konservatuvara kadar başarılı bir lise öğrencisiydim. Liseden sonra kimya bölümünü kazandım. Bir yıl kimya okudum. Ankara Devlet Konservatuvarı Tiyatro Bölümü'nü yatılı olarak okudum. Beş yıl konservatuvar sürdü. Arkasından Almanya'da Volkwanghochschule'de üç yıl reji eğitimi aldım. Türkiye'de reji eğitimi olmadığı için oraya gittim. Şimdi Bilkent Üniversitesi'nde de veriliyor reji eğitimi. Ancak öğrenci katılım sayısına göre bazen kapanıyor. Yani Türkiye'de reji eğitimi veren üniversitemiz maalesef yok. Ankara Devlet Tiyatrosu'nda oyuncu ve yönetmen olarak on yıl çalıştım. Ankara Devlet Tiyatrosu'nda "Çocuk ve Gençlik Tiyatrosu"nu kurdum. 1998-1999 sezonunda İstanbul Devlet Tiyatrosu Müdürlüğü'nde de bulundum. Devlet Tiyatroları dışında da oyunlar yönettim.

Sahnelediğim oyunlardan bazıları:

"Tam Rolünde", "Manesssalar'da", "Ada", "Kaybolma", "Küçük Burjuvalar", "Tartuffe", "Kısasa Kısas".

Oynadığım bazı oyunlar:

"Çil Horoz", "Afife Jale", "Dağın Devleri", "Cumhuriyet Kızı", "Kaybolma", "Ayrılık Müziği".

Çevirdiğim oyunlardan bazıları:

Almanca ve İngilizceden oyunlar çevirdim: "Sevgili Yalan", "Komedi Sanatı", "Yeniden Hoşçakal", "İlkbahar Uyanışı", "Kısasa Kısas"... gibi.

Ve Tiyatro Pera...

2001 yılında Tiyatro Pera'yı kurdum ve sanat yönetmenliğini üstlendim. Açılış oyunu olarak, Ariel Dorfman'ın yazdığı "Ölüm ve Kız" oyununu sahneledim. Pera Tiyatro Okulu'ndan mezun oyuncular ile Volker Ludwig'in yazdığı "Aman Aman" adlı çocuk oyununu sahneledim. 2002 yılında "Bir Çöküşün Güldürüsü (Tavşan Tavşan)", 2003 yılında ise kendi yazdığım "Seyir Defteri" adlı oyunu sahneledim ve oynadım. 2004 yılında da yine kendi yazdığım "Dobrinja'da Düğün adlıoyunu sahneledim ve oynadım. 2005 yılında "Şerefe Hatıralar (İstanbul 1955), 2007-2008 sezonunda "Profesör ve Hulahop", "Venedik Taciri" oyunlarını hem yönettim hem de oynadım.

Brecht müzikali..

Bertolt Brecht'in "Schweyk İkinci Dünya Savaşı'nda", "Arturo Ui'nin Önlenebilir Tırmanışı" ve "Üç Kuruşluk Opera" oyunlarından ve "Faşizm Üzerine Yazılar"ından uyarlayıp yönettiğim "Rahat Yaşamaya Övgü" adlı müzikli oyunda, Kurt Weill, Hanns Eisler ve Turgay Erdener'in müzikleri kullanılıyor. "Rahat Yaşamaya Övgü" oyunu, kapitalist sömürü düzenini, paylaşım savaşlarını, faşizmin yükselişini ve bunun karşısında küçük burjuvazinin vurdumduymaz tavrını ve genelde ahlak anlayışını konu alır. Sıradan insanın kendi sonunu hazırlayan olaylar karşısındaki aymazlığı, komik ve ironik bir yaklaşımla sorgulanır. Brecht'in dediği gibi: "Kapitalizm çarkı zorbalığa başvurulmazsa dönememektedir. Koşullar ne denli kötüleşirse, akıl da o denli azalır.

Ve son oyunum QUİNTET...

"Quintet - Bir Dönüşün Beşlemesi", "Karşılaşma-Uzlaşma-Çatışma-Vedalaşma-Ayrılma" olmak üzere beş bölümden oluşmaktadır. Her bölüm, özgün çekim film kesitleriyle birbirine bağlanmaktadır. 1980 askeri darbesiyle geride bir oğul bırakıp yurt dışına iltica eden kadın, yıllar sonra İstanbul'a döner. Kadını havaalanında, genç bir delikanlı olan oğlu karşılar. Gerilimli tanışmanın (buluşmanın) ardından kadın, üniversite yıllarından arkadaşını ziyarete gider. Uzun zamandır görüşmeyen iki kadın, geçmişi hüzün ve coşkuyla anımsayarak özlem giderirler. Öğrenci derneğinden birlikte çalıştıkları Arkadaş'ın kocasının eve gelmesiyle, üçlü tamamlanır.

Pera Tiyatro Lisesi ve Pera Güzel Sanatlar Tiyatro Okulu...

Türkiye'de ilk kez Pera Tiyatro Lisesi'ni açtım. Pera Tiyatro Lisesi'nin ve Pera Güzel Sanatlar Tiyatro Okulu'nun Bölüm Başkanıyım. Her iki bölümde de eğitmenlik yapıyorum. Buranın sahibi ben değilim. İşin ticari yanına bulaşmamış olmak benim karakterime uygun. Vaktimi en çok alan oyunculuk ve eğitmenlik. Türkiye'de ilk kez tiyatro lisesi açtık. Programı hazırlayıp, açılmasını sağladım. Dans, müzik ve resim bölümleri vardı. Tiyatro lisesi yoktu. Üçüncü mezunlarını veriyoruz. Milli Eğitim Bakanlığına bağlıyız. Dört yıllık konservatuvar ayarında bir eğitim vermekteyiz. Pera Lisesi ortaokul mezunları içindir. Tabi bir sınavdan geçiyor girmek isteyenler. Lise mezunlarına ise dört yıllık konservatuvar eğitimi veriyoruz. Bunların her ikisi de özel okul olmakla birlikte Milli Eğitim Bakanlığı onaylı. Ancak Pera Lisesini bitiren illaki tiyatro oyuncusu olacak diye bir olay yok. Doktor da olabilir, mühendis te olabilir.

Venedik Taciri üzerine...

Venedik Taciri oyununda adaptasyon yapmadık. Bir hece, bir virgül bile eklemedik. Yani metne hiç ellemedik. Sadece görsel anlatımda günümüze çektik oyunu. Sadece oyunda değil, şehir adlarını ve kişi adlarını da değiştirmedik. Shakespeare'nin bütün oyunları mucizevi güzeldir.Adaptasyon bir ucundan uyarlamadır. Hatta asıl adaptasyon, isimlerin oyunun oynandığı ülkeye çekilmesidir. Eğitmen, oyuncu ve rejisör olarak, Shakespeare'i Brecht'in değişiyle yeniden yorumlayabilirsiniz. O size inanılmaz hizmet eder. Ancak yapabilirseniz!.. Bizim bu oyunu sergilememiz riskliydi. Mesele inanmak ve ikna etmek. Benim rejisörlüğümün sihirli cümlesidir ; "İnanmak ve ikna etmek". Sonuçtan memnunum. Seyirciyle buluşuyoruz. Seyircilerin yok olduğu, özel tiyatroların kendini yalnız hissettiği, bu kültür yozlaşmasının yoğun bir şekilde yaşandığı on yıllar içinde yenidenseyirciyle buluşmak verdiğimiz emeğin karşılığıdır. Bize armağan gibi geliyor.

Arz ve talep...

Türkiye'de öyle bir noktadasınız ki, arz ve talep şöyle istiyor: Siz arzediyorsunuz, sonra "Vallahi beni talep edin" diye çırpınıyorsunuz, koşturuyorsunuz. "Bilet satılmıyor mu, para da kazanıyorsunuz" diyen olabilir. Hemen bir açıklama getireyim: Gelen bilet zararın onda birini karşılamıyor!.. Hiçbir sponsorum şikayetçi değil. Çünkü bu işe girişen biri şikayet etmemesi gerektiğini bilerek girer. Buraya Türkiye'nin en değerli profesyonel oyuncuları gelip oynarlar. Fakat parasal yönden beklentileri yoktur. Bu bir mucizedir. Türkiye'deki durum insanı idealist yapıyor. Yüz kişilik salonda dört oyun oynanıyor. İnanın dört oyunda ödenekli tiyatrolarla rekabet içindeyiz. Bu sene (2008) sezonu iki oyunla açtık. Biri benim yazdığım "Profesör ve Hulahop"; Engin Alkan'la oynuyorum. Bu oyunda 80'li yılların Türkiye'sini anlatıyorum. İkincisi ise Venedik Taciri. Sezonu iki yeni oyunla açmak bir özel tiyatro için duyulmuş şey değil...

Dedesi Komik-i Şehr Naşit Bey, Babaannesi kantocu Amelya, Büyükannesi Virjin Hanım, Halası Adile Naşit, Babası Selim Naşit ve NAŞİT AİLESİ'nin ününü devam ettiren başarılı tiyatro sanatçımız

NAŞİT ÖZCAN

Türk Tiyatrosu'nda ailece tiyatro sanatı ile uğraşanların sayısı bayağı fazla...İlk aklıma gelenlerin arasında Nejat Uygur ve ailesi var örneğin; eşi Nejla Uygur, çocukları Behzat - Süheyl Uygur kardeşler, Sururi Ailesi'nin tüm fertleri, Münir Nurettin Selçuk'un oğlu Timur Selçuk ve Timur Selçuk'un kızı Hazal Selçuk, Timur Selçuk'un annesi Şehime Toron, Toto Karaca yine aynı şekilde tiyatro sanatçıları arasında büyümüş; teyzesi ünlü tiyatrocu Roza Felekyan annesi ünlü Mari Felekyan, Semiha Berksoy ve kızı Zeliha Berksoy, Sadri Alışık - Çolpan İlhan ve oğlu Kerem Alışık, Cüneyt Gökçer - Mediha Gökçer ve kızları Deniz Gökçer, Reşit Gürzap, oğlu Can Gürzap ve Can Gürzap'ın eşi Arsen Gürzap, Yıldız ve Müşfik Kenter kardeşler, Gazanfer Özcan - Gönül Ülkü ve kızları, damadı, Altan Erbulak - Füsun Erbulak ve kızları Sevinç Erbulak, Avni Dilligil - Belkıs Dilligil - çocukları Rahmi - Erhan ve Çiçek Dilligil... Evet bu örnekler çoğaltılabilir... benim aklıma gelenler bunlar. Yukarıdaki örnekleri niçin saydığıma gelince; çünkü yukarıda verdiğim örneklere bir örnek daha ekleyip; bu aileden geriye kalan bir tiyatro sanatçısı ile yapmış olduğum sohbetimi sizlerle paylaşmak istiyorum:

Tuluat ustası, Komik-i Şehir, halk sanatçısı Naşit Bey'in torunu, tiyatro sanatçısı Selim Naşit Özcan' ın oğlu, yine sinema ve tiyatro sanatçısı Adile Naşit'in yeğeni sinema ve tiyatro sanatçısı NAŞİT ÖZCAN...

NAŞİT ÖZCAN ailede kalan son sanatçı...

Şubat (2007) ayında söyleşi için gittiğim tiyatrolardan bir tanesi de Kadıköy Haldun Taner Sahnesi idi. Macit Koper'in yönetiminde provası yapılan "Titanik Orkestrası" adlı oyunu prova eden oyuncular arasında Naşit Özcan'da vardı. Yani, Tuluat Ustası Komik-i Şehir Naşit Bey'in torunu, tiyatrocu Selim Naşit Özcan'ın oğlu ve Adile Naşit Keskiner'in yeğeni NAŞİT ÖZCAN... 1987'de Adile Naşit'i, 2000 yılında da Selim Naşit'i kaybetmiştik. Onlardan sonra Türk tiyatrosunda NAŞİT ismini başarıyla devam ettiren bir tek tiyatro sanatçımız var, o da NAŞİT ÖZCAN... Kendisiyle yapacağım söyleşiye geçmeden önce, Soner Yalçın'ın Hürriyet (4 Şubat 2007) gazetesinde yazmış olduğu "Bizim güzel Ermenilerimiz" başlıklı makalesine değindi:

"Soner Yalçın, Hürriyet gazetesinde "Bizim güzel Ermenilerimiz" başlıklı yazısında dedem Naşit Bey'i, babam Selim Naşit Özcan ve halam Adile Naşit'i Ermeni olarak gösteriyor. Çok ayıp!.. Bir defa Naşit Bey'in hanımı Amelya Hanım Rum'dur. Onun annesi ve anne tarafı Ermenidir. Dedem Naşit Bey bir Osmanlı Türk adamıdır!.. Amelya Hanım dedemle evlenince Türk kimliğini almıştır. Dolayısıyla babam Selim Naşit ve halam Adile Naşit'in her ikisi de Türktür!.. Her ikisi de ölünce camide Kuran okunarak Türk mezarlığına gömülmüşlerdir. Dedem dahil olmak üzere hepsi Türk oğlu Türktürler!.. Benim annem Rumdur. Bende yarı bir kırmalık vardır. Ancak, dedemi, babamı ve halamı, Ermeni diye lanse etmek Soner Yalçın gibi araştırmacı bir gazeteciye yakışmayan bir durumdur... Bu hedef göstermek gibi bir şeydir!..

Halamın cenazesine Türkiye'nin her tarafından insanlar geldi. Ben bu ailenin yaşayan bir ferdiyim; bana bir telefon edip sorabilirdi. Araştırmacı diye geçinen Soner Yalçın gibi yazar ve gazeteci, koskoca bir Naşit'i Ermeni diye gösterebiliyorsa; bu devletin yazarlarından ve gazetecilerinden şüphe etmek gerekir!.. Soner Yalçın bunun hesabını Türk halkına vermesi gerekir; bana değil!.."

Ülkü Erakalın'ın söyleşilerden oluşan "Direklerarası'nın Son Direkleri" adlı kitabında, babanız Selim Naşit, sizin oyunculuğunuz üzerine

"Eh işte... Ayakta durmasını öğrendi yavaş yavaş.." demiş...

Babam doğru söylemiş. Çünkü tiyatroda ayakta durabilmek başlı başına bir olay!.. Onlar, yani ailem, benim tiyatrocu olmamı istemiyorlardı. Ben konservatuarda okumak istiyordum. Onlarsa doktor filan olmamı istiyorlardı. Ben tiyatroda doğdum büyüdüm; gözlerimi Muammer Karaca'da açtım; tıpkı babam ve halam Adile Naşit gibi. Dolayısıyla tiyatrodan başka yapacak bir şey yoktu; tiyatrocu olmaya karar verdim.

Onlar çok zorluk çekmişlerdi...

Tiyatroculuğun çok meşakkatli ve zor bir iş olduğunu bildikleri için, benim de zorluk çekmemi istemiyorlardı. Halam Adile Naşit çok acılar çekti. Babam ve dedem de yine aynı şekilde her ikisi de zorluk çekmişlerdi. Onlar şimdiki sanatçılar gibi birtakım olaylardan faydalanmak isteyen kişiler olmadılar. Yalıları, apartmanları olsun diye gayeleri yoktu. Onlar yaptıkları sanattan keyif alan insanlardı. Her şeye rağmen hayat standartları yüksek değildi. Bir tek artıları vardı; manevi standartları Türkiye'de hiç kimsenin elde edemeyeceği kadar yüksekti. Bilhassa halam Adile Naşit.

İlk sahneye çıkışım 14 yaşında oldu..

1957 İstanbul doğumluyum. İlk sahneye çıkmam 1971'de, 14 yaşında iken, Gönül Ülkü - Gazanfer Özcan Tiyatrosu'nda Ferih Egemen'in yönettiği "Ben Çalmadım" adlı çocuk oyunuyla oldu. Profesyonel tiyatro hayatım 1977 yılında Akbank Çocuk Tiyatrosu'nda başladı. Daha sonra babam Selim Naşit Özcan beni "Eti senin kemiği benim" diyerek, Nejat Uygur'a teslim etti. 1979 - 80 döneminde ise Ali Poyrazoğlu'nun açtığı tiyatro kurslarında 2 yıl eğitim gördüm. 1983 - 84 yılında Şan Muzikholü'ne başladım. Çeşitli tiyatrolarda çalıştıktan sonra 1988'de Şehir Tiyatrosu'na katıldım. O günden bu güne, yani 20 yıldır kadrolu olarak Şehir Tiyatrosu'nda oyuncuyum.

"Şimdi yavaş yavaş oluyorsun!.."

1994 yılında "Gözlerimi Kaparım Vazifemi Yaparım" adlı oyunda beni sahnede seyreden babam oyundan sonra bana "Şimdi yavaş yavaş oluyorsun!.." dedi. Yani aktör olarak Naşit Özcan'ın doğmaya başladığını anladı.

Babamın bana verdiği ödül: bir takım elbise...

2000 yılında "Kadın ile Memur" adlı oyundaki oynadığım Memur rolüyle Afife Jale Ödülü'ne aday olduğum gün -babamın son zamanlarıydı; ölmek üzereydi- ilk defa benimle gururlanmıştı, gözlerinin içi parlamıştı. Ve bana ödül olarak bir takım elbise almıştı. Bu benim için çok önemliydi. Çünkü halam Adile Naşit ve babam, her ikisi de benim tiyatrocu olmamı istemiyorlardı ve olabileceğimi de düşünemiyorlardı... Yeteneğimden şüphe ediyorlardı. Türk Tiyatrosu'nda öyle bir noktaya geldim ki, "NAŞİT" olarak, babam benimle gurur duydu. Fakat babam son durumları maalesef pek göremedi...

Halam ADİLE NAŞİT benden özür diledi...

1981 yılında, sanıyorum Nejat Uygur Tiyatrosu'nda, Cibali Karakolu oyunundan sonra Halam Adile Naşit sahneye çıktı ve seyircilere dönerek:

"Sizlerin önünde yeğenim Naşit Özcan'dan özür diliyorum. Çok iyi bir aktör olma yolunda ilerliyor..."dedi. O günden bu güne hayatımı bu meslekten kazandım. Bu meslekten de başka bir şey düşünmedim...

Tiyatro turnelerinde büyüdüm...

5 - 6 yaşlarında iken, gece saat 12'de masa kurar, babamın tiyatrodan dönmesini beklerdim. Yani bir tabak beyaz peynir, piyaz, bir kadeh rakı masada hazırlayıp babamı beklerdim. Gece 12'yi 20 dakika geçe babam Beyoğlu'ndan Muammer Karaca Tiyatrosu'ndan çıkar eve gelirdi. Ben babamı görmek için onun masasını hazırlar onu beklemeye başlardım. O yemeğini yerken, içkisini yudumlarken bana o akşamki oyunu anlatırdı. Evde tiyatro konuşulurdu. Babam turnedeyken, annem beni alıp onun yanına götürürdü. Yani ben tiyatro turnelerinde büyüdüm. Kimler vardı turnede; Toto Karaca, Muzaffer Hepgüler, Gazanfer Özcan, Gönül Ülkü, Ali Sururi, Celal Sururi... gibi sanatçıların ellerinde büyüdüm. Bana devamlı "Hangimiz daha iyi oynadık?" diye sorarlardı. Ali Sururi "para vereceğim Naşit, ben iyi oynadım, değil mi? derdi.

Hayat bir oyun...

Ben kuliste kızarkadaşımla seksek, erkek arkadaşımla da misket oynardım. İsteseniz de istemeseniz de o kulis ve sahne tozu içinize yerleşmeye başlıyor çocukluktan. Yani hayatınız oluşuyor, onun bir parçası oluyorsunuz. Ben oyun oynamayı çok seven bir çocuktum. İyi ki bizim zamanımızda bilgisayar yoktu. Yoksa farklı yerlerde olabilirdim. Ben çocukluğumda oyun oynardım; 50 yaşına geldim hala da oyun oynuyorum. Çünkü ben çocukluğumu bırakmadım. Ölene kadar da oyun oynamayı bırakmayacağım. Hayat bir oyun...

Toto Karaca ve Nejat Uygur...

Toto Teyzemin (Karaca) elinde büyüdüm. Cem Karaca benim manevi aıabeyimdi. Nejat Uygur'la tiyatroyu öırendim. 2.5 - 3 yıl onun yanında çalıştım. Ve ben sevgili Nejat aıabeyimden tiyatro adına çok şey öırendim. Sahne rahatlıını, sahne tekniini, nasıl iyi ve nasıl kötü bir komedyen olunur, ondan öırendim. Benim içinde yetiştiim sanatçılar hep geleneksel tiyatrodandı.

"Çengi"deki Karagöz ve Hacivat'ın değişik formatı...

Ben bu gelenek üzerine Ahmet Mithat Efendi'nin "Çengi" adlı oyunu yönettim. Dedem Naşit'e saygımdan dolayı Türk Tiyatrosu'na farklı bir örnek sundum. Çok ta hoş oldu. Türk Tiyatrosu'nu modern tiyatroya entegre etmeye çalıştım. Türk gelenek tiyatrosunun temel üsluplarından yararlandım. Karagöz ve Hacivat'ı öyle formata koydum ki; yeni Türk Tiyatrosu istenirse o eski oyunlar gibi günümüzde yepyeni oyunlar haline gelebilir. Ben her şeye daha yenilikçi bakıyorum.. Çağdaş tiyatro bende daha çok hüküm sürüyor.

Piyasadaki oyuncu ucuzluğu...

Bana 5 senedir dizi teklifi gelmiyor. Piyasada oyuncu ucuzluğu var. 300 - 500 liraya sömürülüp oynatılan bir sürü arkadaşımız var. Bana 300 - 500 veya bin liraya oyna diye teklif edemiyorlar sanırım. Son yapılan dizilerden birkaçı hariç, haklarını yemeyeyim, pek doğru dürüst işler yok. Bu sadece Türkiye'de değil, tüm dünyada böyle. Çeşitli furyalar var. Türkiye'de de şu sıralar Kurtlar furyası var... Türk televizyonlarında silahsız bir dizi yok. Kadının kafasına silah dayayarak aşkını ilan eden tuhaf bir furya var...

Aldığım Ödüller...

2000 yılında Kadın ile Memur oyununda Afife Jale Tiyatro Ödülleri Komedi Dalında En ıyi Erkek Oyuncu Adayı, 2003 yılında Uçurtmanın Kuyruğu oyunuyla İsmet Küntay Tiyatro Ödülleri En İyi Erkek Oyuncu Ödülü, yine 2003 yılında Uçurtmanın Kuyruğu oyunuyla S. Naşit Lions Tiyatro Ödülleri En İyi Erkek Oyuncu Ödülü.

Oynadığım televizyon dizileri: Deli-1980-TRT, Okudukça (Sunucu) TRT 2, Ömer Seyfettin'in Hayatı-Belgesel TRT, Pembe Panjurlu Ev-TRT, Sihirli Ceket-Star TV, Beşi Bir Yerde-Kanal D, Hababam Sınıfı İnek Şaban rolüATV, Şaban Askerde-Star TV, Şen Dullar-Star TV.

Filmler...

Katil Kim-Yön: Orhan Oıuz, Avrenos'un Meyhanesi-Fransız / Türk ortak yapım

Oynadığım tiyatro oyunları...

Titanik Orkestrası-İBST 2007, Ay Uyuyor muydun Afedersin-İBST 2004, Uçurtmanın KuyruğuİBST 2003, Kadın ile Memur-İBST 2000, Gözlerimi Kaparım Vazifemi Yaparım-İBST 1994, Moliere ya da Kara Komplo-İBST 1993, Kafes Arkasında-İBST 1989, Ağrı Dağı Efsanesi-İBST 1989, İkinci Nöbetçinin Sıkıntıları-İBST, Resimli Osmanlı Tarihi-İBST, Barış Kervanı-İBST, Fareli Köyün Kavalcısı-İBST, Deli Eder İnsanı Bu Dünya-İBST, Oidipus-İBST, Yıldızcı Kral ve SoytarısıİBST, Gölgenin Canı-İBST, Kafkas Tepeşir Dairesi-İBST, Ben Çalmadım-Gönül Ülkü-Gazanfer Özcan Tiyatrosu-1971, Aslan Asker Şvayk-Şan Tiyatrosu, Sait Hop Sait-Şan Tiyatrosu, Şen Sazın Bülbülleri-Şan Tiyatrosu, Boing Boing-Sadri Alışık Tiyatrosu-2003, Tanrım Beni Baştan YaratE-ŞEK-2005... gibi. Oyunculuıumun yanı sıra seslendirme çalışmalarım da oluyor.

Gündüz "TATLICI TOMBAK"
gece tiyatro sanatçısı;
cesur yönetmen ve oyuncu:

NEDİM SABAN..

Hani derler ya: "Adam olacak çocuk b......n belli olur" diye... Bunu tiyatro sanatı için söylemek istersek:

"Tiyatrocu olacak kişi çocukluğundan belli olur" diye de söyleyebiliriz.

İşte böyle bir kişiyle Taksim'deki Gezİstanbul Pastanesi'nde söyleşi yapmak için buluşuyorum.

Senelerdir söyleşi yaptığım tiyatro sanatçılarımızın hemen hemen hepsi ilk sahne tecrübelerini ilkokul sıralarında veya oyuncu olan anne-babalarının arkasında dolaşırken ya kulislerde ya da sahne üstünde edinmişler. Fakat bu sanatçımızın onlardan apayrı bir özelligi var: O, ilk tiyatro tecrübesini 1976 yılında, 9 yaşındayken oyuncu olarak değil de, oyun yazarak edinmiş. Yani, tiyatro sanatına 9 yaşında çocuk oyunları yazarak başlamış.

1979'da da çocuk hakları üzerine yazmış olduğu oyunu Unicef'in bir yarışmasında dereceye girmiş. 1982 yılında kurmuş olduğu "Beş Kafadarlar Çocuk Tiyatrosu" ile dört yıl içinde altı oyun sergilemiş, çocuk parklarında oyunları sergileyerek Türkiye'de bir ilki gerçekleştirmiş.

Tiyatroya 9 yaşında iken çocuk oyunları yazarak başlayan NEDİM SABAN, 1967 İstanbul doğumlu. 1986'da İstanbul Robert Lisesi'ni bitirdikten sonra kazandığı bir bursla A. B. D'de yedi yıl tiyatro, sinema ve televizyon eğitimi alarak New York Üniversitesi'ni yüksek dereceyle bitirmiş. Bitirme tezi olarak sahneye koyduğu "Hizmetçiler ve Hortlaklar" adlı oyunla 1000 yönetmen arasından üç kişiye verilen bir burs kazanarak bir yıl Amerika'nın Berkshire Theatre Festival, Guthrie ve New York Theatre Workshop gibi önemli tiyatrolarında staj yaptıktan sonra 1992 yılında Türkiye'ye dönmüş NEDİM SABAN.

Tiyatro bileti beni heyecanlandırırdı...

1967 İstanbul doğumluyum. Çocuklugumda çok fazla sinema ve tiyatroya götürüldüm. Ailem beni kitaplarla ve edebiyatla içiçe büyüttü. Çok okuyan bir çocuktum. Tiyatro biletlerini görmek bana çok heyecan verirdi. Aydın bir ailede yetiştim. Babam amatörce tiyatro ile ilgilenmiş.

9 yaşında oyun yazmaya başladım...

Seyirci olmamın dışında tiyatro ile ilişkim 9-10 yaşlarında çocuk oyunları yazarak başladı. 1979 yılında, 12 yaşında iken, çocuk hakları üzerine yazmış olduğum bir oyunumun UNİCEF'in bir yarışmasında dereceye girmesi beni çok heyecanlandırdı. Daha sonra da bu oyunumun İstanbul Belediyesi Şehir Tiyatroları'nda oynanması beni daha başka oyunlar yazmaya yöneltti.

15 yaşında kendi tiyatromu kuruyorum...

1982 yılında da, yani 15 yaşında iken "Beş Kafadarlar Çocuk Tiyatrosu"nu kurdum. Dört yıl içinde altı oyun sergiledim ve oynadım. Tiyatroya gidemeyen veya tiyatronun ne olduğunu bilmeyen sokak çocuklarına sokak ve parklarda oyunlar sergiledim. Böylece Türkiye'de ilk defa çocuk parklarında ve sokaklarda tiyatro uygulamasını başlatmış oldum. Yani çocukları tiyatro ile tanıştırıyordum.

Erol Günaydın'ın desteği...

Çocuk yaşlarımdaki yazma ve yaratma isteği, Erol Günaydın'ın desteği olmasaydı sönüp giderdi bende... O senelerde kendisine çok kolay ulaşabilmiştim. Bana Akbank Çocuk Tiyatrosu'nun kapılarını açmıştı. Yazdığım oyunlarımı oralarda oynatabilme fırsatı vermişti bana. Bu yönden bana çok destek vermişti. Erol Günaydın benimle ilgilenmeyip, fırsat vermeseydi, bendeki o heyecan söner, bugünkü seviyemde olmazdım. Şimdi de ben aynı şekilde amatör gençlere aynı olanakları ve fırsatı vermeye çalısıyorum. Ben önce yazar olarak başladım. Daha sonra hem yönettim hem de oynadım. ABD'de yönetmenlik eğitimi aldıktan sonra da daha çok yönetmenliğe ağırlık verdim.

Amerika'da eğitim...

Robert Koleji'nden 1986 yılında mezun olduktan sonra, ailem "madem bu işe başladın, devam etmek istiyorsun, eğitimini al, öyle yap..." dediler. Ve New York Üniversitesi'nde 4 sene tiyatro eğitimi aldım. Bitirme tezi olarak ta "Hizmetçiler ve Hortlaklar" adlı sahneye koyduğum oyunla 1000 yönetmen arasından seçildim ve burs kazanarak, Amerika'nın Berkshire Theatre Festival, Guthrie ve New York Theatre Workshop gibi önemli tiyatrolarında staj yaptım. Çok ünlü yönetmenlerle ve oyuncularla çalştım. İsteseydim orada kalabilirdim. Fakat 1992 yılında geri geldim.

Tiyatrokare'yi kurdum...

Türk Tiyatrosu'nun önemli oyuncularını, dünya tiyatrosunun önemli oyunlarını Türk seyircisiyle buluşturmayı hedefleyen TİYATROKARE'yi Amerika'dan dönünce, 1992 yılında kurdum. İlk projem devlet sanatçısı Macide Tanır'ın tiyatroya dönüş yaptığı Neil Simon'un "Müziksiz Evin Konukları" adlı oyun oldu. Yapımcılığı ve yönetmenliğini üstlendim. Bu oyunla "1992 Avni Dilligil Özendirme Ödülü"nü aldım. Macide Tanır'da "1992 Avni Dilligil Onur Ödülü"nü aldı. 430 kez sahnelendi.

Yönettiğim diğer oyunlardan örnekler...

Tiyatrokare'de ilginç oyunlara imza attım. Komediler, politik oyunlar, kabareler... gibi oyunlar sergiledim. Tiyatrokare'yi tek başıma kurdum. 15 yaşında iken kurduğum Beş Kafadarlar'daki ekip ruhu yoktu artık Türkiye'de. Herkes başka işlerle uğraşmaya başlamışlardı. Oyuncuların çogu televizyon dizilerinde oynuyorlardı. Tiyatroda oynatacak oyuncu bulamaz olmuştuk. Tabii burada televizyonun maddi ve manevi doyuruculuğu vardı. Daha fazla para ve daha çabuk ünlenme...

Tiyatrokare'de Müziksiz Evin konukları, Bahara Uyanış oyunlarının yapımcı ve yönetmenliğini, Oleanna, Cadılar Zamanı, Kendine Ait Bir Oda, Soytarı, Bir Kadın, İki Perde İki Oyun adlı oyunlarının yapımcılığını üstlendim. Ayrıca Salaklar Sofrası, Üç Kadın Bir Çapkın, Oscar ve Profesör Enişte, Hayatımın Oyunu, Polisin Müşterileri adlı oyunlarda oynadım. Şen Makas, Şerefe 20. Yüzyıl oyunları, Salı Ziyaretleri ve geçtiğimiz (2008-2009) sezonda da Babamla Dans, Kim O ve Bu Da Benim Ailem oyunlarını yönettim. Bir de 90'lı yıllarda büyük yankı yapan "Zeki Müren İçin Bir Demet Yasemen" adlı müzikali oyun metnini yazdım ve yönettim. Yönettiğim ve oynadığım oyun sayısı 25'i geçti sanıyorum.

Zeki Müren Müzikali...

Bu proje biraz aceleye gelmişti. Ancak metin olarak çok sağlamdı. "Biz Zeki Müren için ne yapabiliriz?" diye düşünüyorken olay birden basına yansıdı ve büyük yankı yaptı. Toron Karacaoğlu çok doğru bir seçimdi. Ancak teknik olarak Türkiye'de bu tip işler yapmaya maalesef hazır değiliz!.. Türkiye'de tiyatroda teknik tam olarak gelişmiş değil. Zeki Müren Müzikali'nde de çok para harcandı. Fakat teknik yönden çok sıkıntılarımız olmuştu. 80 kişilik bir oyuncu grubumuz vardı. 104 oyun sergiledik. Çok tuttu, beğenildi. Ancak masrafını karşılayamadı. "Zeki Müren'in tacirliği yapıldı" diye eleştirildi. Fakat, örnegin Can Yücel öldüğünde, şiirleri hemen oyunlaştırıldı. Veya Aziz Nesin ölünce, onunda eserleri oyunlaştırıldı. Bu bütün dünyada yapılan bir olay. Bu tacirlik değildir!.. İnsanlar nedense çok bireysel davrandılar. Bu oyundan sonra da Türkiye'de müzikal yapmamaya karar verdim!.. Daha küçük prodüksiyonlar yapıyorum. Şimdilik rejide daha çok heyecan duyuyorum. Reji çalışmalarımı daha da yoğunlaştırmak istiyorum. Örneğin Metin Serezli ile "Kapıcının Ölümü"nü yapmağı arzuluyorum.

Zeki Müren Müzikali'ni bir de oyunda Zeki Müren rolünü oynayan tiyatro sanatçımız Toron Karacaoğlu'ndan dinleyelim:

Toron Karacaoğlu "Zeki Müren Müzikali'ni anlatıyor...

"Zeki Müren Müzikali; Bir Demet Yasemen... Şehir Tiyatroları'nda oynadığım 90'lı yıllarında, emekli olmama yakın bir zamandı. Tiyatro Kare'den Nedim Saban'dan Zeki Müren Müzikali teklifi geldi. Gencay Gürün'de onaylayınca teklifi kabul ettim. Zeki Müren benim çocukluk arkadaşımdır. Aynı mahallenin çocuklarıydık. Ortaokul da aynı okulda idik. Benden bir sınıf üstte idi. Haftanın iki günü ailece mutlaka görüşürdük. Bir araya geldiğimizde konumuz hep müzikaldi. Onu en iyi tanıyanlardan biriydim. Gençliğini oynayacak genç için imtihan açıldı. 150 genç katıldı. Bu müzikal Bodrum'da başladı, Bodrum'da bitti. Anadolu'yu bayağı dolaştık. Bir çok kişi Zeki Müren'in ismini kullanarak ticaret yapıldığını söylediler. Müzikalin ticari yönü düşünülmedi. Ben işin içinde idim, güzel bir müzikaldi. Çok ta başarılı olduk. Turne boyunca dakikalarca alkışlandık. Herkes ağlıyordu. Bu kadar sevilen bir sanatçı görmedim." - Adem Dursun / Yaşamlarını Tiyatroya Adayanlar

Televizyon ve radyo çalışmalarım...

Show Tv'de Saklambaç ve Süper Aile programlarının metin yazarlığını, Atv'de Randevu, Kanal D'de Tartışma Büyüyor adlı programlarının sunuculuğunu yaptım. 1992'de Energy Fm'de Türkiye'nin ilk telefonlu ve canlı talk show'unu sundum. Radyodan sonra da televizyona transfer olan Dr.Stress'i 8 yıl yaptım. Televizyonda çok tutan İkinci Bahar adlı dizide Medet rolünü oynadım.

Ve tatlıcılık mesleği...

Kötü televizyon dizilerinde oynamak istemiyorum. Ancak tiyatromu yaşatmak için de bir şeyler yapmak zorunda idim. Ben de şu anda 90 şubesi olan "TATLICI TOMBAK"ı kurdum. Gişe derdini düşünmediğim için tiyatromda cesur oyunlar sergiliyorum. Sadece İstanbul'da 35 şubem var. Elazığdan Trabzon'a kadar Türkiye'nin her yerinde şubem var. Yani sabahları tatlıcı, akşamları tiyatrocuyum. Severek yapıyorum. Oradan kazandığımı da tiyatroma yatırıyorum.

Ve son oyun Figaro'nun Düğünü...

Beaumarchais tarafından yazılan ve yazılışından 7 yıl sonra kraldan izin alınarak ilk kez 1784 yılında Paris"teki Odeon Tiyatrosu"nda sahnelenebilmiş bir oyun; 'Figaro'nun Düğünü'. İkiyüz yılı aşkın bir süredir onlarca ülkede, yüzlerce tiyatroda, milyonlarca seyirciye ulaşan ve yazıldığı dönemde pek çok kez yasaklanan bu oyun ülkemizde ise en son Şehir Tiyatroları tarafından 80'li yıllarda sahneye konmuş. Yıllar sonra Tiyatro Kedi tarafından tekrar sahnelenmeye başlanan, Napolyon"un, "Yapıtın içinde Fransız Devrimi'nin toplarını duymak mümkün" dediği oyunda aristokrasi eleştirisi mizahi bir dille yapılıyor.

Hakan Altıner"in sahneye koyduğu oyunda ben, Kont, en son 12 yıl önce '3 kadın 1 Çapkın' oyunu ile tiyatro sahnesine çikan Füsun Önal ise Kontes rolünü oynuyor. Figaro"yu Atılgan Gümüş, Suzanne"ı Yeşim Alıç, Cherubin"i Ergün Demir, Fanchette"i Şirin Kılavuz, Basilio"yu Erez Ergin Köse, Marceline"i Sanem İşler ve Tarık Papuccuoğlu oynuyor.

Müzikallerin, kabare oyunlarının ve komedi türündeki sahne yapıtlarının **büyük ustası:**

NEVRA SEREZLİ...

1970'li yıllar; sanıyorum 1971-72 olacak, lise 1 veya lise ikinci sınıftayım. Yaş olarak ta; 15-16.

Hafta sonları iki uğrak yerim var: Ya Beyoğlu İstiklal Caddesi'ndeki tiyatrolar, ya da Kocamustafapaşa semtindeki kışlık sinemalar ve ÇEVRE TİYATROSU.

Sanıyorum benim "sahne tozu"nu yutmaya başladığım yıllar.

Rahmetli Altan Erbulak'lı oyunlar; eşi Füsun erbulak, Metin Serezli ve Nevra Serezli'yi, "Deli Deli Tepeli", "Nalınlar", "Yüzsüz Zühtü" gibi oyunlarda hayranlıkla seyrettim. 80'li yıllarda ise Nevra Serezli'yi Deve Kuşu Kabare'deki muhteşem muzikallerde yine severek izledim. Ayrıca Kemal Sunal ile oynadığı "Zübük", Levent Kırca ile de "Ne Olacak Şimdi" filmlerindeki rolüyle Nevra Serezli'yi unutmak mümkün mü?

İşte, o 1970'li yıllarda yuttuğum "sahne tozu"nu tekrar teneffüs etmek için zaman buldukça tiyatrosuz kalmamaya çalışıyorum. Yaklaşık yirmi beş yıldır yaptığım gazeteciliğimin son on beş yılını daha çok tiyatro sanatçılarımızla söyleşiler yapmaya ayırdım. Şimdi ise yıl 2010'un Ekim'i. 1970'li yıllarda, Nevra Serezli'yi seyrettiğim Çevre Tiyatrosu'na "müptela" olduğum yıl(lar)dan yaklaşık 40 yıl sonra, Büyükçekmece Belediyesi Atatürk Kültür Merkezi'nin kulisindeyim. Karşımda senelerdir hayranlıkla oyunlarını ve filmlerini seyrettiğim değerli oyuncumuz **NEVRA SEREZLİ** var.

Biraz sonra, değerli tiyatro oyuncumuz Cihan Ünal ile beraber "Altı Haftada Altı Dans Dersi" adlı oyunu oynayacaklar. Oyundan önce hem Nevra Serezli, hem de Cihan Ünal ile söyleşi yapacağım.

Gencay Gürün'ün genel sanat yönetmenliğindeki Tiyatro İstanbul, Amerikalı yazar Richard Alfieri'nin "Altı Haftada Altı Dans Dersi" adlı oyununu Yücel Erten'in çevirisi ve Cihan Ünal'ın rejisiyle sahnelemekte. Nevra Serezli ve Cihan Ünal'ın rol aldıkları oyunda, yalnızlığını dansla doldurmak için dans eğitimi almak isteyen yaşlı bir kadın ile yaşamında sorunlar olan "gay" bir dans öğretmenin öyküsü anlatılıyor.

Nevra Serezli, aynı oyunlarında ve filmlerindeki gibi; sıcak ve canayakın bir insan. Hani derler ya; "sanki kırk yıldır tanıyormuş gibicesine"... Kim demişse doğru söylemiş; ben onu kırk yıldır tanıyordum. Sanki onun da beni kırk yıldır tanıyormuş gibi sohbetimiz başladı. Biraz sonra oynayacağı oyundan başladı anlatmaya:

Duygusal ve komik bir oyun...

Amerikalı bir yazarın oyunu. Yaşlı bir kadınla (ben), genç bir dans hocası (Cihan Ünal) arasındaki dostluğun hikayesi. Kendi problemlerini birbirlerine anlatarak çözmeye çalışıyorlar. Aslında yalnızlığın da hikayesi. Kadın dans dersi alıyor ve yalnızlığını bu şekilde paylaşıyor. Çok büyük bir dostluğa, ana-oğul ilişkisine dönüşüyor ilişkileri. Hem komik, hem de acı tarafları var her ikisinin de. Oyunda paylaşım var, dertleşmek var, öfke var. Zaman zaman birbirlerine kızıyorlar; bağırıp çağırıyorlar. Ancak iki dakika sonra yine ana-oğul gibi birbirlerinin ellerini tutup dansa başlıyorlar. Çok duygusal ve komik bir oyun.

Ankara'da doğmuş bir İstanbulluyum...

1944 Ankara doğumlu olmakla beraber İstanbul'da büyüdüm. Birkaç aylıkken İstanbul'un Bebek semtine yerleşmişiz. Bebek İlkokulu'nda okudum. Daha sonra ise Arnavutköy Amerikan Kız Koleji'nde okudum. Hani derler ya şarkıcılar: *"Önce saçfırçasını mikrofon yaparak başladım şarkı söylemeye.."* . Ben de ilkokul sıralarındayken, müsamerelerde mandolin çalar , Santa Lucia şarkısını söylerdim. Aile arasında da aile bireylerini taklit ederek, keyifli bir oyun halinde başladı bende tiyatro merakı. Daha o zamanlar başlamıştım alkış seslerini duymaya. Amcam ve yengem, her ikisi de Ankara Devlet Opera ve Balesi'nde müzisyendiler. Babam çok okuyan entellektüel bir insandı. Annem Ticaret Lisesi mezunuydu. Tiyatro oyuncusu olarak ben, ilkim ailede. Bir araya gelindiğinde edebiyat ve klasik müzik üzerine sohbetler olurdu. Babam sinema meraklısıydı. Filmler üzerine konuşurduk.

Kolej yılları...

İlkokuldan sonra girdiğim Arnavutköy Kız Koleji'nde İngilizcemizi geliştirmek amacıyla sergilediğimiz tiyatro oyunlarında tiyatroya iyice gönül verdim. Ufak tefek çocuk piyeslerinde ezber yapıp sahne üzerinde oynamaktan büyük keyif aldığımı sezinledim. Kolejde geçirdiğim yıllar hayatımın en güzel yıllarıydı; hala özlerim o günleri. Dokuz sene Kolej Tiyatrosu'nda sergilenen oyunların hepsinde oynadım. Edebiyat hocamız İngiliz bir bayandı. Tiyatro eğitimi almıştı. Edebiyatçı

Fahir İz'in eşi Mrs. Dorothy İz'di. Aşırı derecede tiyatro düşkünüydü. Her sene sergilediği üç dört oyunun başrol oyuncusu hep ben oldum. Onunla okul sonrası da buluşarak, İngiliz edebiyatı klasikleri ve tiyatro üzerine sohbet ederdik. O yıllarda bilgi dağarcığım ve oyunculuğum pekişmeye başlamıştı. Her cumartesi tiyatroya gidilirdi; Kenterler ve Dormen Tiyatrosu'nun oyunlarını kaçırmazdık.

"My Fair Lady" müzikali...

Kolej bitirme oyunumuz olan "My Fair Lady" müzikalinde oynadığım rol ile çok beğenilmiştim. 1962 yılında AFS bursunu kazanarak bir yıllığına Amerika'ya gittim. Orada, Copperfield High School'da tiyatro ve modern dans kurslarına katıldım. Beni sene sonu sergilenecek oyunda bir Türk kızını oynamam için seçtiler. Oyunun ismi "Life is a Party" idi. Amerikalı öğrencilerin arasında önemli bir rol vermişlerdi bana. Başarılı bulunmuştum. Bunun üzerine Amerika'da burslu tiyatro eğitimi alabilmek için Türkiye'ye müracat ettim. Maalesef kabul edilmedi. Türkiye'ye, koleje döndüm ve 1965 yılında da koleji bitirdim. Tiyatro okumak istediğim halde devlet kabul etmemişti. Şaşırıp kalmıştım.

LCC tiyatro kursları... Dormen Tiyatrosu...

İstanbul'da LCC diye açılan kursları duymuştum. 1966 yılında LCC'nin tiyatro kurslarına başladım. Değerli hocalar vardı orada: Müşfik Kenter, Haldun Dormen, Yıldız Kenter, Beklan Algan, Ayla Algan, Seyit Mısırlı, Melih Cevdet Anday... gibi. Bir sene boyunca Türk tiyatrosunun bu değerli hocalarından ders aldım. Sene sonunda Haldun Dormen telefon etti ve beni bir oyunda oynatmak istediğini söyledi. Böyle şey filmlerde olurdu ancak, şaşırmıştım. Oyun "Cengiz Han'ın Bisikleti" idi. Bu oyunda oynayan Ayfer Feray rahatsızlanmıştı sanıyorum. Onun rolünü ben oynayacaktım. Yani bu oyunla da profesyonel oluyordum. Sahneyi paylaşacağım usta oyuncular arasında Nisa Serezli, Turgut Boralı, Erol Günaydın, Altan Erbulak vardı. Babama sordum; "Tabii, Haldun Dormen'in tiyatrosunda oynayabilirsin" dedi. 1966-67 tiyatro sezonuydu. Hiç unutmam, "Gül Hanım" rolüydü. Beni kolej bitiminde sergilenen İngilizce oynadığımız "My Fair Lady" müzikalindeki başarılı oyunculuğumu seyreden bir tanıdık Haldun Dormen'e söylemiş. O oyunda çok sükse yapmıştım. Ayrıca Haldun Dormen'inde LCC'den öğrencisiydim. Alaylı sınıfa girenlerdenim. Ancak ben senelerce kendimi sahne üzerinde pişirdim. Kendimle iftihar ediyorum. 1971 sezonuna kadar Dormen Tiyatrosu'nda çalıştım.

AST... Genco Erkal...

Dormen Tiyatrosu'nda oynarken, AST (Ankara Sanat Tiyatrosu)'dan bir müzikalde oynamam için teklif geldi. Genco Erkal ile "Durdurun Dünyayı İnecek Var" adlı müzikalde oynayacaktım. Kabul ettim. Bu müzikal çok tutmuştu. Bu oyunla müzikal oyunculuğumu kabul ettirdim.

Çevre Tiyatrosu...

1971 yılında Altan-Füsun Erbulak, Metin Serezli ve ben Kocamustafapaşa semtinde kendi tiyatromuzu; ÇEVRE TİYATROSU'nu kurduk. Muhsin Ertuğrul'un da bir projesi vardı: Tiyatroyu halkın ayağına götürmek. Biz de bu nedenle orayı seçmiştik; seyircimizin ayağına gidelim diye. Tiyatroların çoğunluğu Beyoğlu'ndaydı. Biz, Çevre Tiyatrosu olarak, Beyoğlu'na turneye giderdik. Çevre Tiyatrosu sekiz yıl sürdü. Bu süre zarfında sergilediğimiz bütün oyunlar kapalı gişe oynamıştı. O yıllar mükemmel yıllardı. Hasan Zengin o tiyatroyu yapmıştı. Düşünebiliyor musunuz? 1970'li yıllarda Kocamustafapaşa semtine bir tiyatro inşa eden bir mütahit. Yıllarca, 1971-78, o tiyatroyu çalıştırdık. Arkamızdan gelenler hep orada tiyatro yaptı. 1977 senesini sonuna kadar, o kötü günlere, silahların patladığı, insanların korkudan çıkamadıkları günlerde kapatmak zorunda kaldık. O yedi sene boyunca hep dolu dolu olduk. Kandemir Konduk'un "Yüzsüz Zühtü" oyunuyla açmıştık sahneyi. Kapılar kırılmıştı seyirci yoğunluğundan. Arkasından "Deli Deli Tepeli" gibi oyunları oynadık. Sayı olarak az oyun oynadık. Çünkü bir oyunu iki sene gibi uzun bir zaman oynuyorduk.

Altan Erbulak...

Sahnede çok keyifli oynayan bir oyuncu arkadaşımızdı. Espri yeteneği müthişti. Çok çabuk algılaması vardı. Nefis karakterlere bürünürdü. Onunla birlikte aynı sahneyi paylaşmak çok keyifliydi. Kulisi de çok hoştu. Füsun Erbulak ta aynı şekilde. Ben, Metin ve Altan-Füsun Erbulak çifti, anlaşan bir dörtlüydük. Politik şartlar olmasaydı belki de aynı tiyatroda oynuyor olacaktık. Çevre Tiyatrosu'nu kapatınca Metin birkaç sene hiçbir şey yapmadı. Altan yine gazetedeki karikatur işine döndü. Ve dağıldık. Benim, kabare ve müzikaller devrim başladı. Daha sonra ise Metin Haldun Dormen'le bulvar komedilerini oynadılar ve çok büyük sükse yaptılar.

Metin Serezli...

Metin ile tanışmam Dormen Tiyatrosu'nda oldu. İlk oyunda Metin'in rolü yoktu. Daha sonra "Aşk" diye bir oyunda beraber oynadık. Absürd bir oyundu. İki kadın bir erkek oynuyordu. Şirin Devrim sahneye koyacaktı. Kadın oyuncu arandı. Bulunamadı. Haldun Dormen'de "Nevra oynasın" demiş. Metin ise "biraz genç kalır" demiş. Haldun Dormen "becerir" demesi üzerine, Metin "saç ve makyajla idare eder" cevabını vermiş. Şirin Devrim'in kabul etmesi üzerine provalara başlamıştım. Metin'le tanışmam bu oyunda oldu. "Aşk" adlı oyun, "bizim aşkımızın oyunu" oldu çıktı. Metin'in sahnede değil de, sahne gerisindeki duyarlılığı ve kişiliği beni çok etkiledi. Metin çok yakışıklı bir insan. O yıllarda da hep genç kızların beğendiği, hayran olduğu bir sanatçıydı Metin Serezli. O zamanki şöhretinin de oyunculuğunun da zirvesindeydi. Görsel olarak ta etkilemişti beni. Tanıdıkça daha çok sevmek ve aşık olmak ayrı bir şey. Güzellik geçici. Yıllar sonra hala kişiliğine aşıksanız, o "Aşk ölür evlilik kalır", "Aşk kısa sürelidir" lafları havada kalır. Çünkü onun kişiliğine aşıksınız; o hep kalıcıdır.

Ve müzikaller...

Benim ilk müzikal oyunum koleji bitirme oyunu olan "My Fair Lady" müzikalidir. Daha o zamanlar bu müzikal ile etrafımda tanınmıştım. Daha sonra ise 1966-67 sezonunda AST için Genco Erkal ile "Durdurun Dünyayı İnecek Var" adlı müzikalde oynamıştım. Çevre Tiyatrosu'nu kapattıktan sonra Kastelli Vakfı ile "Geceye Selam, arkasından Egemen Bostancı ile "Hisseli Harikalar Kumpanyası", "Şen Sazın Bülbülleri" geldi. Sonra dört sene Devekuşu Kabare'de "Şahane Züğürtler" ve "Çılgın Sonbahar" ve 1996 yılından bu yana da

Tiyatro İstanbul'da oynuyorum. Burada da oynadığım son oyunlar: Altı Haftada Altı Dans Dersi, Sylvia, Acaba Hangisi? ve Çetin Ceviz...

"Nevra Serezli, Türkiye'nin en iyi oyuncularından biridir. Harika müzikal yeteneği vardır. Bence, müzikaller için 'biçilmiş kaftan'dır. Kendisiyle "Hisseli Harikalar Kumpanyası", "Geceye Selam", "Yolun Yarısı" gibi müzikallerde beraber çalıştım. Çok keyif aldım. Kendisiyle yeniden müzikallerde beraber çalışmak isterim." Haldun Dormen'le yaptığım bir telefon konuşmasından alıntı. (Adem Dursun)

Ödüller...

"Çılgın Sonbahar" oyunuyla "En Başarılı Kadın Oyuncu Ödülü" ve "Türk Dil Kurumu Ödülü"

Avni Dilligil En Başarılı Kadın Oyuncu Ödülü ve Ankara Sanat Kurumu En İyi Kadın Oyuncu Ödülü,

Kültür Bakanlığı En İyi Kadın Oyuncu Ödülü, Rotary ve Lisons Ödülleri...

Film çalışmalarım...

Kemal Sunal ve Şener Şen ile birkaç filmde oynadım. Sinemadan da keyif aldığım söylenebilir. Ancak bugün geriye dönüp baktığımda; "Zübük" ve Levent Kırca ile çevirdiğim "Ne Olacak Şimdi" filmleri hariç, çok güzel oynadım diyebileceğim filmler olmadı. Benim Türk sinemasında şimdi oynayabileceğim filmler olmalı diye düşünüyorum. Olgun kadın rolleri, anne rolleri, daha dramatik roller... gibi. Tiyatroda ve dizide komedi oynamayı çok seviyorum. Ancak, sinemada daha ağır rollerde, daha dramatik oynamayı isterim. Bu benim içimde ukde kalmış bir şey. Tiyatroda otomatikman hepimiz komedi oynadığımızdan, dram ağırlıklı, klasik rolleri fazla oynayamadık.

Oynadığım tv dizileri ve filmler...

Altın Kızlar, Sevgili Dünürüm, Unutulmayanlar, Mühürlü Güller, Sihirli Annem, Anne Babamla Evlensene, Vay Anam Vay, Melek Karım, Kadınlar Kulübü, Kılıbık, Renkli Dünya, Zübük, Ne Olacak Şimdi, Şıpsevdi, Özgürlüğün Bedeli, İntikam Meleği, Saffet Beni Affet, Sonradan Görmeler, Ekran Aşıkları, Önce Canan, Kavanozdaki Adam, Şendul Şaban, Aşık Oldum, Atla Gel Şaban, Metres, Dönme Dolap, Bülbül Ailesi, Ahududu, Aman Karım Duymasın... gibi.

Sanatçı sorumluluğunun bilincinde olan Oyuncu - yönetmen - yazar

NURİ GÖKAŞAN..

Geçtiğimiz tiyatro sezonunda yapmış olduğum "İstanbul Söyleşi Turu"mda, Berlin'e döneceğimin son gününde, Bakırköy Yunus Emre Kültür Merkezi'nde "Leyla'nın Evi" adlı müzikal oyunu seyrettim.

Zülfü Livaneli'nin aynı adlı eserinden Zeynep Avcı'nın sahneye uyarladığı bu güzel oyunun yönetmeni ise Nedim Saban. Bir tiyatrokare prodüksiyonu olan bu oyunda rol alan değerli sanatçılar:

Celile Toyon, Ayça Varlıer, Onur Bayraktar, Nuri Gökaşan, Volkan severcan, Melda Gür, Bülent Seyran, Ethel Mulinas, Meral Asiltürk ve İsmail Karaer. Maalesef oyunculardan Onur Bayraktar'ı, ben oyunu seyrettikten bir hafta sonra bir trafik kazasında kaybettik. Genç yetenekli oyuncu, yazardı da aynı zamanda; ışığı ve alkışı bol olsun.

Nedim Saban, Livaneli'ni bu güzel romanını çok güzel sahneye aktarmış.

Başta usta oyuncu Celile Toyon, Nuri Gökaşan, Volkan Severcan, rahmetli Onur Bayraktar, Melda Gür ve Ayça Varlıer'in oyunculuklarına sinemasal efektler de eklenince çok güzel bir oyun ortaya çıkmış.

Toplumsalcılıktan bireyselciliğe doğru giden günümüzde, bireyden toplumsalcılığa gidilmesi gerektiğinin gösterildiği "Leyla'nın Evi"ne konuk olmuş olmam beni çok sevindirdi. Böyle değerli bir romanı Türk edebiyatına kazandırdığı için Livaneli'ye, bu oyunu sahneye uyarlayan Zeynep Avcı'ya, yöneten Nedim Saban'a ve değerli Türk tiyatrosu oyuncularına teşekkür ederim.

Oyunun konusu üzerine Nedim Saban şunları söylüyor:

"Leyla'nın Evi, Tiyatrokare olarak, bir buçuk yıldır düşlediğimiz, aşk yaşadığımız, seyirciyle buluşturana kadar çok emek verdiğimiz bir proje! Leyla'nın Evi, İstanbul'un talan edildiği, rantiyelere, çetelere peşkeş çekildiği, çocukluğumuzun sinemalarının, manolya bahçelerinin, tozlu sahaflarının kitapçılarının yok olduğu bir dönemde, Kültür Başkenti'nde sadece bizim oynadığımız bir oyun değil, bize oynanan oyunları da simgeliyor."

Değerli önderimiz Atatürk'ün kurduğu Türkiye Cumhuriyeti'nin her gün dinamitlendiği, Cumhuriyet ilkelerinin bir bir yok edilmeye çalışıldığı, özgür ve bağımsız düşünen gençler yerine, din dogmalarıyla yetişen dindar bir gençliğin yetiştirilmeye çalışıldığı, sanat eserlerinin tu kaka sayıldığı, aydınlarımızın teker teker hapislerde konuk (!) edildiği şu son günlerin inadına, söyleşi yaptığım usta oyuncu **Nuri Gökaşan**'ın şu cümlesiyle söyleşime başlamak istiyorum:

Bizler Cumhuriyet ilkeleriyle büyütüldük!..

1950 Ankara doğumluyum. Hayatımın neredeyse tamamına yakını Ankara'da geçti. Ailemde benden başka tiyatrocu yoktu. Ancak ailede müzikle uğraşanlar vardı. Amcam keman çalardı, ablam ise müzik korosundaydı. Bizler Cumhuriyet döneminin memur çocukları olarak Cumhuriyet ilkeleriyle büyütüldük. Evimizde tiyatro, sinema ve edebiyat konuşulurdu. Çok okuyan bir ailede yetiştim. Bir de okuduğum okullardaki öğretmenlerimiz bizleri tiyatroya ve müziğe yönlendiriyorlardı.

Tiyatroya gönül vermem...

1960'lı yılların sonlarıydı; 19 yaşındayım. O zaman Hanif Tiyatrosu vardı. Bu tiyatroda Ayberk Çölok, Elif türkan Çölok, Mümtaz Sevinç gibi usta oyuncular vardı. Vasıf Öngören'in Almanya Defteri adlı oyununu oynanıyordu. Oyun, Almanya'ya giden vatandaşlarımızın durumlarını anlatıyordu. Bunun dışında Asiye Nasıl Kurtulur? gibi Brecht'in Epik tiyatro anlayışını sahneleyen oyunlar da oynanıyordu. İşte ben, bu sanat değeri olan oyunları devamlı seyrederek sevdalandım tiyatro sanatına. O kadar sık seyrediyordum ki, sahneler ezberimdeydi. Ayberk Çölok rahmetli oldu, çok usta bir oyuncuydu. Onun üzerinden tiyatro ile sevgi bağı kurdum.

Seyirci olarak oyunu ezberlemiştim...

Seyirci olarak "Almanya Defteri" adlı oyunu her seferinde seyrediyordum. Kulise de devamlı girip çıkıyorum. O ara Ayberk Çölok, Mümtaz Sevinç'in imtihanı nedeniyle Konya turnesine gidemiyeceğini, onun rolünü ezberlememi bana söyledi. Ben uçuyorum sevinçten. Rol zaten hemen hemen ezberimdeydi. Ayberk Çölok tamirciyi oynuyordu, Mümtaz'da çırağı ve oğlu rolündeydi. Yalnızca bir oyun için hazırlandım. Sonra Mümtaz yine devam edecekti. Ama rahmetli can arkadaşım Mümtaz, sınavı erteleyip Konya turnesini bana kaptırmadı.

Çok kızmıştım...

Mümtaz'ın rolünü bir kere de olsa oynayacağım diye çok sevinmiş, rolümü iyi ezberlemiştim. Ancak Mümtaz imtihanı erteleyip turneye gideceğini söyleyince çok kızmıştım. İyiki de öyle olmuş. Ben onlara kızıp, bir vodvil ustasının yanında aldım soluğu; Orhan Erçin'e gittim. Müthiş bir ustaydı. Vodviller, farslar, bulvar komedileri yapardı. Tiyatronun bu tarzını bu ustanın yanında öğrendim. Orhan Erçin, çok usta, Dar-ül Bedayi (Şehir Tiyatrosunun eski ismi. A.D.)'den bir hoca idi. Onun tiyatrosuna gittim. O bana "hemen gel başla" dedi. Tabi dünyalar benim oldu; çok sevinmiştim. Fakat ertesi günü gittiğimde elime teksti verip "sufle yapacaksın!.." (oyunculara, izleyicilere duyurmadan söyleyecekleri sözü ve cümleyi fısıldamak. A.D.) dedi. Perde çekmek dahil, tiyatronun bütün mutfağında bana iş verdi. Oysa ben, hemen sahneye çıkıp oynayacağımı sanıyordum; hiç te öyle olmadı. Ustanın yanında usta-çırak ilişkisi içinde dekor boyamak, duvar kağıdı yapıştırmak dahil her bölümde çalıştım, öğrendim. Bana her şeyi öğrettikten sonra beni sahneye itti. Onun yanında 6 yıl çalıştım. Onun için Orhan Erçin benim ustamdır.

Çağdaş Sahne ve AST...

Orhan Erçin'den sonra Çağdaş Sahne'ye geçtim. İlerici, devrimci oyunlar sahneliyorduk Çağdaş Sahne'de. Sonra AST, sonra da kendi tiyatrom "Yeni Tiyatro"yu açtım. Sonra İstanbul maceram başladı; Haldun Dormen'le çalıştım. Arkasından Gencay Gürün Tiyatro İstanbul, Tiyatro Kedi, DAT Yapım ve Bakırköy Belediyesi gibi tiyatrolarda çalıştım. Hemen hemen çalışmadığım tiyatro kalmadı diyebilirim.

Yeni Tiyatro...

Metin Coşkun, Ayhan Önem, Ercan Demirel ve Bülent Yıldıran'la birlikte kurduğumuz tiyatroya "Yeni Tiyatro" adını verdik. Adını "Yeni Tiyatro" koymak Nesrin Kazankaya' (ilk oyunumuz ADA'nın yönetmeni) nın fikriydi; hepimiz beğendik ve onayladık. Niçin Yeni Tiyatro? Türkiye'de hiç oynanmamış oyunları bulup getirip oynamaktı maksadımız. Nitekim de öyle oldu. İlk oyunumuz Athol Fugard'ın Ada adlı oyunuydu. Bu oyunda oynadığım rolümle; 1987-1988 sezonunda Türk Sanat Kurumu En İyi Erkek Oyuncu Ödülü'nü aldım. Arkasından Türkiye'de yine hiç oynanmamış bir oyun olan Manuel Puig'in "Örümcek Kadının Öpücüğü" oyununu sahneledik. Ve Aziz Nesin'in "Çiçu" adlı oyununu Metin Coşkun oynadı. Kadromuzda Metin Coşkun, Ali Gül, Haldun Boysan, Orhan Aydın, Billur Kalkavan... gibi oyuncular vardı.

Hedef hiçbir zaman 'popüler oyunlar' olmadı!..

Gerçekçi oyunlar oynadığınızda çok geniş kesime ulaşamıyorsunuz. Derdi olan insanlara ancak gidiyorsunuz. Onların da sayısı az; bir Cumhuriyet gazetesinin tirajı gibi... Popüler oyunlar oynama sevdasında olmadık hiçbir zaman. Biz mesaj verme, seyirciyi geliştirme, değiştirme, seyirciyi iyiye, doğruya yöneltme erkinden ayrılmadan kendi çizgimizde oyunları seçmeyi tercih ettik. Seçtiğimiz oyunların hepsi toplumcu, gerçekçi oyunlardı. Biz işin kolayına kaçsaydık, hani gişe dönsün diye, popülist yaklaşımla oyunlar oynasaydık, belki daha fazla seyircimiz olurdu. Ancak biz tercih etmedik, hala da tercih etmiyoruz.

İstanbul'da AST'ın devamı...

1997 yılında AST'da iken emekliye ayrıldım. AST'dan sonra İstanbul'da oynamaya başladım. Umarım İstanbul'da da AST'ın bir devamını yapmayı başarırız. Çünkü İstanbul'da AST'dan bir çok arkadaşımız var; Rutkay Aziz, Cezmi Baskın, Salih Kalyon, Altan Erkekli, Altan Gördüm, Vahide Gördüm, Metin Coşkun, Celile Toyon... gibi. AST'ın o ilerici, toplumu ileriye, doğruya, toplumu aydınlatan, onları yönlendiren bir tiyatro olmayı İstanbul'da da devam etmeyi sürdürürüz. AST'ı Ankara'da genç arkadaşlarımız devam ettiriyorlar. Bizler de AST'dan elimizi ayağımızı çekmiş değiliz. Her zaman oyuncu ve yönetmen olarak yardıma hazırız. AST bir ekoldür. Oyuncuları da şuurlu bir gruptur. Her zaman bir araya gelebiliriz.

Yazarlığım ve yönetmenliğim...

Zaman zaman oyunlar yönettim ve yazdım da. İlk yazdığım oyun "Adam Adam"dır. 4-5 tane de çocuklar için oyun yazdım. İlk oyunum "Adam Adam"ı yurtdışında çok oynadım. Berlin hariç, Almanya'nın birçok şehrinde oynadım. Tek kişilik bir oyunumdur. "Belden Aşağı Tesellisi", üç kişilik, özel tiyatro sorunlarını aksettiren bir oyunumdur. Bu her iki oyunda hem sistemi, hem içinde bulunduğumuz sosyal ilişki örgüsünü, hem de bu örgünün sistemle olan çatışmasını irdeleyen toplumcu oyunlardır. "Adam Adam" Avrupa'da çok ses getirdi. Behiç Ak'ın "İki Kişilik Şehir" oyununu yönettim. Elliden fazla oyunda oynadım. Televizyona eğlence programları için skeçler yazdım. Sinema filmlerinde oynadım: Serçe, Kod Adı Kaos, Hacı, Savcının Karısı, Organize İşler, Vizontele Tuuba, Baldız Geliyorum Demez, Pembe Patikler, Samyeli, Cumhuriyet, Abdülhamit

Düşerken... gibi. Çok sayıda dizide ve reklam filmlerinde oynadım. Belgesellerde oyuncu ve dublaj sanatçısı olarak görev yaptım. Beş müzikalde rol aldım. Atları da Vururlar, Haldun Dormen'in Anfitron 2000, yine Haldun Dormen'in Hisseli Harikalar Kumpanyası, Dün Gece Yolda Giderken Çok Komik Bir Şey Oldu ve Cahide müzikali.

Ankara Tiyatro Fabrikası...

ANKARA TİYATRO FABRİKASI, 2002 yılında ANKARA SANAT TİYATROSU'ndan ayrılan bir grup tarafından kuruldu. Kurucuları YILMAZ DEMİRAL, MURAT DEMİRBAŞ VE HAKAN GÜVEN'dir. Toplumcu, gerçekçi oyunlar oynamaya çalışmaktadırlar. Başarıyla bir on yılı devirmişlerdir. Belki de yurtdışına en fazla turne yapabilen Türk tiyatrosudur. Ben bu tiyatroyla da rejisör ve oyuncu olarak zaman zaman çalıştım. Bu sene benim yazdığım BELDEN AŞAĞI TESELLİSİ adlı oyunumu prova ediyorlar. Bu oyunlada nisan ayında yurtdışına çıkacaklar. BELDEN AŞAĞI TESELLİSİ adlı oyunum ADAM ADAM'dan sonra yazdığım ikinci oyunum. Üçüncü yazdığım oyunun adıysa YİRMİBİR. Şu sıralar bitirmeye çalıştığım son oyunumun adıysa İKİ TELLİ YÜKSEK RANDIMAN STÜDYOSU. ORMANDAKİ TELEVİZYON, ESKİ DEĞİRMEN, AĞAÇLARIN DANSI, BÜYÜK YEŞİL TATLI SİRK VE CUMHURİYET DESTANI adlarıyla yazdığım çocuk oyunlarım da var.

Türk tiyatrosu üzerine...

Dünyada bütün ülkelerde tiyatro seyirci sorunu yaşıyor. Sinemayla mücadele edemez hale geldi. Almanya, ingiltere dahil hepsinde ortak sorun seyirci sorunu.

Fakat bu Türkiye'de biraz daha fazla. Dışarıdan birtakım ajanlar gelip te; "şu Türk tiyatrosuna ne yapalım da ortadan kaldıralım, mahvedelim!.." gibi bir çalışma içinde olmadılar. Her ülke kendi kültür politikasını kendisi yapmalı!.. Bugün Türkiye'nin elinde hala çağdaş anlamda, olimpik bir tiyatro yok. Olimpik'ten kastım; teknik ve bina donanımı itibariyle bir tiyatro binamız yok. Bu eksiklikler yanlış politikaların ürünüdür. Kültür Bakanlığının tiyatrolara yaptığı yardıma da karşıyım. Yardımın yapılacağı tarihlerde bu yardımı alabilmek için bir anda Ankara'da 60 tane tiyatro ortaya çıkıyor. Boşa giden bu paralara yazık!.. Başka yöntemler bulunmalı. Bu yöntemlerin ne olması gerektiğini defalarca söylemeye çalıştım. Bölge tiyatrolarında sanatçı istihdam etmenin de doğru olmadığı kanatındayım. Çünkü oradaki genç oyuncular çalışamıyorlar; yalnız kalıyorlar. Halbuki bölge tiyatroları o bölgenin insanlarıyla yapılırsa anlamlıdır. Bölge tiyatrosu kurun, ancak oraya bol bol turne yapın. Oraya sanatçı istihdam etmenize gerek yok. Diyarbakır'da Diyarbakırlı gençlerimizin, Van'da Vanlı gençlerimizle tiyatro yapın. Her bölgenin kendi insanlarıyla tiyatro yapın, sanata katkıda bulunun, onlara sanatı sevdirin. O zaman başarılı olunacağı kanatındayım. Kültür politikalarımızı da beş yıllık, 0n yıllık planlarla yapmak zorundayız. Kültür politikaları plansız, programsız olmaz!..

Anne'sinin zoruyla konservatuar eğitimi yapan, Türkiye'nin "PERİHAN ABLASI"

PERRAN KUTMAN...

Senaryosunu Gani Müjde'nin yazdığı, Aydın Bulut'un yönettiği, 1918-1923 yılları arasındaki İşgal altındaki İstanbul'un işgali sırasında bir semtte yaşananların mizahi dille anlatıldığı **"Deli Saraylı"** dizisinin çekildiği köşke gitmek için erkenden Büyükada vapuruna bindik. Bir gün önce dizide oynayan **Ani İpekkaya** ile evinde söyleşi yaptım. Bugün için dizinin usta oyuncularından, Türkiye'nin **"Perihan Ablası" Perran Kutman**'la söyleşi yapmak için sözleştik. Bu kolay olmadı tabiki... Eğer söyleşi yapacağınız sanatçı bir dizide oynuyorsa yandınız... belli bir gün ve saat için randevu alabilmeniz "Allaha kaldı" demektir!.. Bunun acısını daha önceki söyleşi turumdan biliyorum. Arif Erkin ile belli bir gün ve saat belirleyebilmek için sağolsun Arif Hoca neler yapmamıştı, ne çareler aramıştı. Güç bela söyleşi yapabilmiştim kendisiyle. Aslında Ani İpekkaya ile de söyleşiyi dizinin çekildiği Büyükada'daki sette yapacaktım. Ancak olmadı, ayarlayamadık. Mecburen çekiminin olmadığı gün evinde söyleşi yaptım. Vapurdan ine inmez, dizinin çekildiği köşkü bulabilmek için ilk rastladığımız adalıya "Deli Saraylı" dizisinin çekildiği köşkü soruyoruz. Hemen nasıl gideceğimizi tarif ediyor. Bu arada hazır buraya gelmişken biraz Büyükada'yı anlatayım sizlere:

Büyükada, çam ormanları, kır kahveleri ve faytonlarıyla İstanbul'un yanıbaşında bambaşka bir dünya. Adaların İstanbul'a hem en uzak, hem de en büyüğü olan

Büyükada, vapurdan iner inmez tarihi iskelesi ve büyük çarşı meydanıyla kucaklıyor sizi. Sol tarafta adanın ünlü balık lokantaları. Sağ tarafta ise çay bahçeleri. İskeleden gözüken, tam karşınızda ise tarihi saat kulesine giderken sağlı sollu birahaneler ve cafeler. Adanın tek ulaşım aracı faytonların durağı ise saat kulesinin sağ tarafında yer almakta. Fakat biz yürümeyi tercih ettik.

Köşke giden yokuşu (her yol yokuş zaten) çıkmaya başlıyoruz. Dizide Perran Kutman, Çetin Tekindor, Ani İpekkaya, Cüneyt Türel, Köksal Engür, Engin Alkan, Melis Birkan, Özge Özpirinççi gibi oyuncular var. 2010 Eylülünde başlayan bu güzel dizi maalesef 13 bölümden sonra yayından kaldırıldı.

Ve köşkü buluyoruz. Köşkte bir telaş var. Bahçesinde çekim yapılıyor. Sessiz olunması için komuta veriliyor. Çekim başlıyor. Kenardan sessiz bir şekilde köşkün ana giriş kapısına doğru gitmeye çalışıyoruz. O arada bir yetkili gelip ne istediğimizi soruyor. Perran Kutman'la söyleşi için randevumuz olduğunu söylüyoruz. Perran Hanım'ın içerde sette olduğunu, çekime ara verildiğinde kendisine geldiğimizi haber vereceğini söylüyor. Böylece içerde de çekim olduğunu öğreniyoruz. Bu arada bize ne içeceğimiz soruluyor. Çay rica ediyoruz. Çaylar hemen geliyor. O arada içerden Osmanlı kıyafetleriyle oyuncular sigara içmek için zaman zaman dışarıya çıkıyorlar. Selamlaşıyoruz. Bir ara Çetin Tekindor da sigara molası için çıktığında kendisiyle tanışıyorum. Onunla da söyleşi yapma isteğimi dolaylı yoldan anlatmaya çalışıyorum. Prensip olarak kimseyle söyleşi yapmadığını belirtiyor. Kendisine takdim ettiğim "Yaşamlarını Tiyatroya Adayanlar" kitabımı imzalamam için benden ricada bulunuyor. Usta bir oyuncunun karşısında elim titreyerek kitabı imzalamaya çalışıyorum. Derken Perran Hanım dışarı çıkıp yanımıza geliyor. Heyacanım daha da artıyor. Hemen sohbete başlıyoruz. Dışarıda beklettiği için özür diliyor. İçerideki çekime yemek molası için ara verildiğinde hemen söyleşi yapacağımızı, o zamana kadar da dışarının biraz serin olduğundan içeri, ikinci kata çıkabileceğimizi söylüyor. Ve içeri, çekimin yapıldığı setin kenarından geçerek yukarıya çıkıyoruz. Bu ara çaylarımız da tazeleniyor. Çekimi, sadece gelen seslerden takip edebiliyoruz. Yaklaşık yarım saat sonra Perran Hanım yukarı çıkıyor. Beklettiği için tekrar özür diliyor. Söyleşimizin başlayacağını tahmin ederek sesalma cihazımın kırmızı düğmesine basıyorum...

İçine kapanık bir çocuktum...

1949 yılında İstanbul'un Aksaray semtinde doğmuşum. Ailede tiyatro ile uğraşan yoktu. Ancak bayağı komik bir ailenin içinde büyüdüm ben. Babaannem, o dönemin keman çalan bir hanımefendisiydi. Aile kendi içinde komikti. Birbirlerine espiriler yapan bir aileydi. Bense tam aksine, çok içine kapanık bir çocuktum. Ve de çok yalnız büyüdüm. Terbiyem bozulmasın diye kimselerle görüştürmezlerdi beni. Ben tektim, yani uzun yıllar ailenin tek çocuğu idim. Daha sonra, babamın ikinci evliliğinden kardeşim olduğunda ben 16 yaşında idim. Dolayısıyla 16 yaşına gelinceye kadar ailenin içinde tek çocuk olduğum için halalar, dayılar ve yengeler tarafından bayağı şımartılmıştım. Yaşıtım da olmadığından çok yalnızdım. Onun için masa bacaklarıyla filan konuşuyor, onlarla dünyamı kuruyordum. Tavuk ve kuzum da vardı yalnızlığımı benimle paylaşan. Kuzum benden nefret ederdi. Çünkü devamlı onun burnunu silerdim. Ben hep onlarla oynamak zorunda kaldım.

Annemin zoruyla konservatuar eğitimi...

Mesela odada tek başıma iken üç kişiyi, kendi yazdığım hikaye çerçevesi içinde konuştururdum. Hatta annemin arkadaşları bizdeyken, sesleri duyunca "içeride temizlikçi kadınlar mı var?" diye sorduklarında, annem "hayır kızım kendi kendine konuşuyor içeride" cevabını vermiş. Annem bendeki bu oyunculuğun farkına varınca konservatuara gitmem için ısrar etti. Babamla ayrıldıklarında ben sekiz yaşlarında idim. Babamla ayrıldıktan sonra da iyi arkadaş olduklarından, babam annemin beni konservatuara göndermesine karşı çıkmayıp kabul etmiş. Benim ise hiç te konservatuara gitmek gibi bir isteğim ve düşüncem olmamıştı. Annemin zorlamasıyla konservatuar imtihanlarına girmiştim. Nedense ben hep minübüs şöförüyle evlenmek istiyordum. Onun akşam iş dönüşü eve getireceği bozuk paraları saymaktı benim hayalimde olan.

İlk konservatuar imtihanını kazanamadım...

Annemin isteği ve zorlamasıyla Ankara Konservatuarı giriş imtihanlarına başvurdum. Babam oraya götürdü beni. İmtihanda koskoca bir sahne üzerinde idim. Spotları da görünce ben afallamıştım. İsmimi sordular; cevap yok. Üç defa sordular, ben bir türlü ismimi hatırlayamıyorum. Eh onlar da, ki aralarında Cüneyt Gökçer varmış, hatırlamıyorum, "ismini hatırlayamayan kişiden tiyatro oyuncusu olmaz!" diye düşünmüş olmalılar; imtihanı kazanamadım. İkinci kez İstanbul'da girdiğim imtihanda ilk önce ismimi söyledim; olur da yine unuturum diye. Jüride Yıldız Kenter var. Bir şiir, bir dram bir de tirad ezberlemek gerekiyordu. Sultan Gelin'i ezberlemiştim. Bir de ikinci oynamam gereken oyun Antigone'dendi. "Evet çirkinim" diye başlıyordu. İsmimi hemen söyledim. Arkasından tirada başladım. "Ben çirkinim" dedim gerisi bir türlü gelmiyor aklıma. Donup kaldım. Yıldız Kenter söylediğimi tekrarladı "evet kızım gerisi" bende yine ses yok. Başka ne ezberledin? Diye sordu Yıldız Hanım. "Sultan Gelin" dedim. Ben iki rolü de ezberlemiştim. Bir oraya bir buraya geçerek her iki rolü de oynamaya başladım. Yüzümdeki örtüyü de bir yukarıya bir aşağıya indirip kaldırıyordum. Jüridekiler ayaklarını yere vurarak gülüyorlardı. Şiir kısmındada "Han Duvarları"nı ezberlemiştim. 32 sayfalık uzun bir şiirdir. Birkaç satırdan sonra Yıldız Hanım durdurdu. Yoksa diğer imtihana gireceklere vakit kalmayacaktı. Sınavı da kazanmıştım böylece.

Doğduğum Aksaray semti...

Ben İstanbul'un Aksaray semtinde büyüdüm. Büyüdüğüm semte çok şey borçluyum. Çok parlak, çok güzel insanlar ve tipler vardı. Farkında olmadan gözlemleyip, arka tarafa atmışım o tiplemeleri, ki benim yaşıtım veya benden büyük olan sanatçılarımızdan bazılarıyla aynı muhitte büyüdüm. Metin Akpınar, Gazanfer Özcan gibi... Aksaray çok sanatçı yetiştirmiştir.

Hocalarım ve sınıf arkadaşlarım...

Benim konservatuar öncesi sahne tecrübem hiç olmadı. Yukarıda da belirttiğim gibi; çok içine kapanıktım. Bu yüzden de konservatuar bana çok zor gelmiştir. Hiç istemediğm okul olmuştur. Ancak girdiğimden itibaren de konservatuarın en iyi öğrencisi oldum. Çok çalışkandım. Hocalarım arasında Yıldız Kenter, Seyit Mısırlı, Melih Cevdet Anday, Sabahattin Kudret Aksal vardı. Bir de Ahmet Kutsi Tecer'e yetiştim. Ancak benim başladığım sene vefat etti. Dönem arkadaşlarımdan Erdal Özyağcılar, Güzin Özyağcılar vardı. Diğerleri bıraktılar tiyatroyu. Ali Poyrazoğlu filan bizden iki sınıf büyüktüler.

İlk oyunum KURBAN...

Konservatuar eğitimim sırasında, 1966'da Gülriz Sururi-Engin Cezzar Tiyatrosu'nda Kurban oyununda koroda bir rolüm vardı. Kara çarşaf ve maskeliydim. Tanınmıyordum bile. Çünkü yüzüm gözükmüyordu. Sözüm bile yoktu. 1967'de İstanbul Belediyesi Konservatuarı Tiyatro Bölümü'nden mezun olduktan sonra da Ulvi Uraz Tiyatrosu'nda başladım oynamaya. 16-17 yaşlarında idim.

Ulvi Uraz...

Kendisini sevgi ve saygıyla anmak isterim. Çok iyi bir hocaydı. Mesleğe saygıyı, sahne tahtasına ve kostüme saygıyı ondan öğrendim. Kostüme saygı çok önemlidir. O zamanlar şimdiki gibi temizleyiciler yoktu. Kostümlerimizi çok iyi korumak zorunda idik. Özel tiyatro, ödenekli değil ki, birileri seni giydirsin. Adım adım Anadolu'yu dolaştık. 17 yaşında idim. Adım adım Anadolu'yu dolaşırken ülkemi öğrendim.

Orhan Kemal sahnede...

Orhan Kemal'in "İspinozlar"ını oynuyorduk. Boğaz Köprüsü yoktu o zaman. Vapurla geçiliyordu karşıya. Oyuncularımızdan Zati Özgüler Üsküdar'da otururdu. Aksaray Küçük Opera'da oynuyoruz. Lodos olduğundan Zati Özgüler oyuna gelememişti. Fırtınadan dolayı vapurlar çalışmıyordu. Kadroda eksiklik oldu. Orhan Kemal o gün külise gelmiş sohbet ediyordu. Uraz'ın çok iyi arkadaşıydı. Ulvi Hoca "Orhan, başka çaremiz yok, sen oynayacaksın" dedi Orhan Kemal'e. Orhan Kemal çok heyecanlandı. Titremeye başladı. "Nasıl olur, ben nasıl oynarım" diye cevap verince, Ulvi Hoca "Merak etme, biz seni idare ederiz" dedi. Ve Orhan Kemal o gün bizle beraber oynadı.

Nisa Serezli...

Ulvi Uraz Tiyatrosu'ndan sonra 1969'da Nisa Serezli - Tolga Aşkıner'le aynı sahneyi paylaştım. Her ikisi de çok candan, çok güzel insanlardı. Ne kadar acı ki, hep "ışıklar da yatsınlar" demek zorunda kalıyoruz bu değerli, bu yeri doldurulamayacak insanlar için. Nisa Serezli ile çok mutlu çalıştım. Hatta "Cennetlik Kaynana" adlı bir oyunda beş dakikalık çok kısa bir rolüm vardı. Seyirciden Nisa'ya mektuplar gelirdi. Tabii o zaman şimdiki gibi email olayı yoktu. Gelen mektuplarda "O kızın hakkı yeniyor! Siz mi mani oluyorsunuz daha uzun rolü olmasına, kıskanıyor musunuz?" diye tepki veriyorlardı. O kız dedikleri de bendim. Daha tanınmıyordum. Sadece "o kız" diye adlandırılıyordum. Çok gülüyorduk o mektuplara.

Müjdat Gezen'le çalışmalarım...

1980 yılında Müjdat Gezen'le ortaklaşa Miyatro'yu kurmuştuk. Sahneye çıkıp şov da yapıyorduk beraber. Ancak o ara ihtilal dönemi olduğundan sokağa çıkma yasağı vardı. Tiyatromuzu kapatmak zorunda kalmıştık. Sonra Müjdat Gezen'le 1987'de Artiz Mektebi adlı oyunla son kez tiyatro oyununda oynadım. İyi reaksiyon almış bir oyundu. Hala zaman zaman televizyonlarda gösterilir. Bu arada yaklaşık on yıl kadar da Müjdat'la beraber sahne şovları yaptık. Beraber televizyon çalışmalarımız da oldu. Onunla çok beraber çalıştığımızdan bizi evli sananlar bile oluyordu. Hiç unutmam, eşim Koral askere giderken ben de beraber gittim. Otele geldik. Resepsiyon bana oda verecek, fakat eşim Koral için oda yok dedi. Ben ikimiz için bir oda istediğimde, tuhaf tuhaf baktı; Müjdat Bey nasıl? diye sordu. Meğer beni Müjdat ile evli sanıyormuş. Durumu anlayınca özür diledi.

Perihan, Şehnaz, Afet tiplemeleri...

1972'de "Şehvet Kurbanı" adlı filmde ufak bir rolüm vardı. Daha sonra "Köyden İndim Şehire", "Salak Milyoner" ve "Hababam Sınıfı", "Gırgıriye" gibi filmlerde oynadım. Sabahat tiplemesini yarattım. Televizyon dizilerinde ise "Perihan Abla", "Şehnaz", "Leyla" ve "Afet Hoca" gibi karakterleri oynadım. Perihan Abla, Şehnaz, Afet Hoca gibi tiplemelerden ayrılırken hep zor gelmiştir bana. Bu tiplemelerin hepsini özlüyorum. Ve de ben taklit yapmasını beceremem. Bu karakterlerin hiçbiri taklit olmadı. Doğdular, karakter oldular. O karakterler başkaları tarafından taklit edildiler. Bu beni çok mutlu ediyor tabii. Oynadığım karakterlerin hepsini çok severek oynadım. Bir de benim ismim çok zor bir isimdir. Perran yerine zaten herkes bana Perihan derdi. Onun için de esas ismim unutuldu; adım Perihan oldu. Hala pazara filan gittiğimde, arkamdan "Perihan Abla" diye seslenirler.

Prensiplerim...

Her yaptığım işin arasına muhakkak en az iki yıl

gibi bir boşluk bırakırım. Bu defa dört yıl oldu. Dört yıl sonra en sonunda "Deli Saraylı" dizisine evet dedim. Çünkü o kadar birbirine benzeyen projeler geldi ki önüme; hepsi birbirinin kopyasıydı. Geçenlerde saydım; 38 adet proje gelmiş. Şöyle bir karşılaştırdığımda; 38 projeden neredeyse 30'u hemen hemen birbirinin aynısı, benzeri. Bir de kötü karakteri sevmiyorum. Kötü karakteri oynamıyorum, kabul etmiyorum. Seyirci bunu benden istemiyor. Kahraman olmasını, kendi yapamadığını yapsın istiyor. Ayakları yere basan bir karakter olmasını istiyorlar benden. Şundan dolayı çok mutluyum: Oynadığım karakterlerden sonra evliliklerde, yanlız kadınlarda daha ayakları yere basan karakterler oluşmaya başladı. Bunları görmek beni çok mutlu ediyor.

Tiyatroyu özlüyorum...

Müjdat Gezen'le 1987'de oynadığım "Artiz Mektebi" son oynadığım oyundur. O yıldan bu yana maalesef tiyatro projesi olamadı. Televizyonda daha geniş kitlelere hitap etmeyi seviyorum. Tiyatro çok farklı. Çok heyecanlandıran bir şeydir tiyatro seyircisi. Ancak ne öyle bir oyun geldi, ne öyle bir salon var. Ne de eski yüreklilikte yapımcılar var. Bizleri bir araya getirebilecek yapımcı kalmadı artık. Tiyatroyu özlüyorum tabi ki... Oyun seyrederken de en çok kıskandığım selamlama bölümüdür. Selam faslına gelindiğinde içim çok kötü oluyor. Oyuncular çıkıp ta alkış aldıklarında çok duygulanıyorum...

İki yaşında maskaralığa başlayan;
tiyatro, sinema ve dizi oyuncusu

SALİH KALYON'la anı dolu bir sohbet...

Onu, birkaç aydır televizyon dizisi "İstanbul'un Altınları"nda severek izliyorum.

Dizi de oynayanların hepsi birbirinden usta oyuncular; tamamı tiyatro kökenli; yıllardır Türk tiyatrosuna hizmet ediyorlar. Haluk Bilginer, Demet Akbağ, Ani İpekkaya, Defne Yalnız ve Salih Kalyon. Dizide Kayserili bir mantıcı dükkanı işleten Kayserili rolünde. Umarım uzun soluklu bir dizi olur.

Evet, yukarıdaki usta oyunculardan SALİH KALYON'la ilk önce Beyoğlu Kumbaracı 50. 'de buluştum. tiyatrotem prodüksiyonu olan, Ayşe Selen ve Şahsuvar Aktaş'ın sergiledikleri Hakiki Gala adlı oyunu beraber seyrettik. Oyun sonrası Ayşe Selen ve Şahsuvar Aktaş'ı bu güzel oyundan dolayı tebrik ettikten sonra, söyleşi mekanım olan Beyoğlu İstiklal Caddesi 197'deki Mephisto Kitabevi'ne gittik. Daha önceki söyleşilerimde olduğu gibi yine üstkattaki yerimiz hazırlandı. Sezsizlik içinde söyleşi yapabilmemiz içinde yukarı kimse alınmadı. Buradan Mephisto Kitabevi'ne selam ve saygılar.

Masada söyleşi için hazırlığımı yaparken "tavşankanı çaylarımız"da geldi.

SALİH KALYON çok cana yakın bir insan. Yaklaşık bir saat sürdü söyleşimiz. Söylediklerini satırı satırına sizlerle paylaşıyorum. Anılarla dolu bir oyuncumuz. Sanıyorum kendi kitabı da çıktı, veya çıkacak...

Aklımda kalan birçok tiplemeleri var. Oynadığı dizi ve filmleri bir düşündüğümde ilk aklıma gelenler: Beyaz Melek, Eyyvah Eyvah 1 ve 2, Ezel, Vizontele, Organize İşler, Komedi Dükkanı, Yazlıkçılar, Bir Demet Tiyatro ve son oynadığı İstanbul'un Altınları... gibi.

Onun tiyatro macerası çok erken başlamış; iki yaşında... Seneler sonra da uzun yıllar çocuklar için oyunlar sergilemiş. Askerliğinde 72. Koğuşu ve Bir delinin Hatıra Defteri'ni sergilemiş. Hem de hayatında hiç tiyatro sanatını bilmeyen erlerle. Koministlikle suçlanınca da PALYAÇO olmuş askerde.

Gelin, hep beraber kulak verelim anlattıklarına usta oyuncumuz SALİH KALYON'un:

İki yaşında maskaralığa başlamışım...

Biz Karadenizli bir aileyiz. Fakat ben 1946 Ağrı doğumluyum. Babam saat tamirciliği yapardı. Askerliği sırasında asker arkadaşları arasında Ağrılı varmış. Babama "Ağrı'da hiç saat tamircisi yok. Gel orada çalış" demişler. 1930'lu yıllar. Babam annemi ve iki ablamı alarak Ağrı'ya gidiyor. Orada saat tamirciliğine devam ediyor. İki abim ve ben Ağrı'da doğmuşuz. Ağrı'dan, ben iki yaşındayken, Adapazarı'na gidiyoruz. Bizi ve eşyalarımızı Adapazarı'na götürecek kamyon kapının önünde. Komşularımızla vedalaşma sahnesi. Ben annemin kucağında. Herkes ağlaşıyor. Babamın vedalaştığı arkadaşının dişleri yok. Ben dişsiz adamı seyrettikten sonra anneme dönüp dişsiz adamın taklidini yapmışım; "mım...mımmmm..." diye. Taklidini yaptığım adam yanıma gelip yanaklarımdan okşayıp "yahu bu çocuk büyüyünce çok maskara olacak" demiş. Yani ben maskaralığa iki yaşındayken başlamışım. Maskaralığımı babamın dişsiz arkadaşı keşfetmiş.

Adapazarı'na geldik. Orada ilkokula başladım. Konu komşunun taklitleriyle devam etmişim maskaralığa; babamın Ağrı'lı dişsiz arkadaşını mahçup etmedim; onun dediği gibi "çok maskara" biri oldum.

7-8 yaşlarında mahallede film oynattım...

İki yaşında başlayan maskaralıklarım okul müsamerelerinde de devam etti. Yine 7-8 yaşlarında o dönemin Hürriyet gazetesinde ünlü karikatür Sururi'nin çizgi romanı "Can Baba" tiplemesi vardı. Onları gazeteden makasla keserek un hamuruyla, o zamanlar uhu filan nerede, yapıştırır makaraya sarardım. Kestiğim kartonun boşluğundan film oynatır gibi yukarıdan aşağıya geçirirdim; film oynatır gibi. Cam parayla arkadaşlara mahallede seyrettirirdim. Aynı zamanda farkında olmadan çevrecilik yapmışım. O yıllarda Paşabahçe Cam Fabrikası bu kırık camları alır tekrar cam üretirdi. Şimdiki gibi pek tüketime açık değildik. "Yerli Malı" dönemleri olduğu için en ufak parçalar değerlendirilirdi ülkemizde. Yamalı pantolon, yamalı çorap giydiğimiz yıllardı o yıllar.

Tiyatro diye çırpınıyordum...

İlkokuldan sonra Adapazarı Ortaokulu'nda ortaokula başladım. Parkın içinde Milli Kütüphanemiz vardı. Binanın içinde tiyatro salonumuz da mevcuttu. Ortaokul birinci sınıftayım. Bir gün tiyatro salonunun camında bir ilan gördüm: "Halkevleri Tiyatro Kolu Çalışmaları"... Bu halkevleri, Cumhuriyet'in ilk döneminde kurulan halkevleri değil tabi; onlar Demokrat Parti döneminde tamamen kapatılmışlardı. Daha sonra 1961 Anayasası'nın verdiği özgürlük ortamında tekrar açılmaya başlanmışlardı. Adapazarı Halkevi'nin tiyatro çalışmalarıyla ilgili bu yazıyı gördüm ve müracaat etmek istedim. İçeri girmek ne mümkün... benden büyük abiler, ablalar hepsi müracaat kuyruğundalar. Moralim bozuldu tabi, içeri giremem diye. Tiyatro diye çırpınıyorum.

Tiyatroya olan düşkünlüğüm...

Adapazarı, İstanbul ile Anadolu arası bir geçit, bir köprü vazifesi gören bir şehrimizdir. İstanbul'dan Anadolu'ya giden bütün tiyatro grupları mecburen Adapazarı'ndan geçerler. Ve orada kalıp, mutlaka bir temsil vermek zorundadırlar. Ben de böylece daha ortaokul yıllarından itibaren çok tiyatro seyretme imkanı buluyordum. O bakımdan çok şanslıyım. Birçok oyun seyrettim. Ancak en sonunda, 1962-63 yılında, Adapazarı'na Arena Tiyatrosu geldi. Genco Erkal'ın adının ilk duyulmaya başladığı yıllardı, Übü, Kayıp Mektup gibi oyunlarla gelmişlerdi. Yönetmenleri Asaf Çiyiltepe'ydi.

Kararımı vermiştim...

İkinci yıl Arena Tiyatrosu'ndan ayrılan oyuncularının, Ankara'ya ve Anadolu'ya gidip turneyi bitirdikten sonra, Aptullah Ziya Kozanoğlu tarafından kovulduklarını öğrendik. Bizler bu oyuncuları üç ay Adapazarı'nda misafir ettik. Kadronun içinde Genco Erkal, Ege Ernart, Ani Şehnazar (İpekkaya), Çetin İpekkaya, Tunca Yönder, Tolga Aşkıner, Ergun Köknar, Umur Bugay, Şevket Altuğ gibi değerli oyuncuları tanımıştım. Asaf Çiyiltepe'ye tiyatro oyuncusu olmak istediğimi söyledim. Çünkü daha ilkokul birinci sınıfta 'okuyup ta adam olamıyacağımı' anlamıştım. Kısa yoldan meslek sahibi olmak istiyordum. Ve tiyatrocu olmayı da kafama koymuştum!.. Yanıp tutuşuyordum tiyatro oyuncusu olmak için.

Niçin ARENA.. ve AST...

Adapazarı'na gelen tiyatro gruplarının içinde kendimi sahnede göremiyordum; kendime uygun rol bulamıyordum. Arena Tiyatrosu'nun oyunları ve tiyatronun çalışma biçimi olan "imece usülü" ilgimi çekmişti; herşeyi birlikte yapıyorlardı. Oyunculara ulaşılıyordu. Öteki gruplarda ise çalışanlar, yani oyuncular ve patron vardı. Örneğin bir Muammer Karaca geldiğinde; oyundan sonra tüm oyuncular dağılırlar, kimseyi bulamazdınız. Ve onlara ulaşamazdınız; korkardık, çekinirdik oyunculardan. Arena Tiyatrosu'nda insanlar vardı, dokunabilirdiniz; sokaktaki insanlar gibiydiler ve bunların yaptıkları oyunların konuları diğerlerine benzemiyorlardı, çok farklıydılar. Adapazarı halkı da aynı imece usulüyle çalışırlardı. Bir gün başkasının mısırları, diğer gün ise diğer komşunun fındıkları toplanırdı. İşte kendime yakın bulduğum bu gruba katılmak için 1964 yılında Ankara Sanat Tiyatrosu'na (AST), Ankara'ya geldim. 1964'ün 29 Ekim günü Cahit Atay'ın "Sultan Gelin" oyunuyla profesyonel oldum.

AST...

Arena Tiyatrosu deneyiminden sonra Ankara'ya gelen Asaf Çiyiltepe ve arkadaşları, yani Asaf Çiyiltepe ve Güner Sümer ikilisi, Ilhamur Sokak'taki Ilhamur Apartmanı'nı tiyatroya dönüştürdükten sonraki 1962-63 yılında üç oyun daha oynamışlar; Godot'yu Beklerken, Başkalarının Kellesi, Übü, Ölü Canlar; bu dört oyundan sonra grup dağılmıştı. AST'ın müdürü olan ve sonradan patronu olacak Bülent Akkurt, "Dağılmayalım, ben gerekli parayı bulurum, tekrar tiyatroyu toparlayalım" demişti. 1963-64 döneminde Arena Tiyatrosu, AST olarak isim değiştirdi. Sırasıyla Ayak Bacak Fabrikası, Yosma ve Cehennem Dansı oyunları oynandı. Ayak Bacak Fabrikası ve Sultan Gelin AST'ın ikinci yılında Türkiye'de tanınmasını sağladı. Üç aylık turneyle Ayak Bacak Fabrikası oyunuyla Anadolu'nun her yerini dolaşmıştık. Gitmediğimiz yer kalmamıştı.

"Tüküreyim sizin paranıza!.."

Ayak Bacak Fabrikası oyunuyla turnedeyiz. Elazığ'ın Maden ilçesinde fabrikanın kapısında bütün işçiler kapıya yığılmışlar tiyatro saatini bekliyorlardı. İçeri girdik. Dekorumuzu kurduk; perdeyi açıp, oyuna başlayacağız. Fakat içeri bir baktık, sadece iki sıra seyirci var. Dışarıda ise onlarca seyirci bekliyor. "Bu ne iştir?" dedi rahmetli Asaf. Mühendisler "sizler bizim için geldiniz, içeri başkası giremez, oynamanıza bakın!.." dediler. Asaf bunun üzerine : "Kardeşim, tüküreyim sizin paranıza, biz kilometrelerce uzaktan geldik işçilere oynayabilmek için. İşçiler seyredemeyecekse biz de oynamıyoruz!.." dedi. Oynarsınız, oynamazsınız iddiası üzerine Asaf: "oynamıyoruz kardeşim! Biz burada Karagöz mü oynatıyoruz. Bizi seyretmek isteyen yüzlerce işçi varken sadece size oynamayız!.." dedi. Kapılar açıldı, bütün işçiler içeri alındılar. Mühendisler ses çıkaramadılar, paramızı da ödediler. Biz de hayatımızın en güzel oyununu oynamıştık. Çünkü oyunumuzu gerçek seyircisine oynamıştık.

Ve askerlik...

1966-67 döneminde askere gittim. Askerliğini yedek subay olarak yapmakta olan Ergin Orbey abimiz tiyatroya uğramıştı. Ona, "Abi, ben de üç gün sonra askere gidiyorum" deyince, bana : "Sakın askerde tiyatrocu olduğunu belli etme, görev verirler, yetki vermezler; canın çok sıkılır, sıkıntı çekersin" dedi. Ben de onun sözünü dinleyerek askere gittiğimde meslek sorulduğunda "marangoz" olduğumu söyledim. Bir gün, yemin töreninden sonra, bir anosla çağırıldım. Bir revir binası vardı, açılışı yapılacaktı. Jandarma genel komutanı davet edileceği için hazırlıklar yapılıyordu. Herkes oraya toplanmış. Ben içeri girince, bizim bölük komutanı, "İşte bu" diyerek beni gösterdi. Dil Tarih'ten mezun bir arkadaştı beni gösteren. "Evladım, sen tiyatrocuymuşsun, niye saklıyorsun? Buraya marangoz olduğunu yazdırmışsın..." dedi alay komutanı. "Efendim, ben, tiyatronun marangozluk işlerini yapardım. Dekor filan.." dedim. Beni gösteren komutan "yok yok, ben kendisini Ayak Bacak Fabrikası oyununda seyrettim; oyuncudur o" dedi. Alay komutanı tekrar sordu "Niye saklıyorsun evladım?". Ben de açık açık "Daha önce tecrübeli bir abim bana askerde oyuncu olduğumu saklamamı söyledi. Görev verirler yetki vermezler, canın sıkılır dedi..." deyince, çok güldüler. Komutan " Bunu dışarı çıkarıp askerliği anlatın" dedi. Bir yarbay beni dışarı çıkardı ve bana "Evladım, burası asker ocağı. Sen burada Hamlet oynasan seni kim eleştirecek. Çık oraya " Emret komutanım" deyip, bir şeyler yap. Kim anlayıp ta kim eleştirecek seni" dedi. Ben de denileni yapıp, içeri girdim "Emredersiniz komutanım" dedim. Komutan, "Bir Delinin Hatıra Defteri'ni eşim seyretmiş, çok beğenmiş, ben seyredemedim. Burada bir oyna da görelim" dedi.

Askerde "Bir Delinin Hatıra Defteri"...

Genco Erkal'da Ankara'da askerliğini yapıyor. O arada da AST'ta Bir Delinin Hatıra Defteri'ni oynuyor. Kalktım Ankara'ya gittim, Genco erkal'a vaziyeti anlattım. Evine gittik. Bir buçuk saatlik metni 45 dakikaya indirdi. Oyunun bantını da verdi. Asaf Çiyiltepe'de depodan kostüm almama izin verdi. Böylece Kütahya 9. Jandarma Alayı'nda tiyatromu kurmuş oldum. Bir Delinin Hatıra Defteri'ni sergiledim. Jandarma Alay Komutanı Haydar Süken oyunu seyretti. Bana 50 lira da mükafaat verdi. Tabi 50 lira o yıllarda büyük paraydı. Bunun dışında, en önemlisi de, teksirle bütün jandarma birliklerine "Bir er değerlendirildi" diye yazı gönderildi. Jandarma çok önem veriyordu tiyatroya.

72. KOĞUŞ askerde...

Bir de 72. Koğuş oyununu askerde iken, Kütahya Birecik'te Halk Eğitim Merkezi'nde sergiledim. O ara oyun Ankara'da AST'ta da sergileniyordu. Gündüz tabur erlerine, gece de o yörenin halkına oynadık. Ben profesyonel tiyatro hayatımda böyle reaksiyon görmedim. Benden başka tiyatrocu yok askerlerden oluşturduğum kadroda. Hayatlarında ilk defa sahneye çıkıyorlar. Tabi, burada Orhan Kemal'in büyüklüğü çıkıyor ortaya; halkı tanıması, cümlelerin bizden olması; sanki yıllarını hapishanede geçirmişler gibi ezberlediler rollerini. Gerçekten 72. Koğuş'u oynadık. 18 kez perde açılıp kapandı. Büyük alkış aldık. 15 günlük mükafat izni vermişlerdi oyunda oynayan erlere...

ve televizyon... Bizimkiler...ve sinema...

İstanbul'da çocuk tiyatrosunu sürdürürken Adana Tiyatrosu'ndan tanıdığım Umur Bugay, TRT'ye 'Bizimkiler' adlı bir dizi yapmaya başlamıştı. Ben de 62. bölümden itibaren bu diziye girdim. 14 sene sürdü bu dizi. Bankacı Sedat rolünde oynamıştım. 12 yıl oynadım bu dizide. Böylece televizyon maceram da başlamış oldu. İlk sinema filmim 1977 yılında "Güneşli Bataklık" oldu. Bir işçi sınıfını anlatıyordu. O dönem pek oynatılmadı sinemalarda; yasaklandı. O dönemlerde sinema filmi yapmak pek kolay da değildi.

Oynadığım filmler...

Güneşli Bataklık,Talihli Amele, Bay Alkolü Takdimimdir, Arkadaşım, Çıplak Vatandaş, Bir Avuç Cennet, Züğürt Ağa, Merdoğlu Ömer Bey, Gizli Yüz, Uzlaşma, Menekşe Koyu, Cazibe Hanımın Gündüz Düşleri, Vizontele, Gönderilmemiş Mektuplar, Vizontele Tuuba, Organize İşler, Çinliler Geliyor, Beyaz Melek, Süper Ajan K9, Adab-ı Muaşeret, Eyvah Eyvah, New York'ta Beş Minare, Eyvah Eyvah 2

Tv Dizileri...

Bir Muharririn Ölümü, Belene, İş Peşinde, Başka Olur Ağaların Düğünü, Yazlıkçılar, Oğlum Adam Olacak, Bir Demet Tiyatro, Güneş Yanıkları, Koltuk Sevdası, Bizimkiler, Hayat A. Ş, Ölümsüz Aşk, Avrupa Yakası, Sevinçli Haller, Azize, Sen misin Değil misin?, Fırtına, Komedi Dükkanı, Aşk Eski Bir Yalan, Üvey Aile, Gece Gündüz, Alayına İsyan, Küstüm Çiçeği, Ezel, İstanbul'un Altınları.

Oynadığım oyunlardan bazıları...

Bana Bir Şeyhler Oluyor,Komedi Dükkanı, Sen Hiç Ateşböceği Gördün mü?, Bir Şeftali Bin Şeftali : (Behrengi). Aladaglı Mino : (Ömer Polat), Dimitrof : (Hedda Zinner), Ana : (Maksim Gorki), Birinci Kurtuluştan (Ergin Orbey), Nafile Dünya (Oktay Arayıcı), Tozlu Çizmeler (İsmet Küntay), Sınırdaki Ev (Slawomir Mrozek), Simavnalı Şeyh Bedreddin (Orhan Asena), Eskici Dükkanı (Orhan Kemal), Durand Bulvarı (Armand Salcrou),Mayın (OYUN) (Fikret Otyam), Keloğlan (Birkan Özdemir), Arturo-Ui'nin Önlenebilir Tırmanışı (Bertolt Brecht), Ayak Bacak Fabrikası, Sultan Gelin, Atçalı Kel Mehmet Efe İsyanı.

"Tiyatro denen şey iyi ki var" dedirten bir çalışma ve

SELÇUK YÖNTEM

2004'ün Kasım'ında dokuzuncusu yapılan Berlin Diyalog Tiyatro Festivali çerçevesinde seyrettiğimiz **"Fernando Krapp Bana Mektup Yazmış"** oyunu için Cumhuriyet gazetesinde yazmış olduğu yazısına şöyle başlamış tiyatro eleştirmeni Ayşegül Yüksel:

"...Tiyatronun günümüzde sinema televizyonla yarışamadığından, tiyatro çağının neredeyse kapandığından söz edip duruyoruz ya, kimi yazarlar ve tiyatrocular kimi zaman bir araya gelip 'tiyatro'nun tüm gücüyle suratımıza bir tokat yapıştırıveriyor. Ünlü yazar Tankred Dorst'un, İspanyol düşünce adamı ve yazar Miguel de Unamuno'nun bir uzun öyküsünden uyarlayıp oyunlaştırdığı, Zeynep Avcı'nın dilimize çevirdiği, Akbank Prodüksiyon Tiyatrosu'nca sahnelenen 'Fernando Krapp Bana Mektup Yazmış' işte bu tür bir sahne olayı..."

Ve yazısını şöyle bitiriyor

"... Fernando Krapp Bana Mektup Yazmış, tiyatronun tüm erdemlerini seyirciye cömertçe sunan bir çalışma. 'Tiyatro denen şey iyi ki var' dedirten..."

Işıl Kasapoğlu'nun yönettiği bu oyunda sanki bildik insanlar var karşımızda. Ama biz gerçekten tanıyor muyuz onları? İlk bakışta zannettiğimiz gibi mi her şey? Acaba onlar gerçekten onlar mı? Ya duygular? Aşk, sevgi, nefret, kıskançlık, sahip olmak, fedakarlık, hayranlık ve diğerleri? Onların tek bir tanımı var mı? Herkes için anlamları aynı mı? Kısacık bir oyuna bu soruların yanıtları sığdırılır mı? Unamuno, Dorst ve Prodüksiyon Tiyatrosu ekibi bir olup bunu başarmışlar. Oyunda rol alan Selçuk Yöntem, Tilbe Saran, Cüneyt Türel ve Bekir Aksoy'la söyleşi yapma fırsatı bulabildim.

İşte bunlardan **Selçuk Yöntem**'le olanı:

Sanat yaşamınızı özetler misiniz?

1953 yılında İstanbul'da doğdum. Ortaokulda tiyatro kolunda idim. Daha o zamanlar tiyatrocu olmaya karar vermiştim. Başka bir mesleği ne düşündüm, ne de başka bir mesleği seçmek aklıma geldi. Tek isteğim tiyatrocu olmaktı. İlk sahneye çıkışım 1968 yılında Şişli Terakki Lisesi'nde oldu. "Mezunlar Cenneti" adlı oyunla ilk sahneye çıktım. Daha sonra 1975-1976 yılları arasında Ankara Devlet Tiyatro Yüksek Bölümü'nden mezun oldum. Akabinde de 1977 yılında Ankara Devlet Tiyatrosu'nda çalışmaya başladım.

Okul yıllarınız... sınıf arkadaşlarınız?

O yıllar unutulmaz yıllardı. Sınıf arkadaşlarım arasında Derya Baykal, Mehmet Ali Erbil, Barış Eren, Zuhal Olcay, Haluk Bilginer... gibi değerli sanatçı arkadaşlarım vardı. Geçmişe pek dönülmez, ama ben onlarla geçirdiğimiz beş yıla tekrar dönüp, o güzel günleri tekrar yaşamak isterdim.

O yıllarda çok güzel arkadaşlığımız oldu, çok güzel oyunlarda çalıştık, turneler yaptık. O günler çok keyifliydi. O yıllarda tüm bölümler; bale, orkestra, yaylılar, tiyatro... gibi hep bir arada idik. Unutulmayacak güzel günlerdi o günler...

Mezun olduktan sonra sahneyi ilk paylaştığınız sanatçılar?

Aktör olarak önem verdiğim rahmetli Sadettin Kılıç. Onu devamlı kulisten izlerdim. Çok iyi bir aktördü. Yıllar sonra 1994 yılında ilk yönettiğim İrfan Yalçın'ın "Aşağıdakiler" adlı oyunda Sadettin Kılıç ve İlkay Saran gibi oyuncularla beraber oynamıştım. Bu benim için çok önemlidir.

Sizi heyacanlandıran, unutamadığınız oyunlar?

Ben şanslı bir oyuncuyum. Çok iyi prodüksiyonlarda oynadım. "Deli Dumrul", "Peynirli Yumurta", "Ben Feuerbach", "Sevgili Palyaço"... gibi oyunları sayabilirim.

AKSM çok ödüllü bir tiyatro grubu. Siz bir yıldır bu gruptasınız. Bunu neye bağlıyorsunuz?

Benden önceki oyunlarında her ödülden birer ödüle sahip bir grup AKSM. Özenli çalışma, en ince detaylara kadar konuya eğilme, iyi kadro, iyi metin ve iyi yönetmen. Tüm bunlar birleştiğinde böyle bir alkışı hak ediyor. Bu yıl yine ödül aldık. Tilbe Saran, ben, Cüneyt Türel hepimiz ödüllendirildik. Tabii bu ödüllerin altında mesleğe ciddi yaklaşımlar yatıyor.

Televizyonun tiyatroya olan etkisine nasıl bakıyorsunuz?

Televizyon işlem olarak olumsuz politika güttüğü için zarar getiriyor. Olumlu politika güdülse çok büyük yarar getirebilir tiyatroya. TRT hariç, hiçbir televizyon kanalı tiyatro veya sanat programı yapmıyor. Herşey tüketim ekonomisine yönelik olduğu için insanlar evden çıkmamaya programlanıyorlar. Bu yüzden de hem ekonomik hem sosyal konumlarından dolayı insanlar tiyatroya gitmiyorlar. Ancak Türkiye'nin tiyatro potansiyeli hala var. Devlet Tiyatroları, Şehir Tiyatroları doluyorlar. Özel tiyatrolar da çok büyük çaba harcayıp, cengaverlik yaparak koltuklarını doldurabiliyorlar.

Günümüzün Türk tiyatrosu üzerine düşünceleriniz?

Türk tiyatrosu varolabilmek için mücadele veriyor. Bence oyunculuk potensiyelimiz çok yüksek. Dünya tiyatrosuyla karşılaştırdığımızda teknik olarak zayıf kalabiliriz. Fakat Türk tiyatrosu dünya tiyatrosunda yerini almış bir tiyatrodur.

Yeterli oyun yazarımız var mı?

Yazar konusunda çok büyük sorunumuz yok. Ancak yeni yazarlarımız pek yetişmiyor. Hep fasit bir daire içinde dönüyoruz. Yazarlık bir problem. Hep aynı oyunlar oynanıyor. Yani yeni yazar yetişmeyince de yeni oyunlar pek gelmiyor.

Ya eleştirmen konusu?

Eleştirmenleri eleştirmek olmaz. Çünkü eleştiri herkesin kendi beynine, kültürüne, kendi görüş açısına göre değerlendirmedir. Tabiki bir işte yetkin ve yeterli bilgi donanıma sahip olmayan insanlar söz konusu değil. Bu donanıma sahip eleştirmenlerin eleştirilerini ya kabul edeceksiniz, ya da okumayıp, önem vermeyeceksiniz. 1995'de Savaş Dinçel'in "Gürültülü Patırtılı Bir Hikaye" adlı oyununu yönetti. Bu oyunla, Ankara Sanat Kurumu tarafından "Övgüye Değer Yönetmen" ödülünü aldı.

Selçuk Yöntem'in aldığı ödüller:

1986-87 Sezonu'nda "Dört Mevsim" adlı oyunla, Ankara Sanat Kurumu tarafından "Övgüye Değer Erkek Oyuncu" ödülünü aldı.

1988-89 Sezonu'nda "Peynirli Yumurta" adlı oyunla, Ankara Sanat Kurumu tarafından "En İyi Erkek Oyuncu" ödülünü aldı.

1990-91 Sezonu'nda "Deli Dumrül" oyunundaki rolü ile, "Ulvi Uraz En İyi Erkek Oyuncu" ödülünü aldı.

1997'de "Ben Feuerbach" oyunundaki rolü ile, "uluslararası Lions Birliği" ödülünü aldı.

"C Blok" adlı filmle SİYAD tarafından "En İyi Yardımcı Erkek Oyuncu" ödülünü aldı.

2004 Tiyatro Dergisi, "Fernando Krapp Bana Mektup Yazmış" oyunuyla "Yılın En İyi Erkek Oyuncusu" ödülü.

2006 Afife Jale "En İyi Yardımcı Erkek Oyuncu" ödülü.

2006 Tiyatro Dergisi "Yılın En İyi Erkek Oyuncusu" ödülü.

2009 14. Sadri Alışık Sinema ve Tiyatro Oyuncu Ödülleri'nde "En İyi Erkek Oyuncu" ödülü.

Rol aldığı bazı oyunlar:

Koca Bir Aşk Çığlığı, Gece Mevsimi, Fernando Krapp Bana Mektup Yazmış,Dolunay Katili, Bir Kış Öyküsü (Buzlar Çözülmeden), Karşı Penceredeki Kadın, Ben Feuerbach, Deli Dumrul, Beğendiğiniz Gibi, Sevgili Palyaço, Peynirli Yumurta, Dört Mevsim, Ay Işığında Şamata, Keşanlı Ali Destanı, Hırçın Kız, Ak Tanrılar, Üç Kız Kardeş, Yaban Ördeği, Kurban ,Topuz

Yönettiği bazı oyunlar:

Keşanlı Ali Destanı, Ay Işığında Şamata

Rol aldığı bazı sinema filmleri:

Gölgesizler 2008, Devrim Arabaları 2008, Mevlana Aşkı Dansı 2008, Girdap 2008, Pars: Kiraz Operasyonu 2007, Banyo 2005, Çalınan Ceset Ahmet 2004, Deli Yürek-Boomerang Cehennemi Bozo 2001, Acı Gönül 2000, Taksim-İstanbul 2000, Şarkıcı Doktor 2000, Figüran Sırrı 1999, Kaçıklık Diploması Murat 1998, İstanbul Kanatlarımın Altında 1996,80. Adım 1996, C-Blok Tülay'ın kocası 1993, Yaz Yağmuru 1993, Suyun Öte Yanı 1991

Rol aldığı bazı dizi filmler:

Aşk-ı Memnu Adnan Ziyagil 2008, Kuzey Rüzgarı Aziz Delikara 2007, Alia, Kız Babası Rıza Kılıç 2005, Kuşdili Şükrü 2006, Rüzgarlı Bahçe Çınar 2005, 24 Saat Başkomiser Ahmet 2004, Kurtlar Vadisi Aslan Akbey 2003, Üzgünüm Leyla Orhan 2002, Şaşıfelek Çıkmazı Hilmi 2000, Deli Yürek Bozo 1999, Çatısız Kadınlar Ahmet 1999, Kimsecikler 1999, Sıcak Saatler Süleyman

Uslu 1999, Çiçeği Büyütmek 1998, Ateş Dansı 1998, Şehnaz Tango 1996, Süper Baba Celal 1993…

Dünya çapında bir besteci ve opera şefi; "Türkiye'nin ak yüzü" :

Selman Ada...

Sahne için bestelemiş olduğu üç eserden ikincisi olan "Mavi Nokta" adlı poetik operasını 2000 yılında Almanya'nın Münih ve Wiesbaden şehirlerinde sahnelemiş olan besteci ve opera şefi **Selman Ada**'yı Alman basını **"Türkiye'nin ak yüzü"** olarak adlandırmış.

Selman Ada, 7 yaşında beste yapmaya başlamış, 12 yaşında 6660 sayılı **"Harika Çocuklar Yasası"** ile Fransa'ya müzik eğitimine gönderilmiş; tüm sınıfları birincilikle bitirip Türkiye'ye dönmüş. 1973 yılında İstanbul Devlet Opera ve Balesi'nde göreve başlamış. 1975 yılında İstanbul ve Ankara Operası'nın kurucusu **Aydın Gün** tarafından orkestra şefi olarak atanmış. Daha sonra 1979'da Ankara Devlet Opera ve Balesi'nde müzik direktörü ve orkestra şefliği yapmış. 1980 yılında tekrar Paris'e dönerek konsevatuvarda dersler vermiş. 7-8 sene aradan sonra 1987'de tekrar Türkiye'ye dönerek eski görevi olan İstanbul Operası orkestra şefliğine başlamış. Kısa bir süre İzmir Operası ve son olarak Mersin Operası'nda müzik direktörlüğü yapmış olan **Selman Ada,** sahne için üç eser yazmış. Diğerleri ise orotoryo türünde olmayıp; piyano ve oda müziği ağırlıklı eserler bestelemiş. Üç eserden ilki Ali Baba ve Kırk Haramiler, ikincisi insanlık tarihinden kesitlerin sunulduğu, ölüm, ölümsüzlük ve aşk gibi temaların işlendiği, **Tarık Günersel**'in yazdığı şiirlerden oluşan Mavi Nokta Operası, üçüncüsü ise son bestelediği; Türkçe dışında tüm dünyada başka dillerde de sergilenecek olan ilk Türk operası olma özelliğini taşıyan **Aşk-ı Memnu Operası. Selman Ada**'nın diğer bir özelliği de; tüm eserlerinin (30'un üzerinde) Almanya'da bir yayınevi tarafından basılacak ilk Türk bestecisi olması. Eserlerini basacak olan **Strube Verlag** ile görüşmek üzere Almanya'ya gelen **Selman Ada** ile Berlin'de yapmış olduğum sohbet:

Almanya'ya geliş sebebiniz?

Münih'teki "Strube Verlag" tarafından eserlerim basılacak. Görüşmeler ve kontratı imzalamak için geldim. İmzalar atıldı. Ayrıca aldığım davetler çerçevesinde Alman opera müdürleriyle görüşeceğim. Eserlerimin Almanya'da basılması önemli bir olaydır. 1930'lu yıllarından bu yana Türkiye'de çağdaş anlamda beste yapılmaya başlandı. Yaklaşık 5-6 bin eserden sadece 8-10 eser ancak yurtdışında basılmıştır. "Strube Verlag" tarafından basılarak eserlerim hem Almanya'da vitrinleri süsleyecek, hem de bütün dünyada internet üzerinden satışı yapılacak. Bu noktada Türkiye Cumhuriyeti'nin en şanslı bestecisiyim. Genellikle editörler tüm eserleri basma konusunda riske girmez. Bir bestecinin bir iki bestesini basarlar. Türkiye'de 20 senedir nota basımı ve yayını konusunda savaş veriyorum. Kültür Bakanlığımıza bunun gerekliliğini idrak ettiremedim. Daha önceki yıllarda da Hikmet Şimşek ve Muammer Sun uğraşmışlardı, fakat onlar da bir sonuç alamadılar. Ülkemizde hukuki anlamda hiç bir nota basım ve yayın kuruluşu yok.

'Türkiye'de opera' desem...

Türkiye'de büyük Atatürk'ün zihniyeti sayesinde opera alanında birçok girişimler olmuştur. 2. Dünya

Savaşı döneminde Almanya'dan gelen hocalar çok sayıda üstad yetiştirmiştir. Ve 1946 yılında Ankara Operası kurulmuştur. Türk operası denildiğinde akla ilk gelen büyük usta Aydın Gün'dür. Kendisi Ankara Operası'nın kurucularından biridir. 1960 yılında ise İstanbul Operası'nı kurmuştur. Daha sonra 1981 yılında İzmir Operası, 1992 yılında Mersin Operası, en son da 2000 yılında Antalya Operası kurulmuştur. Kısacası 70 milyonluk Türkiye nüfusunun 5 opera-bale kurumu vardır. Ancak hiçbirinin kendine ait bir binası yoktur. Aydın Gün'le birlikte Türk operasına önemli katkılarda bulunan diğer değerli isimlerden bazıları: Cevat Memduh Altar, Dame Ninette de Valois, Leyla Gencer, Ayhan Baran, Suna Korad, Belkıs Aran, Saadet İkesus, Nevit Kodallı ve çok genç yaşta aramızdan ayrılan Ferit Tüzün var. Fakat ben Aydın Gün'ü Türk operasının **"Ulubatlı Hasan"**ı kabul ediyorum. Yani bayrağı kaleye ilk diken kahraman...

Türk operasının şu andaki durumu nedir?

Şu andaki Türkiye'nin ekonomik durumu neyse, operadaki durumu da aynıdır. Yapılması gereken ilk şey devletin bünyesinden çıkmak olmalıdır. Fakat özel sektörden de fazla medet ummamak gerekir. Artık demokrasiler sadece temsili değil, katılımcı olmak zorundadır. Türkiye'nin de katılımcı demokrasi için büyük bir demokrasi reformu yapması gerekir. Bunu başarabilirse operalarda da reform gerçekleşir. Özerk operalar kurulabilir. Beni en çok Türkiye'nin borç sorunu düşündürüyor. Biz, 16 kez devlet kurmuşuz, 15 kez de yıkılmışız... Tekrar operaya dönersek; operaların en iyi yaşayabileceği, yeşerebileceği iklimler barış iklimleridir. Sanatın tahammül edemediği şey savaşlar ve ekonomik bunalımlardır...

Sizin "köftecilik ve derin dondurucu" üzerine yazmış olduğunuz bir makalenizi okumuştum...

Türkiye'de müzik, bale, tiyatro veya opera değil de köftecilik devlete ait bir işletme olsaydı, inanın derin dondurucu kullanılmazdı. Nasıl notalar basılmıyorsa, CD'ler yapılmıyorsa, devletin köfteleri de derin dondurucularda saklanmazdı. Maalesef Türk bestecilerinin eserlerinin yüzde 99'u hala tozlu raflarda farelere yem olmaktadır. Burger King'i, Mc. Donald's ve Wimpy'i dünyaya pazarlayan Batı, Domingo'yu, Pavarotti'yi ve Carreras'ı da aynı yöntemle pazarlamaktadır. Türkiye'de ise opera ve bale bestelemek ve icra etmek suya yazı yazmaktır. Yüzlerce eser kaydedilmediği ve basılmadığı için yok olmakta. Eski hocalarımızın, yaşıtlarımın ve benden sonraki kuşakların eserlerinin basılmış notalarını bulamazsınız!!! Sanatçıları tutsak gibi düşünen bir zihniyet hakim. Sanatçıyı özgürlüğüne kavuşturmak gerekir. Türkiye'de her alanda olduğu gibi "aman ha bunu yapmayın" gibi bir önünü tıkama sorunu var. Sanatın devlette bürokratik silsileyle odaklanmış olması gibi ciddi bir sıkıntı var. Devletin elini bir an evvel sanattan çekmesi gerekiyor...

Gelelim Ocak 2003'te Mersin Devlet Operası'nda prömiyeri yapılan "Aşk-ı Memnu"ya...

Aşk-ı Memnu, Halit Ziya Uşaklıgil'in 1900 yılında yazdığı ciddiye alınan ilk Türk romanlarından biridir. Şimdiye kadar tiyatroya ve televizyona uyarlanarak halka sunuldu. Operaya olması ise şair librettist Tarık Günersel'in katkı ve çabalarının sonucudur. Rejisör Çetin İpekkaya'nın desteği ve özverisiyle sahnede hayat bulmuştur. Romanın yazılışının 100. yılında opera olarak sahnelenmesinden büyük mutluluk duyuyorum. Mersin'de başlangıçta bazı maddi sıkıntılar yaşandı. Fakat Çetin İpekkaya hızır gibi yetişti, son zamanlarda sıhhatinin pek iyi olmamasına aldırmadan hayati riske girerek Aşk-ı Memnu'yu alın terinin karşılığını da almadan sahneledi. Aşk-ı Memnu, Türk operasına büyük bir katkıdır. Çetin İpekkaya bu çalışmasıyla Mersin Operası'na Mersin Operası'na sanatsal anlamda çağ atlatmıştır. "Aşk-ı Memnu" Mersin Operası'ndaki prömiyerinden sonra İstanbul'daki Cemal Reşit Rey Konser Salonu'nda da sahnelenmiştir.

Türkiye'de klasik müzik eğitiminin niteliği yeterli mi?

Batı ile rekabet etmek söz konusu ise yetersiz diyebilirim.

Tesbitleriniz?

Bir kere nitelikten bahsedeceksek niceliğin çok artmış olması gerekir. 81 ilimiz var. Her birinde en az birer konservatuvar olmalıydı. İktidarlar bunu istemedi. Meselâ eski hükûmetler İmam Hatip liselerinin çoğalmasını daha çok istediler; başarılı da oldular. Niceliğin artması talep yaratarak sağlanır. Talep çoğalınca da rekabet başlar. Rekabet doğal olarak niteliği arttırır. Bunların hiç biri olmadığında amatör müzik okulları seviyesinde rehavet içinde kalınır.

Mevcut müzik eğitimi hangi anlamda yetersiz?

Alt yapı yetersiz. Hatta yok denilebilir. Ülkemizde bir notacı dükkanı bile yok! İstihdam sorunu çok ciddi boyutlara ulaştı. Hükûmetler yeni sanat kurumlarının kurulmasına izin vermediği gibi mevcut kurumların hayatı damarı olan kadroları da vermemekte direniyor. Bu anormal uygulamanın sonucunda konservatuvarlara rağbet azaldı. Kimse geleceğini işsizliğin yoğun olduğu bir alana kurmaz. Öğretim elemanı da kolay yetişmiyor. YÖK'e bağlı birer üniversite fakültesine dönüşen konservatuvarlarımız artık bağımsız değil. Genel olarak eğitimin kalitesi çok düşmüş durumda. Hiç sahne tecrübesi olmayan mezunlar öğretim üyesi olabilmekte. Kıstas yok. Bir çok müzik bölümünde bazı derslerin öğretmeni bile yok!

Peki bu sorunlu durum sizce nasıl düzelir?

Devletin altyapıya ciddi kaynak aktarması gerekmekte. Konservatuvarı olmayan her ile aşamalı olarak birer konservatuvar kurulması gerekmekte. Mevcut konservatuvarların iyileştirilmesiyle işe başlamak doğru olmaz. Üst düzey müzisyenlerin bir araya gelip İstanbul'da alternatif bir müzik okulu kurarak Batı ile rekabet edilebilir bir eğitim seviyesini hayata geçirmeleri gerekir. Mevcut eğitim kalitesinin üstünde eğitim verilebiliyor olması diğer konservatuvarların kendilerini sorgulaması ve doğal olarak geliştirmesi ihtiyacını doğuracaktır. Rekabeti bu şekilde başlatmak mümkündür. Kurulacak bu yeni okulun bedelsiz eğitim vermesi gerekir. Yalnız dikkat: Bu okula eğitmen veya öğrenci olabilmenin şartlarının Batı normlarında olması gerekir. Bu da ancak çok güçlü bütçelerle gerçekleşebilir.

Hükûmetler neden kadro vermiyor?

Son zamanlarda hükûmetler halktan topladıkları gelirleri halka hizmet olarak döndüremiyor. IMF 'ten aldığı borçların faizlerini ödemekle meşgûl. Bu nedenle epeyce bir süreden beri kadro verilmemekte. Şu andaki tesbitlerime göre opera-bale kurumlarımıza en az bin kadro verilmesi gerekmekte.

Bu durum sizce daha ne kadar devam eder?

Bu sorunuz oldukça siyasî! Kısa yoldan yanıt vermek gerekirse "çok uzun sürmez" diyebilirim. İşleri IMF'in öngörülerine göre yürütmeye çalışan iktidar partisi git gide puan kaybetmekte. "Tam bağımsız Türkiye" özlemi dialektik olarak güçlenecektir. Türk halkı bu doğru ve onurlu hedeften başka çaremizin olmadığını idrak edecek, demokratik hakkını kullanarak gerekeni yapacaktır. Aslında çiftçiyle, memurla, işçiyle ilgilenmeyen bu hükûmet sanatın gelişmesiyle hiç ilgilenmemektedir. IMF ile iyi geçinmek suretiyle çok uzun süre iktidarda kalamayacaklarını anlamışlardır sanıyorum. Gerekli yatırımları halk için yapmadan sadece borç faizi ödeyerek hükûmette uzun süre kalmak imkânsızdır.

İyimser misiniz?

Bir ölçüde. Ancak müzik sanatının geleceği, oluruna bırakılarak ipotek altına alınamamalı! Ben gelecek seçimlerde oyumu hükûmet programında sanatın gelişmesine yer ayıracak partiye vereceğim. Tabii yer ayıran bir parti olursa!

Biraz da sanat kurumlarımızdan bahsedelim. Siz, uzun yıllardır Devlet Opera ve Balesi orkestra şefisiniz. Aynı zamanda bestelediğiniz operalar sık sık afişte. Bu kurumları iyi tanıyan bir kişi olarak eleştirileriniz?

Devlet Opera ve Bale kurumlarımız yıllardır özveriyle çalışmakta. Eski yasalar günümüzde yeterli olmamakta. Devlet alt yapıya katkı sağlamamakta, kadro vermemekte direndikçe de opera-bale sanatını baltalamış olmaktadır. Devletin kamu yönetim sistemine tâbi olan opera-bale kurumlarımız, niyetler ne kadar iyi olursa olsun bu sistem yüzünden iyi yönetilememekte, verimli olamamaktadır. Kamu yönetim sistemimiz opera-bale sanatını statükoya göre sınırlamakta, bu sanatların gerektirdiği özel ve özgür mantığa tamamen ters düşmektedir. Bu kurumlarımız ancak sübvansiyonlu ve bağımsız birer "özerk" teşekkül olduğunda (yani kamu yönetim sistemine tâbi olmadığında) ve malî açıdan Batı ile rekabet edebilecek alt yapı imkânlarına kavuşturulduğunda (öncelikle Ankara'ya İstanbul'a, İzmir'e Mersin'e ve Antalya'ya birer müstakil opera-bale sarayı inşa edildiğinde) ideal opera-bale kurumlarına dönüşebilecektir.

Herhangi bir özelleştirme söz konusu olabilir mi?

Asla! Maalesef bu yönde düşünen az da olsa bazı kişiler var. Onlara şunu söyleyebilirim: "Yeryüzünde bir tek özel opera-bale kurumu yoktur". Bu heveste olanlara tavsiyem Türkiye'de opera-bale sanatını yok edenler sıfatını kazanmamaları! Bilgisizlikten kurtulmak için araştırma yapmaları. Konuya çağdaş ve bilimsel metodlarla yaklaşmaları. Opera-bale sanatı sahne sanatlarının en pahalısıdır. Hiç bir ahvâlde gelir-gider dengesi olamaz. Devlet için ciddi prestij kurumlarıdır. Kâr gayesi olmayan bir alanın özel sektöre devri zaten mümkün değildir.

Opera-Bale sanatçılarımızın sanatsal düzeyi

Batı ile rekabet edebilecek durumda mıdır?

Artık evet! Bildiğiniz gibi beş ilimizde birer opera-bale kurumumuz var. Ankara, İstanbul, Izmir, Mersin ve Antalya'da. Bu kurumlarımızın temel birimlerine yani orkestralarına, korolarına, kordöbalelerine baktığımızda Avrupa standartını yakalayabilecek bir düzeye gelinmiş olduğunu görüyoruz artık. Bu beş ilimizde solist-şarkıcı ve solist-dansçı olarak görev yapan sanatçıların bir bölümünün de Avrupa standartlarına eriştiğini söyleyebilirim. Eskiden bu kadar sevindirici bir tablo yoktu. Daha ziyade bireysel olarak tek tük değerli sanatçı yetişiyordu. Ancak bugün bir yandan içinde bulunduğumuz alt yapı eksikliği, öte yandan idarî ve malî şartların opera-balemize akseden olumsuzlukları sanatsal sonuçları etkilemekte, performansı zaman zaman hak etmediğimiz kadar asağıya çekmektedir.

Öyleyse hükûmetin, başta da sayın Kültür Bakanı'nın düğmeye basması gerekmiyor mu?

Evet! Ama çok uzun bir süreden beri sorunlarımıza sahip çıkan bir Kültür Bakanımız olmadı. Genellikle statükoyu muhafaza ettiler. Bir gün sorunları çözmeye aday olan bir hükümet iktidara gelir veya mevcut hükümet sorunları çözmeye karar verirse hangi Kültür Bakanı olursa olsun düğmeye otomatikman basar. Bilinçli veya bilinçsiz olarak baltalanmakta olan bedii opera-bale sanatımız bürokratik esaretten kurtulur, çağdaş uygarlık düzeyine ulaşmış olarak dünya opera-bale platformunda sanatsal olarak çoktan hak ettiği onurlu ve değerli yerini alır.

Türkiye'nin yaşayan en yaşlı Karagöz Ustası

TACETTİN DİKER...

Karagöz sanatının son temsilcisi ve ustası Tacettin Diker, 31.03.2014 tarihinde vefat etti.

Sizleri bu söyleşimde Cumhuriyet Tiyatrosu'ndan birkaç yüzyıl geriye götürmek istiyorum; meddah, kukla, gölge oyunu, orta oyunu gibi "Geleneksel Halk Tiyatrosu" adı altında incelenen tiyatro türlerinin Anadolu'da yayıldığı on yedinci yüzyıla...

Ancak ben burada bu türlerden sadece "Gölge Oyunu" yani ""KARAGÖZ" üzerinde duracağım.

"Gölge oyununun Türkiye'ye nereden, nasıl ve ne zaman geldiği konusunda şunları söyleyebiliriz: Orta Asya ve İran'da gölge oyunu bulunmadığına göre, böyle bir etkilenmeden söz etmek mümkün değildir. Gölge oyunu, Türkiye'ye 16. yüzyılda Mısır'dan gelmiştir; Türkiye'de gölge oyununun varlığını kesin olarak gösteren kaynaklara da 16. yüzyılda rastlanmaktadır. Gölge oyununun Türkiye'ye 16. yüzyılda Mısır'dan gelmiş olduğu üzerine kesin kanıt vardır. Bu kanıt, Arap tarihçisi Mehmed bin Ahmad bin İlyas-ül-Hanefi'nin Bedayi-üz-zuhür fi vekayi-üd-dühür adlı Mısır tarihindedir. Bu eserin birkaç yerinde gölge oyunuyla ilgili pasajlar vardır... 1517'de Mısır'ı ele geçiren Yavuz Sultan Selim, Memlük Sultanı II. Tumanbay'ı 15 Nisan 1517'de astırmıştı. Cize'de Nil üzerinde Roda Adası'ndaki sarayda bir gölge oyuncusu Tumanbay'ın Züveyle kapısında asılışını ve iplerin iki kez koptuğunu canlandırmıştır. Bu gösteriyi çok beğenen Sultan, oyuncuya 80 altın, bir de işlemeli kaftan armağan ettikten sonra "İstanbul'a dönerken sen de bizimle gel, bu oyunu oğlum da görsün, eğlensin" demiştir.... 17. yüzyılda kesin biçimini alan Karagöz, daha sonraki yüzyıllarda büyük bir gelişme göstermiş, Türklerin en sevilen, tutulan gösterisi olmuştur. Karagöz'ün gelişimi içinde iki önemli sorun vardır. Bunlardan biri, Karagöz'ün toplumsal ve siyasal eleştiri, taşlama yönü, ötekisi ise, açık-saçıklığıdır. Karagözün ortadan kalkmasında Batı tiyatrosunun Türkiye'ye girişinin etkisi bulunduğu gibi, söz konusu bu iki özelliginin de payı olduğu söylenebilir... Karagöz tek sanatçının gösterisidir. Bununla birlikte, Karagözcünün yardımcıları da vardır. Hayali veya hayalbaz denilen ustanın bir de çiragi bulunur. Oyunlarda şarkıları, türküleri okuyana yardak denilir. Tef çalan yardımcıya da dayrezen denilir, bu gerekince velvele yapar. Bunlar şarkı da söylerlerdi..." - Metin And, Başlangıcından 1983'e Türk Tiyatro Tarihi.

Karagöz ve Hacivat'ın gerçek kişiler olduğuna ilişkin halk arasında yaygın olan bir efsane de şöyle:

"Karagöz Batı Trakya'da yaşayan bir demirci ustasıdır. Orhan Gazi Bursa'yı alınca buraya gelir, Demirtaş köyüne yerleşir. Orhan Gazi'nin emriyle inşa edilmekte olan caminin bağlantı demirlerini yapmakla görevlendirilir. Caminin ustabaşısı Hacı İvaz (Hacivat) ile Karagöz arasında bir süre sonra eğlenceli söyleşmeler başlar. Öteki işçiler işi gücü bırakıp onları izlediklerinden işler yarım kalır. Durumu ögrenen Orhan Bey, Karagöz'ün başını vurdurtur. Karagöz'ün başina gelenleri görüp ürken Hacivat, hacca gitmek üzere yola çıkar, eşkiyalar tarafından öldürülür. Tüm olanlardan pişmanlık duyan Orhan Bey, Şeyh Küşteri adlı birinin Karagöz'le Hacı İvaz arasında geçen söyleşmeleri bildiğini ögrenir. Çagirtip anlatmasını ister. Şeyh Küşteri de aydınlatılmış bir perdeye yansıttığı görüntülerle Havı İvaz ve Karagöz arasındaki söyleşmeleri canlandırır. Orhan Bey çok beğenir ve bu oyunun sürdürülmesini ister. Böylece karagöz oyunu ortaya çikmis olur. Halk arasında yaygın bir efsane olmasına karşin, yapılan araştırmalar bu efsanede kimi tarih tutarsızlıklarının olduğunu ve gerçekle pek ilintisi olmayacağını ortaya koymuştur..." -Büyük Larousse, s: 6376

Yaptığımız bu tarihi gezi ve bilgilerden sonra, gelelim bu sanatı, yani Karagöz denilen gölge oyununu oynatanlara; KARAGÖZCÜ(LÜK)'lere: Karagöz oyununda kullanılan insan figürlerini yapıp, oynatan kimselere... Diğer adlarıyla Hayali, Hayalbaz...

Eski Karagözcülerden adları bilinenler çok az. Örneğin: Hayali Küçük Ali, Hazım Körmükçü ve Camcı İrfan... gibi. İşte TACETTİN DİKER'de bu Karagöz ustalarının yetiştirdiği Karagözcü'lerden biri; daha doğrusu, Türkiye'nin yaşayan en yaşlı son Karagöz ustası.

Kendisiyle Beyoğlu Tünel'de, Tarık Zafer Tunaya Kültür Merkezi'nde buluştuk.

İstanbul'un Süleymaniye semtinde 1923 yılında dünyaya gelen Tacettin Diker, 86 yaşında; yani yaşayan en yaşlı geleneksel seyirlik gölge oyunu Karagöz ustamız.

4 yaşlarında iken Karagöz figürlerini, ölmüş olan dayısından kalan bir sandıkta görmüş. Bilinçli olarak Karagöz ile tanışması ise, İstanbul Erkek Lisesi'nde okurken Unkapanı'ndaki Halkevi'nde Karagöz seyrederken olmuş. Küçükpazar'daki Halkevi'nde Temsil Kolu Başkanı iken, oraya on günlüğüne gelen zamanın Karagöz ustası Camcı İrfan'ı seyretmiş. Kendisiyle tanışmış. On günlük Karagöz oyunları esnasında hem perde içini, hem de perde dışını seyretmiş.

1948 yılında tanıdığı bu Karagöz ustasından aldığı

feyz üzerine bu sanata iyice merak sarmış ve öğrenmeye başlamış.

Önceleri mukavvadan yapılan Karagöz'ü oynatırdım...

Ölmüş olan dayım'ın sandığında, 3-4 yaşlarında gördüğüm o Karagöz figurlarını hiç unutamadım. Daha sonra okul yıllarımda Karagöz'ü seyrederken çocukluğumda gördüğüm o figurları hatırladım; iyice merak sardım. Mukavvadan yapılmış Karagöz figurlarını aktarlardan alıp, tavada kızartıp, sopa takar oynatırdım. Ancak fazla dayanıklı değillerdi. 40'lı yıllarda Unkapanı'nda Karagöz oynatılırdı; ünlü Karagöz ustalarını seyrederdim.

Ünlü Karagöz ustası Camcı İrfan Bey ile tanışıyorum...

Küçükpazar'daki Halk Odası'nda temsil kolu kurmuştuk. Birkaç yıl oranın başkanlığını yapmıştım. Zamanın ünlü Karagöz ustası Camcı İrfan Bey on günlüğüne oraya gelmişti. Bizde kaldığı on gün içinde kendisiyle beraber olduk, on gün Karagöz oynattı. Ben, hem perde içini, hem de perde dışını seyretme fırsatını bulmuştum. Sene olarak 1947-48 filandı. Böylece uzun zamandır amatörce merak sardığım Karagöz'e iyice sarıldım. Bulduğum her fırsatı değerlendirdim. O aralar İstanbul Radyosu'nda da Hazım Körmükçü de Karagöz oynatırdı, hiç kaçırmazdım o radyo yayınlarını.

Ve profesyonelliğe geçiş... İstanbul Festivali...

1973 yılında Cumhuriyet gazetesinde "Karagöz Yapım-Oynatım ve Piyesleri Yenileme Kursları" diye bir ilan okudum. Bu kurslar Nurettin Sevim Beyin idaresindeki Atatürk Kültür Merkezi'nde verilecek olan bu kurslara imtihanla girdim. 3-4 yıl bu kurslara gittim. Çok şey öğrendim bu kurslarda. 1976 yılında 25 sene görev yaptığım Ziraat Bankası'ndan emekli olduktan sonra da tamamıyla kendimi profesyonelce Karagöz yapım ve oynatmaya verdim. İstanbul Festivali'ni hazırlayan Aydın Gün Bey de beni Yadikule Zindanları'nda Karagöz oynatmaya çağırdı. O ara Erol Günaydın ve Selim Naşit de oradaydılar. Gösteri bittikten sonra, sohbet sırasında bana Akbank Çocuk Tiyatrosu'nda beraber çalışma teklif ettiler. Onlara katıldım. Turnelere gittik.

Selim Naşit anılarında o günleri şöyle anlatmış:

"... 1972'de kurulan Akbank Çocuk Tiyatrosu'na ben birkaç yıl sonra katıldım... 1978-1979 yıllarında, bir karavanla, ta Almanya'ya kadar giderek ortaoyunu ve Karagöz'den örnekler sahneledik. Erol Günaydın, Tacettin Diker ve ben bu yurtdışı temsillerinin sorumluluğunu üstlenmistik. Oldukça maceralı bir yolculukla, karayoluyla Berlin'e kadar uzanmıştık. Başımıza gelmeyen kalmamıştı. Yugoslavya'da yolları şaşırıp, dağ yollarına mı sapmadık, Macaristan'da girdiğimiz restoranlarda -dillerini bilmediğimiz için- acayip yemekler mi yemedik, Almanya'da şaşkınlıkla trafik kurallarına uymadığımız için cezalar mı yemedik. Daha sonraları gülerek hatırladığımız bu trajikomik anılar, o zaman bizlere az stres yaşatmamıştı..." -İsmail Biret, Komik-i Şehir Naşit Bey ve Çocukları.

Karagöz Kursları açtım...

Çocuk Vakfı'nda açtığımız Karagöz Kursları'nda şimdiye değin 15 talebe yetiştirdim; bunlardan birkaçı,

Türkiye'nin bazı yerlerinde Karagöz sanatını hem devam ettiriyorlar hem de onlar da yeni Karagöz sanatçıları yetiştiriyorlar. Yani kaybolmaya yüz tutmuş Karagöz'ü yaşatıyorlar.

Karagöz yapımını İngilizlere de ögrettim...

İngiltere'den gelen iki kuklacıya Karagöz yapımını ve oynatımını 15 gün verdiğim özel kursla ögrettim. Daha sonra oradan bana tekrar gelen davet üzerine İngiltere'ye gittim. 23 kuklacıya giderken Karagöz yapımında kullanılan malzemeleri de beraberimde götürdüm. Yine aynı şekilde oradaki kuklacılara Karagöz yapımını ve oynatımını öğrettim. Onlarda da gölge oyunu var. Ancak kullandıkları malzeme deri değil, mukavva. O da fazla dayanmıyor.

Karagöz felsefesi...

Karagöz halk adamıdır, okumamıştır, cahildir. Halk içinde yetişmiştir. Sağduyuludur, herkesin iyiliğine koşar. Hacivat'a gelince; okumuştur, üniversite tahsili yapmıştır. Zaten tiyatro sanatında müspet ve menfi olmazsa ortaya birşey çikmaz. İkisinin tartışmasından da komedi ortaya çıkar. Hacivat güzel Türkçe konuşur. İstanbul efendisidir; her ikisi de İstanbul Türkçesini konuşurlar.

Müzelik ve Zamanın Karagöz'ü...

Karagöz'ü ikiye ayırmak lazım:

Müzelik Karagöz ve Zamanın Karagöz'ü.

"Karagöz değişmez!" diyenler var. Oysa eskiler değiştirmişler; farkında değiller. Erkeklerde kalpak var, şapka, takke ve kaftan var. Kadınlarda ise çarsaf, etek ve döpyes var. Zamana uygun olarak kıyafetlerde de değişiklikler olmuş. Karagözü bugüne tatbik etmezseniz yaşamaz, ölür. Bir de "Karagöz yaşamış mı, yaşamamış mı" tartışmaları yıllardır sürüp gidiyor. Öyle veya böyle, Karagöz Anadolu'nun her yerinde vardır. Karagöz Mısır'dan mı, Çin'den mi, Bursa'dan mı?.. Kimi, Mısır'daki, kimi Çin'deki, kimi de Bursa'daki olayı anlatır. Halk benimsemiş, öyle de, böyle de Karagöz halka mal olmuştur; Karagöz ihtiyaçtan doğmuştur. Halk Karagöz'dür. Görevimiz onu zamanımızda da yaşatmaktır!..

Karagöz figürlarının yapımı...

Karagöz figürleri kalın deriden, özellikle de deve derisinden yapılır. Bu derinin kullanılabilmesi için birçok işlemden geçmesi gerekir. Fakat piyasada bu deriyi bulmak zor. Eskiden Balıkesir'de bir ustamız vardı. O da öldü. Oğluna da bu mesleği ögretmemis. Ben dana ve sığır derisinden yapıyorum. Deri, cam ile kazınır, saydamlaştırılır. Tek tek delinir. Renklendirme için kökboyası kullanılır. Fakat o da zor. Onun yerine Çin mürekkebi kulanılmakta. Karagöz perdesinin boyutları eskiden 2x2.5 metre iken daha sonra 1.10x0.80 metre olmuştur.

Katıldığım etkinlikler, ödüller...

1997 İstanbul BŞB Şehir Tiyatrosu'nda "Ah Karagöz Vah Karagöz" oyunu, 1974-2004 arasında Akbank Kukla ve Karagöz Tiyatrosu'nda gösteriler, Yurtdışında pek çok festivallere katılma; Fransa, Almanya, Hollanda, Tunus, Kıbrıs, İtalya, Avusturya, 1975 Bochumer İnternationale, 1982,1983,1985 Duisburg Belediyesi'nin davetiyle çesitli şehirlerde 28 temsil, 1983 İtalya Palermo Üniversitesi, 1988,1991 Dortrecht Uluslararası Kukla Festivali, UNIMA Türkiye Milli Merkezi Üyesi, 1996 UNIMA Geleneksel Türk Tiyatrosu Hizmet Ödülü, 2000 İst. Belediyesi GSM "Yılın Tiyatro Adamı Ödülü (Yeni Karagöz sanatçıları yetiştirdiğim ve Türk Tiyatrosuna katkılarımdan dolayı), 2005 Rotary Kulübü Meslek Hizmet Onur Ödülü.

Sanatı kepçeleyen buldozerlerin gürültüsü eşliğinde

TARIK PAPUÇÇUOĞLU ile yapılan bir söyleşi...

Son yıllarda televizyon dizilerini saymak imkansız hale geldi.

Bazen yeni bir dizi başlıyor; dizide rol alan sanatçıların içinde severek izlediğiniz sanatçıları görüyorsunuz. Ancak birkaç haftadan sonra; dizinin günü ve saati geldiğinde, televizyonun karşısına geçiyor, bekliyor, bekliyor, bekliyorsunuz... maalesef dizi programda yok... Yani kaldırılmış. Üzülüyorsunuz. Kaldırılmayan dizilerden bazıları birkaç yıl sürüyor;

"İkinci Bahar", "Hayat Bilgisi", "Yabancı Damat", "Bizimkiler", "Zerda", "Yazlıkçılar", "Avrupa Yakası", "Yazlıkçılar" ve çok tutan son günlerin dizisi "Yaprak Dökümü"... gibi.

Örneğin "İkinci Bahar" ve "Hayat Bilgisi" severek izlediğim uzun soluklu diziler idi.

İşte sizlere sunacağım bu söyleşimdeki sanatçımız da bu her iki dizide oynamış olan

TARIK PAPUÇÇUOĞLU.

"İkinci Bahar"da başarıyla canlandırdığı Kebapçı Vakkas, "Hayat Bilgisi"nde ise Amil Bey, yani okulun müdürü.

Kendisini 3 Mart 2008'de İstanbul Lütfi Kırdar

Kongre ve Sergi Sarayı'nda galası yapılan "Kibarlık Budalası" adlı oyunda seyrettim.

Oyundan önce kuliste Haldun Dormen ve Tarık Papuççuoğlu ile sohbet ettim.

Her ikisi de heyecanlıydılar.

Haldun Dormen, 8 yıl aradan sonra oyuncu olarak tekrar sahneye çıkmanın heyecanını yaşarken, Tarık Papuççuoğlu'da, Haldun Dormen gibi, aynı şekilde birkaç yıl ara verdiği tiyatro sahnesine dönmenin heyecanını yaşıyordu. Tarık Papuççuoğlu'nun heyecanı biraz daha farklı idi. Çünkü uzun yıllar Haldun Dormen ile aynı sahneyi paylaşmak istemiş, ancak bir türlü kısmet olmamış. Bunun hazzını ve heyecanını yaşıyordu o gün... Oyunda, Mösyö Jourdain'in (Haldun Dormen) saflığından faydalanıp, onun parasına göz diken Kont rolünü oynayan Tarık Papuççuoğlu ile yaptığım söyleşime geçmeden, sizlere biraz "Kibarlık Budalası" adlı oyundan bahsedeyim:

Kibarlık Budalası...

İstanbul Metropolitan Sanat ve Kültür Platformu ile Tiyatro Kedi'nin ortak yapımı olan Moliere'in ölümsüz eseri KİBARLIK BUDALASI'nda, Türkiye'de ilk kez yepyeni bir uyarlama yapılmış. Oyunda yer alan eserleri Şef Oğuzhan Balcı yönetiminde, 15 kişilik İstanbul Metropolitan Oda Orkestrası, "Barok Dönem"in dev bestecileri Vivaldi, Bach, Albinoni ve Boccherini'nin eserleri ile Lully'nin bu oyun için yaptığı özel besteleri seslendiriyor.

Türk Tiyatrosu'nun büyük ustası Haldun Dormen'in, sekiz yıl aradan sonra yeniden sahneye döndüğü KİBARLIK BUDALASI'nın uyarlamasını İpek Kadılar Altıner yapmış. Hakan Altıner'in sahneye koyduğu oyunun Müzik Direktörü ise Arda Aydoğan. 17. yüzyıl Fransa'sında geçen oyunda, cahil, saf fakat çok zengin bir adam olan Mösyö Jourdain'in (Haldun Dormen) bir tek amacı vardır: Asilzade olmak, soylu sınıfa girebilmek. Onun saflığından faydalanmaya çalışan Kont (Tarık Papuççuoğlu) ise bu saflıktan yararlanıp onu devamlı sömürür. Oyunda oynayan diğer sanatçılar ise: Ebru Cündübeyoğlu, Özlem Çakar, Abdül Süsler, Elif Çakman, Dilek Aba, Oral Özer ve Erez Ergin Köse.

Tiyatro kelimesini hep duyardım...

1949 İstanbul doğumluyum.Tiyatro, ortaokul dönemime kadar bilmediğim bir şeydi... Duyardım tiyatro kelimesini, ancak nedense hep sinemaya giderdik. Liseyi Beyoğlu'nun ortasındaki Galatasaray Lisesi'nde okudum. O dönemin tiyatroları Pera'da, yani Beyoğlu'nda idi; Şehir Tiyatrosu, Devlet Tiyatrosu, Dormen Tiyatrosu, Küçük Sahne... gibi. Çarşamba günleri, öğleden sonra hep boştu. Dışarı çıkar, Beyoğlu'nu gezer, akşam tekrar dönerdik.

Ve tiyatro ile tanıştığım gün...

İşte, yine bir çarşamba günkü öğleden sonra Beyoğlu'na yaptığımız gezilerimizden birinde,

"Yahu, bu tiyatro denen şey nasıl acaba?" diye merek ettik ve ilk rastladığımız bir tiyatroya girip bilet alıp, içeri girdik.

Girdiğimiz tiyatro Şehir Tiyatroları'nın "Yeni Komedi Sahnesi" idi. Emek Sineması'nın bitişiği olan bu yer şimdi bir konfeksiyon mağazasının deposu olarak kullanılıyor. Biletimi alıp, sinemaya girdiğim gibi içeri girip, koltuğa oturdum. Işıklar söndü, perde açıldı. Birden sahneye canlı canlı insanlar dolmaya başladı. Tabii sinemaya alışık olduğum için tuhafıma gitti; sahnede insanları görünce çok şaşırdım; çok hoşuma gitti; büyülendim adeta. Sanıyorum 1963 veya 1964 idi. O gün oynayan oyun ise, ne tesadüftür ki, Moliere'den idi. Oynayanların arasında Şehir Tiyatrosu'nun en eskilerinden Vasfi Rıza Zobu ve Kemal Bekir gibi usta oyuncular vardı. İnanılmaz bir güldürüydü. Kostümler, şiveler ve jestler beni büyülemişti.

Bende tiyatro sevgisi oluşmaya başladı...

İlk seyrettim bu oyunla beraber bende bir tiyatro sevdası oluştu. Okulda bir müsamere hazırlanacaktı.

"Oynamak isteyen var mı? "diye sorulunca, parmak kaldırıp oyuna katılacağımı söyledim.Kendimi denemek istemiştim. Galatasaray Lisesi'nin Tevfik Fikret Konferans Salonu'nda sahneye çıkınca da daha keyiflendim. Yani ilk sahneye çıkışım o meşhur salonda oldu. Cahit Atay'ın "Pusuda" adlı oyunuydu ilk oynadığım oyun. Bu oyunun arkası geldi ve daha ciddi eserleri sahneledik bu salonda.

Dönem arkadaşlarım...

Ferhan Şensoy, Engin Ardıç ve Metin Gürsel dönem arkadaşlarımızdılar. Hepsi kendi branşlarında bugün çalışmaktalar. Kimi köşe yazarı, kimi tiyatrocu olarak devam ediyorlar. Liseden sonra Devlet Güzel Sanatlar Akademisi Mimarlık Bölümü'nü okudum. Paralel olarak ta Devekuşu Kabare'ye başladım. İlk profesyonel oyunum "Devekuşu Kabare"de 1971 yılında "Ha Bu Diyar"la oldu. O ara Ergun Köknar "Üsküdar Oyuncuları"nı kurmuştu. Orada da oynadım. Daha sonra ise de Ferhan Şensoy'un kurduğu "Ortaoyuncular"a katıldım. 1987'de Ferhan Şensoy ve grubu ile olay yaratan "Muzır Müzikal"da oynadım. Bu oyun yasaklandı. Bu arada tiyatro da yandı. Daha sonra yine aynı grupta "Fişne Pahçesu"nda oynadım. Mimarlık diplomamı aldım, ancak hiç mimarlık yapmadım. Baba mesleği olan tekstilciliği 30 yıl sürdürdüm.

Doktor ol, mühendis ol; tiyatrocu olma!..

Tiyatroya ilgi duyduğumda ve yapmak istediğimde, ailemden hiç itiraz gelmedi, zorlukla karşılaşmadım. Bu yönden, diğer arkadaşlarıma göre ben şanslı sayılırım. Oysa diğer dönem arkadaşlarım bu konuda dertliydiler. Çoğunun ailesi karşıydılar tiyatro yapmalarına. 1960'lı yıllarda

"Doktor ol, mühendis ol; fakat tiyatrocu olma!.."

anlayışı vardı, çoğu anne baba karşı çıkıyorlardı çocuklarının tiyatro sanatını seçmelerine. Benim böyle bir durumum olmadı.

Çünkü ben, tiyatroyu birinci mesleğim olarak ne gördüm, ne yaşadım, ne de öyle bir vaktim olmadı. Hep kendi işim vardı; kendi işimin yanında bir hobi gibi, ancak profesyonal bir hobi gibi 40 yıldır sürdürdüm tiyatro çalışmalarımı... Ailemin herhangi bir engeli veya katkısı olmadı. İşimi yapıyordum. Bunun yanında da profesyonel olarak tiyatro ile uğraşıyordum. Profesyonel olduktan iki yıl sonra da evlendim. Çoluk çocuk, hep bir arada, hem geçimimi sağladım hem de tiyatroyla uğraştım.

Kızım da tiyatroyu seçti; yönlendirmedim...

Kızım Zeynep, küçük yaşta tiyatroya merak sarmıştı; o da tiyatroyu seçti. Bir yönlendirme yapmadım. Tabiki çevresi tiyatrocu arkadaşlarımla doluydu; onların ellerinde büyüdü. Yani küçükken tiyatro camiasının içine girdi. Liseyi bitirdi, üniversiteyi İngiltere'de İş İdaresi Bölümü okudu. Fakat sonunda "Ben tiyatrocu olacağım" dedi. Ben de engel olmadım.

İlk televizyon çalışmam...

Tiyatronun yanısıra, sinema ve televizyon çalışmalarım da oldu. İlk televizyon çalışmam 1984 yılında TRT için "Köşe Dönücü" adlı dizi ile oldu. 1984'de Ankara'da Ferhan Şensoy ile "Şahları da Vururlar" oyununun turnesi için Ankara'da idik. TRT'den bu dizi teklifi gelmişti. Ferhan Şensoy'un yazmış olduğu bu dizide Ferhan Şensoy ve arkadaşları ile beraber oynadık; çok tutmuştu.

Televizyon çalışmalarımdan örnekler...

Aman Annem Görmesin, Cesaretin Var mı Aşka, Oyun Bitti, Kısmetim Otel, Sinekli Bakkal, Hayat Bilgisi, Yıldız Karayel, Bizim Otel, Koltuk Sevdası, Evimiz Olacak mı?, İkinci Bahar, Varsayalım İsmail, Şen Dullar, Köşe Dönücü... gibi.

Sinema çalışmam...

İlk filmim Atıf Yılmaz ile oldu. İşlerimin yoğunluğundan bir süre tiyatrodan ayrılmak zorunda kalmıştım. Sadece tiyatrodan geçimimi sağladığımı düşünen Atıf Abi çok üzülmüş tiyatrodan ayrıldığıma. Tabii o benim tiyatronun dışında başka bir işim olduğundan haberi yokmuş. O da o sırada "Ah Belinda" filmini çekiyor. O filmde bana güzel bir rol vermişti.

Sinema, tiyatro, televizyon çok farklı şeyler...

Bilhassa televizyon, tam bir tüketim aracı. Çünkü yapıp, bitirip teslim ettikten on dakika sonra tüketilip çöpe atılıyor; hiç izi kalmıyor. Tiyatro ise oynandıktan sonra geriye kalan bir tek program dergisi oluyor. Sinema ise bu konuda çok ilginç. Sinema filmi bir yerde arşivleniyor; tarihe not düşülüyor. Televizyon dizileri de yapmaya mecburuz. Çünkü tiyatroya gösterilen ilgi azaldı. Sinema da seyircisini azalttı. İşte televizyon dizileri bize maddi desteği tamamlıyor. Yani dizilerden aldıklarını sinemaya ve tiyatroya yatıran arkadaşlar mevcut; iyi ki diziler var.

Haldun Dormen kadar ben de heyecanlıyım...

Haldun Dormen'le daha önce çalışmadım. Kendisi 8 yıl aradan sonra oyuncu olarak sahneye çıkacak. Onun heyecanını hepimiz yaşıyoruz. İlginçtir ki, ben de birkaç yıldır tiyatro yapamadığım için tekrar sahneye döneceğim için heyecanlıyım. Uzak kalmamın sebebi de seyirci sıkıntısıdır. Ekonomik olarak kalabalık kadrolu oyun sergileyemiyorsunuz. Çünkü 10 kişilik bir oyun sergilerseniz batarsınız. Şimdiki oyunlar genellikle 2-3, bilemediniz dört kişilik. Kalabalık grupla oyun sergilemenin keyfi bambaşka. Ancak seyirci açısından kalabalık bir grupla olmuyor, imkansız. Dolayısıyla ben, uzun zamandır tiyatro yapmadım. Hem Haldun Abimin 8 yıl aradan sonra, hem de benim, kısa bir aradan sonra sahneye çıkmamın heyecanı var. Bir de ben senelerdir hep istemişimdir Haldun Dormen'le aynı sahneyi paylaşmayı. Moliere'de uzun zamandır Türkiye'de oynanmıyor. Yani hepsi bir araya geldi.

Kibarlık Budalası Oda Orkestrası ile buluşuyor...

Hakan Altıner'de oyunu bir Oda Orkestrası ile sergiledi. Bunlar hiç yapılmamış işler. İçinde Bach var, Vivaldi, Albinoni ve Boccherini var. Onların verdiği konsere klasik bir oyunla katılıyoruz. Bu ilk defa olan bir şey. Oyun çok komik bir oyun. Biz oyuncular da oynarken çok eğleniyoruz. Seyircinin de beyeneceğini umuyorum. Bugün ilk gün çok heyecanlıyım...

Bu söyleşi sırasında, dışarıdan yıkım yapan buldozerlerin gürültüsü geliyordu. Bu yıkımla ilgili yazımı da söyleşi arasına almayı uygun buldum:

"Ben oradaydım!..

3 Mart günü Tiyatro Kedi prodüksiyonu olan Kibarlık Budalası oyunu için Lütfi Kırdar Kongre ve Sergi Sarayı'nda idim. Oyundaki sanatçılarla söyleşi yapacağım için erken gittim. Bir de ne göreyim; binanın önü toz duman içinde. Dozerler büyük bir gürültü yaparak çalışmaktalar. Girişteki Sevgi ve Barış heykelini yerinden sökmeye çalışıyorlar. Benden başka gazeteci var mı diye

sağıma soluma bakındım; maalesef, sadece ben varım... Oradakilere ne yapıldığını sorduğumda heykelin yerinin değişeceğini söylediler... yutmadım. İçim burkuldu, ezildi...

O sırada oradan geçen bir bayan beni görevli sanıp bana ne olduğunu sordu... benden cevap alamayınca da öfkeli bir şekilde "herhalde yeni bir cami yapacaklar!.." dedi.

Sanata vurulmuş her darbeyi ben vucudumda hissediyorum, canım yanıyor..."

Tarık Papuççuoğlu'na dışarıda yıkım yapan buldozerlerden rahatsız olup olmadığını sordum...

Buldozerler bizim artık hayatımızın bir parçası olmaya başladı.. Çok büyük buldozerler var bu ülkede... Nedense de o çelik kepçeler sanatın filizlendiği yerlerin üzerinde gezmeye başladı. Bu gidişin hiç iyi olduğunu düşünmüyorum; inşallah iyi olur; İNŞALLAH!..

"Tiyatroyu çağdaş düzeye getiren
Atatürk kuşağının sahnedeki son temsilcilerinden..."
yatakta değil de ayakta ölmek isteyen,
Devlet Tiyatrosu sanatçısı

TEKİN AKMANSOY...

Sanatçımızı 12 Şubat 2013 tarihinde, 89 yaşında kaybettik.

1974 yılında Türkiye'nin ilk yerli dizisi **KAYNANALAR,** TRT 1'de siyah beyaz olarak yayınlanmaya başlanmıştı. Anadolu'dan İstanbul'a göç eden Nuri Kantar ve Ailesi'ni anlatan efsane dizi **KAYNANALAR...**

Yaklaşık 40 yıl önce başlamıştı bu efsane dizi.

Benim lise yıllarına rastlıyor o yıllar.

Diziyi, konu komşu, hep bir arada, birkaç aile seyrederdik. Çünkü televizyon tam anlamıyla yayılmamıştı; her eve girmemişti daha. Ya toplu olarak kahvelerde, ya da mahallede hangi evde televizyon varsa orada toplanırdı mahalle sakinleri. Tabii renkli de değildi TRT yayınları; siyah beyaz idi.

Hani "Uzay Yolu", "Komiser Kolombo" ve "Kaçak" dizisinin olduğu yıllar.

Dizinin kahramanlarından Nuri Kantar ve Nuriye Kantar ve hizmetçileri Döndü, halk tarafından çok sevilmiştiler. Çünkü onlar da halkın konuştuğu gibi konuşuyorlardı. 90'lı yıllarda ise bu diziler videoya çekilmeye başlandı ve böylece Almanya'da çalışan işçilerimizin evlerine misafir olmaya başlamışlardı.

İşte, 70'li yıllarda, İstanbul'daki evimize misafir olan Nuri Kantar'a 2010 yılında, yani yaklaşık 40 yıl sonra ben misafir oldum.

70'li yıllarda Devlet Tiyatro sanatçısı iken, KAYNANALAR dizisiyle birden ünlenen **TEKİN AKMANSOY'**un Beşiktaş'taki evindeyim. Bir gün önce de dizinin kahramanlarından "Döndü" karakterini oynayan Defne Yalnız'ın misafiri idim.

40 yıl önce de ben onu evimde ağırlarken, o beni Küçükçekmece Devlet Tiyatro Sahnesi'nin fuayesinde ağırlamıştı. Keyifli sohbetimizden sonra da Tuncer Cücenoğlu'nun yazdığı, Serpil Tamur'un yönettiği "Kadın Sığınağı" adlı oyunda seyretmiştim seneler öncesinin "Döndü"sü Defne Yalnız'ı.

Evet, biz yine Beşiktaş'a; seneler öncesinin Nuri Kantar'ı **TEKİN AKMANSOY'**a tekrar geri dönelim...

Kapıyı yönetmen kızı Arzu Akmansoy açtı.

Arzu Akmansoy, İngiltere'de yönetmenlik eğitimi almış. Kaynanalar'ın son 15 yılının çekimlerini o yapmış. Ayrıca babası Tekin Akmansoy'un oynadığı "Sonradan Görmeler", "Emret Muhtarım" ve "Bey Baba" gibi dizilerini de yönetmiş. Arzu Hanım beni ve abimi, Nuri Kantar'ın, özür dilerim, babası Tekin Akmansoy'un olduğu odaya götürüyor. Yılların tiyatro, sinema ve dizi oyuncusu Tekin Akmansoy'la tanışıyoruz. Daha doğrusu 40 yıldan beri kendisini televizyondan tanıdığım Tekin Akmansoy'a kendimi tanıştırıyorum.

Görünüş olarak 40 yıl öncesinin Nuri Kantar'ı. Sadece dökülmeyen gür saçları beyazlamış. Uzun boylu, iri yarı. 87 yaşında olmasına rağmen dinç gözüküyor. Onu son oynadığı "İki Aile" dizişinde seyretmiştim.

1924 Denizli doğumlu. 17 yaşında iken Necip Fazıl'ın yazdığı "Para" isimli oyunda oynamış. O ara Halkevi'nde tiyatro kurslarına katılıyormuş. "Para" oyunundan para aldığı için ilk profesyonel oyunu sayıyor bu oyunu.

70. Sanat Yılı'nı 2009'da Cemal Reşit Rey Salonu'nda yakın dostu ünlü tiyatro yazarı Dürrenmatt'ın "Göktaşı" adlı eserini sahneye koyup oynayarak kutlamış. Aynı oyunu 1966'da Devlet Tiyatroları'nda oynamış. Meddah geleneğinin en yaşlılarından biri olan, "*Yatakta değil de, ayakta ölmek istiyorum*" diyen bu usta oyuncumuzla yaklaşık iki buçuk saat sobetimiz oldu. Aşağıda okuyacağınız satırlar bu sohbetin sadece özeti:

Bana bulaşan tiyatro mikrobu...

Bana bu tiyatro mikrobu bulaşalı o kadar çok oldu ki, ne zaman, nasıl oldu, hatırlamıyorum.

Hatırladığım bir şey var ki, ben bana bulaşan mikrobu başkalarına da bulaştırdım.

Şu kadarını söylemek isterim: Ben hiçbir şeyin hesabını yapmam. Hep kendimi denerim, sınarım. Her şeyde; hiç tahmin etmediğim bir spor dalı, tenis, beni çok sevdi; müptelası oldum. Topa iyi vurmaya başladım, zevk aldım. Ancak daha ileri gidemedim. Çünkü mesleğim müsait değildi. Uğraş dalım tiyatro idi. Ben kendimi tiyatro sanatçısı olarak yetiştirecektim. Tiyatro sanatına olan ilgimi etkileyen faktörler olmuştur. En başta tiyatrolar. 1924 Denizli doğumluyum. Babam yedi kişiyi geçindiren bir yüksek devlet memuru idi. Deniz'liye gelen tiyatrolara bizleri götürürdü. Çok aydın ve zarif bir insandı. Bizlerin iyi yetişmelerini arzu ederdi. Daha ilkokul sıralarında tiyatro sanatı beni heyacanlandırıyordu. Her okulda olduğu gibi, bizim okulda da yıl sonu müsamereleri olurdu. Ne hikmetse, nedense hiç kimse beni dikkate almazdı, almıyorlardı da... İlkokul son sınıfıta idik. Çok iyi bir dereceyle bitirmiştim. Her sene olduğu gibi yıl sonu müsameresi yapılacak. Oyuncular seçildi. Ben yine her zamanki gibi oynayanlar listesinde yokum. Ancak oyunda oynayacak erkek arkadaşın ayağı kırıldı. Başka da erkek yok. Bir ben varım. Bana gelip oynamamı söyleyince çok sevindim. Rolüm başarılı bir fotoğrafçı idi. Hiç unutmam, okulun müdürü Murat Bey, nur içinde yatsın, oyundan sonra *"oğlum sen tiyatrocu ol, okuluna git"* dedi. Evdekiler de şaşırmışlardı. Bu nereden geliyor? Her mahallede olduğu gibi, biz de kendi aramızda evcilik oynardık. Ben hep tiyatro oynardım, oynatmaya çalışırdım.

Kültür yuvaları olan Halkevleri...

Daha sonra Ankara'ya taşındık. Sene olarak 1939 idi. Ankara'da ilk tiyatromuz Ankara Halkevi'nde Temsil Kolu'na yazılmıştım. Halkevleri kültür yuvalarıydı. Olağanüstü sporcular, devlet adamları ve sanatçılar hep bu Halkevleri'nden çıkardı. Çok aydın insanlar yetişiyordu Halkevlerinde. Ben tiyatro bölümündeki oyunlarda oynamaya başladım. Sene 1939, Ankara Halkevi'nde "Ayyar Hamza" adlı oyunda ilk oyunumu oynadım. 1941 yılında da Necip Fazıl Kısakürek'in yazdığı "Para" adlı oyunda oynadım. Bu oyundan para aldığım için bu oyunu ilk profesyonel oyunum sayarım. 1942'de de Feridun Çölgeçen Topluluğu'yla Strinberg (Baba) adlı oyunda oynadım. Bu arada da 1942 yılında Ankara Atatürk Lisesi'nden mezun oldum. Kulakları çınlasın, daha doğrusu Allah rahmet eylesin, Şehir Tiyatroları genç oyuncularından Ercüment Behzat Lav, çok güzel Türkçe konuşurdu. Almanca bilen, nefis şiir okuyan değerli bir kişiyle beraber olma şerefine erdim. Gerçek tiyatroyu, tiyatronun ne olduğunu ben ondan öğrendim. Bana, yeteneğimin olduğunu, bendeki bu yeteneğin zenginleşmesi için konservatuara gitmem gerektiğini söyledi ve bu konuda ısrar etti. 1947 yılında Ankara Devlet Konservatuarı Tiyatro Bölümü'nü bitirdim ve aynı yıl Ankara Devlet Tiyatrosu sanatçısı olarak başladım. Askere gittim.

Almanya'da oyun seyrettim; utandım...

1958 ve 1962 yıllarında olmak üzere iki kez bilgi ve görgümü artırmak için Devlet Tiyatroları tarafından Almanya'ya gönderildim. Gittiğimde, orada, yani Almanya'da Moliere'den "Cimri" oyununu seyrettim. Bu oyunu seyrederken küçüldüm, ufaldım. Kısacası utandım... Çünkü ben böyle oynayamıyordum. Muazzam bir oyun oynanıyordu sahnede. Başka bir gün başka bir tiyatroya gittim. Bu sefer *"Nedir bu, ben bundan daha iyi oynarım"* diye düşündüm. Yani, kendini, oyunculuğunu imtihan ediyorsun yurtdışında. Bazen küçülüyorsun, bazen cesaret geliyor kendine. Geri geldiğimde Devlet Tiyatrosu'nda "Cimri" oyununu kendi yorumumla oynadım. Almanya'da seyrettiğimle alakası olmayan bir yorumdu benimkisi; benzerliği yoktu. Kendime has bir yorumla oynamıştım. Sene 1958-59; Cimri oyununda sıra bana geldiğinde, hıçkırıklarla ağlaya ağlaya oynamıştım. Çocuklarına bir şey olsa umurunda değil. Ancak parası çalındığında bütün hayatı sönüyor. Cimri'ye getirdiğim bu yorumum büyük yankı getirdi. Bu olay beni tiyatroya daha da önem vermeme ve daha heyacan ve şevkle sarılmama sebep oldu; *"Daha da başarılı olacağım!.."* dedim.

Şive bilmeyen oyuncular...

Bu arada sadece Avrupa'yı değil, Anadolu'yu da gezip dolaşıyordum. Orada da diyalektlere çok dikkat ediyordum. Bu çok önemlidir biz oyuncular için. Düşünün, okulda diksiyon ve fonetik derslerinde Türkçemiz bozulmasın diye dikkat edilirdi. Fakat mezun olan bir oyuncu bir köylü rolünü nasıl oynayacak!.. Şive bilmeyen bir oyuncu köylü rolünü nasıl oynar?.. Köylü mü, şehirli mi olduğu belli olmayan cümleler çıkar ağzından. Ben, gerçek ağızları kullanmaya gayret ediyorum. 1988 – 2002 yılları arasında TRT'nin yapmış olduğu "Meddah" dizisinde tek başıma birçok tip oynadım. Bütün bunların sonunda, 1969 yılında Bakanlar Kurulu beni Kıbrıs'a bir Türk tiyatrosu kurmakla görevlendirdi. Orada Kıbrıs Türk Tiyatrosu olan "İlk Sahne'yi kurdum.

Dostum DÜRRENMATT...

Cüneyt Gökçer tarafından ikinci kez Almanya'ya 1962 yılında staj için gönderildim. Bu gidişimde de ünlü İsviçreli yazar, oyun yazarı ve ressam Friedrich Josef Dürrenmatt ile tanıştım. Onunla dost olduk; buraya geldi. 40 yıl önce, 1966 yılında, onun "Göktaşı" adlı oyununu oynamıştım. Aynı oyunu 2009 yılında, 70. Sanat Yılımda Cemal Reşit Rey Konser Salonu'nda oynadım. Maalesef kendisini 1990 yılında kaybettik. Onu üne kavuşturan 1956'da yazdığı "Yaşlı Kadının Ziyareti" adlı oyunudur. Daha sonra "5. Frank" ve 1962 yılında yazdığı "Fizikçiler" geniş yankı yapmıştı. Eserlerinden bazıları: "Bir Gezegen'in Portresi", "Bay Korbes'in Daveti", "Göktaşı", "Şüphe" ve "Babil Kulesi"... gibi.

Sınıf arkadaşım Yıldız Kenter...

Konservatuardan aklımda kalan tek isim Yıldız Kenter'dir. Bence tek isimdir o!..

Bence değil, tüm Türkiye'de o; Yıldız Kenter. Türkiye'de olduğu gibi; dünyada da o...

O, okuyan, araştıran ve yeteneği, oyunculuğuyla Türkiye'de çok büyük işler yapmış bir sanatçımızdır Yıldız Kenter. Ben onun sınıf arkadaşı olmaktan gurur duyuyorum. O da sanıyorum benim yaptıklarımla gurur duyuyordur. Biz sağlam temellerden geldik. Carl Ebert gibi bir insan hocamızdı. Hangilerini sayayım; Cüneyt Gökçer ilk hocalığına bizim sınıfta başlamıştır. Onunda bize gösterdiği çok güzel şeyler var. Nur içinde yatsın. Sanki dünyaya tiyatro yapmak için gelmiş nadir insanlardan biriydi. İlk yönetmenlik denememi 1968 yılında "Zoraki Tabib"i bana verdiğinde, ben *"daha erken galiba"* demiştim. *"Sen erken diyorsan, hiçbir zaman evlenemezsin"* demişti bana.

Kaynanalar...

Kaynanalar, Türkiye'nin ilk yerli dizisidir. 1973 yılında başladı, 2004 yılına kadar sürdü. Türkiye'ye 70'li yılların başlarında ilk televizyon geldiğinde, Kimbel, Kolombo, Uzay Yolu filan olduğu yıllar... Merakla seyrediyoruz. Bir gün *"yahu ben de yapamaz mıyım?"* diye sordum kendime. Ankara Radyosu'nda her Pazar "Bizimle Oynar mısınız?" diye diye bir muzikal komedimiz vardı. Macide Tanır, Ümra Uzman, Jale Birsel Ayata... gibi oyunculardan oluşan kadromuzla aramızda oyunlar oynardık. Televizyon olmadığı için kağıda bakıp oynuyorduk. Televizyon çıkınca ilk deneme olsun diye Erol Günaydın'la beraber "Cabbar'ın Kahvesi" adı altında oynadığımız ikili oyun çok tuttu. Ancak devam edemedik. Nihayet "Kaynanalar"ın daha genişletilmiş bir şekli olan oyunu verdim TRT'ye kabul edildi. Çok ta tuttu. Ancak bizde, Türkiye'de her zaman olduğu gibi, her başarılı işe çelme takanlar bana da engel olmaya kalktılar. Güya kaynanaları rencide ediyormuşum... O ara TRT Genel Müdürü İsmail Cem. Ona beni şikayet etmişler. *"Çağırın bana gelsin, görüşelim"* demiş. Ben gittim. Merdivenlerden genç bir adam çıkıyordu. *"Nereye gidiyorsun?"* diye bana sorunca, *"Genel Müdüre"* dedim. *"İstanbul'a gidiyor. Bir arabaya binersen yetişirsin"* dedi. Kim olduğumu sorduğunda *"Ben Tekin Akmansoy"* dedim. *"Ben de TRT Genel Müdürü İsmail Cem"* dedi. Edilen şikayetin doğru olmadığını, dizide kaynanaların küçümsenmediğini kendisine söyledim. *"Sayın Akmansoy, çekimlere devam edin. Harika bir şey yapmışsınız. Sizi öpebilir miyim?"* dedi. Ve böylece Kaynanalar dizisi 30 küsur yıl devam etti. Bu kadar uzun süren bir dizi maddi olarak bana bir şeyler kazandırdı tabii. Uzun yıllar tek kanalda yayınladık. Çünkü başka kanal yoktu TRT'nin dışında. O ara Star Tv başlamıştı. Ancak o da fazla vermiyordu. Ne zaman kazandık biliyor musunuz? TRT'den kopup, Kanal D'ye gittik ve hergün oynadığımızda. Fakat her şey para demek değil bir sanatçı için. En güzel şey sanatçının topluma mal olması... Seneler sonra bile olsa, gittiğim her yerde ayağa kalkıp beni öperler. Başı kapalı, üstü çarşaflı insanlar dahil koluma girip resim çektirirler. Siz bu sevgiyi kaç milyara alabilirsiniz?

Ah, biz sanatçılar, zor insanlarız...

Sanatçılar eleştiriye açık olmalı denir hep. Ancak hiçbir sanatçı da eleştiriye açık değildir; ben de dahilimdir. Her ne kadar eleştiriyi kabullenip, doğrudur dememe rağmen. Sanat ta oldum diye bir şey yok!.. Sanatın sonu yok. Sanatçı yatakta değil, ayakta ölür. Sanatçı toplumun malıdır. Topluma çok değer verecek; kendini de toplumdan koruyacak. Çünkü biz sanatçılar, uğraşılması zor insanlarız. Olmamız lazım gelir. Neden? Çünkü seni bir sembol, bir ilah gibi görür. Düşün bir Hamlet oynuyorsun, bambaşka bir insan oluyorsun. Seyirci seni bir Hamlet gibi görecek. Bu sanatı seveceksin. Sen onu seversen o senden hiç ayrılmaz. Fakat biz hala kaba çizgilerle uğraşıyoruz.

Beni yaşatan mesleğimdir...

86 yaşındayım. Devlet beni emekli etti. Mühim olan Allah emekli etmesin. Bilim ve hekimlerden yararlanarak vücutça ayakta kalabiliyor insanlar. Beni asıl yaşatan, ayakta tutan mesleğimdir. Mesleğimde bir yere gelebilmek, tutunabilmek, hayatın inişleri, çıkışları içinde kaybolmamak, yıkılmamak amacım. Bırak alem ne yaparsa yapsın!.. Benim kimsenin parasında pulunda gözüm yok, olmadı da. Öyle paralar dağıtılıyor ki şimdi, "vah zavallılar" diyorum. Bana göre de hak etmiyorlar. Ancak veriyorlarsa alsınlar. Sonuçta tiyatrocular, alsınlar. Alsınlar da, adam gibi muhafaza etmesini, kullanmasını bilsinler. Hemen lüks arabalara yatırıyorlar; beni eden bu görüntüler.

Seyrettiği her iyi oyuncuyu

ustası sayan

çok **ödüllü bir sanatçı**

TİLBE SARAN

2004'ün Kasım'ında dokuzuncusu yapılan Berlin Diyalog Tiyatro Festivali çerçevesinde seyrettiğimiz "Fernando Krapp Bana Mektup Yazmış" oyunu için Cumhuriyet gazetesinde yazmış olduğu yazısına şöyle başlamış tiyatro eleştirmeni Ayşegül Yüksel:

"Tiyatronun günümüzde sinema televizyonla yarışamadığından, tiyatro çağının neredeyse kapandığından söz edip duruyoruz ya, kimi yazarlar ve tiyatrocular kimi zaman bir araya gelip 'tiyatro'nun tüm gücüyle suratımıza bir tokat yapıştırıveriyor. Ünlü yazar Tankred Dorst'un, İspanyol düşünce adamı ve yazar Miguel de Unamuno'nun bir uzun öyküsünden uyarlayıp oyunlaştırdığı, Zeynep Avcı'nın dilimize çevirdiği, Akbank Prodüksiyon Tiyatrosu'nca sahnelenen 'Fernando Krapp Bana Mektup Yazmış' işte bu tür bir sahne olayı."

Ve yazısını şöyle bitiriyor:

"...Fernando Krapp Bana Mektup Yazmış, tiyatronun tüm erdemlerini seyirciye cömertçe sunan bir çalışma. 'Tiyatro denen şey iyi ki var' dedirten..."

Işıl Kasapoğlu'nun yönettiği bu oyunda sanki bildik insanlar var karşımızda. Ama biz gerçekten tanıyor muyuz onları? ilk bakışta zannettiğimiz gibi mi her şey? Acaba onlar gerçekten onlar mı? Ya duygular? Aşk, sevgi, nefret, kıskançlık, sahip olmak, fedakarlık, hayranlık ve diğerleri? Onların tek bir tanımı var mı? Herkes için anlamları aynı mı? Kısacık bir oyuna bu soruların yanıtları sığdırılır mı? Unamuno, Dorst ve Prodüksiyon Tiyatrosu ekibi bir olup bunu başarmışlar. Oyunda rol alan Selçuk Yöntem, Tilbe Saran, Cüneyt Türel ve Bekir Aksoy'la söyleşi yapma fırsatı bulabildim. İşte bunlardanTilbe Saran'la olanı:

Söyleşimize geçmeden önce sizlere Gülriz Sururi'nin yazmış olduğu "Bir An Gelir" adlı anı kitabının "Unutulmayanlar" bölümünden birkaç satırı aktarmak istiyorum:

"Hem zaten her zaman demez misin, bir oyuncu son oynadığı rolle değil, zaman içinde, kariyerindeki bir iki önemli rolüyle anılır. Örnekleri öyle çok ki dünyada da ülkemizde de:

Cüneyt Gökçer Oidipus, Damdaki Kemancı'yla; Ayten Gökçer My Fair Lady, Yedi Kocalı Hürmüz'le; Yıldız Kenter Pembe Kadın, Maria Callas, Ben Anadolu; Müşfik Kenter Aptal Kız, Ben Orhan Veli'yle; Genco Erkal Bir Delinin Hatıra Defteri, Memleketimden İnsan Manzaraları, Nazım Gibi'yle; Nedret Güvenç Kolomb, Cyrano de Bergarac ile;... Zeliha Berksoy Asiye Nasıl Kurtulur?, ... Haldun Dormen Şahane Züğürtler'le; İsmet Ay Bugün Cumartesi ve Vişne Bahçesi'yle; Suna Pekuysal Lüküs Hayat'la; Ali Poyrazoğlu Çılgınlar Kulübü, Kobay'la; Ferhan Şensoy Şahları da Vururlar, Ferhangi Şeyler'le,... Erol Günaydın Uy Balon Dünya, Yaygara 70'le; Nejat Uygur Cibali Karakolu'la; Engin Cezzar Hamlet, Keşanlı Ali Destanı; Tilbe Saran Kral Lear'da soytarı, Tek Kişilik Şehir ve Abelard ve Heloise'le..."

Sanatçıların ödül alması boşu boşuna olmuyor. Gülriz Sururi'nin de Unutulmayanlar bölümünde sanatçıların unutulmayan, akıllarda kalmış olan oyunları incelerseniz; görürsünüz ki o oynadığı oyunlar o sanatçılara genellikle ödül getirmiştir. ÖrneğinTilbe Saran'da olduğu gibi. Yukarıdaki her üç oyunda da Tilbe Saran ödül almıştır.

Şimdi söyleşimize geçebiliriz:

Tiyatro yaşamınız nasıl başladı?

Annem üniversitede görevli olduğu için üniversitenin anaokuluna gidiyordum. Beş yaşlarında idim. Kuklalarla oynamayı ve seyretmeyi çok seviyordum. Herkesi beni seyretsinler diye zorluyordum. Sonunda günde 15 dakika kadar beni seyretmeye razı olmuşlardı. Lisenin son sınıfında kararımı vermiştim: Tiyatrocu olacaktım. İlk sahneye çıkışım okulda okurken Yıldız Kenter'in tiyatrosunda "Arzu Tramvayı" oynanıyordu. Orada bir oyuncu hastalanmıştı. Bana haber verdiler. Çok heyacanlanmıştım. Heyacandan çok titriyordum. Oyundan sadece iki katlı dekoru nasıl salladığımı hatırlıyorum.

Sınıf arkadaşlarınız ve hocalarınız?

İstanbul Üniversitesi Sanat Tarihi ve Belediye Konservatuvarı Tiyatro Bölümü mezunuyum. Benimle beraber okuyan arkadaşlarımdan Demet Akbağ, Yasemin Yalçın, Gülen Kahraman, Rose Tobeş, Özdemir Çftçioğlu ve yıllardır Berlin'de sanat yaşamını sürdüren Tayfun Kalender. Hocalarım ise: Çetin İpekkaya, Yıldız Kenter, Mehmet Birkiye, Suat Özturna, Cüneyt Türel, Engin Uludağ ve Müjdat Gezen. Ancak seyrettiğim her iyi oyuncu insanın ustası oluyor. Bazısı "aman böyle yapmayayım" bazısı da "acaba bunu nasıl becermiş?"

diye size heyecan veriyor.

Okuldan sonraki sanat yaşamınız? Ödülleriniz?

Konservatuvarın Tiyatro Bölümü'nden mezun olduktan sonra sırasıyla Dormen, Kenter ve İstanbul Belediyesi Şehir Tiyatroları'nda oynadım. 1989'da sahnelenen "Kral Lear"daki "Cordelia" ve "Soytarı" rollerimle "Avni Dilligil" ve "Kültür Bakanlığı En İyi Kadın Oyuncu" ödüllerini, 1991'de "Vanya Dayı" oyununda "Sonia" rolü ile "Avni Dilligil En İyi Kadın Oyuncu", 1992'de "Tartuffe"teki "Elmire" rolü ile de "Kültür Bakanlığı Başarı Ödülü" aldım. 1996 yılında da AKSM Prodüksiyon Tiyatrosu'na girdim.

AKSM'deki ilk oyununuzla da ödül aldınız.

Evet, girdiğim 1996 yılında ilk oyunum olan "Abelard ve Heloise" ile 1996 Avni Dilligil En İyi Kadın Oyuncu, ikinci çalışmam "Alacaklılar" ile de 1998 Afife En İyi Kadın Oyuncu Ödülü'nü aldım. Yine AKSM'in 2002'de sergilediğimiz "Tek Kişilik Şehir" oyunuyla da Afife Jale En İyi Müzikal-Komedi Kadın Oyuncu Ödülü'nü aldım.

AKSM'den biraz bahseder misiniz?

AKSM olarak Türkiye'de hiç çevrilmemiş ve hiç oynanmamış oyunları seçiyoruz. Bu oyunlar hepimizin çok etkilendiği ve ortak kararla aldığımız oyunlardır. "Sanatın, sanatçının yanında" ilkesiyle hareket ederek sanat dünyasında payına düşen sorumluluğu yerine getirmeye çalışan Akbank, 1995 yılında Prodüksiyon Tiyatrosu'nu kurdu. Prodüksiyon Tiyatrosu'nun çekirdek kadrosu: Yönetmen Işıl Kasapoğlu; oyuncular Tilbe Saran, Köksal Engür, Cüneyt Türel ve Selçuk Yöntem; çevre düzeni Duygu Sağıroğlu; müzik Joel Simon; çeviri Zeynep Avcı'dan oluşmaktadır. Türkiye'de daha önce hiç oynanmamış oyunları sahnelemeyi ilke edinen topluluk, ilk oyunu "Abelard ve Heloise" ile üç yıl boyunca sanat çevrelerinden büyük takdir topladı. İkinci oyun, yazılmasının üzerinden 110, Paris'te ilk sahnelişinin üzerinden de 104 yıl geçmesine rağmen güncelliğini yitirmeyen, ünlü İsveçli yazar August Strinberg'in "Alacaklılar" oldu. 27 Mart 2000'de, Dünya Tiyatrolar Günü'nde , topluluk o güne dek sahnelediği dört oyunu aynı gün içinde ard arda oynayarak bir rekor kırmış, eşi benzeri görülmemiş bu denemede büyük bir başarı kazanmıştır. Topluluk altıncı oyunu olan Behiç Ak'ın "Tek Kişilik Şehir" oyunu ile yine Türkiye'de daha önce hiç oynanmamış bir oyunu sahneleme geleneğini sürdürmektedir.

Çocukluğu tiyatro ve konser kulislerinde geçen bir sanatçı:

TİMUR SELÇUK...

Küçüklüğümden beri aile fertleri arasında sanatçı olan ailede yetişen çocuklara hep gıpta etmiş; onlara hep özenmişimdir. Farzedin ki, anneniz veya babanız tiyatrocu veya yazar. Her akşam rolünü ezberliyor veya daktilosunun başında hikaye, roman yazarak düşüncelerini kağıda aktarıyor. Ya da pianosunun başında duygularını notalara dönüştürüyor. Ya kardeşlerinizden biri oyuncuysa; onu en ön sırada seyretmenin keyfi, ya da yazdığı bir kitaptan bölümler okurken dinlemek... veya bestelediği bir eseri radyodan dinlemek...

Sizlere iki örnek:

Semiha Berksoy diğeri ise Timur Selçuk.

Semiha Berksoy'la yapmış olduğum söyleşim "Yaşamlarını Tiyatroya Adayanlar"da...

Onun da aynı Semiha Berksoy gibi bir çocukluğu; yani benim gıpta ettiğim bir çocukluğu olmuş. Babası Türk sanat musikisinin ustalarından Münir Nurettin Selçuk, annesi ise tiyatro sanatçılarımızdan Şehime Erton.

Oğul Timur Selçuk, her iki sanat dalını da seçmiş. İyi de etmiş. Çünkü her ikisinde de başarılı. 7. Diyalog Tiyatro Festivali çerçevesinde bir konser vermek için Berlin'e gelen Timur Selçuk ile çeşitli konular üzerine sohbet ettim. Sorularımı dobra dobra cevapladı. Zaman geldi sağcıyım, zaman geldi sosyalistim dedi.

"Adam gibi adam olmak"ın tarifini yaptı...

Yaklaşık 40 yıllık profesyonel müzik yaşamınızı özetler misiniz?

2 Temmuz 1945 İstanbul doğumluyum. Babam, geleneksel Türk müziğinin besteci, ses sanatçısı ve orkestra şefi Münir Nurettin Selçuk, annem, tiyatro sanatçısı Şehime Erton, Cumhuriyet döneminin kendi branşlarında en başarılı sanatçıları arasındaydılar. Galatasaray Lisesi'nde okurken ilkokul ikinci sınıfında konservatuvarda başlayan müzik eğitimim, 1964 yılında Fransa'da "Ecole Normale de Musique de Paris"de devam etti. Bu okulun piano, orkestra şefliği ve bestecilik sınıflarına devam ederken önce Ümit Yaşar ve Faruk Nafiz gibi çağdaş Türk şairlerimizden şarkı formunda eserler besteledim. Bugün hala kulaklardaki "Ayrılanlar İçin", "Sen Nerdesin", "Beyaz Güvercin" ya da "İspanyol Meyhanesi" gibi parçaları bu dönemimin şarkılarıdır. Bunların ilgi görmesi üzerine Orhan Veli, Attila İlhan'ın, özellikle de Nazım Hikmet'in şiirlerinden bestelediğim şarkıları seslendirdim ve konserler verdim. 1974'de Türkiye'ye döndükten sonra Oda Müziği, tiyatro ve film müziği çalışmalarına ağırlık verdim. Bu arada AST'ın müzik yönetmenliğine getirildim ve 10 yıl onlarla çalıştım. 1976'da İstanbul Oda Orkestrası'nı ve bugün hala kendi öğrencilerimi yetiştirdiğim Çağdaş Müzik Merkezi'ni kurdum. Son yıllarda babam Münir Nurettin Selçuk'un besteleri olmak üzere birçok ünlü bestecinin şarkılarını Oda Orkestrası eşliğinde seslendirdim. Şu sıralarda da TRT için yapılan "Abdülhamid Düşerken" adlı filmin müziği ile uğraşıyorum.

Baba tarafından müzik, anne tarafından tiyatro içinde büyüdünüz. Siz ise her ikisi ile uğraşıyorsunuz...

Çocukluğum tiyatro kulisi ile konser kulislerinde geçti. Aynı sanatçı ailenin içinde olup farklı şeyler de yapabilirdim. Doktorluğa, mimarlığa ya da mühendisliğe ilgi duyabilirdim. Demek ki benim de yakınlığm anne babanın meslekleri doğrultusunda imiş. Yani hem tiyatro hem de müzik dallarında bir mesleği seçtim. Yaradanın bana verdiği bir armağan olsa gerek; ben de bu armağana sahip çıkmayı bildim.

Hangi taraf daha ağır basıyor?

Ben öncelikle besteciyim. Fakat, dramatik yanı olan, ifadesi olan müzikler, yaşamla içiçe girmiş olan, yaşamı lirik bir dille dramatize ederek aktaran bir besteci ve yorumcuyum. Müzik ve besteciliğim bir adım önde ise; arkasından işin tiyatro yanı geliyor.

1975'de Fransa'dan geri döndünüz ve AST'a müzik yönetmeni oldunuz. Yaptığınız çalışmalardan örnekler...

Türkiye, kendinden olan her şeyi hemen kabul eder. Türkiyeli insan, her zaman sağduyusuyla o coğrafyanın ve eşsiz yaratanın o toprakta yaşayan insanlara verdiği olağanüstü sezgi ve algılama gücüyle kendinden olanı, yani hayırlı olan her şeyi kucaklamayı bilen bir toplumdur. İşte ben de Paris'ten 1975 yılında Türkiye'ye döndüğümde böyle karşılandım. Ankara Sanat Tiyatrosu'ndaki görevim başladı ve tiyatro oyunlarını müziklemeye başladım. Bu görevim 10 yıl sürdü. Bilgesu

Erenus'un Nereye Payidar oyunu için besteler yaptım. Bunları bir albümde topladım. Arkasından yine AST için Uğur Mumcu'nun Sakıncalı Piyadesi'nin müziklerini yaptım. Oyundan alınan Dönek Türküsü adlı bestem 45'lik olarak piyasaya çıktı, büyük beğeni kazandı. Bunların dışında yine AST için "804 İşçi", "Ferhat ile Şirin", "Şeyh Bedrettin Destanı", "Tak-Tik", "Küçük Adam Ne Oldu Sana", "Rumuz Goncagül" ve "Galilei-Galileo" adlı oyunların müziklerini yaptım. Ayrıca "Sarıpınar 1914", "Üç İstanbul", "Cahide", "Hakkari de Bir Mevsim" gibi filmlere fon muziği yaptım.

Mevlana ve Yunus Emre ile ilgili çalışmalarınız da oldu...

Evet, Mevlana ve Yunus Emre için bale müziği yazdım. Türkiye coğrafyasının yetiştirdiği bir insanım. Gerek sanat gerek ilim gerekse felsefe ürünleriyle ve bu ürünleri ortaya koyan sanatçılarla ilgilenmem doğal. Ki, bu bir "ahlak"tır. Bu ahlakı kavrayan insan da, o ülkenin insanlarını kucaklayabilir. Ben hep bu ahlaka ilgi duydum. Benim büyüdüğüm ev, hep duaların ve ilahilerin okunduğu, namazların kılındığı bir evdi. Dedem ilahiyat profesörü, büyükannem hafız idi. Ben, bütün sosyalist ahlakım içinde hep namaz kılan ve Kuran okuyan bir insan olarak kaldım. Aynı zamanda da sosyalist oldum.

70'li yıllarda AST'ın müzik yönetmenliğini yaptınız ve sol görüşün müzikteki en sivri temsilcilerinden biriydiniz. 200'li yıllarda da aynı düşünceleri savunuyor musunuz? Değişen bir şeyler var mı?

Hayır. Bende değişen bir şey olmadı. Türkiye, her şeye rağmen; tüm karmaşasına rağmen iyiye gidiyor diye düşünüyorum. Biz daha mücadeleci olursak daha da iyiye gidecektir. Ben, hep emekten yana dünyaya baktım. Bizden hep gördüğümüz kötülüklere tarafsız kalmamamız istendi. Sadece dönem dönem birinci plana çıkarmayı uygun gördüğüm vasıflarım oldu. Ben, yüzme dalında İstanbul şampiyonuyum. Sahnede iken sahneye bir yüzme havuzu koydurup "ben yüzme şampiyonuyum" diyerek kulaç atmadım. Veya sahnede bir Kuran ayetini müzikal biçimde dua olarak söylemiyorum. Konserlerimde ilahiler de söylüyorum.

Zaman zaman eleştirildiniz, tepkiler aldınız.

Özellikle dinin siyasete alet edildiği 1989-90 yıllarından sonra hem demokrat hem de imanlı kişilerin bunu yüksek sesle söylemelerinin gerektiğine inandım. Çünkü halkı kandıran, siyaseti din ile karıştıran insanlar vardı. Onun için ben yüksek sesle "hem sosyalistim, hem Kuran okurum hem de namaz kılarım" dediğim için tepki aldım. Bunu söylemem gerekiyordu. Solcu arkadaşlarım "nasıl böyle bir şey olur?" dediler. Zavallı her yerde zavallıdır. Solcuların içinde de, sağcıların içinde de zavallılar vardır. Önemli olan adam gibi adam olmaktır; ahlaklı, üretken ve mücadeleci adam gibi olmaktır önemli olan!!!

Atatürk'e olan düşkünlüğünüz de eleştiriliyor...

Benim için ikinci dereceden peygamberdir Mustafa Kemal. Yaradan hiçbir ulusa böyle eşsiz iki "Mustafa" armağan etmemiştir. Birisi ilahi Hz. Muhammed Mustafa diğeri ise devrimci Mustafa Kemal Atatürk'tür. Yedi düvele kafa tutan, Kurtuluş Savaşı'nı yapan Mustafa Kemal!.. Ben iki Mustafa'yı gönüllerinizde bir tutun, bunları çarpıştırmayın, birbirine kırdırtmayın. Bunlar sizlerin yaşam kaynağınız, çağdaşlığa gitme yolundaki en büyük yakıtınız ve desteğiniz derim. Bu da hem solcu hem de sağcı arkadaşlarım tarafından yadırganıyor!..

70'li yıllarda AST'ın içinde siyasetle yoğruldunuz. Müzikte ve toplumda çokseslilik üzerine düşünceleriniz?

Çoksesli müzik aynı anda birden fazla müzik hattının ve birden fazla enstrümanın belli bir perspektif mantığı içinde bir ses dünyası oluşturmasıdır. Bu ses dünyasında insanın beyninde kulak aracılığı ile algılanması ve bir düşünsel boyut yaratması demektir. Benim insanım, sadece aile ilişkilerinde değil; çoksesli müziğin getirdiği geniş bir perspektif doğrultusunda tüm dünyayı kucaklayacak, tüm dünyadaki duyarlılıkları, acıları ve coşkuları kucaklayacak çaptadır.

"Yasakçı ve sansürcü bir zihniyetle yönetilen Türkiye"de,
yıllardır inatla tiyatro sanatı yapmaya çalışan tiyatro emekçilerimizden

TUNCAY ÖZİNEL...

Sanatçımız (1 Ocak 1942-23 Kasım 2013) 71 yaşında İstanbul'da vefat etmiştir.

Kendisini, 1970'li yılların ortalarında, lise yıllarında iken dadandığım Beyoğlu'ndaki Ali Poyrazoğlu Tiyatrosu'nda tanıdım. Daha sonra da 1980'li yıllarda Kocamustafapaşa'daki Çevre Tiyatrosu'nda devam ettim onu seyretmeye...

1942 doğumlu olan **Tuncay Özinel'in,** ortaokulda tiyatro kolu başkanlığı ile başlayan tiyatro macerası, o gün bu gündür, yaklaşık 50 küsur yıldır devam ediyor. 1980 yılında kurduğu kendi tiyatrosunda da tüm sıkıntılara rağmen seyircisinin karşısında.

Geçtiğimiz sezon (Mart 2008) Beyoğlu Tünel'de Tarık Zafer Tunaya Kültür Merkezi'nde, Ulvi Hoca'nın (Alacakaptan) kendisiyle yapacağı söyleşinin öncesinde, kendisine uzattığım sesalma cihazımın kırmızı düğmesine basıyorum.

Ancak bu kez bir değişiklik yaparak, söyleşinin son bölümünden başlamak istiyorum.

Çünkü, son bölümde politikacılarımızın tiyatroya olan sevgisinden (!) ve ilgisinden (!) bahsediyor. Bir sene sonra, yani Mart 2009'da "Hırsızistan" adlı bir oyunu

Keşan Kaymakamı'nın engeline takılıp izin verilmiyor. Fakat ne gariptir ki, birkaç ay sonra değişen Keşan Kaymakamı'nın müsadesiyle oyun sergilenebiliyor.

İşte söyleşime son bölümden başlamamın sebebi de bu; yani, yukarıya atmış olduğum başlıkta da okuduğunuz gibi, söyleşiye geçmeden önce, yıllardan beri sanatın her dalına uygulanan "yasakçı ve sansürcü zihniyeti" örneklerle sergilemek...

Söyleşimizin sonunda şöyle diyor Tuncay Özinel:

Tiyatro muhalefettir!..

Tiyatro muhalefettir!.. Bütün politikacılar muhalefette iken tiyatroyu hep tutarlar. İktidara geldiklerinde de tiyatroya karşı olurlar. Bir ülke mutlaka ve mutlaka sanatla kalkınır. Bugün Avrupa'yı Ortaçağ'dan çikartan sanattır. İspanya, Fransa, Almanya, Amerika gibi medeni ülkelerde sanata destek var. Türkiye'de tam aksi!.. Sadece şimdiki yönetim değil, hepsi aynı hatayı ve yanlışı senelerdir yaptılar; yapmaya da devam ediyorlar...

Ve birkaç örnek:

1929-Süreyya Opereti'nin İzmir'de sergilediği Telefoncu Kız adlı oyunu

1932-Bursa'da sergilenen Velinin Çocugu

1949-Devlet Tiyatrosu'nda sergilenen Kadınlar adlı oyun,

1964-İstanbul Şehir Tiyatrosu'nda sergilenen Brect'in Sezuanın İyi İnsanı adlı oyun...

1969- Halk Oyuncuları'nın oyunsahneledikleri

Aksaray Küçük Opera Tiyatrosu'nun yanması, altmışlı yıllarda yönetimin hışmına uğramış olan eserlerden örnekler: Hababam Sınıfı, Gözlerimi Kaparım Vazifemi Yaparım, Müfettiş, Eşeğin Gölgesi, Devr-i Süleyman, Pir Sultan Abdal, Nafile Dünya,...

1970-İstanbul Kültür Sarayı'nda Arthur Miller'in Cadı Kazanı adlı oyunu oynandığı sırada yangın çıkması ve binanın kül olması,

1987-Şan Sineması'nın Ferhan Şensoy'un Muzır Müzikal adlı oyunu oynandıktan sonra yanması...

"Düğün ve Davul"a sansür...

Yine Mart 2008'de Haşmet Zeybek'in 1969'da yazdığı "Düğün ve Davul" adlı oyununda, Başbakan Tayyip Erdoğan'a hakaret ettiği iddiasıyla soruşturma sonucunda, oyunun özgün metninin sansür edilmesi ve dört kişiye uyarı cezası uygulanması...

Yakın tarihten bir örnek :

Tuncay Özinel Tiyatrosu'nun herkesin hırsız olduğu bir ülkeyi anlatan 'Büyükler için Masal, Hırsızistan' adlı oyunu Keşan Kaymakamı'nın engeline takıldı. Özinel, kaymakamın, 'Burada propaganda yaptırmam' dediğini savunurken, kaymakam iptal gerekçesi olarak 'okul provasını' gösterdi

Kendimi bildim bileli tiyatro yapıyorum...

1942 doğumluyum. 'Acaba neden tiyatro yapıyorum?' diye kendi kendime sorup, gerilere gittiğimde; aklıma ilk gelen ilkokulda iken seyrettiğim bir oyun oluyor.

Ve bu oyunda söylenen unutamadığım şarkı. "Ne olur beni de götürünüz, dövünüz öldürünüz..." diye devam eden şarkının sözleri hala kulaklarımda. Bir de ilkokul 5. sınıfta iken takip ettiğim CEYLAN adlı bir dergi vardı. Ben de bu dergiye şiirlerimi gönderirdim. Zaman zaman bu dergide şiirlerim çıkardı. Dergi Cağaloğlu'ndaydı. Üyelerine bir tiyatro günü düzenlemişlerdi. Üyeleri tarafından sergilenecekti. Beni götürecek kimse olmadığından yalnız başıma gitmiştim oraya. Repliği bana da okuttular ve beni de oynatacaklardı. Ben bu oyuna katılamamıştım. Ancak benim bu olumsuz başlayan tiyatro maceram ortaokulda devam etti ve ben tiyatro kolu başkanı oldum, oyunlar sahneye koydum. Lise yıllarında da devam etti...

Ulvi Uraz'la tanışıyorum...

Sanıyorum 17 yaşında idim; bir ahbabım vasıtasıyla Ulvi Uraz'la tanıştım. 1961 yılında Dormen Tiyatrosu'nda Ulvi Uraz'ın himayesinde ve Haldun Dormen yönetimindeki Cep Tiyatrosu'nda çalışmaya başladım. O ara "NİNA" adlı bir oyun oynuyorlardı. Ben yıllar sonra bu oyunu oynamıştım. Fakat bu oyun bende nedense 8 sene beklemişti, oynayamamıştım. Nedim Saban bu oyunu Erol Günaydın'dan istediğinde: "*Ben oyunu Tuncay'a verdim, oynamayacaksa, al sen oyna*" demiş. Erol Günaydın bu oyun için benden para da almamıştı. Ben her sene bu oyunu oynamaya niyetleniyordum. Ancak her seferinde de "bir dahaki seneye" diye bırakıyordum. Sebebi de, bu oyunu Ulvi Uraz'ın oynamış olmasıydı sanıyorum. Garip bir duygu, bir nevi korku!.. Ya da Ulvi Uraz'a saygı... "acaba ben de onun gibi oynayabilir miyim? düşüncesi. 1961 yılında Ayfer Feray, Erol Günaydın, İzzet Günay ve Ulvi Uraz oynamışlardı bu oyunu. Ben bu oyunu en son 2004 yılında Ulvi Uraz'ın tiyatrosunda oynamıştım. Büyük oyuncularımızdan biri beni seyrettikten sonra *"Ulvi Uraz'ı aratmıyor!.."* demiş. Benim için büyük bir iltifat. Düşünebiliyor musunuz, ben 8 sene korkudan oynamamış, hep ertelemişim. Oynadıktan sonra da bu iltifatı almışım. Benim için çok büyük bir onur!..

Ulvi Uraz'ın disiplini...

1961 yılında, Ulvi Uraz'ın yanına, Dormen Tiyatrosu'nda Küçük Sahne'ye gidip gelmeye başlamıştım. Bir gün beni bir şey almak için dışarıya göndermişlerdi. Geldiğimde, kuliste gittiğim yerdeki kekeme kadının taklidini yaparak anlatmaya başladım. Kuliste Haldun Dormen, Ulvi Uraz ve birkaç oyuncu daha vardı. Ulvi Uraz bana *"şimdi dışarı çık, tekrar içeri gir ve tekrar anlat"* dedi. Ben tekrar dışarı çıkıp, içeri girdim ve aynı taklidi yaptım. Ulvi Hoca yine *"olmadı, eksiğin var, tekrarla"*. Ben yine dışarı ve içeri girip takrarladım. Ulvi Hoca beni yine dışarı gönderdi. Velhasıl ben aynı olayı tam dört kez tekrarladım. O ara Ayfer Feray bana gizlice ceketini işaret etti. Yani yaptığım yanlışlık üstümdeki paltodan kaynaklanıyordu. Anladım ki, birinci anlatmadan sonra üzerimdeki paltoyu çıkartıp koymuştum. Hemen çıktım, onu giyip içeri girdim ve anlattım. Bunun üzerine Ulvi Hoca *"tamam şimdi oldu"* dedi. Yani böyle bir eğitimden geçtim ben.

Kadıköy Halk Eğitim Merkezi... İlk ödül...

Araya giren bazı ailevi sorunlar ve arkasından gelen askerlik... 1966'da bir arkadaşım vasıtasıyla Kadıköy Halk Eğitim Merkezi'ne girdim. 6 yıl, 12 Mart Muhtırası'na kadar orada oynadım. Örnegin Şair Evlenmesi'nde kadın oyuncu eksikti, kadın rolünde oynadım. Ben profesyonel olmamak için çok direndim. Amatör tiyatro yapıyorduk. Zaten o yıllarda amatör tiyatro benim için çok önemliydi.

1970 yılında sahnelediğim "Kapıların Dışında" oyununu izlemeye Memet Fuat gelmişti. Oyunu seyrettikten sonra *"Ben bu oyunu Almanya'da izledim, bu kadar iyi değildi."* dedi. Bu benim aldığım ilk ödüldür.

Cezaevlerine tiyatroyu soktuk... 12 Mart...

O dönemde çok önemli çalışmalar yaptım. Mesela cezaevlerine tiyatroyu götürdük. Hiç unutmam; Seçkin Selvi düşüncelerinden dolayı Sağmacılar Cezaevi'ndeydi. İlk önce orada oyun oynadık. Sonra 12 Mart Muhtırası ile birlikte bizler tiyatro kolunu bırakmak zorunda kaldık. Bir süre daha Deneme Sahnesi'ni devam ettirmeye çalıştık. Deneyim ve finanstan yoksun bu çalışmalar ancak iki ay sürebildi.

Üsküdar Oyuncuları ve ilk profesyonelliğim...

1971 yılında ilk profesyonel oyuncu olarak Üsküdar Oyuncuları'na, Ergun Köknar ve Suna Pekuysal'a katıldım. Burada bir sezon çalıştıktan sonra, 1972-73 sezonunda Ali Poyrazoğlu Tiyatrosu'na girdim. Beş sezon burada çalıştım. 1975 yılında da burada Deneme Sahnesi'ni kurduk. Buradan Korhan Abay, Cem Özer ve Sevda Aktolga gibi değerli tiyatro oyuncuları yetişti.

Ali Poyrazoğlu'ndan ayrılış ve şov dünyası...

1977'de Ali Poyrazoğlu'ndan ayrıldım. Bir buçuk yıl tiyatro yapmadım. O dönemde Hadi Çaman'la şov yapıp para kazanıyorduk. Sahneye çıkmadan önce içki içilirdi genellikle. Bense içki içmeden çıkardım sahneye. Bana *"neden içmiyorsun?"* diye sorduklarında, "Ben tiyatro yapacağım, tiyatroda da içki içilmez!" cevabını veriyordum. Yaptığım şov programlarını da hep tiyatro sahnesindeymişim gibi yaptım.

İğneli Fıçı...

1978 yılında Halit Akçatepe ile beraber İĞNELİ FIÇI KABARE TİYATROSU'nu kurduk. İzmir'de Nilgün Belgün, Orçun Sonat ve İdil Yazgan'la beraber Azizname adlı oyunu oynadık. Azizname'den sonra Ferhan Şensoy'un "Bizim Sınıf" adlı oyunu oynadık.

Ve kendi tiyatrom...

1979-80 sezonunda televizyonda büyük beğeni toplayan "Sizin Dersane" adlı televizyon dizisinde oynadığım "Dilaver" rolü beni tanınan bir oyuncu yaptı. Hiç unutmam, Ürgüp'te, Peri Bacaları'nı geziyoruz. Karşıdan da o yöreden bir çoban koyunlarıyla geçiyordu. Beni görünce şaşırdı: *"ah, Dilaver gelmiş!"* diye bağırdı. Ben de bu popülariteyi arkama alıp, 1980 yılında İstanbul Kocamustafapaşa'daki Çevre Tiyatrosu'nda kendi tiyatromu; **Tuncay Özinel Tiyatrosu'**nu kurdum. Ve o günden bu güne çilelerle, mutluluklarla, icralarla, borçlarla geçen bir 29 yıl... Bazı sıkıntılar yaşadım, evime haciz geldi, icralar gördüm, iyi paralar kazandığım dönemler de oldu.

Fakat yine de mutluyum. Geçenlerde Ercan Yazgan'a şunu söyledim: Bizler mutlu azınlığız bu ülkede. Çünkü sevdiğimiz işi yapıyoruz... Tiyatromun okul haline gelmesi çok önemliydi benim için. Benim tiyatromdan çok değerli oyuncular yetişti. Örneğin: Şoray Uzun, Ferhan Özlem, Cengiz Küçükayvaz, Suna Arman, Özlem Tezel... gibi oyuncular ilk olarak benim tiyatromda başladılar oynamaya.

Türk tiyatrosunun ustalarıyla çalıştım...

Tiyatromu kurduğumdan bu yana Türk tiyatrosunun ustalarıyla çalıştım. İşte onlardan örnekler: Altan Karındaş, Asuman Arsan, Tekin Siper, Ayşen Gruda, Çigdem Tunç, Dursun Ali Sarıoğlu, Ercan Yazgan, Zeynep Tedü, Halit Akçatepe, Nezih Tuncay, Tomris Kiper, Zehra Alptürk, İdil Yazgan, Ulvi Alacakaptan, İbrahim Alben, Suhandan Tek, Serhat Özcan... gibi. Bu oyuncular içinde kıskandığım bir oyuncu var: Tekin Siper. Onun sahnede ölümünü kıskanıyorum ve onun gibi sahnede ölmeyi arzu ediyorum...

Çalıştığım yönetmenler ise: Ali Poyrazoğlu, Ali Yaylı, Ercan Yazgan, Hadi Çaman, Halit Akçatepe, Nezih Tuncay, Selim İleri, Tunç Başaran ve Yılmaz Gruda...

Tiyatromda sahnelediğim oyunlar...

6 Oyuncu Seyircisini Arıyor, Bizim Sınıf (1980-81-93), Alma Mazlumun Ahını (1981),

Aç Koynunu Ben Geldim (1981), Aşkın Gözüne Gözlük, Azizname, Demir Parmaklıklar Ardındaki Kadınlar, Hayat Bir Kumar, Hayvanat Bahçesi, Sülüman Bacanak, Türkiye Sizinle Gurur Duyuyor (2001), Ye Kürküm Ye, Nice Yıllara, Nina, Yaşamın Sesi, Yüzleşme,

Hırsızistan ve Kap Kap Kabare adlı çocuk oyunumuz.

ve "Tek Kişilik Aile"...

Yokluklarla, beklentilerle, hayal kırıklıklarıyla ve ihanetlerle geçen, ama hep iyi niyet ve umutla geçen tiyatro yaşamımı anlattığım "Tek Kişilik Aile" adını verdiğim bir kitabım var...

OYUN YAZARLIĞININ KIRKINCI YILINDA

TUNCER CÜCENOĞLU İLE SÖYLEŞİ

2010 İstanbul Söyleşi Turu'mun dördündü durağı Küçükçekmece'deki Cennet Kültür ve Sanat Merkezi idi.

Seyrettiğim oyun ise **"KADIN SIĞINAĞI"**.

Oyunun yazarı **TUNCER CÜCENOĞLU**, yeni yazdığı bu oyunu 8 Mart Dünya Kadınlar Günü nedeniyle dünyanın tüm kadınlarına armağan etmiş.

Türk Tiyatrosu'nun üretken yazarı bu oyununda, farklı nedenlerden, bir kadın sığınma evine toplanmış kadınların yaşamlarından kısa bir günün anlatıldığı, gazetelerin 3. sayfalarında okuduğumuz hayatları gözler önüne sererek, kadına yönelik şiddeti ve istismarı sorgulamış.

Oyunu yöneten Serpil Tamur.

Oynayanlar ise: Defne Yalnız, Ayla Baki, Fatma Öney, Gamze Yapar Şendil, Melek Gökçer, Müge Arıcılar, Öykü Başar, Şule Gezüç, Tuğçe Şartekin ve Şenay Kösem.

" 'Kadın Sığınağı'*nda, erkek egemen toplumun birbirinden farklı katmanlarından, töre baskısının hüküm sürdüğü yörelerden gelmiş on bir kadın var. Nedenleri benzemese de sonuçları aynı yaşananların: Horlanma, hırpalanma,ezilme, sömürülme, ihanete uğrama, öldürme, öldürülme... Sığınma evinde ortak bir acı paylaşılmaktadır. Sığınanların kimi durumuna boyun eğerek, kimi uzlaşma yolunu seçerek, kimi baş kaldırarak, kimi başka avuntular bularak, kimi örtbas ederek, kimi tümüyle dağıtarak yaşıyor acılarını. Kadın Sığınağı, söyleyeceğini dolandırmadan söyleyen, yalın, kurgusu sağlam bir oyun."* **Prof. Dr. Sevda Şener**

Türk Tiyatrosu'na 40 yıldır oyunlar yazarak hizmet eden Tuncer Cücenoğlu 1944 Çorum doğumlu.

Ankara Üniversitesi, Dil ve Tarih-Coğrafya Fakültesi Kütüphanecilik Bölümü mezunu.

Tuncer Cücenoğlu şimdiye kadar 24 oyun yazmış. Bu oyunlar Rusça, İngilizce, Almanca, Fransızca, Bulgarca, Yunanca, Makedonca, İsveççe, Gürcüce,Urduca, Japonca, Romence, Azerice, Tatarca, Lehçe, Çuvaşça, Sırpça, İspanyolca, Arapça, Farsça'ya çevrilmiş ve bu ülkelerde sergilenmekte.

Kendisiyle MİTOS-BOYUT Yayınları'nda söyleşi yaptım.

Bizde bir deyim vardır: "Perşembenin gelişi çarşambadan belli olur"

Sizin yazar olacağınız sanırım ilkokul sıralarında belli olmuş. O günleri anlatır mısınız?

Biraz farklı bir çocuktum. 3-4 yaşımda bile dünyaya ve insanlara dair sorular üretirdim.

Henüz ilkokuldayken çizgi romanlarla başlayan okuma serüvenim, halkın okuduğu masal ve değişik türden kitaplarla sürmeye başlamıştı.

Okumak öyle bir tutkuydu ki benim için, kitap alabilmek için babamın cebinden para bile aşırdım ve yakalanınca da her ay 4 kitap alabileceğim iznini aldım böylece.

İlkokul beşinci sınıfta ilk ciddi kitabı okudum. Hemingway'in "Klimanjaro'nun Karları". Bu kitabı bana hasta ziyaretine gittiğim ilkokul öğretmenim Mustafa Bey armağan etmişti.

Bir ilkokul öğretmeni kitap armağan ederken, bir başka öğretmen kitap okurken yakaladığında dövüyor sizi. Her ikisi de öğretmen...

Evet, bu da bizim ülkemizin trajedisi galiba. Ortaokul yıllarımda Aziz Nesin okumaya başlamıştım. Derslerde bile ders kitaplarının arasına koyup okurdum Aziz Nesin kitaplarını. Enselenmeme neden de okurken istemeden de olsa gülmem yüzündendir. Dersin öğretmeni yakaladı ve adamakıllı bir iki tokat aşk etti bana.

Edebiyata olan merakınız niçin ve nasıl bu kadar erken başladı?

Dediğim gibi her şeyi öğrenmek istiyordum. Bunu da kitaplardan öğrenebileceğimi kavramıştım. Ya da hissettim diyelim. Okuma olayımın gelişmesindeyse Çorum Lisesi'nde çok zengin bir kütüphanenin olması büyük şansım oldu. Tüm klasikleri okumam böyle gerçekleşti. Özellikle Gogol, Gorki, Tolstoy, Dostoyevski, Çehov, Gonçarov, Puşkin gibi büyük Rus yazarları ilk öğretmenlerim oldular.

Yayımlanan ilk denemeniz neydi?

Ben ilkin gülmece öyküleri yazarak başladım yazarlık yaşamıma. İlk yazdığım öykü İHTİYAÇ FABRİKASI adında bir küçük denemeydi. Bir ilkokul öğrencisinin babasından çeşitli nedenler öne sürerek para istemesini anlatıyordu. Defter-kalem için para. Silgi için para. Hatta Kızılay'a yardım için para.

Ve baba da öykünün finalinde "*Ben ihtiyaç fabrikası mıyım? Yeter artık!*" diye tepki veriyordu. Sanıyorum ÇORUM HABER adındaki yerel bir gazeteydi yayımlayan organ.

Yavaş yavaş politika, siyasetle tanışmanız... Demokratlı ve İsmet Paşa'lı yıllar..; hatırladıklarınız? Örneğin 27 Mayıs.

Babam öğretmendi. Muhalifti her zaman. Demokratların iktidar olması için kavga vermişti. Çünkü Demokratlar özgürlük vaat ediyorlardı. Ama sözlerini tutmadılar. Hatta işi daha da azıttılar. Karşı görüşlere dayanamama ve yok etme ileri aşamalara varmıştı. Bu nedenle de CHP ve İsmet Paşa'nın iktidara gelmesi için mücadele vermeye başlamıştı babam.

Kuşkusuz karşılığını da alıyordu iktidardan. Sürekli sürgündeydi...

Ben de lise öğrencisiydim ve bu mücadeleye katıldım. 27 Mayıs'tan önce evimize çarpı işareti bile konmuştu. Allahtan 27 Mayıs Devrimi oldu da zarar görmeden kurtulduk. Sonrasında yeni Anayasanın kabulüyle de sol düşünceyle tanıştım. Ankara'da öğrencilik yıllarımda öğrendim sosyalizmi. Nazım'ın, Sabahattin Ali'nin ve birçok yazarın, düşünürün, felsefecinin yasakları da kalkmıştı...

Türkiye İşçi Partisi de Meclise 15 milletvekiliyle girmişti... Mücadelesi mücadelemdi... Resmen partili olmadım ancak yandaşıydım... Yani Ankara'daki öğrencilik yıllarım toplumcu fikirleri kavramamda ve bilinçlenmemde gerekli ortamı yarattı bana…

Ve şimdiki uğraşınız olan tiyatro sanatıyla tanışmanız…

Gerçek bir tiyatro oyununu 27 Mayıs Devrimi'nden sonra Çorum'da izledim ilk kez. Devlet Tiyatroları "*Koçyiğit Köroğlu*" oyunuyla gelmişti kente. Oyunu o kadar beğenmiştim ki günlerce etkisinden kurtulamadım. Etkileyiciydi çünkü bire bir yapılıyordu karşımda…

Oyun yazarı olmaya karar verişiniz…

Gerçi gülmece öyküleri yazıyordum o günlerde ve yayımlanıyordu dergilerde. Ancak Aziz Nesin'i aşmam mümkün görünmüyordu. Sonunda da oyun yazarı olmaya karar verdim. Kaldı ki oyun yazarlarımızın oyunlarına ulaşmaya/izlemeye başladığımda da bu kararımda ne kadar haklı olduğumu daha iyi anladım.

Üniversite yılları… Niçin Kütüphanecilik Bölümü?

Ben aslında Hacettepe Üniversitesi'nin Tıp Fakültesi'ni kazanmıştım iki arkadaşımla birlikte.

O zamanki puanımı unutmam; 129. Diğer arkadaşlarım da 128 ve 127 puan almışlardı.

Bize üç silahşörler derdi ailelerimiz. Biri "Ben müzisyen olacağım. Bu kadar uzun eğitime gerek yok!" deyip girmedi. Diğer arkadaşım da "Ben de iş adamı olacağım" deyip girmedi.

Ben zaten yazar olacaktım. Zaten üçümüzün de

yüksek öğrenim görmekteki asıl amacımız askerliğimizi yedek subay olarak yapmaktı. Ve Tıp öğreniminin uzunluğu bizi korkutmuştu. Kütüphanecilik Bölümü'ne girmemin de kitaplara olan sevgimden kaynaklandığını söyleyebilirim. Hem de 4 yılda tamamlanacaktı eğitimim ve ben yazarlığımı daha profesyonel koşullarda sürdürebilecektim...

Siz Türk Tiyatrosu'nun 60'lı - 70'li "Altın Yılları"nı yaşadınız. O yılların TürkTiyatrosu'nu biraz anlatır mısınız?

Yüksek öğrenim ve sonrası yaşamım Ankara'da geçti. Ankara Sanat Tiyatrosu, Devlet Tiyatroları, sonradan Ankara Birlik Sahnesi mekanım oldu hep. Turneye gelen Dostlar Tiyatrosu da tiyatroyu daha iyi öğrenmemde etken oldu. Özellikle Ankara Sanat Tiyatrosu benim okulumdu. Ankara'da bu tiyatrolarda izlediğim oyunlarla öğrendim oyun yazarlığını diyebilirim...

Oyun yazmaya başlamanız; ilk oyununuz

Bundan kırk yıl önce yazmaya başladım oyunlarımı. İlk oyunum 'Kördövüşü' İstanbul'da Üsküdar Oyuncuları'nda sahnelendi (Yönetmen: Ergun Köknar). Ardından 'Öğretmen' Ankara Devlet Tiyatrosu'nda başladı (Yönetmen: Haşim Hekimoğlu)...

Yasaklanan oyununuz... Oyunlarınız?

Yasaklanan ilk oyunum 'Öğretmen' oldu... 13. kez oynanacakken... 12 Mart dönemiydi. Türkiye'nin bugünlerinin hazırlandığı günlerdi. İnsanların evlerindeki kitapları yakmak zorunda bırakıldıkları bir kara dönemdi. Sonrasında tam on dört yıl oyunlarım engellendi, sahnelenmedi. Memuriyetim sürüyordu ama yasaklı bir yazardım artık. On dört yıl yalnızca bir oyunum değil, oyun yazarlığım da yasaklanmıştı yani...

Ve yine bir 12 rakamı... 12 Eylül... "Sakıncalı" lar sınıfına dahil olmanız...

12 Eylül'de İstanbul'da Kadıköy Halk Eğitim Merkezi'nin yöneticisiydim. Oradaki bir yolsuzluğun üstüne gittiğimde solcu olduğum hatırlanıldı ve Yozgat'nın Çekerek ilçesine sürgün edildim. Ve ardından da sakıncalı olarak işsiz kalmam sağlandı. Bir gün bir telefonla arandım Mamak Askeri Cezaevi'nden. Bu cezaevi tüm Dünyada işkence nedeniyle konuşulan bir yerdi. Benim mahkumlara tiyatro konusunda yardım etmemi istiyordu bir Albay. Rejisör olmadığımı ama yapabileceğim bir katkı olursa memnun olacağımı söyledim. Gelip beni aldılar. Bir üst düzey subay bana "*Her türlü belgeyi vereceğiz size. TRT için bir dizi yazar mısınız? Siz dürüst bir insansınız. Para kazanmanızı istiyoruz.*" dedi. "*TRT benim yazdığım diziye olumlu bakmaz.* Çünkü ben farklı bakıyorum yaşananlara. Bu nedenle yapamam" dedim. Reddettim yani. Hep övünürüm bununla. Bunun üzerine mahkumlara bir oyun önermem istenildi benden. Ben de Turgut Özakman'ın Duvarların Ötesi oyununu önerdim. Rejisör bulmalarını da sağladım. Oyunun galası yapılacaktı. AKM önünden bir otobüs kaldırıyorlardı. Birçok gazeteci, eleştirmen gelmiş doluşmuştu otobüse. Fakat oyunun yasaklandığı ve galanın da iptal edildiği duyuruldu gelenlere. İnanılmaz bir şeydi. Çünkü Turgut Özakman o zamanlar Devlet Tiyatroları Genel Müdürü'ydü. Kendi genel müdürünün oyununu bile yasaklayacak bir aymazlık. 12 Mart böyle bir şeydi işte.

Ve ülkemiz aydınlarının/yazarlarının çektikleri... Nazım'dan Sabahattin Ali'ye, Ruhi Su'ya, Aziz Nesin'e...Turan Dursun'dan Uğur Mumcu'ya... Daha birçok aydınımızın çektikleri...

Bizim ülkemizde aydınlar, yazarlar, ilericiler, sosyalistler, devrimci düşünceye sahip herkes bütün dönemlerde baskı görmüşlerdir. Kim bilir belki de bu nedenle dirençli ve büyük yazarlar, aydınlar ortaya çıkmıştır...

Sanki büyük yazar olmanın ön koşulu bu baskıyı görmekten geçiyor... Yani her olumsuzluk bir olumluluğu getiriyor. Kim bilir egemenlerin bu baskısı olmasaydı Nazım, Aziz Nesin, Sabahattin Ali ve benzerleri olmayacaktı.

Oyuncularımızdan Celile Toyon sizi "Ben bir Tunceryen oyuncuyum. Sürekli yazan, yazdıklarını tüm dünyaya -Nedense Türkiye hariç?- kabul ettiren tek Türk Tiyatro yazarı" olarak tanımlamış. Yurtdışında daha mı çok tanınıyorsunuz?

Öyle, evet. Örneğin başta Rusya olmak üzere eski sosyalist ülkelerde yaygın olarak oynanıyor oyunlarım. Sonra Balkanlarda... Orta Avrupa ve bazı batı ülkelerinde. Örneğin Belçika'da başladı bir oyunum. Sözgelimi Azerbaycan'da (Bakü) geçtiğimiz ay bir Uluslararası Tiyatro Konferansı yapıldı. Bu ülkede tanınan bir yazar olduğum için özel olarak davet etmişlerdi. (Dört oyunum oynandı/oynanıyor Azerbaycan'da) İngiltere'den ABD'ye, Kanada'dan, Çin'e, Kore'den Rusya'ya, Gürcistan'dan Finlandiya'ya 30 ülke tiyatrocuları, rejisörleri katıldılar bu etkinliğe. Ve Azeriler beni "Çağdaş Dünya Tiyatrosunun en büyük oyun yazarı" olarak sundular.

Sanıyorum pek yakında tüm Dünya ülkeleri başlayacak oyunlarımı oynamaya. Zaten Almanya ve benzeri birçok batı ülkesinde repertuarlara girmeye başladı oyunlarım. Kitap olarak da yayımlanıyor birçok ülkede. Ülkemde bu kadar tanındığımı sanmıyorum. Geçen gün bir eleştirmen bana "*Türkçe mi oynanıyor oyunlarınız başka ülkelerde?*" diye sordu. Birçok kişi farkında değil hala bir gerçeğin. Bu durum üzücü değil mi sizce? Örneğin 60. yılda 60 yeni oyun fantezisinde Dünya tiyatro repertuarlarına girmiş ve ülkemizde hiç sahnelenmemiş 5 oyunumdan biri bile sahnelenmedi Türkiye'de. Bu üzüntüm olmuştur. Gerekçe de Adana Devlet Tiyatrosu'nda bir oyunumun sahnelenmekte oluşuydu. Yani bir oyunun sahnelenmekteyse ikincisi olmaz! Böyle bir mantık olur mu? Sayısal sınırlamada ancak oyunun/oyunların değeri ölçüt olarak alınmak zorundadır. Sınırlama iyi oyun metinleri için asla geçerli olmamalıdır. Başarılı her oyun aynı anda repertuarlarda yer almalıdır. Diğer yaklaşım haksızlıktır, insafsızlıktır, yazarın şevkini kırmaktır.

"Kadın Sığınağı" adlı oyununuzda, sığınma evindeki on bir kadının hikayesi var. Kadına şiddetin kınandığı şu günlerde bir türkücümüz sahneden küçük bir kız çocuğuna "orospu" diye sesleniyor. Daha dün yine bir töre cinayetinde kocasından ayrılıp eve dönen kadın, erkek kardeşi tarafından kurşunlanıp dere yatağına atıldı.

Bu töre dediğimiz cinayetler azgelişmişlikle ilgili, sistemin yanlışlığından kaynaklanan trajik durumlardır. Az gelişmişliğin en şiddetli yansımalarıdır. Kadın Sığınağı'nda bu konuyu işledim. Yararlı da oldu... Ses getirecektir bu oyun da Dünyada. Çünkü kadın sorunu yalnızca bizim ülkemizle ilgili değil.

Siz üretken bir oyun yazarısınız. Dile kolay 24 oyun kazandırdınız Türk ve Dünya tiyatrosuna. Bir oyunun son haline gelene kadarki aşamalarını özetler misiniz? Yazdığınız oyun ne zaman oynanacak hale gelir?

Belli bir ustalığa ulaştığım için yazdığım oyunları kısa bir süre bekletip yeniden gözden geçirdikten sonra hazır hale getirebiliyorum. İşi kavradım yani. Kaldı ki değerlendirme düzeyi yüksek birkaç dostuma da yeni oyunlarımı okutup görüşlerini alırım.

Yaptığım söyleşilerde genellikle oyuncu(lar) ve yönetmen(ler) "oyun yazarımız az" diye şikayet **ederler. Ülkemizde oyun yazarı az mı?**

Kendi yazarlığımı ve oyunlarımı bunun dışında tutarak yanıtlamam doğru olur bu soruyu.

Ulusal bağlamda başarılı olmuş Güngör Dilmen, Orhan Asena, Haldun Taner, Melih Cevdet Anday, Turgut Özakman ve benzerlerinin dünyaya önerebileceğimiz oyunu/oyunları var mı diye sorgulayarak yanıtlamalıyız bu soruyu bence... Yani bu irdelemeyi duygusallıkla yapmamalıyız. Çünkü ulusal bağlamda oyun yazarlarımız zaten var. Bunu başardı Cumhuriyet dönemi. Ama asıl sorun evrensel bağlamdadır. Ki yanıtı da bellidir.

Belki birkaç ulusal yazarımızın birkaç oyun metni bunun dışında kalacaktır.

Ödülleri:

Tobav (2), Türk Kadınlar Birliği (l), Ankara Sanat Kurumu (2), Abdi Ipekçi (l), İsmet Küntay (l), Avni Dilligil (2) Uluslararası Tiyatro Enstitüsü (l), Kasaid (l),

Lions (3), Kültür Bakanlığı (l), Yugoslavya (l), Hollanda İnsan Hakları Ödülü (l)

Oyunları:

Boyacı, Kadıncıklar, Öğretmen, Helikopter, Neyzen, Çığ (Lawina), Yeşil Gece, Dosya, Kördöğüşü, Çıkmaz Sokak, Biga 1920, Kumarbazlar, Yıldırım Kemal, Matruşka, Ziyaretçi, Şapka, Kızılırmak, Sabahattin Ali, Tiyatrocular, Ah Bir Yoksul Olsam, Che Guevara, Mustafam Kemalim, Kadın Sığınağı

İnşaatçılıktan SANAT'a taransfer olan bir yayıncımız:

T. YILMAZ ÖĞÜT...

Bu söyleşimde sizlere Türk tiyatrosuna yayıncı olarak senelerdir hizmet eden bir kişiyi tanıtmak istiyorum.

O, 27 yıl tuğlaları üstüste koyarak inşaat sektörüne hizmet ettikten sonra kendi kendini emekli ederek yayıncılığa başlamış.

1986 yılından bu yana da tuğla yerine, bastığı kitapları üstüste koyuyor. Diğer yayınevleri tiyatro kitapları yayınlamazken, o, 570 adet tiyatro kitabı yayınlamış. Esas mesleği İnşaat mühendisliği olan senelerin yayıncısı **Mitos - Boyut** yayınevi sahibi **TURHAN YILMAZ ÖĞÜT**'ü Taksim Kazancı Yokuşu'ndaki bürosunda ziyaret ettim.

Yılmaz Bey, elimde Ekim 2010 tarihli Mitos - Boyut Katalog'u var. Bu katalogta 530 Tiyatro kitabı yayınladığınız yazıyor. Bu sayının 432'si oyun kitabı, 98'i kuramsal eserlerden oluşuyor. Bildiğim kadarıyla siz İTÜ İnşaat Fakültesi mezunusunuz. Bu tiyatro merakı nasıl oluştu?

Yayınevi olarak, 1994'ten sonra diğer yayın türlerini bırakıp yalnızca tiyatro kitabı yayınlamaya karar verdik; o yıldan bugün itibariyle 570 adet tiyatro kitabı yayınlamış bulunuyoruz. Doğrusu, tiyatro yayınlarında bu kadar kitaba erişeceğimizi biz de hayal edemiyorduk. Bu sayıya kadar ulaşmamıza en büyük etken, ülkemizde büyük yayınevleri dahil birçok yayınevinin tiyatro kitabı yayınlamaktan vazgeçmeleri ve bu hizmetin nerdeyse bütün bütüne bize kalmasıdır. 2001 krizinden çok etkilendik; çok sayıda kitap iade edildi, satışlar azaldı; 90'lı yıllarda Kültür Bakanlığı her yıl önemli miktarda kitap satın alırdı; 2001 yılından sonra o kaynak da kesildi. Yayınevimiz kapanma noktasına kadar geldi; ancak yazarlarımız, çalışanlarımızın özverileri ile bu olumsuz durumu güçlükle atlatabildik.

Yayınladığımız 570 kitabın 104 adeti kuramsal kitap, diğer bölümü de oyun kitabıdır. Yayınladığımız oyun kitapları içindeki toplam oyun sayısı 950 adedi buluyor.

Benim yayımcılık geçmişim yok. İTÜ İnşaat Fakültesi mezunuyum; İnşaat Y. Mühendisim. 27 yıl mühendislikle ilgili faaliyette bulundum; Karayolları'nda özel inşaat firmalarında çalıştım; daha sonra kendi adıma birçok teahhüt işi yaptım. Bu meslekten kendi kendimi emekli edince yayın işine başladım. Kitap okumak, sanatsal gösterileri izlemek gibi zevk ve alışkanlıklarım beni böyle bir iş koluna girmeme neden oldu. Halen yayın faaliyetinden başka bir işim bulunmamakta.

Mitos - Boyut'un kuruluşunu ve ilk zamanlarını anlatır mısınız?

Mitos-Boyut Yayınevi "Boyut Yayınevi" adıyla 1986 Aralık ayında kuruldu. Ben o tarihte Samsun'da müteahhitlik işlerime devam ediyordum. Ancak yeni bir iş almayarak o tür faaliyetimi sağlık nedenlerle durdurmaya karar vermiştim. Mühendislik mesleğini bırakınca, boş kalamazdım; çocukluk dahil bütün hayatım boyunca çalışmaya, bir iş yapmaya alışmış bir insanım. Mühendislik yaşamımda da pazar, bayram demeden çalışmış birinin boş kalması, psikolojik olarak çöküş demek olacaktı. Biraz önce de söylediğim gibi okumayı, sanat etkinliklerini izlemeyi, işlerimin en yoğun ve problemli olduğu zamanlarda dahi bırakmamış biri olarak, ikinci bir uğraş seçmem gerekince, yayın işini seçmeyi uygun gördüm. 1986'da Samsun'a Fuar'da kitap satışı için gelen Cumhuriyet Gazetesi Kitap Kulübü'nde çalışan Mustafa Demirkanlı ile tanıştım. Ona yayınevi kurmak istediğimi ve Samsun'da işlerim tamamen sona erince İstanbul'a taşınacağımı söyledim. Anlaştık ve ikimiz o tarihte Boyut Yayınevi'ni kurduk. önceleri M. Demirkenlı İstanbul'da işi tek başına yürüttü. O tarihlerde daha çok gazetecilerin kitapları, öykü ve anı kitapları basıldı. Sonra ben 1990 başında İstanbul'a taşındım ve yayınevini birlikte yürütmeye başladık. Yayıncılık konusunda başlangıçta hiçbir şey bilmiyordum; hiç bilgisayar kullanmamıştım. Zamanla hepsini öğrenmek zorunda kaldım. Bu arada Tiyatro Tiyatro Dergisi'nin yayınına da başladık. Zamanla sürekli yayın olarak dergi ile yayınevinin kitap yayının birbirini engellediğini ve gereksiz tartışma ve gerginlikler yarattığını görünce, anlaşarak ortaklığımızı dergi ona, kitaplar bana kalmak suretiyle yollarımızı ayırdık.

Tiyatro kitapları yayınına 1991 başında Tiyatro Tiyatro Dergisi ile birlikte başladık. Başlangıçta yılda 4-5 tiyatro kitabı yayınladık. Yayınevinin sorumluluğu tek olarak bana kalınca, diğer tür yayınları bırakıp yalnızca tiyatro yayınını seçtim. Yalnızca tiyatro konusunu seçmemin nedeni, eskiden beri tiyatro izleme merakım ve pek bilmediğim yayıncılık konusunda tek konuda yayın yapmanın benim için daha kolay olacağı düşüncesinden kaynaklanmakta.

Bizde, yani Türkiye'de, okuyucu sayısı zaten az. Tiyatro yayınlarına sanıyorum daha da az. Buna rağmen niçin ille de tiyatro eserleri?

Ülkemizde yalnızca tiyatro konusunda yayın yapan, halen bizden başka yayınevi bulunmuyor. Ayrıca şunu belirtmeliyim, birçok büyük yayınevi tiyatro konusundaki yayınlarından vazgeçmiştir. Bu elbette, yayınevi etkinliğinin yalnızca kâr etmek düşüncesine dayalı olmasının sonucu. Çok sattıklarına inandıkları olunca bunları yayınlamaktan kaçınmıyorlar ama... Shakespeare, Nazım Hikmet, Haldun Taner, Moliere'in oyunları gibi...

Yalnız tiyatro kitabı yayınlayarak ayakta kalmamızın sırrını soran çok oluyor. Bunun sırrı: Sanatı, tiyatroyu sevmek, kitaba karşı özverili bir davranışı benimsemek ve bu işten ticari bir kazanç hesabı yapmamak olarak açıklanabilir. Biz, çok bilinen bir sloganı kendimize uyarlayarak bu uğraştaki amacımızı kısaca şöyle ifade ediyoruz: Mitos-Boyut'tan alacağınız her tiyatro kitabı, size yeni bir tiyatro kitabı olarak geri dönecektir, diyoruz. Bu işteki metodumuz, asgari sayıda eleman ve gider kalemleri ve özverili çalışma ilkesi ile olabilen bütün kazancımızı yeni kitap yayınlamaya aktarmak olarak özetlenebilir.

Diğer yayınevlerine göre avantajımız, kolayca tahmin edileceği gibi rakipsiz bir ortamda çalışmamız. Dezavantajımız ise, bizim hiçbir kitabımızın "Çok Satan Kitaplar" listesine girme ihtimalinin bile olmaması. İronik bir söylemimiz de var: "Ah bizim de korsanımız olsa," demekten çok hoşlanıyoruz.

1990'lı yıllarda kitaplarımızı 2000 adet olarak basıyorduk. Halen satışta olan 1993-94 yıllarında bastığımız kitaplarımız var. 2000 kitap ortalama olarak 15 yılda tükeniyor denebilir. Bu satış trendi büyük bir stokla çalışmamız gerçeğini ortaya koymakta. Bu nedenle, ekonomik baskıların da sonucu olarak 2001 krizinden sonra baskıları 1000 adede düşürmek zorunda kaldık. Yıllık ciromuzla karşılaştırıldığında yıllık sattığımız kitap sayısının yaklaşık 10 katı kitap depomuzda stok halinde. Bu tablo tabii hiç de ticari bir işletme tablosu değil; ancak yapacak başka bir şey yok.

Tiyatro sanatına bu kadar ilgi duymanız niçin? İTÜ İnşaat eğitimi yerine, konservatuar tiyatro bölümü okuyabilirdiniz... "Ah, keşke tiyatro eğitimi alsaydım!.." diye düşündüğünüz oldu mu?

Hayır olmadı. Çünkü bu konuda kendimi hiç yetenekli biri olarak görmedim; görmemiş olmamın da isabetli olduğu düşüncesindeyim. Tiyatroya bu şekilde hizmet etmekle mutlu oluyorum; ayrıca beni yetiştiren, eğitimimi sağlayan toplumuma karşı da manevi borcumu ödemiş kabul ediyorum.

Yayınlayacağınız eserleri nasıl seçiyorsunuz? Yazarlardan size gelen istekleri değerlendirirken ölçünüz ne oluyor?

Tiyatro kitabı seçme konusunda 2500 yıllık geniş bir alan var. Antik, klasik oyunlar, çağdaş yerli / yabancı oyunlar ve tabii Türkiye'de eksikliği çok duyulan tiyatro kuramsal kitaplar arasından seçme yapmak bizi hiç zorlamıyor. Bu türlerin her birini ihmal etmeden dengeli bir yayın programı uygulamaya çalışıyoruz. Ayrıca yeni genç oyun yazarlarının eserlerini yayınlamaya da özel bir özen gösteriyoruz. Yayınladıklarımız arasında ilk kez oyunları bizde yayınlanmış 50'den fazla yazarımız var. Bunların 25'e yakının oyunları artık Devlet ve Şehir Tiyatlarında, önemli özel tiyatrolarda oynandı, oynanıyor. Bize, yaptıklarımızla önemli bir misyon üslendiğimiz söyleniyor; bu doğruysa eğer, genç/yeni oyun yazarlarını ortaya çıkarıp topluma tanıtmış olmak bu misyonun önemli bir parçası oluyor demektir. Bu da bizi çok mutlu ediyor.

Gelen eserleri okuyoruz ya da bu işte uzman kişilere okutuyoruz. Elbette her kişinin beğenisi subjektif bir değerlendirmedir. Bu bakımdan bizim seçtiklerimizin en iyileri olduğunu iddia edemeyiz. Ancak bu kadar çok oyun okuduktan sonra, bir oyun üzerinde karar vermişsek, bunun çok da aykırı bir karar olmadığını düşünüyoruz.

Belirli bir yayın kurulumuz yok. Yazarlarımızın, tiyatro sanatçı dostlarımızın, çevirmenlerimizin önerilerini her zaman dikkate alıyoruz.

Ağırlık hangi yazarlar? Yerli mi, yabancı mı? Genç yazarlar mı? Konu olarak neler oluyor?

Yayınladığımız kitap listesine bakılınca öncelikle Türk yazarlarının ağırlıklı olduğu görünür. Kendini oyun yazarı olarak kanıtlamış hemen hemen bütün yazarlarımızn eserleri yayınladık. Olmayanlar, ya başka yayınevlerine bağlı (Haldun Taner, Nâzım Hikmet, Necati Cumalı gibi) ya da kendileri veya varisleri ile biz istediğimiz halde anlaşma yapamadığımız (Musahipzade, Cevdet Anday, Oktay Rifat, Aksal, Turan Oflazoğlu gibi) yazarlarımızdır.

Yerli yazar ağırlıklı bir yayın kataloğuna sahibiz. Bunu iki yıldır, %50 yabancı yazar, %50 yerli yazar oranına getirmeye çalışıyoruz.

Genç yeni yazarlarımızın eserlerinin yayınına ayrı bir özen gösterdiğimizi bir önceki sorunuza cevap verirken anlatmıştım. Ayrıca Oyun Yazma Yarışması yaparak 30'a yakın genç-yeni yazarın ilk oyunlarını yayınladık. Türk tiyatrosunun, sanatçılarımızın sahne üstündeki gösteri becerilerinden çok, oyun yazarlarımızla temsil edilmesiyle dünyada daha doğru ve kalıcı bir etki bırakacağına inanıyoruz.

Yayınevi olarak tanıtımınız nasıl oluyor? Belli bir reklam bütçeniz var mı?

Ne yazık ki tanıtım işinde çok yetersiz bir konumdayız. Şimdiye kadar tiyatro kitabı için bir kere gazete ilanı verdik; o da 500'ncü kitabımızın duyurulması için Cumhuriyet Kitap Ekine verdiğimiz yarım sayfa ilandır. Böyle bir bütçemiz yok. Tiyatro dergileri yerleri uygun olunca ücretsiz olarak bizim yayınlarımızı tanıtıyorlyar.

Türkiye'de tiyatroya olan ilgi zaman zaman azalıp çoğalıyor. Dolayısıyla tiyatro yayınlarına da aynı şekilde paralel olarak bu ilgi yansıyor. Mitos - Boyut kurulduğundan bu yana bu inişli çıkışlı ilgiyi yıllara bölersek, okuyucu sayısının azalıp çoğaldığı yılları grafik olarak sayıya dökebilir miyiz?

Böyle bir tablo için elimizdeki veriliri değerlendirmek çok zor. Ancak şunu söyleyebiriz: Bugün halen 560 kitabımız satışta. Satışta olan 560 kitaptan geçen yıl -bir yıl içinde- sattığımız TOPLAM kitap sayısı 40 000 civarında. Bu seneki satış trendine bakınca bunun pek değişmeyeceği, belki %5 gibi bir artış olabileceği görünüyor. Bazan bir roman bir haftada 100 000 adet satıyor; bununla bizim satış sayısı toplamını karşılaştırırsanız, hiç de akıllıca bir ticari faaliyeti içinde olmadığımız çok net olarak görünür.

Tiyatro kitaplarının az satmasının bir önemli nedeni, kitapçılarımızın, tiyatro kitapları az satıyor diye, dükkânlarında tiyatro kitabı bulundurmamalarıdır.

En çok satan kitabımız (5. Baskı), konservatuvar sınavlarına girecek öğrenciler için benim hazırlamış olduğum 5 cilt halindeki 100 Monolog kitapları. Bütün bu bilgilerin ışığında Türkiye'de sayısı 15 000 bulan tiyatro oyuncu ve rejisörlerinin ne kadar az kitap okudukları ortaya çıkar. Bizim kitaplarımızın alıcılanrının %80 kadarı da zaten tiyatro öğrencileri.

Bu karamsar tablolar bizi engellemiyor. Biliyoruz ki 50-60 yıl sonra bile kitaplarımız hâlâ ellerde dolaşacak ve aranacak. Bizim şimdi 1940'larda Hasan Âli Yücel zamanında çıkan klasik eserleri aramamız gibi.

Mitos - Boyut'un aldığı ödüller?

Sağ olsunlar tiyatro ile ilgili, kurum, dernek, vakıflar, ödül kurulları bizi hiçbir yıl ödülsüz bırakmıyorlar. Buda bizim en onurlu bir kazancımız. Hepsine tekrar buradan teşekkür ediyorum. Onların bu takdir ve görüşleri bizim için çalışmalarımın en büyük armağanı.

Ödüllerimiz:

Cüneyt Gökçer-Tiyatro Yayın Ödülü, 2011 - Afife Jale Tiyatro Ödülleri, Onur Ödülü 2010 - İsmet Küntay

Tiyatro Ödülleri, Onur Ödülü 2009 - Memet Fuat Ödülleri, Yayıncılık Ödülü 2008 - Muhsin Ertuğrul Tiyatro Ödülleri, Onur Ödülü 2008

İstanbul Kültür Üniversitesi, Teşekkür Plaketi, 2007 - Tiyatro-Tiyatro Dergisi Tiyatro Ödülleri, Onur Ödülü 2006

Tiyatro Eleştirmenleri Birliği, Onur Ödülü 2006 - VI. Lions Tiyatro Ödülleri, Onur Ödülü 2006

Bilecik Belediyesi - 2. Tiyatro Festivali, Onur Ödülü 2005 - İzmir-Bornova Belediye Tiyatrosu, Teşekkür Plaketi 2005

Ankara Sanat Kurumu Ödülleri, Jüri Özel Ödülü, 2001 - İstanbul Şehir Tiyatroları, 2000 Yılı Gençlik Günleri Onur Ödülü

Avni Dilligil 2000 Yılı Tiyatro Ödülleri, Onur Ödülü Anadolu Üniversitesi Rektörlüğü , Teşekkür Plaketi, 1999 Bakırköy Belediyesi, 1999 Yılı, Yunus Emre Onur Ödülü, TİYAP (Tiyatro Yapımcıları Derneği) 1993-94 Yılı Onur Ödülü

Yayınevi olarak yeni proje ve girişimleriniz var mı?

Yeni olarak adlandırılacak projemiz yok. Yayınlarımız eskisi gibi sürecek. Önce de söylediğim gibi yabancı yazarların oyunları ile kuramsal tiyatro eserlerinin yayınına bu dönem daha da önem vereceğiz. Bu tür yayınların copyright ve çeviri ücretleri nedeniyle maliyetleri yerli oyun kitaplarına göre daha fazla olduğundan yılda yayınladığımız 50 civarındaki kitap sayısı belki adet olarak azalacak, ancak bu tür yayınların eksikliği de ortada. Bu görev de yine bize düşüyor.

Tüm tiyatroseverler adına, Türk tiyatrosuna onlarca tiyatro kitapları kazandırdığınız için teşekkür ederim Yılmaz Bey...

Türk tiyatrosunda "delikanlılık" görevi yapan BİZİM TİYATRO...

"Mideye gülle gibi oturan" oyunların sahibi...

"Siyasal etkinliği tiyatro eyleminin odak noktasına yerleştiren"

ZAFER DİPER...

Şubat (2007) ayındaki İstanbul Söyleşilerimin ilk durağı Kadıköy Barış Manço Kültür Merkezi idi. Bu güzel kültür merkezinde seyrettiğim oyun **ÖZKIYIM.**

2007'de kuruluşunun 26. yılını kutlayan **BİZİM TİYATRO** kurucusu, genel sanat yönetmeni, baş oyuncusu **ZAFER DİPER,** Özkıyım adlı bu oyunda, 68 kuşağının yaşantısından bugüne gelen sinemacı Berlin doğumlu Karl Schmitt'in öyküsünü usta yorumuyla anlatıyor. Oyunu sergilerken oyundaki olayları hem kendisi yaşıyor hem de seyirciye yaşaı?yor. Sergilediği on üç ayrı karakteri adeta seyircinin yanına, gözünün içine sokuyor; zaman geliyor karakterleri seyircilerin arasında dolaştırıyor, zaman geliyor seyirciyi oyunun içine sokuyor. Seyirci üşüyor, seyirci işkence görüyor, seyirci 68 kuşağının acımasızca, gaddarca kıyım kıyım kıyılmasına tanık oluyor; sahnedeki Zafer Diper Karl Schmitt, Karl Schmitt Zafer Diper oluyor; seyirciye birebir yaşatıyor.

" ... Meddahlık anlayışının çok ötesine giderek, 'anlatma' ile 'canlandırma'yı 'iç içe kılan', 'canlandırılan' kişilerin sayısı artsa da yer yer 'içselleştirme'nin uç boyutlarına ulaşan bir 'tek kişilik oyunculuk' ; üç beş parçayı geçmeyen sahne gereçlerine çok çeşitli işlevler yüklenmesi; oyunlar nerede geçerse geçsin, dekorsuz 'uzam'da hep bir 'hücreye tıkılmışlık' duygusunun yaratılması; yalın bir ışık kullanımı yoluyla sahnelerin birbirine eklenmesi; perde arası olmayan, sahnedeki bunaltıcı yaşantıyı seyirciye de geçirmeyi amaçlayan bir gösterim anlayışı. Bizim Tiyatro'nun yirmi beş yıllık tarihi içinde üç kez (Yargı, Ölüm Uykudaydı, Özkıyım) gündeme getirilen bu biçem ile seyircinin savaş, sömürü, işkence karşısında duyarlı olması amaçlanıyor. Soğuk Savaş sonrası dönemin bozbulanık ortamında bu duyarlığa belki her zamandan çok gereksinme var. Bizim Tiyatro 'delikanlılık' görevini yapıyor. Biz mideye gülle gibi oturan bir 'Zafer Diper Üçlemesi' olarak nitelendirelim bu ürünleri..." Ayşegül Yüksel / Cumhuriyet.

Ayşegül Yüksel'in dediği gibi; "mideme gülle gibi oturan" **Özkıyım**'ı seyrettikten sonra, Üstün Akmen'in bir yazısında "*... sahnede gerçek bir özgürlük anıtı gibiydi...*" diye adlandırdığı **Zafer Diper**'le sohbet ettim.

Olay olan üç oyunum...

Yaşamımda üç tane tek kişilik oyun yaptım. Hepsi olay oldu. Biri **Yargı;** 1986 - 2006 yılları arasında tam yirmi yıl oynadım. Barry Collins'in yazdığı bu oyun, Vukhov'un yaşadığı olağanüstü deney; savaş sırasında Nazilere tutsak düşmesi ve Sovyet ordusunun yaklaşması üzerine Almanların kaçıp, tutsak Rus subaylarını kapalı bir hücrede aç ve susuz bırakmaları, onların da sağ kalabilmek için birbirlerini çiğ çiğ yemelerini sergiliyor. Bu oyunu yurtdışında ve yurtiçinde oynamadığım yer kalmadı. Londra, Ulm, Berlin, Paris... Ankara'da 370 kişilik salonda 400 kişiye 47 gün kapalı gişe oynadım.

"Yargı oyununu bir buçuk saat soluğumuzu keserek izledik. Bizden sonraki bir gece, bir kadın hıçkırarak dışarı fırlamış, sonra bayılmış! Kadının çocuğu işkence gördüğü için oyunu izlemeye gücü yetmemiş..." Mustafa Ekmekçi / Cumhuriyet.

Diğeri **Ölüm Uykudaydı.** 2000 - 2001 yılları arasında oynadım. Bu oyunum da birinci oyunum gibi yasaklandı, davalar açıldı. Bu oyunuma 13 kez dava açıldı.

"Sahnede uzun bir karabasan sürecinin kurbanı ve tanığı olmuş, ama yaşamakta direnmiş bir aydının, bilincinden hiçbir zaman silinemeyecek anları, bedeninin ve sesinin hiçbir zaman arınamayacağı varlığına yapışmış izlerin (sesinin, duruşunun, devinim biçiminin) aracılığıyla dile getirişini izliyoruz. Diper, Maurico Varella'nın hücre yaşantısının, dile getirilmekten en çok kaçınılan, aşağılanmışlığın sıfır noktasında dolaşan anlarını canlandırırken "minimalist" (en aza indirgeyici) bir yaklaşım kullanmış. Bu anlar, yer yer, "yaşandıkları gerçek süre" içinde yansıtılırken seyirci için boğucu bir izleme deneyimi oluşuyor..." Ayşegül Yüksel / Cumhuriyet.

Üçüncüsü ise az önce seyrettiğin **Özkıyım.** 2005 yılından bu yana yaklaşık 50 kez sergiledim. Bu oyun da diğer oyunlar gibi zaman zaman yasaklandı. Örneğin Adıyaman'da oynatmadılar.

Matematik kitabının arasına koyduğum tiyatro kitaplarını gizlice okurdum...

Ben liseyi zor bitirdim. 15 yaşında iken akşamları 8'de yatar 12'de kalkardım. Güya ders çalışmak için; Matematik kitabının arasına koyduğum Özdemir Nutku'nun "Tiyatro ve Yazar", "Modern Tiyatro" adlı kitaplarını okurdum. O kitabı hocaların hocası Özdemir Nutku'ya 60. Sanat Yılı'nda 9 Eylül Üniversitesi'nin sahnesinde "Hocam, bu kitap kırk yıldır imza atmanızı bekliyor" diyerek imzalatmıştım. O kitaplar benim hep başucu kitaplarım oldular.

Tiyatroya 16 yaşında başladım...

Tiyatro benim herşeyimdi. Üniversite eğitimimi bile tiyatro uğruna yarım bıraktım. Okumak yerine tiyatro yaptım. Annem karşıydı; o memur olmamı istiyordu. 1963 yılında, 16 yaşında Beşiktaş CHP Gençlik Kolu'nda başladım tiyatroya. Lise, üniversite eğitimi sırasında ve Halkevi'nde sürdürdüm tiyatro çalışmalarımı. Bu dönemlerde, kendi yazdığım Kentin Korosu oyununun yanı sıra; Gitgel Dolap, Ay Doğarken, Ağzı Çiçekli Adam, Kapıların Dışında, Woyzeck gibi oyunları yönettim ve oynadım. Bir ara da Sinametek'le kısa film çalışmalarım oldu. Senaryo ve öykü yazdım. Halk Tiyatrosu'nda Komprador'da oynadım.

Ortaoyuncular... Ferhan Şensoy...

Ferhan Şensoy'un Ortaoyuncuları'nın ilk kuruluş kadrosunda vardım. Ulvi Alacakaptan, ben, Fuat Özkan, Zeynep Tedü, Halit Akçatepe... gibi oyuncular vardı. İlk oyun 1976'da olsa gerek; hiç seyirci gelmediği için iptal edilmiş. Daha Şahları da Vururlar oyununda Şah'ı üç yüz yetmiş beş kez oynadım.

Ulvi Alacakaptan Zafer Diper'i anlatıyor:

"Yıl 1980 Mart'ın 10'u filan olmalı; "Şahları Da Vururlar"ın son provaları. Önemli ya; Mart'ı 12'den vuracağız ilk oyunla. Ama olmadı... Güzelim Ajlan Aktuğ'un bildik sorunları yineleyince Ferhan Şensoy çok üzülerek onu kadrodan çıkarttı ve bize

"Benim bir arkadaşım var; Zafer Diper. İngiltere'den yeni geldi.. 'Hamlet'ten başka bir şey oynamam!..' diyor. Ancak ben kafasına vura vura oynatırım..." dedi. Ve böylece Zafer Diper Ortaoyuncular'a katılmış oldu.

Ajlan'ın birkaç komposizyonunu diğer arkadaşlar paylaştı ve Zafer "Tahran Kasabı" rolünde "İşkenceci" olarak 14 Mart günü çıktı sahneye. İki ay sonra ben ayrılınca Şah rolünü Zafer devraldı. Sanırım birbuçuk yıl sürdürdü ve benim Ortaoyuncular'a dönüşümden sonra da bizden ayrılıp kendi ekibini "Bizim Tiyatro"yu kurdu.

Zafer'in en hayran olduğum yanı; olmadık metinlerden, malzemelerden oyunlar kotarabilme sihirbazlığı ve anlayamadığım, hiç başaramayacağım prova yapma tutkusudur. Hani Tapu Kadastro kayıtlarından bir oyun çıkarır mı bir gün? Hiç şaşmam!.. Zafer çıkarır...

On saat süren prova yapılır mı? Zafer yapar!..

Bir perde iki sandalye ile anlatım zenginliği olur mu?..

Zafer zengindir; olur!.. "(İstanbul-Şubat 2007)

Ve Bizim Tiyatro...

1981 Kasım'ında, Üsküdar Sunar Tiyatrosu'nda "toplumcu-eytişimsel bir yaklaşımla sanatsal etkinlikler üretebilmek" içeriğiyle özetlenebilir bir anlayışla **Bizim Tiyatro**'yu kurdum. Oyunların yanı sıra kültür-sanat etkinlikleri de yapıldı. Altı yıl Sunar Tiyatrosu'nda oyunlar sergilendi, etkinlikler yapıldı. Salon problemleri yüzünden çeşitli yerlerde oyunları sergilemek zorunda kaldım. Yurtiçi ve yurtdışı turneler yaptım.

Bizim Tiyatro'nun sergilediği oyunlar...

Çocuk oyunları: Cüce Dev (1984-85), Pilli Bebek (1985-86), Yerli Tarzan, Al Gülüm Ver Gülüm (1983-84).

Hamlet (1981-82), Kükreyen Fare (1982-83), Kurtuluştan Sonra (1983-84), Nazım (1986-87), Halkın Ekmeği (1989-1990), Suikast (1990-91), Örümcek Kadının Öpücüğü (1991-92), Boğulma ya da Woyzeck (1992-93), Şeytanistan (1993-94), Milena'dan Kafka'ya Mektuplar (1994-95), Dava (1995-96), Ölümsüz Şarkı (1996-97), Devrimi Çok Sevmiştik (1997-98), Yitik (1998-99), Çölde Yarış (1999-2000), Ölüm Uykudaydı (2000-2001), Hoş Geldin Bebek (2001-2002), Mavileşme (2002-2003), Talan (2003-2004), Kafa Kağıdı (2004-2005), Yargı (1986-2006) ve son oyunum Özkıyım. Bir de üzerinde çalıştığım yedi kişilik yeni bir oyun yapıyorum: SOYTARI...

Popüler bir tiyatro değiliz...

Ben nitelikli işler yapıyorum. Popüler bir tiyatro değiliz. Ancak birçok popüler tiyatrodan daha çok seyircimiz var. Her yere gittiğimizde dolu oynuyoruz. Türkiye'de dünyanın herindeki tiyatro gruplarıyla yarışabilecek tiyatro yapanlar var. Bizler zor koşullarda bile iyi oyunlar yaratabiliyoruz.

Tiyatromuz değil, seyircimiz kan kaybediyor!..

Türk tiyatrosu yazarı, oyuncusu, tasarımcısı, yönetmeni yönünden hiçbir sorunu yok. "Türk tiyatrosu kan kaybediyor" diye bir görüş hakim. Hayır!.. Tiyatronun kanı yerinde; kan kaybeden seyircidir!..Hele televizyonlardaki dizi olayı... Aslında bu olayın ekonomiyle de ilgisi yok. Bu tamamen depolitizasyon olayıdır. Çok az tiyatroya giden var. Eskiden seyircimiz öğrenci kesimindendi. Şimdi okullarımızda tiyatro sevgisi verilmiyor öğrencilere. Daha önceleri okullardan gruplar olarak 200-300 öğrenci birden topluca gelirlerdi.

Örneğin adam şovmene gitmiş, onu tiyatro sanıyor. Hayır o tiyatro değil ki, sadece şov!..

Futbol maçları da aynı şekilde etkili olabiliyor. O akşam televizyonda naklen maç yayınlanıyosa, tiyatro oyunları iptal edilmek zorunda kalabiliyor.

"Sanattan Güçlü Işık Yok

Postayla gelen kitaplardan birinin zarfı ve pulları farklıydı. Berlin'den postalanmış. Almanya'da yaşayan gazeteci Adem Dursun, tiyatro sanatçılarının Berlin seferinde ve İstanbul'a gelişinde yaptığı söyleşileri bir araya getirmiş, "Yaşamlarını Tiyatroya Adayanlar" başlığıyla kitaplaştırmış. Kitabı, ilk sayfasından okumaya başladım: "1970'li yılların başlarında, lise yıllarında Cumhuriyet gazetesinin aydın yazarlarıyla tanıştım: Nadir Nadi, İlhan Selçuk, Oktay Akbal, Melih Cevdet Anday, Vedat Günyol, Mustafa Ekmekçi... Ve Uğur Mumcu gibi... Cumhuriyet gazetesi ve değerli yazarları benim dünyamı değiştirdi, beni yaşadığım toplumda daha duyarlı kıldı... Daha sonra ise Gündem köşesinde Mustafa Balbay'ı takip etmeye başladım... Bir yıl geçti, hâlâ özgürlüğüne kavuşamadı! Tiyatro sanatçımız Yıldız Kenter, Kraliçe Lear'ı sahneledikten sonra Balbay'ın 365 gündür tutuklu olmasına tepki gösteren bir konuşma yaptı... Kenter gibi benim de canım acıyor, günleri sayıyorum. Kendisinin bir an önce özgürlüğüne kavuşması dileğiyle bu kitabımı Balbay'a ithaf ediyorum..." Böyle bir sürprizle karşılaşınca, onca değerli sanatçımızın yanında bana da küçük bir rol verilmiş kadar sevindim. Onu bilir onu söylerim; sanattan güçlü ışık yoktur. Sanatın önemine kendimce yaptığım o küçük katkıyı bir kez daha paylaşmak istiyorum. Çin sözüdür: Bir yıl sonrasını düşünüyorsan, tohum ek. On yıl sonrasını düşünüyorsan, ağaç dik. Yüz yıl sonrasını düşünüyorsan, toplumu eğit. Bu güzel söze ben de şunu ekliyorum: Bin yıl sonrasını düşünüyorsan, sanatçı yetiştir. Bugün için, önümüzdeki kuşaklar için karanlığa meydan okuyan Kenter'lere, Erkal'lara, Gezen'lere, Kırca'lara, Aziz'lere selam olsun!..." Cumhuriyet / 20 Temmuz 2010 - Gündem – Mustafa Balbay

"Sahnede yaşayanlar

Tiyatro dünyasının ünlülerini, elbette sahnelerden, filmlerden, hatta dizilerden tanıyorsunuz.

Ama onların yaşamını biliyor musunuz?

Oyuncuların zirveye çıkıncaya kadar verdikleri emekleri, çektiklerini öğrenmek için size bir kitap salık vereceğim: Âdem Dursun'un Yaşamlarını Tiyatroya Adayanlar'ı.

Söyleşiler, onların meslek yaşamlarını, oynadıkları oyunların, filmlerin listesini de veriyor.

Tiyatro dünyamız da hiç kuşkusuz sanatın diğer alanları gibi zorulaklarla, engebelerle dolu. Üstelik meslekten gelen bu zorluğu, siyasal baskılar, darbeler daha da çekilmez kılar.

Sanatçılarla, edebiyatçılarla ilgili her kitapta karşımıza çıkan, onları işlerinden, ülkelerinden uzaklaştıran bir yasa vardır: 1402 numaralı kıyım yasası.

Tiyatro dünyasının ustalarının yaşamı gerçekten oynadıkları oyunlar kadar renkli, o oyunlar kadar coşkulu, yer yer sevincin taştığı, yer yer ise derin hüzünlerin yaşandığı bir dünya.

Âdem Dursun'un kitabında yalnız Türkiye sınırları içinde değil, bütün dünyada sanatlarını icra eden ustaların bilgileri, anıları var.

Söyleşileri okuduğunuzda, yalnız bireysel yaşamların ayrıntılarını öğrenmiş olmuyorsunuz, tiyatro tarihinden önemli bir kesiti de öğreniyorsunuz.

Bu tür kitapların bugün ve ileride ayrıntılı çalışma yapacaklar için önemli malzeme niteliği taşıdığını belirtmeliyim.

Tarih içinde toplulukların, kurumların yerini de kitap bize anlatıyor.

Söyleşiler, tiyatro dünyasına bir ışık tutuyor..." Hürriyet / 28 Ağustos 2010 - Doğan Hızlan

RADİKAL KİTAP

10 Nisan 2011, Pazar

YAŞAMLARINI TİYATROYA ADAYANLAR

Söyleşi: Adem Dursun,

Pia Yayınları,

söyleşi, 311 sayfa

Adem Dursun imzalı 'Yaşamlarını Tiyatroya Adayanlar', her biri tiyatroya uzun yıllar emek ve gönül vermiş isimlerle yapılan söyleşilerden oluşuyor. Türkiye'de tiyatroya ilginin az oluşu, tiyatrocular tarafından en çok dile getirilen şikayetlerden. Bilindiği gibi, Türkiye'de tiyatro sanatını icra etmenin önündeki en büyük zorluklardan biri de, ekonomik imkansızlıklar. İşte Dursun'un elimizdeki söyleşileri, özgün bir sanat olarak tiyatroyu ve mesleğin icra edilişindeki sıkıntıları ortaya koymalarıyla dikkat çekiyor. Tiyatrocular, bu sanatla yollarının kesişmesini, tiyatronun kendileri için neden bir tutku olduğunu ve karşılaştıkları zorlukları okurlarıyla paylaşıyor.

Yaşamlarını Tiyatroya Adayanlar/ Söyleşi: Adem Dursun/ Pia Yay./ 312 s.

Adem Dursun, Türk tiyatrosuna uzun yıllar emek vermiş sanatçılarla yaptığı söyleşilerini kitap haline getirerek okuyuculara sunuyor. Yazar, yapmış olduğu söyleşilerinde sadece sanatçılarının sanat yaşantılarını değil, aynı zamanda Türk tiyatrosuna dair görüntülere de yer veriyor. Kitapta; Ali Poyrazoğlu, Erol Günaydın, Ayla Algan, Metin Tekin, Nejat Uygur gibi birçok usta yer alıyor.

12 Ağustos 2010 CUMHURİYET KİTAP

İÇİNDEKİLER